我是猫
わがはいはねこである

[日] 夏目漱石 / 著
阎小妹 / 译

名著名译丛书

人民文学出版社

夏目漱石
吾輩は猫である
根据集英社「日本文学全集·夏目漱石集(一)」一九六六年版译出。

图书在版编目(CIP)数据

我是猫/(日)夏目漱石著;曹小妹译. —北京:人民文学出版社,2021(2024.1重印)
(名著名译丛书)
ISBN 978-7-02-012540-1

Ⅰ.①我… Ⅱ.①夏…②曹… Ⅲ.①长篇小说—日本—近代 Ⅳ.①I313.44

中国版本图书馆 CIP 数据核字(2017)第 044223 号

责任编辑　陈　旻
装帧设计　刘　静　陶　雷
责任印制　任　祎

出版发行　人民文学出版社
社　　址　北京市朝内大街 166 号
邮政编码　100705

印　　刷　三河市中晟雅豪印务有限公司
经　　销　全国新华书店等
字　　数　319 千字
开　　本　890 毫米×1290 毫米　1/32
印　　张　11.625　插页 3
印　　数　16001—21000
版　　次　2019 年 5 月北京第 1 版
印　　次　2024 年 1 月第 4 次印刷

书　　号　978-7-02-012540-1
定　　价　38.00 元

如有印装质量问题,请与本社图书销售中心调换。电话:010-65233595

夏目漱石

夏目漱石（1867—1916）

　　日本明治时期大文豪、日本近代文学的杰出代表。1906年以小说《我是猫》确立了自己在日本文坛的地位，之后名篇佳作不断涌现，先后创作了《哥儿》《虞美人草》、"爱情三部曲"——《三四郎》《从此以后》《门》以及"后爱情三部曲"——《春分之后》《行人》《心》等作品，是二十世纪初日本知识阶层中最富影响的小说家。

　　《我是猫》以幽默的风格描写明治初期社会知识分子的种种生活情态和理想追求，是日本现代讽刺文学的经典之作。

译　者

阎小妹（1953—　），1982年黑龙江大学日语系毕业，1989年3月日本东京都立大学（现日本首都大学）人文科学研究科国语国文博士课程结业，现为日本国立信州大学教授。研究方向为日本江户小说、中日比较文学以及中国古典小说。译著有《雨月物语》、《奥州小道》（与陈力卫合译）、《日本人的心理结构》等。

出 版 说 明

人民文学出版社从上世纪五十年代建社之初即致力于外国文学名著出版，延请国内一流学者研究论证选题，翻译更是优选专长译者担纲，先后出版了"外国文学名著丛书""世界文学名著文库""二十世纪外国文学丛书""名著名译插图本"等大型丛书和外国著名作家的文集、选集等，这些作品得到了几代读者的喜爱。

为满足读者的阅读与收藏需求，我们优中选精，推出精装本"名著名译丛书"，收入脍炙人口的外国文学杰作。丰子恺、朱生豪、冰心、杨绛等翻译家优美传神的译文，更为这些不朽之作增添了色彩。多数作品配有精美原版插图。希望这套书能成为中国家庭的必备藏书。

为方便广大读者，出版社还为本丛书精心录制了朗读版。本丛书将分辑陆续出版。

人民文学出版社
2015年1月

前　言

《我是猫》是日本大文豪夏目漱石的第一部长篇小说,自一九〇五年开始在月刊杂志上连载,已经过去一百多年了。在日本,至今它依然是人人皆知的名著。不过,要问起有多少人读过,恐怕并不多,若再问,有谁把它从头到尾都读了,那估计连文科的大学生也没几个。

经典名著,真想读且能体会其奥妙的人,不多。但它不分国籍,不关乎年代久远,只要有一分好奇心,便可穿越时代的隔离,跨越语言的障碍,将你带入一个全新的世界。

夏目漱石出生于江户末年的一八六七年二月九日,即明治维新的前一年,排行老八,上有四个哥哥、三个姐姐。父亲世袭夏目家在江户城中牛込马场下(现东京新宿区喜井久町)幕府的"名主"一职,管理街区的行政事务,并处理日常法律纠纷等。对年事已高的父母来说,生下这小儿子实在不是什么光彩之事,甚至显得多余。世人又迷信"庚申"这天出生的孩子将来会成为大盗,父亲便特意加了一个"金"字以避邪,取名金之助。实际上,漱石刚一出生就被寄养出去,不到两岁改姓,正式过继给盐原昌之助家当了养子。七岁时,养父母离异,漱石遂同养母生活。直到九岁时,夏目家的长子、次子先后病倒,漱石才被生父又接回家。但为他的亲权及抚养费问题两家一直争执不休,二十一岁时才正式入了本家户籍,恢复夏目姓及本名金之助。

漱石七岁进小学,经三次转学,十二岁入东京府第一中学(现东京都立日比谷高等中学)。两年后,喜读汉文的漱石转入汉学私塾二松学舍(现二松学舍大学)。但夏目家希望成绩优秀的漱石考大学,极力反对他修汉学。所以,他不得已进了一所英语私塾,于一八八四年考上大学预备门(第一高等中学校)的预科。后因患病最终未能正式录取,遂去一所私立学校教英语，自食其力，独立于夏目家。

一八八九年漱石与诗人（俳人）正冈子规相识，在其影响下开始写俳句和汉诗，并用汉文撰写评论文章。一八九〇年考入帝国大学英文科，在学期间神经衰弱症复发，同时染上肺结核。一八九五年大学毕业不久，漱石离开东京前往子规的故乡四国松山，一边治病疗养，一边任松山中学（现爱媛县立松山东高中）英语教师。一八九六年转入九州熊本第五高等学校（现熊本大学）任教，同年，经介绍与贵族院书记官的长女中根镜子结婚。

一九〇〇年漱石由文部省派遣到英国留学，其间他再次陷入严重的神经衰弱，两年后回国。一九〇三年任第一高等学校（现东京大学教养学部）英语教师，同时在东京帝国大学讲授英国文学。其讲稿后以《文学论》出版刊行，成为日本文学理论的重要著作。漱石生于江户末年，自幼喜爱汉文，能欣赏玩味中国古典文学，又耳濡目染市民通俗文艺。因此，在讲《文学论》时，他并非全盘照搬西方文艺理论，自始至终有一个明确的立足点：作为日本人，在理解西方文学时，应该依据什么，用什么理论，明确哪些是自己无法理解的东西。就是在这一基础上，创作了《我是猫》这部体裁独特的文学大作。

一九〇五年也正是日俄交战之时，《我是猫》以笔名夏目漱石在《杜鹃》杂志上登出，由此作为小说家横空出世，一举成名。同时，夏目漱石还以本名金之助在东京帝国大学办的《帝国文学》上发表了描写英国留学体验的短篇小说《伦敦塔》。

一九〇七年夏目漱石辞去东京帝国大学的教职，进入朝日新闻社从事专职写作，直至一九一六年病逝，十年中创作了《哥儿》《三四郎》《门》《彼岸》《行人》《心》《明暗》等多部中长篇小说，在日本文学史上确立了其不朽的地位。

《我是猫》最初仅以短篇小说的形式刊登于一九〇五年一月的月刊杂志《杜鹃》，因受读者喜爱，遂以续篇的形式连载。一九〇五年二月（第二章）、四月（第三章）、五月（第四章）、六月（第五章）、十月（第六章），一九〇六年一月（第七章，第八章）、三月（第九章）、四月（第十章)、八月(第十一章),历时一年八个月。

同时又分三卷出版刊行,一九〇五年十月第一卷(第一、二、三章),一九〇六年十一月第二卷(第四、五、六、七章),一九〇七年五月第三卷(第八、九、十、十一章)。最终以十一章合为一册的长篇小说形式出版刊行。一九一八年夏目漱石去世后,收入《漱石全集》第一卷。

全书虽有十一章,但各章并无主题,仅以章节表示话题暂且告一段落而已。

第一章:描写一初降人世的小猫被遗弃后,由教师苦沙弥收留,遂甘做无名猫的过程。这猫在邻居的大黑猫那里听到猫与人类的利害关系,并开始以自己独特的视角观察认识人类的言语行动。

第二章:猫眼里的教师苦沙弥家里来访的客人,皆各具特性,理学学士寒月,美学涵养深厚的迷亭,以及痴迷日本俳谐文学的东风。他们常对世态人情大发议论,各陈己见。还有猫挑战吃年糕和他的一段恋情插曲。

第三章:实业家金田的太太"大鼻子"为女儿富子择婿,专访苦沙弥家,探听东京大学理学学士寒月的私人情况。苦沙弥和迷亭一贯对金钱权势嗤之以鼻,二人耻笑金田太太的无知,怒其傲慢无礼。猫目睹了彼此争锋相斗的一场好戏。

第四章:猫潜入金田家宅,耳听眼见金田设阴谋,指使苦沙弥的老同学铃木为促成寒月与富子的婚事,巧言威逼苦沙弥的前前后后。同时,有苦沙弥与妻子彼此直言快语互相揭短的小插曲,显示不同于旧时代夫唱妇随的新型夫妻关系。

第五章:半夜里猫目睹苦沙弥家被盗贼偷走衣物的全过程。由此展开人类对宗教信仰的议论,特别是对神创造人类和世界这一历史观提出大胆质疑。另有一段描写猫制订逮老鼠的计划以及行动失败的过程。

第六章:寒月、迷亭、东风聚集一堂议论日本文艺现状,各叙对今后日本文学发展的看法以及当下如何实践的体会。其中包括恋爱观、女子观。迷亭对西方逐渐承认及解放女子个性的历史加以赞扬,寒月则持怀疑态度。

第七章：猫发明了各种适合自己身体素质的运动，讥讽嘲笑人类赶时髦追潮流，以及日本人效仿西方所推行的一系列体育运动。猫远行至公共浴池，在窥视上下一丝不挂的赤裸人体后，阐述了一段人类服装历史。又见众人衣裳不裹仍不忘争个高低，其间还出现一大汉压倒众小人的场面。由此人类服装哲学、人类崇拜伟人的哲学等，皆以猫的口吻似讲故事一般为读者开启视野。

第八章：苦沙弥家旁边有所中学，学生们爱打棒球，他们借捡球的机会频繁出入主人家院子，意在打扰主人安静的读书环境。而主人精神衰弱，一经学生骚扰，脾气便更加暴躁。由此引发出猫对人类精神波动，即由兴奋状态进入艺术创作的一番议论。

第九章：猫的主人幼时种牛痘疫苗脸上留下麻点，某天照着镜子自我观察。猫借此场景阐述镜子的功能，赞扬人类自知之明之可贵。主人读了某东方哲学家来函，坦承自己与世俗格格不入，由此陷入不安，甚至感到恐惧。同时他又坚信绝非自己患了神经病。因为他懂得不管哪个时代，少数人的前卫思想总被多数人所压抑、反对，或视为异端。

第十章：苦沙弥的学生给金田家小姐写情书，恐被学校开除，到苦沙弥家请求从宽处置。猫见苦沙弥表现极为冷淡，不愿为他人的过失担当任何责任。猫于是也明白人与人的关系其本质都是如此，别人痛苦之时，与自己并无关系，表示同情怜悯不过是虚假作秀而已，在猫看来，人的自私乃其本性所致。

第十一章：寒月回故乡结了婚。为此，苦沙弥、东风、迷亭加上主张东方无为哲学的独仙就夫妻关系大发议论。迷亭举出古今中外的名人格言，以证明将来个性发展，男女共同生活结为夫妻的必然会大大减少。同时预见不满现状、不愿受欺辱的人会寻求各种自杀的方法。少婚、不婚、自杀的现象未来不可避免。众人酒后各自散去，唯猫欲尝酒味，独饮而醉。不想竟失足掉进水缸，一命呜呼。

"我是个猫，至今无名无姓。我糊里糊涂连自己哪里生的也搞不清。"小说以猫的口吻开篇，一个刚出生落地的小猫即被抛弃，独自战战兢兢闯入人间。这一瞬间，这个场景，这句开场白，不由得令人心生好奇、怜悯，愿意紧随这小猫的眼睛去见见收留它的主人中学英语教师苦沙弥以及聚集在他身边的各色各样朋友、门生的人生琐事。也就是，主人苦沙弥日常生活的片段通过猫眼，事无巨细地展现在读者面前。猫眼看世界，猫语论天下，自然与我们看惯的世界不同，与我们普通人的思维更不同。猫的一个偶然动作或诙谐口气都能让读者忍俊不禁。

在猫眼看来，中学教师这职业太轻松，到学校上几节课而已。主人总爱窝在家里看书，那厚厚的、堆积如山的书上横爬着蝌蚪一般的文字，读起来似乎很费劲，主人时常为之兴奋苦恼。除此之外，这个苦沙弥无甚本事，却对什么都感兴趣：爱写几首俳句、唱一段谣曲，或试着拉拉小提琴，听信美学家迷亭的指导学学水彩画。

猫常常碰到主人苦沙弥与朋友们在家里争论的场面。苦沙弥夫妻俩以及来客迷亭、独仙、寒月、东风等人，个性鲜明似天生，不经意便显现出来。他们对近代国家之建构、文明之发展、社会之进化、女性与婚姻、战争与和平、恋爱与家庭、享乐与梦幻等等问题都关心，不论大小，不分领域，几乎无所不及。他们个个爱争强、好面子，且有一套自己的理论，轻易不服对方，近乎六朝贵族们的清谈。偶然主人家来个在世上混得风光、有点来头的人，便会遭到讥讽嘲笑。猫都知道，有钱人、发迹的多没骨气，不值一交。正像"实业家"金田夫妇和甘愿为金钱拼上小命的铃木，还有那伙只看人脸色行动、听任摆布的"走狗们"，在猫和主人苦沙弥眼里，他们皆不是好"东西"。

猫眼终日看着主人甚无变化的起居，听着家里主客无休止的议论，心满意足。其实这也是日本江户文学，特别是俳谐、连句（近似中国的对诗唱和）、落语（近似中国的单口相声）的表现手法。没有所谓的主题、中心，雅俗不论，啰嗦反复，与我们一贯推崇的文章精炼、叙事简明相差甚远。比如，在座的一席人各说各话，彼此关系松散，甚至让你觉得这些会话没问没答，毫无秩序，互不关联，啰里啰嗦居然能延续下去。因连句本身就忌讳主题集中，讲究随机应变，可以任意跳跃时间与空间，会给在座的一席人一个小小的惊讶，或带来会心一笑，诙谐之趣就在此。而落语的妙处在于不怕你啰嗦。再啰嗦，再絮叨，最终会"落"个结果，让听众突然从一片朦胧碎语之中幡然醒悟过来，或给听众留下一点儿慢慢品味的地方,或者干脆吐了一大堆废话,最后让听众始终不明不白,彻底体验一下什么叫个糊涂世界。

明治日本的西化大潮来势之凶猛,在《我是猫》中多有描述。传统的社会生活和人们的思维方式以及江户时代以儒学、汉学为主的教育体制都发生了巨大变化。面对大量涌入的西方文明以及道德价值观,不同的阶层做出的反应也大不一样。特别是知识分子,他们在接受西方文化的同时,有深思反省,有批判对抗,也有彷徨不止,甚至恋恋不舍之情。而漱石一贯主张、推崇彻底的个人主义。他不愿受任何人的指使、摆弄,固执地按自己的意愿做事,且全然不顾得失,甚至受命留学英国也令他感到耻辱,认为不是出自自己的愿望。像苦沙弥、迷亭这类高等游民,他们甚不关心一般民众的生活,且与贫穷无缘。但他们知道旧时代的愚昧野蛮,愿意接受现代的科学知识,他们体会到新时代尊重个人意志、实施女子教育的重要,也对此寄托着希望。他们看似肆无忌惮的谈笑议论,其实无一不是在细心观察自己身边的每一变化。迷亭依据的是西方美学,独仙则是东方哲学,寒月专长自然科学,东风则精通现代日本文艺思潮。他们固执、冷漠,以个人为中心,以自我为第一,但并非狭隘的唯我独尊,彼此互相尊重个人的权利、个人的信念以及个人的生活是其原则和前提。他们深信个人虽弱小且丑陋,但决不容他者随意践踏。

明治维新以后,在国家层面上,日本加快步伐跨入列强,继甲午战争之后,日俄战争亦接连告胜,民族主义,所谓"大和魂"让日本陷入一片狂热之中。处于这一变革时代的夏目漱石,其作品几乎都是描写人们面对未来所怀有的期待与不安,或依旧茫然不觉的种种心理变化。他不曾给读者指出什么正确的方向道路,只是想说明一点:所谓人生旅途,无非是思索着慢慢走,时而回头看看而已。所以,若有漱石的作品放在身边,也许能陪伴你走过一段坎坷的人生。

以猫为主角的这一描写形式在《我是猫》之前,就曾有德国浪漫派作家霍夫曼创作的优秀小说《公猫摩尔》。虽然直到今天仍没有确凿证据证明夏目漱石参考了霍夫曼的小说,不过从小说结构上看,还是有不少相似之处，故不能完全否定其可能性。不过，即使有参考，《我是猫》本身的价值、创意也不会因此有所诋毁或埋没。从整体结构上看，它不特意追求一个连贯的主题以及语言的精炼。反倒延承日本传统文艺的丰富语言与诙谐幽默的情感、直率的吐露，以及俳谐、落语等表现手法开创了一个崭新的日本近代文学分野——私小说，在日本文学史上独树一帜，奠定了其作为国民作家的不朽之地位，《我是猫》被公认为世界名著也是实至名归。

这本一百多年前的小说，不但夹杂着不少古典文法，还有诸多难解的汉语词汇和中文典故。今天日本的年轻人已经很难随手拿来享受阅读它了。在这一点上，中文译本反倒对中国的年轻人来说更容易接受。它消解了原文语法上的差距，众多的汉语词汇，以及中国的典故、成语还会增加不少亲近感和好奇心。书中描写的金钱至上、滥用职权、攀比财富、结婚拼爹等诸多社会现象，在当下也正是民众特别是年轻人所关注的焦点。

《我是猫》描写的世界其实就在我们眼前，就在我们身边，熟悉而没有距离感。

阎小妹

第 一 章

我是个猫,至今无名无姓。

我糊里糊涂连自己哪里生的也搞不清。只记得是一片阴暗潮湿之地,我喵喵地不停哭叫,就在那里我第一次见到人,即是被称为人类的一种动物。后来,知道那人是书生,又听说那些书生凶恶残忍列属人类之最,且时常会把我们猫儿逮了煮着吃。不过当时初降人世,我一无所知,故而未曾有什么恐惧之感。

我被那书生放在手掌上,又腾一下被举起来,好险啊,上下忽忽悠悠。直待我重新缓过气来,才将他的面孔仔细打量了一番,也算初次对人有了认识。当时那种奇妙的感觉,我至今依然记忆犹新。按理说,是张脸,上面都应长满毛的,可他,竟光溜溜的活像烧水壶。后来,猫儿我也见得多了,终是没见过有这般模样,残缺不全呐。再说,他那脸庞中间还凸起来一块,上边有两个窟窿,那俩窟窿里总爱呼呼地冒出些烟雾,呛得我好难受。最近,算弄明白了,原来那是他们人在抽烟。

在书生的手掌上坐着,我还挺舒服。可没过多时,突然一阵天旋地转,弄不清是那书生搞什么动作,还是我自己在转。只觉两眼发昏,心中发恶,想是这下命也难保啦。谁料就在那一刻,咚的一声响,我被摔在地上,摔得两眼直冒金星。

此后发生的一切,全都记不得了。

不时清醒过来,环视周围,不见那个书生,而诸多的兄弟姐妹怎么也都不在身旁了,还有关键的娘,居然她也躲得没了踪影。奇怪!这周围与刚才大不一样,极是明亮,亮得甚至让我睁不开眼睛。我向前慢慢挪了几步,觉得浑身好痛。原来,我是被人从稻草堆上一把扔到这片野竹丛里了。

我好容易爬出那片野竹丛。见前方有个水池,便坐在那池边寻思着此后如何是好。其实,我也不知自己究竟想干什么。"对了,再哭上一阵,或许那书生会回来接我!"于是放声哭叫起来。然而,半天并不见有谁来。天色渐暗,一阵风煞煞作响,那水面微微荡漾起来。我突然感到饥饿不堪,哭也哭不出声了。咳!不管怎么说,得先找个能填肚子的地方。我一步步沿着水池向左边爬去。浑身疼痛不已,忍耐着又爬了一会儿,不知不觉似是到了个有人家的地方。那儿总该有点吃的吧,遂从竹篱笆一处破洞钻进了这家宅院。

话说这缘分真是不可思议,若竹篱笆围墙没有那破洞,我这猫儿怕是当天就饿死在路边了。也是应了句俗话:一树之荫,前世之缘。竹篱笆围墙这破洞如今仍是我去拜访三毛姑娘家的必经之路。

我虽钻进了这家宅院,却不知下一步该如何是好。暮色将沉,饥肠辘辘,且浑身发冷,加上天又下起了雨,真叫走投无路。没辙,再怎么也得先找个暖身之地。如今回想起来,其实那会儿我已进到人家屋里了。在那里,我再次见到了人,是书生以外的人。第一个是这家的女仆阿三,她比那书生还蛮横,见了我顺手提起脖子,一把便扔到屋子外边。没指望了,我闭上眼睛听天由命。可没过多长时间,这饥饿寒冷依旧是无法忍耐,我就又钻了个空儿爬进厨房。结果又被扔出来了,扔出来,再爬进去,一出一进,折腾了足有四五个来回。这阿三让我给恨透了,这不,前不久终于偷了她一条秋刀鱼,算是解了这心头之怨。就在我又要被扔出去时,这家的主人进屋了:"吵吵什么?"

那个阿三把我提溜到主人面前:

"这野猫崽儿钻到咱们家厨房,赶都赶不走。真拿它没办法。"主人捏着鼻子下边一撮黑黑的胡须,瞅了我几眼。

"咳,那就放它进来吧。"说完转身走了。看来,这家主人平日话不甚多。女仆讨了个没趣儿,随手便把我扔在厨房地上。就在那一刻,我主意打定了。

"以此做栖身之处。"

主人不怎么和我照面。他的职业好像是教师,每天从学校一回家,钻进书房就不见再出来。家里人都以为他是个学者肯用功,他本人也总爱摆出一副念书的架势。其实不然,我常悄悄爬到他的书房里,见他总是在睡觉,时而滴落着口水,那口水就淌在翻开的书上。

主人肠胃不太好,脸色发黄,皮肤干巴巴没什么弹性。可平时饭量不小,肚子塞满了,他还要吃消食胃药。吃饱喝足了,这才打开书来看看。不过,他没看几页准要打瞌睡,那口水便流在翻开的书上。每晚基本如此。我虽是个猫,也常琢磨,当个教师好轻松,是个美差,看来要做人就得干教师这一行。你说,整天睡觉还能当教师,那我这猫岂不也能对付几下。可让主人说起来,这世上没有比当教师更辛苦啦。他每逢有客人来,总要愤愤不平发些牢骚。

我刚来到这家时,除了主人谁也没把我放在眼里,走到哪儿常常被人一脚踢开,或只当没看见。这不是明摆的嘛,直到今天连名字都不给我起一个。我也是不得已,只好尽量凑在收留我的主人身边。

早上,主人看报,我就坐到他腿上。主人睡午觉,我就趴到他背上。其实并不是我喜欢他,纯粹属于无奈而已。经过各种尝试,我基本形成了个习惯。早上蹲在那个盛米饭的木桶盖儿上,晚上睡在火燵①旁,中午天气暖和了,就躺在屋檐下的走廊上。当然最舒服的是晚上钻到这家小孩儿的被窝里,挤着跟她们一块睡觉。那两个女孩子一个三岁,一个五岁,到了晚上总爱钻到一个被窝里。我呢,就尽量找个空隙,想办法挤到她俩中间。但是如果运气不好,把其中的一个弄醒了,那可就惹了祸。尤其是那个小女儿,她脾气特大,深更半夜的给你大声哭叫:"猫儿来了!猫儿来了!"逢到此时,主人这个患有神经性胃炎的,马上就会醒过来,并一脚踏进这屋把我攉出去。你们看,我这屁股前几天还被他用尺子暴打一顿。

我和他们人类住在一起,经一番观察,得出结论:他们人太任性了。至于常和我同睡的小孩儿,那更是不在话下。她们高兴时,把我倒着提溜起来,要不,就给我头上蒙个袋子扔出去,或是塞到灶台底下②。我若稍有抵抗,他们就会全家出动使用围剿战术对我施加各种迫害。前

---

① 日语写作"炬燵(こたつ)",日本冬季用来取暖的矮脚桌子。桌上盖一块被子,可防止内部热气散发,桌子底下的热源在明治期间多是木炭,现皆用电器。
② 当时的灶台多设两个炉口,一个用烧饭,一个煮菜等,下边还有堆放劈柴等燃料的地方。这里的灶台底下可能是指放劈柴的地方。

两天，我刚在榻榻米上磨了几下爪子，便惹怒了女主人，说什么她也不肯让我进客厅。眼见我蹲在厨房地板上冻得直发抖，她也无动于衷，只当没看见。

斜对面人家有只大白猫，令我十分尊敬。她总说：人是最不讲情义的。大白猫前些日子生下四只小猫，个个洁白如玉。可刚到第三天，那家书生就把小猫一只不剩全都扔到后院池子里了。大白猫泪流满面，把这事儿前前后后向我诉说了一遍，最后说：我们猫族爱子如亲，要想让一家大小团团圆圆过日子，就得跟他们人类决战一场，把他们全部消灭干净。

这话说得句句是理！邻居花猫也极为愤慨，说他们人类竟不懂所有权之事。本来我们猫族之间，不管是一串风干的沙丁鱼头，还是一点儿鲻鱼的肠肚子，谁先发现那谁就有权利吃它。若有不遵守这规矩的你可出手把它夺回来。但他们人类好像根本没这个概念，分明是我们先发现的美味佳肴，却总被他们给抢走。他们仗着自己力气大，明目张胆地掠夺本应属于我们的食物。

大白猫家主人是军人，花猫家的主人是律师，比起他们俩，我比较乐观，在这教师家里只求过个安稳日子，混一天算一天。再说，他们人类的繁荣怎能永世不变，耐心等待吧，有朝一日会迎来我们猫族的时代！

说起这人类的任性，还是听我来讲段主人丢人现眼的事儿吧。

原本主人并没有什么特长，但凡事他都喜欢插手尝试一把。比如，写几首俳句投给《杜鹃》①，或写几句新体诗歌投到《明星》②杂志，至于他写英文，那更是错误百出。有时，他学弓箭，可没过多久，又学起谣曲来，甚至还吱吱嘎嘎地拉开小提琴。说来也怪可怜，他学什么都学不出个名堂。明明他肠胃虚弱无力，可做起事情还特别认真上劲儿。因他爱在茅厕里唱谣曲，被周围人起了个绰号叫"茅厕先生"。他本人不在乎，来来回回总唱"吾乃平宗盛也"③，就这么一句，听他这一唱，大家就

---

① 明治时期著名俳句诗人正冈子规于一八九七年创办的杂志。
② 明治期著名浪漫主义诗人与谢野铁干于一九〇〇创办的月刊文艺杂志，致力于介绍西方文学。
③ 引自日本古典谣曲《熊野》台词。平宗盛（1147—1185）是日本平安后期武将，武士集团平家末代首领。

笑:瞧那宗盛又登场了。

算起来我被收留到这家大概也有个把月了。这天工薪日,不知主人有何打算,只见他匆匆忙忙,手里提着一大包东西回来。一看,原来是为画水彩画儿买了些毛笔和华特曼纸①,还有各种彩色颜料。看这样儿,谣曲和俳句是不学了,他要改学水彩画儿啦。这不,第二天他就开张了。几乎天天钻在书房里专心画画儿,连午觉也不睡。至于他到底画的什么,恐怕谁也说不清。他本人似乎也知自己水平如何。这天有个搞美学的朋友来做客,遂听二人对话如下:

"这画儿真不好画,以前看别人画什么,轻松几笔似很容易,可自己一旦提笔,方知绘画之难。"这番感受还真实实在在。只见美学家透过那金丝边眼镜,注视着主人的表情变化,安慰他说:

"刚开始嘛,都这样。首先,你画画儿不能老待在屋里只凭想象。意大利绘画大师安德烈·萨尔德曾说:绘画须模拟自然,要以写生为主。天上星辰,地上露水,有飞禽有走兽,池塘金鱼,枯木寒鸦,大自然即是一幅鲜活的壮丽图景。你看如何?若想画画儿,当去写生啊。"

"嘿,安德烈还说过这话,我全然不知。言之有理,的确如此。"见主人赞不绝口,美学家笑了,那副金丝边眼镜后面露出一缕嘲讽之意。

次日,我同往常一样在屋檐下走廊上睡午觉,好不自在。不时,主人从书房出来,这可真稀罕。他在我身后不知折腾什么呢,我细细眯着眼睛看了他一下,不禁失声而笑。原来他在忠实地实践安德烈大师名言。昨天那个朋友不过揶揄他一句,他就当真,马上给我写起生啦。此时我刚睡足了觉,只想伸懒腰打个哈欠,又见主人作画专心,便忍着一动不动。不时,见他将我的轮廓画好了,开始往脸上染色。坦白地说,我在猫儿里算不上长得特别漂亮,不论是体格身架,还是毛色脸型,都不敢与其他猫儿相比。话虽如此,却也不至于像主人画的这副怪样。

首先,毛色他就画得不对。我的毛如同波斯猫,是淡灰色,略发黄,且斑纹如漆,光滑油亮。谁看都一目了然,无可非议。可主人,他上的颜色却是黄不黄,黑不黑,既不是灰色又不是褐色,更非黑黄灰褐之混

---

① 英国华特曼公司制造的一种高级绘画纸,洁白厚实,多用于画水彩画。

合,你除了说它是一种颜色,此外无法评价。更奇妙的是他这猫儿没眼睛。你说是趁我睡觉时画的也罢,可连一条细缝眯眼都找不到,搞不清这是个无眼儿猫还是个闭眼儿猫。我寻思,主人你要学安德烈,也不能差得太远。诚然,他那股认真劲儿还是令人极佩服的。我本想尽量保持不动,可刚才就想撒尿了。这时憋得肌肉紧张,浑身不得劲儿。多一刻也耐不住了,无奈只好失礼。我把两脚使劲向前一伸,压低脑袋打了一个大哈欠。事到如今,勉强待在这儿也没什么意义,反正主人他的计划也早已乱了套。我还是去解手吧,遂踮起脚尖向后院走去。不想,主人顿时恼羞成怒,只听他在客厅里大骂起来:"这个混账东西!"其实,他就这怪毛病,骂起谁来没别的,就这么一句,其他的脏话也一概不知。他又哪里懂得,我憋着尿一动不动之痛苦!若平时我趴在他背上能给个好脸,任他骂两句也罢了,可从未见他为我着想过。这会儿去撒个尿就如此谩骂,实在没道理,欺人太甚。这人类仗着自己力大,狂妄之极。世上若没有比人类更厉害的什么,来好好惩治一下他们,不知今后他们还要嚣张到何种地步!

　　这些琐事儿睁只眼闭只眼尚能忍耐过去。平日所闻人类干的缺德丧心事儿,那要比今日不知残酷多少倍。

　　主人家后院有块茶园,十坪①左右。虽说不甚宽敞,倒也清爽干净,是个晴天丽日晒太阳的好地方。每当主人的小女儿吵吵嚷嚷,让我不得午睡,或是无聊之极,且肠胃欠佳之时,我便到此处散心调神,以养浩然之气。

　　一日,风和日暖,晌午二时许,饭后睡足了午觉,我顺便活动一下便来到茶园。沿着茶树根一棵棵地闻过去,到了西面杉树围墙下,见一只大猫卧在枯菊丛上,睡得酣恬。他丝毫未觉察到我已走到跟前,或许觉察到了故做不以为然,依旧大声打着呼噜,直挺挺躺在那里不动。跑进人家院子竟敢如此放肆酣睡,这胆儿可真大。

　　这猫一身黑,绝无杂色。刚过正午,阳光灿烂当头直射,黑油油的绒毛犹如熊熊火焰一般闪耀光亮。"好一副伟人的身量,有我两倍之

---

① 坪,日本用于计算房屋建筑用地的面积单位,一坪约为三点三六平方米。

多,实乃猫中大王!"我眼睁睁地盯着他,由衷的赞赏与好奇令我直立在他面前,竟不觉时间的推移。一阵春风轻轻飘来,杉树围墙后面那棵梧桐树枝上,几片树叶落在枯菊丛里。猫王忽地睁开双眼。那是我至今不能忘记的一双大眼睛,滚圆滚圆,亮晶晶的,太美了!哪里与人们奉若珍宝的琥珀可相提并论!他一动不动,双眸深处目光似箭,冲着我这块窄小的额头直射过来:

"你小子,叫什么?"这大王出言不逊,可声音铿锵有力,颇有底气,令人多少有些畏惧。我怕怠慢人家,惹下麻烦,便故作镇静,答道:

"是猫,还不曾有名字。"说话间我这心脏咚咚直跳,比往日不知紧张了多少。只见猫王那神态不可一世:

"什么?是猫?那还用说!住哪儿?"

"就住在这教师家。"

"瞧你这干瘦样儿,也只有在这儿了。"开口便如此气焰嚣张,凭这两句话也知他不是什么好人家养的。不过,见他身量富态宽阔,想必平日好吃好喝,过得悠哉。我也该问问他到底是哪家的:

"请问府上尊姓大名?"

"我啊,大黑!车行老板家的。"口气蛮大。说起车行家的大黑,那可是这一带都出了名的。他仗着在车行家有吃有喝,蛮不讲理,又没教养,所以无人愿与他交往,以致集体敬而远他。一听是大黑,我多少有些沮丧,添了几分蔑视。遂想看他究竟无知到哪里,便问道:

"你看车行老板与教师,谁有能耐?"

"那还用说,当然是车行老板了。瞅你家主人,瘦得皮包骨头那副酸样儿。"

"你车行老板家的猫儿身强体壮,自然不愁有好饭好菜啦。"

"那可不,这世界咱走到哪儿都不缺吃的。我说你这小子,别老在茶园里瞎转悠,跟我走走,准保你不到一个月就变个模样。"

"那有求你了。不过,我那教师家的住所好像比车行家宽敞许多。"

"你这傻小子,房子再大又不能当饭吃。"大概被说到疼处了,只见他把那尖如紫竹的耳朵直挺着抖了几下,一撒腿便撤人了。至于和大黑成为知心好友，那是后话了。

此后，我们多次相遇。每见到大黑，他总是怒气冲冲。世上人类的可憎之事儿，其实大都是从他那儿听来的。

这天晌午，天和日暖，我和大黑躺在茶园里闲聊。他照样自我吹嘘了一番，回头问道："你这小子逮过几只老鼠？"

论起聪明智慧我自以为大黑他差得远，可要说到体力和气魄，自然不是一个等级，本人甘拜下风。如今被它这么一问，的确有些难堪。头次与他打交道，已有了教训。何况这明摆的事儿撒不得谎，只好答道：

"一直想着要逮，可还没逮着过。"大黑突突两下，抖着鼻尖上长长的胡须大笑起来。这家伙，你光听他自吹自擂那不够，还得呼呼地让喉咙作响，做出洗耳恭听表示钦佩的样子。与大黑交往以后，我很快便熟悉了他这脾气，对付起来也简单。碰到这种时候，少说两句实为上策，否则，干脆让他继续吹下去，遂忽悠上一句：

"你年长有经验，一定逮过不少吧。"果然，他见势就冲了上来，大侃道：

"没多少，不过三四十只吧。"接着又吹：

"这老鼠，我就是逮个一二百也不足为奇。就怕碰上黄鼠狼，那可让人招架不住。我吃过一次大亏呢。"

"哦，有那么厉害吗？"我顺着他的话应了一句。

大黑眨了眨他那浑圆明亮的大眼睛："去年大扫除，我家主人提了一袋子石灰撒到房檐走廊下边。没想，从那儿窜出来一条黄鼠狼。"

"哇！"我故作惊讶。

"那黄鼠狼也就比老鼠大一点儿。见这畜生，我猛地追上去，一下就把它赶到下水沟里了。"

"干得漂亮！"我及时又夸了一句。

"谁承想，那家伙最后使绝招，放了个臭屁，那可是奇臭啊，熏得我差点儿昏过去。"说到这儿，大黑抬起前脚将鼻子来回蹭了两三下，好像那臭味至今仍未消散，还在困扰着他。见此，我不免心生怜悯，遂给他打气：

"要是老鼠被你盯上,这辈子就倒霉了。你这逮老鼠的高手,不缺肉吃,要不怎能长得这般腰肥体壮,全身油光发亮啊。"谁想我这番话,并没讨上他的好。他长叹了一又气:"想起来真没劲,咱们再逮老鼠又能怎样!这世上那帮人类最不知廉耻,他们抢走我们逮来的老鼠,然后交到警察那儿去。那警察又不管是谁逮的,每只还给他们五分钱呢。我家主人已经靠我挣了一元五十分①啦,可从不见他给我什么好吃的。这人类,简直就是盗贼,厚颜无耻!"大黑说着,越发愤怒,浑身毛发直立。看来这个不学无术的大黑还明些道理。听到此处,我也没了情绪,随便应付两句,径直回了家。打那以后,我下了决心不逮老鼠。当然也没跟着大黑去找什么好吃的东西。我想,与其找吃的,不如躺在家里更舒服。看来,我这猫儿住在教师家里,性格也变了,如果不注意,或许今后像那教师一样,肠胃也要出问题呢。

说起教师,我家主人最近似是终于醒悟过来,认了自己不是画画儿的材料。且看他十二月一日的日记:

今日赴会,初次见到某某。听说此人素来放荡,一见方知,风流人物,有达人②气质。这种人自是多被女人看好,故,你说他放荡,倒不如说那放荡也都由不得自己。令人羡慕的是,据说他太太还是个艺伎。

其实,爱说别人放荡的,大多也是因自己无甚放荡的资本。而那些自吹是放荡的也大都不具真本事。放荡不放荡本来没人去强迫你,可是有人却爱逞强,沾沾自喜摆个达人样儿,真是没点自知之明。就像我画水彩画儿一样,成不了大器。要说那些出入烟花巷的都能叫个达人。我,自然也算是个水彩画家啦。若都像我,认了自己没那能耐,放下画笔倒也罢了。所以说,比起自称达人的蠢货,还是那些乡下粗人,不懂风流艳事,反倒淳朴可爱。

---

① 本书完成于日本明治三十八年(1905),此处的一元五十分,按当时的物价可购买十公斤一袋的大米。

② 达人,日语写"通人",指住某一领域非常专业,出类拔萃的人物。即某方面的高手。

我对主人这番议论实在难以苟同。作为教师,他居然吐露出羡慕人家艺伎的心态,愚昧之极。好在他尚能客观评价自己的水彩画,也算多少有点自知之明。不过,这类人一旦陷入自我陶醉之境也是难以自拔。且看他隔了两日十二月四日的日记吧。

　　昨夜一梦。有人将我随意乱放的水彩画儿装裱入匾挂在屋子栏间①正中。那原以为根本无法让人入眼的画儿,上了匾竟大为改观。我一时间心花怒放,独自欣赏,一边感叹不已。不知不觉天已大亮,待睁眼看时,画之笨拙一目了然,宛如朝阳升起,遂天下大白。

由此可见主人对水彩画儿依然有些恋恋不舍,故,梦中有了这一幕。且不说水彩画家,看来要做个达人,他也是天生才气不足。

主人做梦的第二天,那个戴金丝边眼镜的美学家又登门造访。已有多日不见了,他一坐下便径直问道:"画可有些长进?"

主人一本正经,答道:

"接受你的忠告,努力写生,还真是发现了许多以往不曾注意的地方。如物体形状及颜色的微妙变化等。西方绘画之所以发达,怕也是很久以来强调写生的缘故吧。安德烈不愧是艺术大家啊。"他如此赞赏安德烈,却只字不提自己日记里的东西。那美学家挠头笑起来:

"咳,其实那都是我胡诌的。"

"什么?"见主人尚未反应过来,他更是笑得得意。

"就是你佩服的那个安德烈,那写生的事儿,是我瞎编的,可实在没想到,你会信以为真啦。"

我在房檐下听着二人对话,担心主人,他今天该如何写那日记啊。这美学家就是专爱惹事,好看人笑话。他根本不顾及那个安德烈如何挫伤了主人的神经和情感,继续满嘴胡言:

"因常有人把玩笑当真,所以煽动蛊惑一下觉得特别滑稽,这种美

---

① 日语写作"欄間(らんま)",和式建筑为室内通风、采光、装饰而设计的开口窗,与门顶窗相似,主要开在房子与走廊,或两间房子之间的墙壁上端。

感令人快活极了。就在不久之前,我给一个学生说,尼古拉斯①曾奉告吉本②,让他把终生大作《法国革命史》由法语改作英文出版。谁知那学生记性特好,竟把我说的一一全记下,并在日本文学学会上当真发表了一通。在场的听众有百余名之多,那可是个个洗耳恭听啊。可笑之极!诸如此类的事儿太多了。前不久在某个文学家的聚会上,提到哈里森③的历史小说《塞奥伐洛》,我便发了一番评论,说那是历史小说中最出色的一部作品,尤其是描写女主人公死时那个场面,阴森诡异,充满杀气。听我这一说,坐在对面的某先生马上接上话题,连说那段确实写得极好。看来这个平日似是无所不知的人,和我一样压根就没看过那本书。"听到此处,患有神经性胃病的主人顿时瞪大了眼睛。

"你这么乱说一气,万一人家看过,可怎么办?"这言外之意是,你骗一下人倒没什么关系,关键是别露了馅儿。美学家完全不在乎,哈哈笑道:

"那个时候呀,你就说弄错了,或说是另一本书之类的,理由嘛,总有啰。"这美学家,虽戴着金丝边眼镜,可论人品性格,和那个车行老板家的大黑颇有类似之处。主人到此无言以对,只好抽起他的日出牌香烟,露出一脸无可奈何的样子。而这美学家的眼神里却似有话:照这样,你再画也画不出个名堂。不过他嘴上依然鼓励主人:

"玩笑归玩笑,要说绘画的确不容易。听说达·芬奇曾让门生摹绘寺院墙壁上经日晒雨淋而留下的痕迹。你想,上厕所时若仔细盯着漏雨的墙壁,真会发现一些图案,还很漂亮呢。写生要仔细观察,将来肯定会有长进。"

"又在瞎胡诌。"

"不,这可没半点假,这难道不是一句警世名言吗?也像是出自达·芬奇的。"主人懒得与他争执下去,只好表示赞同:

---

① 尼古拉斯,英国作家狄更斯的长篇幽默小说《尼古拉斯·尼克尔贝》中主人公的名字。
② 爱德华·吉本(Edward Gibbon,1737—1794),英国历史学家,十八世纪欧洲启蒙运动的代表。著有《罗马帝国衰亡史》,非《法国革命史》。
③ 哈里森(Frederic Harrison,1831—1923),英国法学家、文学家、哲学家。

"确是惊人之语。"不过,后来他好像也一直没去过茅厕写生。

车行家的大黑后来脚跛了。那一身黑油发亮的毛也逐渐失去了光泽开始脱落。那双我曾认为比琥珀还美丽的眼睛里总是沾满眼屎。让人担心的是,他的精神状态极为消沉,身体状况愈见恶化。最后一次是在后院茶园里见到他,当我问他身体如何,他说,都是那个黄鼠狼的臭屁和卖鱼伙计的扁担,让他吃尽了苦头。

赤松林间参差重叠的红叶,如同昔日的梦幻,纷纷散落,茶园里不断飘到石头洗手盆里的红白山茶花瓣,这会儿也全都洒落散尽了。

房檐下的走廊,面朝南,有三间①多长。入冬,日脚倾斜得真快。呼呼的冷风几乎每天要刮上一阵,我感觉午睡的时间好像也短了。

主人每天去学校,回到家就一头钻进书房不出来。若碰上有人来了,他总要发点牢骚,说不愿当教师了。水彩画儿基本上不画了。胃药也停了,说吃它根本没有效果。两个孩子上幼儿园倒是从不耽误,回到家唱唱歌,玩会儿绣球。有时我的尾巴会被她们倒着提起来。我平时没什么好吃的,也胖不到哪里去,但总归还健康,腿脚也利落。每天无所事事,日子过得倒也平安。老鼠我绝对不逮。那个女仆阿三依旧让人讨厌。至于名字,至今没人给我取。不过要说这欲望也是无止境的,所以我认定了,就在这个教师家过一辈子,终身做个无名的猫儿。

---

① 日本度量单位,一间约一点八米。

第 二 章

新年到来,我小有了名气,随之这作猫儿的自豪感也上来不少。

元旦一大早,主人便收到一彩色贺年片,是他的画家朋友用彩色蜡笔亲手绘制。上边涂红色,下边是深绿色,正中间画了个动物,蹲势。主人在书房里拿着它来回看,感慨道:"这颜色配得不错。"接着,他上下颠倒着看,身子扭斜着看,一会儿又伸直胳膊拉远了看,对着窗户亮光凑到鼻子跟前看,那个认真劲儿就像老人看《三世相》①一样。我趴在他腿上,晃来晃去,直担心随时会被甩下去。好不容易停下了,又听他低声嘀咕:"究竟这画的是什么?"原来,他赞叹贺年片的水彩颜色,却挖空心思弄不明白人家画的什么。画的什么还让他如此为难?我睡眼半睁开瞅了一下,这分明就是我的肖像嘛!它不同主人学安德烈画画儿,人家毕竟是专业画家,色彩和谐,形象生动。谁看了都认得出是个猫儿,有眼力的,一眼还能看出来,这猫儿不是别人,就是我呀!连这点小事儿主人他都这么犯愁,还真让我有点可怜他。想告诉他:这画的是我。就算看不出我,至少也要让他明白是只猫儿呀。遗憾!人类并无天赐灵犀,他们听不懂我等猫族语言。算了,不去多想了。

在此,只给诸位读者简单说明一下,他们人类动辄爱以蔑视的口吻评价我们猫如何如何,其实毫无根据。还有些教师,他们愚昧无知,且高傲自大,以为牛马是用人类渣滓造出来的,猫是牛马粪便所制。明摆着,一群脑残而已。再说猫,你想粗制滥造,怕也造不出来。旁人看上去,猫全都一个样,无任何差别,更无特色可谈。其实,让你进到猫的社会看一看,便知道那里也是相当复杂的,各色各样。用形容人的话,那

---

① 《三世相》由佛教之因果应报、因果酬报、善恶业报之因缘说,掺杂阴阳五行、占卜相生相克之说而成。依照出生年月日的干支,预测过去、现在、未来三世因果报应及祸福吉凶。

才叫"十人十色"呢。无论眼神、鼻子、毛色,连走起路来也都不一样。从胡子翘的高低,耳朵竖的角度,以至尾巴弯曲下垂,无一相同。至于美与丑,喜好厌恶,风流雅致,那更是千差万别。

猫的区别如此明显,但人的眼珠却总往上,看天上。所以,别说猫的性格,可怜他们连猫的相貌也识别不了。古人说得好,同类相聚,的确如此。年糕只有卖年糕的最懂,猫也只有猫自己明白。他们人,头脑再发达,对猫也一窍不通。说老实话,人类并没有什么了不起的,更不像他们自以为的那样:人类很伟大。

更何况我家主人,他缺乏同情心,甚至不懂:所谓爱,即是建立在相互完全理解的基础之上。对这种人无奈!他的性格又极差,就像牡蛎一样吸在书房里,决不向外界松个口开道缝。很可笑,他还爱摆出一副知理达观的样子。你看,我的肖像放在眼前,他不识,还说傻话:"今年是征伐俄国第二年了,这画的怕是大熊①吧?"

我趴在主人的腿上打瞌睡。女仆又送来第二张贺年片。一看,是彩色印刷的。画着一排洋猫,有四五只,各持笔写作或看书学习。其中一只在桌旁唱歌跳舞:"猫呀猫儿,两脚蹬木屐,一手持拐杖,身着夏季花浴衣!"上边几笔浓墨:"我是猫。"右边另添俳句一首:"猫儿读书又跳舞,好快活,春天来哕!"寄这贺年卡的是主人旧时弟子,意思谁一看都明白,可主人他没醒悟过来,歪着头,不可思议,自言自语:"奇怪?今年可是猫年?"到这会儿他还没察觉,如今我已相当有名气了。

不时,第三张贺年片又送进来了。没带画儿,上面写着:"恭贺新年!"旁边另有:"敬请问候府上爱猫。"主人他再怎么转不过弯,这下似是明白了。他哼了一声,看了我几眼。我能感到那眼神比起以往,多少带点敬意。至今,主人在世上没什么存在感,如今他面貌焕然一新,岂不是全托了我的福吗!这么一想,主人那眼神的变化也就理所应当了。

此时,门铃丁零零响起来。大概是有客人来。家里来客都由女仆应酬。不是卖鱼的梅公来,我一概不动。我依旧坦然地坐在主人腿上。

---

① 《我是猫》发表的前一年,明治三十七年(1904)日俄战争爆发,日本把敌国俄国比作熊。

可主人却似碰上高利贷上门来逼债,神色不安,直望着大门方向。原来他是讨厌新年来客,要陪人家喝酒。人如此偏执,谁也就无话可说。可主人又没勇气,干脆一大早出门躲开这些骚扰。于是此刻越发显露出他牡蛎的本性。

女仆告知寒月先生来了。这寒月好像也是主人旧时的弟子。大学毕业,听说比主人混得强多了。这人也不知为什么,常到主人家来闲坐。一来,就有很多话要倾诉:哪个女人对他一见钟情,没多久又似告吹了;还说这世界多么有趣,又多么无聊;悲惨事件、风流绯闻等等,吐上一大堆,人就走了。我实在想不通,他为何要找主人这种人,黏糊糊的,说了些废话,又管什么用,何苦呢?有时见牡蛎式的主人偶尔听着还点头称是,更是觉得好笑。

"很久没来拜访了。其实,去年年末以来,各种活动一直很忙。我也总想来,可一出门两脚一转,就绕到别处去了。"他上下老扯着外褂上的真丝吊穗,说话也让人摸不着头绪。

"最后绕到哪儿了?"主人问得可不带含糊,说着把黑布外套袖口往下拽了拽。这外套上虽也绣着家徽,可袖子短了半寸,时常要露出里边的旧棉袄。

"哈哈,就差一点儿。"寒月他张嘴一笑,见缺了一个门牙。

"你,怎么了?那牙?"主人话题也转了。

"咳,说实话,在某地吃香菇……"

"吃什么?"

"香菇。正要用门牙咬那香菇呢,呵哧一下它就磕掉了。"

"吃香菇居然能把门牙磕掉,你怎么就到了那把年纪啦?这倒是能作首俳句,要说去恋爱,困难啰。"主人轻轻敲了一下我的头。

"哎。这猫儿就是原来那只嘛?不是胖多了嘛!这下可以跟那车行家大黑较量一番。真长大了。"寒月把我大大夸了一番。

"最近是长大了。"主人得意地砰砰几下敲了敲我脑袋。受人夸奖自然高兴,可这头被敲得也疼啊。

"前天晚上参加演奏会。"寒月把话题又转回来。

"哪里?"

"哪里？这就不细说了。小提琴三把加上钢琴伴奏，还真别有一番趣味呢。三人一块儿拉小提琴，你拉得差点儿也听不出来。姑娘左右一边一个，我在正中间，感觉还不错呢。"

"哼，那女子是什么人？"主人很羡慕。别看平时他总是一脸枯木寒石样，其实对女人决非冷漠无意。以前他看过一部西方小说，那里边的男主人公见了女子便要痴情入迷。有人讽刺说，统计了一下，路上过往的女人，有七成会让他痴迷爱恋上。主人看后，居然认为这说的是大真理呢。你们看，就是这般情种，却要过着牡蛎一般的生活，实在让我等猫辈难以理解。有人说，他曾失恋过，有人说他肠胃虚弱，还有人说他因没钱，生性胆怯。不管怎么说，反正他与明治历史无关紧要，用不着深究了。不过他带着羡慕口吻问寒月，打听女人这事儿，可一点不带假。

寒月用筷子夹起一块切好的鱼糕，谨慎地用另一颗门牙咬下来。看着都让我担心，不会又把那牙磕掉吧。还好，没事儿。

"问的什么？那两位小姐都是正经人家的，你不认识。"寒月这话说得不免见外。

"原来……"主人拉长语调陷入思考，后边"如此"两字就给省略了。寒月也觉得该告辞，遂劝说主人：

"今天好天儿，得闲的话一起散散步吧。攻破旅顺①，街上热闹着呢。"主人与其对攻破旅顺，莫如说对那两个女子更感兴趣，他很想打听打听她们到底是谁家的小姐。考虑了片刻，他终于下了决心。

"那就走一趟吧。"

主人还是那身衣服，绣着家徽的黑布外套，里边的结城织布棉袄是哥哥留给他的遗物，穿了有二十多年。你说那结城织布再结实，也架不住他这么一直穿。好几处都快磨破了，透过光亮，能看见里边的针脚。主人的服装不论时令场合，年末、新年照样如此，也没个礼服或便装之分。要出门了，两手一抄抬脚就走。我也不知他是没其他衣服，还是懒得换。但起码不是因失恋过才成这样。

---

① 一九〇五年一月一日俄国宣布放弃旅顺。

两个人走后,对不起,我就把寒月吃剩的那块鱼糕送进肚子。近来我也不同一般的猫了。有资格步入桃川如燕①的猫传记,或格雷笔下偷吃金鱼的猫之行列。那个车行家大黑,从来就没看上过。我吃上一块鱼糕,不至于让谁说三道四吧。

其实,避人耳目偷吃点零食,这毛病也不仅限于我们猫。这家的阿三就常趁夫人不在,偷吃年糕点心之类的。偷吃固然失礼,不光阿三,就连主人家孩子也都有这毛病,尽管她们让夫人吹得很高,说是正在接受着品位良好的教育。

那是四五天前的事了。两个孩子醒得特早。没等主人夫妇起来,她们就对坐在饭桌前。这家有个习惯,每天早上主人吃面包要蘸上点砂糖。这天恰好糖罐儿就放在桌子上,里边还有个小勺子。平时分糖的人不在跟前,老大就从罐子里舀了一勺放到自己盘子里。接着,老二学姐姐样舀了同等分量的糖,也放进自己盘子。俩人互相看了一会儿,老大又拿起勺子加放了一勺。老二马上也加了一勺。姐姐又舀了一勺,妹妹不服输又加一勺。姐姐拿起糖罐,妹妹举起勺子。眼见一勺加一勺,俩人盘子里的砂糖堆成小山,糖罐里的糖没了。这时,见主人揉着眼睛从睡房出来,当即把她们俩辛辛苦苦舀出来的砂糖一倒,又装回糖罐里了。由此看来,所谓公平这个观念是人类根据利己主义总结出来的,也许这一点他们比猫强。可论智慧恐怕反倒差了些。她们干吗要把糖堆那么高,抓紧把它吃了不更好嘛。可惜我等猫辈言语她们不懂,我蹲在饭桶上,虽觉得可怜,也只好悄然看风景了。

主人与寒月散步不知散到哪里了,反正回来得很晚。翌日早上,他坐到饭桌前时已九点。我趴在那饭桶上观望主人,他默默吃着烩年糕。一碗吃了又一碗。年糕虽切得不大,那也吃了六七块了,最后碗里剩下一块,他这才把筷子放下:"好了,不吃了。"若要看见别人如此浪费,他是不答应的。可自己这会儿却摆起一家之主的架势,他瞅着剩汤里那块烤得焦黄的年糕残骸,心安理得。夫人从橱柜里边把消食片取出来,

---

① 明治初期东京"讲谈师"(单口相声演员),号如燕、燕玉、燕国等。《今昔白猫传》故事中有只猫叫如燕。

放在桌上，主人说：

"这药不管用，我不吃。"

"不过，你看，不是听说它对消化淀粉类的很有效吗？还是吃了好。"夫人劝他。

"管它对淀粉有用没用，反正我不吃。"他较上劲儿了。

"真是一天一个样。"夫人像是自言自语。

"不是我爱变，是那药不见效果。"

"不是前些天还老说管用、管用，每天也都吃了吗？"

"那段时间是管用了，可最近它不管用了。"俩人像说对偶句一样一问一答。

"像你这样吃吃停停，再灵的药也不管用。忍着再吃几天吧，别说肠胃虚弱，其他病不吃药也治不好呀。"夫人转身看了看阿三。阿三正端着托盘，遂马上顺着夫人旨意劝说道：

"那是真的，您不多喝几天看看，也不知这药是好是坏呀。"

"别说了，我不喝就是不喝。女人家懂什么。别多嘴。"

"反正我们是女人。"夫人把消食片塞到主人跟前，好像非逼着要他吃下去。主人他二话没说起身进书房了。夫人和阿三互相看着嘻嘻笑了。在这种时候，你若跟在他身后，或再跳到他腿上，那叫自找麻烦。我悄悄从院子后边绕到书房的走廊上，透过格子门缝隙观看主人动向。

主人翻开一本书，是爱比克泰德①所著，平时他倒有点耐性，能看下去的。可今天，才看了五六分钟，就把那书使劲一摔扔在桌上了。我也察觉到大概是有点儿什么，遂继续留心观察。主人取出日记本，写道：

与寒月散步至根津、上野、池之端、神田周围。池之端茶楼前，一个艺伎身着新年宽袖子和服走过来，拿着羽板球拍。一身和服极漂亮，可那张脸实在丑，跟家里这猫不相上下。

你说她长得难看就得了，何必要把我给扯上呢。我要是去喜多屋②把

---

① 爱比克泰德（Epictetus，约55—135），古罗马斯多葛学派哲学家。
② 东京大学正门对面的理发店，于一八七一年八月明治政府颁布《断发令》后开业。

脸刮一刮,那也不会比他们人差多少。人就是如此傲慢的动物。

走到宝丹药房①的拐角处,迎面又走来一艺伎。高挑的身材配那溜肩恰到好处,一身淡紫色的和服穿得也似有些品位。她笑着露一嘴白牙:"源少爷,昨晚忙得没停脚啊。"这说话声儿嘶哑得就像乌鸦叫唤,好端端的模样硬是给糟蹋了。你说,连那源家少爷是个什么人我也懒得转过身去看。我抄着两手径往御成道②走。寒月他心不在焉,像被谁把魂给勾走了。

人的心理最难揣摸。你弄不明白这主人,他现在是心里有气,还是心神不定,或是看着哲人的遗著③求得少许慰藉?面对俗世,他是冷眼以待,还是欲求介入?为身边琐事,他是动肝火,还是超然于世?你搞不清楚。

说到这里,我们猫极是单纯。想吃就吃,要睡则睡。有气,大发怒,悲凄,大哭叫。首先,日记决不写,这无用的东西完全没有必要。像主人这种表里不一的人,他写日记,是把自己见不得人世的那一面,在这暗室里发泄一番。可我们猫,每天行住坐卧,拉屎撒尿④,便是真实的日记,完全不必这么麻烦地特意去保存自己的真面目。我要是有那工夫记日记,不如在走廊上睡他一觉呢。

神田街某店,晚餐喝了两三杯"正宗"日本酒。今早,胃里感觉不错。想是晚饭喝酒对肠胃很适合。消食片不行,不管谁说都不吃。要说理由,不管用!没别的。

主人在攻击消食片。就像自己跟自己过不去。看来今早上来的火气,这会儿又露出尾巴来。或许人写日记,其存在价值即在此处。

前几天某某说不吃早餐胃就舒服。于是免了早餐,那两三天,

---

① 宝丹是当时的常备药,治头疼、发热、腹痛等。总店在今东京都台东区上野池之端附近。
② 上野公园附近,德川时代将军参拜宽永寺时走过的道路。
③ 指爱比克泰德的著作,因是死后由弟子编撰,故称遗著。
④ 佛教用语,指日常生活。

肚子咕咕直叫唤，无任何效果。

某某劝我不能吃咸菜。根据他的理论，胃病皆由咸菜所致。只要不吃咸菜，便可切断病源，使胃康复。于是一星期没动咸菜，不见生效，这就又开始吃了。

听某某说，胃病只有按摩方可疗治。且按摩不同一般，要用古式皆川流，揉上一两次便可根治。听说安井息爱用这种按摩术，豪杰坂本龙马也时常接受此疗法。听了这话，我马上到上根岸去揉了一次。人家说要揉到骨子里才行，又说要把肝胆内脏揉个位置颠倒方可。那揉法简直残酷极了。揉过以后全身瘫软像堆棉花，似得了昏睡病。结果揉了一次便作罢。

A君说，要吃流食，我就每天喝牛奶。结果肠子里总呼呼作响像发大水，闹得我整夜不得入睡。

B氏劝我，用横膈膜呼吸法，让内脏运动，胃功能自然恢复过来。我也试着去做，可总是内心不安。时而想起来，认真做一会儿，可五六分钟过后就又忘了。心里老惦记这横膈膜，结果书也看不下去，文章也写不出来。美学家迷亭见我这样，讥笑说，像个快要生孩子的男人。最近不做了。

C先生建议说吃点荞麦面，我就吃了一笼又一笼，弄得总拉稀，却不见任何效果。

多年来为了治这胃弱，用尽各种方法，皆以失败告终。昨晚与寒月喝了三杯正宗却颇为见效。以后还是每晚喝上他两三杯。

每晚小酌决不会长久，他跟我这猫眼一样说变就变，干什么都虎头蛇尾没个耐性。可笑的是，他日记里写自己对胃病那么担心，可在人前却装得满不在乎。前一晌，他的一个朋友，某学者来访，说自己多年研究出一个理论：在某种意义上，疾病全都是祖上父辈和自己造孽的结果，他讲的时候条理清晰，振振有词。可怜我家主人，他脑子迟钝，又没什么学问去反驳人家。只是苦于胃痛发作，逼得他要拼命辩解，给自己挣个面子："你这见解的确新颖，可卡莱尔他不是也有胃病吗？"真亏他想得出来。以为既然卡莱尔有胃病，那自己不也很荣耀嘛。可人家一句话便把他顶了回去："卡莱尔是有胃病，可有胃病的人肯定当不了卡莱尔。"主人被说得没了二话。尽管他虚荣心如此强烈,但毕竟是想把胃病治好。真够滑稽的,主人要从今晚开始小酌。早上吃了那么多烩年糕,怕也是昨天与寒月喝正宗,受他影响了。老实说,我也有点想吃烩年糕了。

说来,我这猫儿从不挑食。我既没车行家大黑那么大劲儿,远征到街上的鱼店,又无新街上二弦琴师傅家三毛姑娘那身份,去奢侈享受。所以吃起东西不甚挑拣。小孩儿吃面包,掉下来的渣渣我吃,点心里的豆沙馅也舔舔。腌菜之类的实在不好吃,但为了体验一下,腌萝卜我也吃过两片。有些东西觉得味道挺怪,可大都吃得下去。挑三拣四的,太娇气任性,住在教师家,我这猫儿哪敢有那么多讲究。

听主人说,法国有个小说家叫巴尔扎克,那人极尽奢侈享受,当然不是一般食物,是说他写小说太奢侈。一天,他要给小说里的人物起个名字,可怎么也不满意。正好有个朋友到他家来,就一起出门散步。至于为什么要散步,客人当然不知道。巴尔扎克他一心只想着要好好给小说人物起名字,所以说是散步却两眼只顾看着街面上店铺招牌。走了一路,总没碰上个让他称心满意的,于是带着客人一直转悠,客人糊里糊涂也就跟着他走。两人在巴黎探险般地走了整整一天。当他们正要往回转时,巴尔扎克突然盯住了一家裁缝铺。一看,原来这家裁缝铺名叫马卡斯。巴尔扎克顿时拍手叫道:"就是它,就是它。马卡斯!这名字太好啦!马卡斯前加一个Z,就是我的主人公名字。不加Z不行。Z.马卡斯,这名字真好。怎么自己起名字总觉得很做作,让人不满意。这可终于叫我看上了。"听说他兴奋之极,把人家跟他白走了一天这事儿忘了个干干净净。你们看,给小说人物起个名字,得把巴黎走个遍,转上一天。真是费老劲儿花大时间啦。奢侈到了这份上,足矣。可像我,守着个闭门不出牡蛎式的主人,哪里还会有什么奢望。什么我都吃,只要它能吃。看来这性情也是环境决定的。所以,现在想吃点烩年糕,绝不是什么奢侈。我的原则是在能吃的时候,就吃。这不,刚想起来,主人吃剩的烩年糕,弄不好还放在厨房里呢,遂绕到后边。

年糕依然是早上见的那样儿,没变色儿,沾在碗底。老实说,这种白色叫年糕的东西我至今还没吃过一次。看上去挺好吃,可又有点胆怵。当我用前脚把几片菜叶扒开时,下边那年糕黏糊糊就沾在脚上了。闻了一下,挺香。每次米饭在铁锅里烧好了再舀到木饭桶里,就是这么香喷喷的。是吃呢,还是不吃?我望望四周,谁也没在跟前,是一时侥幸呢,还是有什么不祥之兆?阿三她不管年末也好,入了春也好,总爱打打板羽球①。孩子们在前边客厅唱歌谣:"兔子兔子,你说什么呀?"我要吃就得趁这会儿,错过这机会,就得再等一年,等到来年才能尝到这年糕的滋味。

刹那间,我这个猫儿,居然悟出了一条真理:

偶然的机会,会使所有的动物一反常态,忘乎所以。

其实,这年糕我并不想吃。盯着碗底,我越看越没食欲。如果此时阿三打开厨房后门,或有脚步声,见孩子们从前边进来,我会毫不犹豫地放弃这碗年糕。我会忘掉它,到明年都不会想起它。可是,谁也不来。踌躇不决,依旧不见人来。还不快吃!赶紧吃吧!我好像在被谁催促,边看着碗里边想,要是有谁进来就好了。可还是谁也不来。必须要把这年糕吃了!最后我使尽全身气力冲向碗底,一口把年糕咬住了。嘴里进去一寸多,使劲儿又咬,一般的情况这就能咬下来了。可今天怎么啦?居然咬不下来。再使劲儿还是咬不动,它全黏在牙上了。想重新咬一口吧,这嘴连张也张不开了。待我醒悟过来,知道这年糕是个怪物之时,已为时过晚。就像人掉进了沼泽,要拔腿却拔不出来,你越着急它陷得越深。我越咬,这嘴越是死沉,动也动不得。嚼起来它也是有些嚼头,可干嚼它却咽不下去吐不出来。美学家迷亭先生曾说主人做事不痛快,黏糊糊,的确说得好。今天这年糕就和主人一样,黏糊糊,你怎么也咬不下来。再咬,都是十除以三,永远除不尽。

就在烦恼之时,我领悟到第二条真理:

动物都有一种直觉,它能预感到什么对自己适合。

真理已发现了两条,可这年糕依然黏在牙上,让我没有丝毫成就感。牙被年糕黏得紧紧的,像拔牙一样疼痛难忍。再不咬下来逃跑,那

---

① 板羽球,日本传统游戏,新年时多是女孩儿玩,两人以木板互相打击毽子,毽子掉落了当作输,作为处罚输了要在脸上涂墨。

阿三就要来了。孩子们的歌声一停,她们肯定要到厨房来。气恼之极我把尾巴摇摆了几下,全然不见效果。又把耳朵竖起来倒下去,也都不行。一想,这耳朵和尾巴与年糕确实没有任何关系。总而言之,摇尾巴、竖耳朵,都是白辛苦,不能这么来。我逐渐发现借着前脚可把年糕扒下来。于是先用脚把右边嘴周围抹了几下,光抹几下还扒不掉。这次又用左脚迅速拨了一下,这招也不灵。一想还是坚持下去最重要,于是左右交替着拨拉,可这牙就是黏着年糕下不来。干脆两脚同时上,这下居然神了,后面两条腿竟站立起来。好像不是猫的感觉。管他是不是猫,这会儿哪能顾得上那么多,只要能甩掉这年糕就行。我两脚满脸乱抹,前脚动作猛了一点,全身便失去重心要摔倒,是快摔倒了。我赶紧用后腿调整平衡,这一来就满屋子乱跳起来。你看,我居然能如此灵活站立,这两眼一转就发现了第三条真理:

危机时刻若有超常发挥,可谓之天助。

有了上天相助,我豁上命与那年糕之恶魔展开搏斗。正在此时,似听到有脚步声。这会儿要来人可糟透了。我焦急万分,在厨房中间绕着圈跳起来。脚步声越来越近。哇!真遗憾,老天相助它毕竟有限,到此而已。我终于被孩子们发现了。她们大声喊叫:

"哎呀,这猫儿吃年糕跳起舞了。"阿三最先听见了孩子喊叫,她扔下手中的板羽球拍从后门腾腾跑进来:

"这是怎么啦!"太太一身和服正装:

"这猫儿真烦人!"主人也从书房出来,扔下一句话:

"这混账东西!"只有孩子们高兴极了:

"真好玩儿,真有趣儿。"她们不约而同,放声咯咯大笑。气死人!痛苦之极,这跳却停不下来。不一会儿刚见笑声停了,五岁的老二又说:

"妈妈,这猫儿可真能跳呢。"这话犹如力挽狂澜,又引得大家哄堂大笑起来。论起他们人类甚缺恻隐,我领教得也多了,但此时此刻这愤怒却是从未有过的。指望"天助"也不知跑到哪里去了,我四脚无力趴在地上,翻起白眼珠。主人见此,于心不忍,喝令阿三:

"把年糕给它取下来。"阿三她却还想继续让我跳下去,她看了眼夫人。夫人心里也想看笑话，可又不忍让我如此痛苦下去，便没做声。这时主人转身又催阿三：

"你快给弄下来，不然它会死的，快点儿！"阿三这才似从梦中惊醒过来，只可惜一顿美餐被人搅乱了，她满脸不高兴，上前使劲一拽便把年糕揪下来了。虽说比不上寒月那般痛苦，可感觉上是我这门牙全给磕断了。要问疼不疼？把紧紧黏在牙上的年糕毫不留情一把揪下来，那，能好受吗！

我发现第四条真理：

历经苦难，方知快活。

环视四周，这家人都回到前边客厅了。

遇到这种自己受挫失意之时，若待在家里再碰上她阿三，岂不活受罪。干脆换个情绪，去找三毛姑娘吧。遂从厨房绕后门，到新街上二弦琴师傅家那边。三毛姑娘是这一带出了名的美猫。我呢，虽是个猫儿，也知些人心懂点情理。在家见主人绷上那张苦脸，或惹祸得罪了阿三，我也会情绪低落。那时便总找三毛姑娘，跟这个异性朋友说话聊聊天。说话间那心情就会慢慢轻松快活起来，那些烦恼事儿会统统忘掉，心态也平和下来。所以要说女性的力量，可实在是巨大无穷。

透过杉树围墙隙缝，向四周一望，只见三毛姑娘端端正正坐在屋檐下走廊上，脖子上那新项链，大概是过年刚挂上的。她那圆熟的脊背，曲线之美，简直无法用语言来形容。尾巴弯弯一卷，双脚曲折伏地，两耳频频抖动，又似是心有所思。特别是在这个春光明媚的日子，暖烘烘的屋檐下，她端庄静坐，一身绒毛在阳光的照耀下如同天鹅绒一般光滑发亮，自然微微波动。望着她我如醉如痴，好一阵才转过神儿来，遂举起双脚，上前低声打了个招呼：

"三毛姑娘，三毛姑娘！"她见是我，便从走廊上跳下来。

"哎呀，是先生啊。"那个红项链上的小铃铛丁零零做响，轻松快乐。哎，这铃铛也是新的。她走到我身旁，把尾巴向左摆了一下，表示贺年。我们猫儿之间习惯把尾巴先直直地竖起来，然后向左转上一圈以示打个招呼。

在这儿街道区内只有三毛姑娘把我称作先生。前面说过我还没名

字,三毛姑娘见我住在教师家,总这样尊敬地称我先生、先生的。对她这样的称呼,我心里自然很高兴,遂立即回应道:

"恭喜新年啦。今天打扮得真漂亮啊。"

"哎,去年年底师傅给买的,不错吧。"说着把铃铛晃得丁零零地响。

"这铃声美妙动听,我从来还没有见过这么好的铃铛呢。"

"哎呀,你可真是的,大家都挂着呢。是好听吧,真让我高兴!"她又摇晃起那铃铛,丁零丁零地响个不停。由此自然联想到自己,不免心中羡慕:

"看来你家师傅格外心疼喜欢你啊。"

"真的,她待我就像自己的孩子一样。"三毛姑娘很开心,天真地咯咯直笑。我们猫儿也是会笑的,他们人类认为只有自己会笑,那可是大错特错。我们笑的时候是把鼻孔簇成三角形,振动着咽喉让它发响。对此他们人类根本不懂。

"你家主人究竟是做什么的?"

"是说我的主人吗?问得真怪,是师傅啊,教二弦琴的师傅啊。"

"那我知道,只是想问问她家里是做什么,是个有身份的富贵人家吧?"

"是啊。"

"待君何时来,小松望穿眼。"拉门里传来师傅二弦的琴声。

"弹得不错吧!"三毛姑娘向我夸她主人。

"不错吧,可我不懂琴,她弹的什么曲子?"

"哎呀,那个,就是那个叫什么来的曲子嘛,是师傅最喜欢的。你看我家师傅六十二岁了,身体多结实。"活到六十二了,能说她不结实吗。

"是啊。"随口应了一声,好像话不投机,可确实也没其他更好的回话。

"别看现在,师傅家可是个大家出身,蛮有身份的。她自己总说。"

"嘿,是什么来着?"

"什么天璋院①家掌文书的妹妹的婆家的外甥女。"

"什么？"

"那天璋院掌管文书的妹妹的婆家。"

"喔,原来是,等一等,是天璋院的妹妹的文书？"

"不对,不对,是天璋院掌管文书的妹妹的。"

"这就明白了,是天璋院家的。"

"对了。"

"是掌管文书的。"

"是啊。"

"嫁人了？"

"是他妹妹嫁人了。"

"我给弄错了,他妹妹嫁人的那家。"

"她婆婆的外甥女。"

"是外甥的女儿吗？"

"对了。理清了吧？"

"不,还没,乱七八糟的,理也理不清啊。反正是天璋院家的什么。"

"你也真糊涂,怎么就不明白呢,刚才不是说了吗,那是天璋院家掌管文书的妹妹的婆家的外甥女儿。"

"这就弄明白了。"

"明白了就好。"

"嗨。"真没办法,我只好作罢。有时彼此争执不休,也不得不说点违心话好把它敷衍过去。拉门里的二弦琴声骤然停下,只听师傅在叫：

"三毛！三毛！吃饭啦！"三毛姑娘很高兴：

"师傅叫呢,我回去啦,好吗？"这,我能说不行吗！

"下次再来玩吧。"她晃着铃铛刚进院子,突然又转回来,担心地问我：

"见你脸色不好,有什么事儿？"我总不至于把吃年糕跳舞的事儿

---

① 江户末期鹿儿岛藩主岛津齐彬之女,第十三代将军德川家定正夫人。

给她说吧。"没什么,稍微考虑点事情头就疼,想跟你聊上两句也许会好些,这不就来找你啦。"

"哦,原来是这样,那多保重啦,下次见!"看她还有点舍不得离开的样子,刚才还灰心丧气的情绪一下子转过来,好舒畅啊。

回家时又穿过茶园,一路上脚下的霜柱已经开始融化。出了建仁寺式①的篱笆围墙豁口,碰见车行家的大黑,他弓着背在枯菊丛上正打着哈欠。虽说最近见了大黑我不再发怵,却又懒得和他搭腔,遂想只装作没看见溜过去吧。可按大黑的性格,他要发现有人瞧不起他,那决不会饶你的。

"喂,你个无名小卒,这一向还逗能摆起架子来了。吃教师家的饭,就这么傲气,不知天高地厚啦。掂量着点儿,别惹老子。"看来他并不知道如今我的名气。你说告诉他吧,一想说也白搭。还是应付两句,赶紧走人。

"大黑兄,恭喜新年!总这么精神啊!"我把尾巴竖起来向左绕了一圈,可大黑他尾巴翘着不动,礼也不回。

"有什么可恭喜的?不就是过个年。你小子一年到头哪来那么多喜事儿。看着点儿,就会呼呼拉风箱②。"

"拉风箱"这好像是骂人的话,可又不懂在说什么:"问问你,那拉风箱是什么意思?"

"哎哟!你小子也太傻了,挨了骂还要问它啥意思。就是'大年三十闲得慌'。"听这话还有点诗意呢,可到底说什么,似乎比拉风箱更难懂。再问一下吧,一想他也跟你说不明白。面对面无话可说,不免有些尴尬。正在这时,突然听见大黑家车行老板娘大声喊叫:

"哎呀,柜子上的鲑鱼怎么不见了,准保又是那个黑畜生给偷吃了。这猫儿实在可恨,回来看我把它好好给收拾一顿。"这怒吼声肆无忌惮,震荡着天空,这悠闲的阳春暖日,宁静的太平世界,顿时被搅和得混浊一片。任她漫天乱骂,大黑也不在乎,他把方下巴伸了一下,暗示

---

① 一种竹篱笆样式,京都建仁寺里最先使用,故称建仁寺篱笆,将一根竹子劈成四片,竹子皮向外捆绑,为四方形。
② 骂人大声喘气,像拉风箱似的呼呼响。

我,听见了吧? 刚才一直没注意,被他这一提醒才发现,大黑脚下有块吃剩下的鲑鱼骨头,沾满泥巴。那块鱼少说也要两分三厘钱。我一时忘了刚挨过骂,立马吹了一句:

"到底是老兄,干得漂亮!"没想这奉承话并没让大黑高兴起来:

"什么干得漂亮,你小子,一两块鲑鱼算个啥,别小瞧人,我可是车行家的大黑。"好像人打架要卷起袖子,只见大黑举起右前足,翻过来把肩膀挠了挠。

"你大黑兄的本事,那是久仰了。"

"既然知道,还瞎咋呼什么。"他越说越来劲儿,气呼呼地跟我过不去。就跟被人一把揪住胸前不肯放手,弄得我不知如何是好。这时,又听见车行老板娘大声喊叫:

"喂,西川!西川掌柜的,是我,有事儿,要斤牛肉。马上给送一斤牛肉来,听见了? 不要硬的,要那肉嫩的好部位,要一斤哦。"这买牛肉的吆喝声打破了周围的寂静。

"哼,一年就买这一次牛肉,可着嗓门儿叫唤,不就是想让左右邻居都知道,好显一显。臭婆娘! 没脸没皮!"大黑四脚叉开,把自家女主人嘲笑了一番。我呢,不便多嘴,只在旁一声不吭。

"才一斤,那哪儿够! 得,送来我就给它干掉。"听这口气,那肉好像是专为他买的。

"这下有顿美餐了,有口福啊。不错。"我尽量哄着让他赶快走开。

"你小子懂个啥,少多嘴! 烦人。"说着,见他突然用后脚扒起一堆霜柱渣子朝我头上甩过来,吓人一跳。还没等我抖掉这身上的泥巴,大黑他一头钻进篱笆墙不知窜到哪儿去了。大概是盯上西川那块牛肉了吧。

回到家中,气氛似与往日不同,客厅不时传来主人爽朗的笑声。今天怎么了? 拉门也大敞着。我沿着屋檐下的走廊蹭到主人身旁,原来家里来客了,是个陌生人。只见他头发梳得整整齐齐,一分为二,棉布外褂上印有家徽[①],下身是小仓织布裙裤,像个正经念书人。主人烤手

[①] 黑色外褂上印有一至五个家徽或花卉图案,是日本和服礼服的一种。

的火盆边上放着一个春庆漆①卷烟盒,旁边还有一张水岛寒月的名片。名片上写着"谨此介绍越智东风君拜访尊府。"自然,这来客叫什么,与寒月是朋友这关系就一清二楚了。只是我半途而至,不知主客前后说了什么,似乎是关于美学家迷亭,上次我提到过的那个迷亭什么事儿。客人说话不紧不慢:

"他说那个办法特别有趣,让我跟着务必去一趟。"

"什么?就是到那家西洋饭馆吃午饭吗?"主人续了茶,把茶杯推到客人面前。

"当时我也不太清楚他要干什么,但既然是他提起来的,总是有点独到之处吧。"

"跟他一块去了?怪不得!"

"可把我惊呆了!"主人好像早已预料有此一步,啪的一声,把我的头敲了一下,说道:"准是又搞笑了,他那个人有这毛病。"我正坐在主人腿上,被这一敲,还真疼呢。主人突然联想到上次他胡诌安德烈写生论之事。

"嘿,他说要让我品尝点稀罕东西。"

"吃什么了?"

"他拿着菜单给我介绍了一番。"

"是点菜之前?"

"是啊。"

"然后?"

"他扭头看了一眼饭馆的跑堂,说怎么没有特别风味菜。那跑堂一听壮着胆子说,烤鸭肉或小羊排骨怎么样?他说,那太一般了,要是吃那,哪里还要特意跑到你这儿饭馆来?这话弄得跑堂很尴尬,他摸不着头脑只好站在一旁。"

"不好对付吧。"

"他转过来对我说,你要到法国或英国去,什么天明风味啦还有万

---

① 漆器的一种,涂透明漆,上漆后依然可见原来的木纹。

叶风味①,那种类就多啦。可在日本,你走到哪儿都像一个模子刻出来似的,一个味儿。日本这西洋餐馆门,我怎么也不愿进。听他那口气,可真大。哎,他留过洋吧?"

"什么?迷亭留洋?怎么可能!倒也是,要钱有钱,要时间有时间,只要他想,怎么都能去。大概他是故意开玩笑,把自己想要去的地方,当作经验之谈讲的吧。"主人自以为这话蛮风趣,能引人发笑。可惜,没见人家客人反应过来。

"噢。我还以为他留过洋呢,信以为真地听了一番。他说起什么奶油烧青蛙、鼻涕虫汤来,就跟真吃过一样。"

"准是从谁那儿听来的。他可是个大侃,能吹呢。"

"还真是呢。"客人大概有点扫兴,两眼望着花瓶里的水仙花。

"那特别有趣的事儿,仅此而已?"主人又盯着问了一句。

"哪里哪里,这才是个开头儿,好戏在后面呢。"

"喔!"主人好奇地叹了一声。

"他又说了,咱可不吃青蛙那些东西,要个橡面坊②吧,你看怎么样。见他这么问,我也没在意,就随便应声说可以。"

"橡面坊,挺奇怪。"

"的确奇怪,我看先生那么认真的样儿,竟一点没察觉出其他什么。"他对主人显得很抱歉。

"后来呢?"主人对客人赔礼的可怜样儿未表任何同情,接着往下问。

"他给跑堂说,喂,来两份橡面坊。跑堂问,是不是油炸牛肉饼。先生一本正经,纠正他道:是橡面坊,不是油炸牛肉饼。"

"真有那道菜吗?"

"我也觉得有些奇怪,可是先生他面不改色,很沉着。加上深信他留过洋,是个西洋通。所以我也特意给跑堂解释说:是橡面坊不是油炸

---

① 原是日本俳句的流派。在此故意捏造说是料理的不同风味。
② 日本派俳句诗人,本名为安藤錬四郎。橡面坊的日语发音与油炸牛肉饼相似。以此试看饭店如何应酬,嘲讽饭店既不懂日语也不懂英语。

牛肉饼。"

"那跑堂呢?"

"现在回想起来可真滑稽,他想了一会儿,说:实在抱歉,今天没有橡面坊,若要两份油炸牛肉饼,马上就能上。先生好像很失望,说专到这儿来,这不白跑一趟吗。怎么样,不能想办法给现做两份吗,说着他给跑堂塞了二十分小费。见此,跑堂只好说跟做菜的师傅商量一下,进后边厨房了。"

"看样子他还真想吃。"

"不一会儿人家出来说,实在不凑巧,这道菜要从头现做,很费时间。迷亭一听便说:我们过年也闲着,那就等一会儿吧。随后从口袋里掏出烟卷吧吧地抽起来。我也没办法,只好从怀里抽出《日本新闻》①,看报等吧。见跑堂又跑到后边商量去了。"

"还挺费事儿呢。"主人极感兴趣,像是要听日俄前线战况通讯,把坐垫往前又挪了挪。

"跑堂又出来了,说这几天原材料缺货,银座的龟屋食品店和横滨的十五番街上②也都买不到,实在抱歉,一时半会儿还做不成。听了这话,迷亭看着我,不停地嘟囔,好不容易来一趟,太不凑巧。我呢,只好也随着他说,遗憾,真遗憾。"

"那的确是。"主人也示同感。可我却不懂他们在遗憾什么。

"那跑堂似乎也觉得对不住客人,就说,等原材料齐了,务请二位再赏脸光顾。先生遂问他用什么材料,这一问,弄得跑堂也答不上来,只在一旁嘿嘿傻笑。这时,先生又加了一句,是日本式俳句诗人吧?那跑堂一听马上答道,对,好像是,所以最近横滨也买不到,实在抱歉,让二位失望了。"

"哈哈……真绝,绝了,太妙了。"主人乐得放声大笑,笑得大腿来回晃动,我坐在上边几乎要被晃得掉到地上了。可主人丝毫察觉不到,依然笑个不停。什么安德烈·特尔·萨尔德,他发现被捉弄的不止自

---

① 明治二十二年创刊,宣扬日本民族精神,抵制批判政府西化政策。
② 龟屋位于东京银座的食品店,主要销售进口西洋烟酒食品。当时横滨十五番街聚集了许多外国人经营的银行、商行、进口食品店及杂货店。

己一个人,一时觉得格外开心。

"后来我们出了餐厅,迷亭得意地说:怎么样,用油炸牛肉饼这一招,很有趣味儿吧。我即表示一番佩服,随后两人分手。说实在的,午饭时间早过了,我那肚子饿得直叫唤,实在够惨。"

"让你受罪了。"主人这才表示同情。对此,我也完全同意。一会儿两人都不说话了,倒是我咕噜咕噜喉咙作响的声音,让他们主客都听见了。

茶水凉了,东风君一口喝下去,遂转入正题:"今天来府上拜访,是想求先生帮个忙。"

"咳,有求我?"主人不客气,径直问道。

"先生,如您所知,我喜欢文学、美术……"

主人鼓励他:"那很好嘛。"

"前些日子爱好文学的几个同仁组织了一个朗诵会,打算今后每个月聚一次,把研究继续搞下去。去年年末已开了一次。"

"我想问问,这朗诵会,是给诗文之类配上节奏吗?怎么个搞法呢?"

"我们准备先从古人的作品开始,以后逐渐再搞同仁自己创作的作品。"

"古人的诗歌,是指白居易《琵琶行》之类吗?"

"不。"

"那是芜村《春风马堤曲》①一类?"

"也不是。"

"那你们朗诵什么呢?"

"上次搞的是近松的剧本,男女痴情投河自尽之类的②。"

"近松?那个木偶剧作家吗?"哪里还有两个近松!说起近松,当然就是戏曲家近松了。主人竟问这种傻问题,够蠢了。可他不知我心

---

① 与谢芜村(1716—1783),江户时代中期复兴日本俳坛的文人。《春风马堤曲》是一七七七年刊行的俳谐选集。
② 近松门左卫门(1653—1724),日本木偶剧、歌舞伎戏曲作家。其剧本有的以男女殉情自尽为主题。

里笑他,还温和地抚摸着我的头。这世界上,确实有人将斜眼怒视当作一片钟情,以为是给自己送上的秋波。所以主人这点误解不值得大惊小怪。我一动不动,听任主人的抚摸。东风一边回答一边观察主人的表情变化。

"那是一个人朗诵,还是各自分担角色?"

"分别承担不同的角色,之后大家合在一起朗诵。首先要让大家理解作品中各种人物角色,并抱着同情之感,充分体现发挥其不同的性格。其次加上一些手势动作,念台词要尽量表现出时代感,无论大家闺秀,或商家的跑腿帮手,要让他们的出场对话,活灵活现。"

"这不就跟演戏一样吗?"

"是的,只是没有服装道具和舞台布景那些东西。"

"别见怪,再问一下,演得怎么样?"

"头一次嘛,我想算是成功的。"

"刚才说的那个故事,痴情投河死的,是哪一段?"

"就是船老大摇船送客人,上吉原妓楼那一段。"

"竟然演了这么个场面。"主人他毕竟是教书的,不好多问,只见那鼻孔里喷出一缕日出牌烟,掠过耳边,在头上环绕漂留。东风不以为然。

"其实也算不了什么,登场人物就是客人,船老大,还有花魁,跟妈,老鸨,再加上忘八。"主人见说起花魁,露出一脸苦笑,不过其他那几个术语他也不甚明白,便问:

"叫跟妈的相当于妓楼的女仆吗?"

"我还没仔细研究,大概是茶馆酒楼的女佣吧,叫老鸨的该是专管妓女的婆娘。"东风他刚才还说朗诵发声要再现每个登场人物的性格呢,可这会儿连人物角色似是都一知半解。

"原来如此,跟妈属茶馆,老鸨吃住在妓楼啊。那叫忘八的,那是人呢还是场所。如果是人,是男是女?"

"忘八怎么说也该是男人吧。至于他管什么?这个我也不太清楚,回去我就查一查。"可想而知,他们那天合演的水平之低。我抬头看了一眼主人,他倒是依旧很严肃的样子。

"那朗诵的除了你还有什么人?"

"各种各样,演花魁的是法学士K君,他留着小胡子,甜言蜜语,一副女人腔调,别有趣味。加上台词里花魁还有突然心头绞痛一节……"

"朗诵时也要演这心头绞痛吗?"主人担心起来。

"对,这表情是相当重要的。"东风始终保持着他艺术家的做派。主人吐了真言:

"这心头能疼起来吗?"

"心痛,头一次嘛,免不了差强人意。"这东风答得也是妙语惊人。主人遂问道:

"你是什么角色?"

"船老大。"

"嘿,你能当船老大。"听他这口气,你要当船老大,那我扮个忘八也没问题了。

"船老大,你能行吗?"主人问话不带一点客气。东风并不介意,依然不紧不慢:"我船老大一上场,不多时,朗诵会就给停了,搞得虎头蛇尾。实话实说了。我们会场旁边有户人家,那儿住宿着四五个女学生,也不知她们从哪儿听说有朗读会,当天都跑过来,围在窗户底下听。我装扮着船老大的声调,演得越来越带劲儿,一时得意,这动作未免夸张起来。女学生怕是也忍耐久了,这时实在听不下去,突然哇地大声笑起来。要说这哄笑让人吃了一惊,的确是,要说让人难堪那也没错。一场戏就这样被她们中途打断,无法再继续下去。无奈,朗诵会到此散场。"刚才他还自称首次演得很成功,听了这话,想象着要是失败了,那该会是什么情景啊。我不由得发笑,喉咙咕噜咕噜作响,主人的抚摸也越发温柔。难得我笑话人,还得到主人这般疼爱,那心里真有点儿别扭。

"那可是飞来的横祸啊。"过大年的,主人他毫不客气,扔给人家这么一句,似是悼词。

"下次一定加倍努力,要办得更加隆重。今天登门拜访,就是恳求先生也能入会,提携帮助。"

"我可演不来心痛。"凡事主人宁少毋多,当下就要推辞。

"不用演心痛,这是赞助成员的名单。"东风说着,打开身旁的紫色包袱,郑重地从中取出一小菊版的册子①,并翻开放在主人膝前。

"尊请署上大名,加盖印章。"一看这名单,文学博士、学士,一大长溜,时下的知名人物几乎全都排名上了榜。

"当赞助成员倒是可以,那需要承担什么责任吗?"这位轻易不肯露头露脸的牡蛎先生,好像在担心什么。

"我们并不要求尽什么义务,只要您能写上尊姓大名,表示赞同就足够了。"

"既然这样,那就加入吧。"主人一听不需承担责任,立刻放下心来。看他这样,只要不负什么责任,恐怕有谁谋反暴动,他也会在签名状上画个押。何况,眼下亲见自己也入了这知名学者之行列,对他来说,乃前所未有的无上荣耀。满口答应也是理所当然。

"请稍等!"主人起身进书房取印章,扑通一声我被摔落在榻榻米上。东风拿起果盘里一块蛋糕把它塞进嘴里,叽叽咕咕嚼着,一时好像噎得咽不下去。见此情形,让我想起早上自己吃年糕那段痛苦。不过,当主人拿着印章从书房里出来时,东风嘴里那块蛋糕也已送进胃里去了。主人并没注意到盘子里少了一块蛋糕。一旦发现,我肯定是第一个怀疑对象。

东风走了。主人回到书房,发现桌上放着一封迷亭的信。

"谨贺新年!"主人心想不比往日,这开头一句还蛮认真,像个知礼人了。迷亭写信向来不谈正事。最近一信如此写道:

"如今,世上已无令我思恋之女,亦无鸿雁情书来往,整日消磨时光,无所事事。谨告知近况,务请挂念。"相比之下,今年的贺礼居然世俗一般般。

"恕小弟未亲自登门拜访。今后我将尽力采取积极参与社会之方针与尊兄消极处世之信念背道而驰,以迎接千古未有的新年到来。小弟每日奔走忙碌,无片刻之暇。万望体谅察情。"见迷亭大年里还要忙

---

① 用和纸做的小册子,小菊版约宽二十一公分,长二十九公分。

着游走各方，主人心中亦略加体谅。

"昨日，一时偷闲，欲邀东风君品尝炸牛肉饼，不料店里缺货，未达本愿，留下万千遗憾。"又来了，主人念到此处脸上露出微笑。

"明日某男爵宅有赛歌牌会，明后日审美学协会开新年宴会，之后，有鸟部教授欢迎会，再后……"真啰唆！主人跳过这段继续往下看：

"如上，谣曲会、俳句会、短歌会、新体诗会等等。连日赴会忙乎哉，实属不得已。故以此新年贺信权代拜趋之礼，不胜惶恐之极。"不来又有何妨！主人对着信回了他一句。

"日后光临之际，敬候与兄共进晚餐。寒舍陋厨虽无山珍海味，将以炸牛肉饼设宴相待。"又扯到这上，主人有些恼火。

"不过，近日肉饼缺货，或许不得如期备齐，其时，仅以孔雀之舌供兄尝鲜。"还有一招呢，主人倒想看看后话如何。

"如兄所知，一只孔雀，其舌肉分量不足半个小指，要满足兄之硕大胃口……"又胡说了，主人嘟囔着。

"须捕捉二三十只孔雀，然而，孔雀仅偶见于动物园或浅草庭园，一般的花鸟店里全无销售。为此令小弟颇伤脑筋。"还不是自找的烦恼，主人丝毫没有感谢之意。

"话说孔雀舌宴始于古罗马全盛时代，彼时风行于世，号称奢侈风流之最，小弟平素食指跳动，垂涎已久，乞望予以谅察。"什么谅察，无聊之极。主人对此类话题好像很不感兴趣。

"直至十六七世纪，整个欧洲设宴必不可缺孔雀舌之美味。据我的记忆，英国政治家赖斯特伯爵于肯尼渥斯旧城堡宴请英国女皇伊丽莎白时亦设了孔雀舌宴。那位荷兰著名画家伦布朗的《飨宴图》上即有孔雀开屏于餐桌一角。"既有研究孔雀舌宴史那空闲，他会忙到哪里。主人似乎略有不满。

"如此，天天赴宴饱食，迟早将与尊兄一样损了胃肠。"什么与老兄一样，又多了句废话，犯不着把我的肠胃给扯上。主人嘴里嘟囔着。

"据史书所载，罗马人每日两三次宴会，若一日两顿三顿大吃大喝，肠胃健康者亦未免引起消化功能失调之症。故，如尊兄——"又是如老兄,无礼!

"因此,罗马人将如何使贪图享受与身体健康两不误之研究,搞得极为透彻,且发明一秘方,使得摄取大量营养滋味之同时依保持肠胃正常运转。"

"什么妙方?"主人对此突然关心起来。

"他们食后必要入浴,随后用某种方法将浴前所咽食物全部呕吐,以清扫胃部,一旦胃内廓清,继续再上餐桌,放纵食欲,饱尝美味,随后入浴呕吐。如此反复,即享尽山珍美味,亦不伤内脏诸器官。所谓一举两得。"这一举两得,令主人好不羡慕。

"二十世纪之今日,交通频繁,宴会遽增,自不待言,且逢吾军国多事,征俄之战已入二载,吾战胜国之国民效仿罗马人,研究入浴呕吐之术时机业已到来。否则,吾大国国民饱食之后,将会出现诸多与尊兄一样的胃病患者,乃令人心痛也。"又说起老兄了,此人就是爱揭人短处。

"于此,我等凡通晓西洋者,当考察研究古人历史传说,挖掘既已埋没的秘方灵药,使之应用于当下明治社会,防患于未然。以此功德报效平素我逍遥享乐之恩。"念到此处,主人头一摇,似觉得有些奇妙之感。

"此间,涉猎吉本、门森、史密斯等诸家名作,遗憾尚未发现其端绪。不过,按小弟性格,一旦发愿,既要成功,否则决不罢休。我坚信呕吐妙方之复兴必将近期得以实现。如有发现,将及时汇报。上述油炸牛肉饼及孔雀舌宴,只待呕吐妙方有了进展,即可食用。届时小弟自不必多言,对尊兄的胃弱亦可大有裨益。"又被他耍了一场!字字句句还写得有理有据,让人一气看完。

"刚过大年,迷亭他就来这套恶作剧,真是大闲人一个!"主人笑着说。

此后四五天,无事。白瓷花瓶里那水仙花已见凋谢,青轴梅则含苞待放。我一天老看着这花瓶也甚无聊,虽去了几次三毛姑娘家,可都没碰到她。开始以为是出去玩了,第二次才知道她病倒了。拉门里边,那个琴师和女仆说什么呢。我躲在洗手盆旁边的兰花下边,听见琴师问道:

"三毛吃饭了?"

"没吃,从早上就什么也没吃。让她睡在火燵旁了。"她们把三毛姑娘就当自家人相待,哪里像个猫儿啊。回想自己的处境,这羡慕之心是有的,不过又想,自己喜欢的三毛姑娘受到这般厚待,也感觉很欣慰。

"那怎么可以呢,不吃饭身体要被拖垮的啊。"

"那是的,连我们人也是一天不吃饭,第二天就没精神做事情。"

女仆把猫儿看得似乎比自己还高一等。实际上,恐怕在这家里,猫儿是比女仆更重要。

"带她去医生看了吗?"

"去了。那医生真有意思,我抱着三毛去诊所,他以为是我感冒,伸手要给我号脉。我把三毛放到腿上说,病人不是我,是这猫儿。他嘿嘿一笑,猫儿的病,我可看不了,你不用管它,几天自己就会好。您说这不太不像话了嘛。我气得说,不给看就算了,我们家这猫儿可不比一般。这不,把三毛抱在怀里就回来了。"

"可真是的。"

"可真是的。"主人家里人没听这么说话的,到底是天璋院家的什么,说话到底文雅。

"好像鼻子呼哧呼哧的。"

"一定是感冒引起喉咙痛了。感冒了,碰上哪位都要咳嗽呀。"天璋院家什么的,连女仆说话都假惺惺地讲斯文。

"听说最近流行肺病呢。"

"是啊,最近那些肺病啦,瘟疫啦,都是以前没见过的,碰到这种时候,可不敢有半点儿大意。"

"凡是旧时幕府时代没有的病那都不好惹,你也当心点儿啊。"

"是啊。"女仆见主人关心自己,大为感动。

"你说传染上感冒了,可她也没怎么出去乱跑啊。"

"您不知道,最近她结识了个朋友,那家伙实在可恶。"女仆像掌握着什么国家机密一样,说得神里神气。

"可恶的家伙?"

"唉,那只公猫儿就住在对面街上教师家,脏头脏脑的。"

"教师？不就是每天大清早乱哼乱叫的吗？"

"是呀，每天他洗个脸总要怪声怪气地叫唤，那声儿就像鹅子被人掐住脖子似的。"说是被掐住了脖子叫，这比喻得还蛮形象。主人每天在水房漱口时，用牙刷捅喉咙，总爱发出一种怪声。心情不好的时候，他使劲"嘎嘎"叫。待他高兴了，那更是尽着劲儿"嘎嘎"叫。其实不管他心情好坏，高兴与否，都要"嘎嘎"地不停叫唤。听夫人说，搬到这儿以前，还没这毛病。不知哪天偶然叫了一次，以后就再也止不住了。这么个怪毛病，你说他为什么就能坚持下来，我们猫儿怎么也理解不了。算了，这话且放一边。她们说我"脏头脏脑"可是太损人了，我得竖起耳朵细细再听听。

"那声儿也许是一种赌咒。明治维新前，从管家的头目到跑腿的小厮，各有各的规矩，这条街上从没像他那样洗脸的。"

"那是呀。"女仆一个劲儿"呀""呀"的，表示感叹。

"那种人家养的，肯定是野猫啦，下次见了你给好好揍它几下。"

"是要好好揍它，三毛的病准是它给惹来的，这仇一定得报！"

天大的冤枉啊！以后这地儿可不敢随便来了，那天我没见到三毛姑娘就回家了。

回到家，见主人在书房里沉思冥想，手里拿着笔。我若把琴师家听到的话给他讲了，他一定要发怒的，还是"耳不听心不烦"为好。此时他口中念念有词，全然是个大诗人样。你看，迷亭特意寄来贺年片，说什么自己忙得不可开交，这会儿却飘飘然然突然而至。

"写什么新体诗啦。有好的给我看看。

"嗯，觉得这篇文章不错，就翻译了一下。"主人半天才开了口。

"文章，谁的？"

"谁的，我也不知道。"

"无名作家，无名之作里也有好的，不可轻易一概否定。登在哪里？"

"英语读本第二册。"主人回答得很干脆。

"英语读本第二册？第二册？"

"我要翻译的那篇名文就收在第二册里。"

"别开玩笑了,你是趁机要对我那个孔雀舌宴报仇吧。"

"我跟你,整天胡吹乱侃的不一样。"主人捏着他那撮胡子,泰然自若。

"听说以前有人问赖山阳先生,最近有什么好文章。那个山阳先生便把马夫写给他的讨债信拿出来,告知:此乃时下之名文。我看或许你还是挺有审美感的。是哪篇?你给念念,让我来判断一下。"迷亭先生拿出一副审美专家的架势。主人遂像禅宗大师朗诵大灯国师①的遗训一样,念道:

"巨人,引力。"

"巨人引力是个什么?"

"文章的题目。"

"这题目真奇怪,不明白要说什么。"

"意思是说有个巨人名字叫引力。"

"有点不通吧,太勉强。算了,题目暂且先不管它。快念正文!你的嗓音还不错嘛。很有味道。"

"中途别乱插嘴。"主人先叮咛了一句,才开始念起来。

"卡特望着窗外,只见一群孩子在玩抛球游戏。他们把球高高地向空中抛去,球不断向上,一会儿便落了下来。他们又扔,一次,两次,三次,每次球抛上去都掉下来。卡特问:为什么球总掉下来,怎么不往上呢?母亲告诉他说:这地底下住着一个巨人。巨人名叫引力,他的力量大极了,可将万物全都吸引到自己身上。把房子吸在地面上,否则那房子就会飞走。小孩也会飞上天。你看见树叶落地上,那就是巨人引力叫它们下来。书也会掉到地下,也是因为巨人引力叫它。球要往上,可巨人引力一叫它,它就掉下来了。"

"这?就完了?"

"嗯,还不错吧?"

"不敢恭维。想不到,我的油炸牛肉饼在这儿收到回敬之礼。"

"跟你无关,我只是觉得这文章写得很有趣味,就试着翻译了一

---

① 大灯国师(1282—1337),临济宗大德寺派始祖。

下。难道你不认为吗?"主人盯着那金丝边眼镜后面。

"你还有这本事儿呢,令人刮目相看。这下,可真服了你!服了,服了。"只见他一个人嘟囔着说给自己听。可主人并没领情:"谁也没让你认输,我只是觉得这篇文章不错便试着翻了一下。"

"的确很有意思。不然你也不会动真格的。厉害!佩服佩服!"

"那倒不敢当,我也是最近不画水彩画了,才想起要写点什么的。"

"不管怎么说,比你那幅水彩画,没有远近法且黑白不分的要强多了,佩服之极。"

"听你这么一赞赏,我这兴致也就更高了。"主人始终未听出迷亭的话里还有话。

此时,寒月君进屋来了,一边道歉:"前日失礼,见谅。"

"不用客气,今天我是来拜听他的大作,结果被油炸牛肉饼那亡灵给整了一番。"迷亭这话本来是对主人说的,可寒月他糊里糊涂应了一声,"喔,是吗。"弄得主人左右不是。

"前几天你介绍的那个叫越智东风的来了。"

"来了?越智那人,性格耿直,就是有点怪毛病,本来怕给你添麻烦,可他硬让我给介绍一下——"

"没麻烦什么。"

"见面他没把自己的名字解释半天吗?"

"好像没说什么。"

"喔,他有个习惯,不管到哪儿,对初次见面的人,他总要把自己的名字解释一番。"

"怎么个解释?"终于等到了,迷亭赶紧插上一句。

"他那东风两个字特忌讳用音读。"

"为什么?"迷亭先生从绣金丝的皮质烟草袋里捏了点烟丝。

"他先要告诉人家:我的名字不是念 Ochi Toufu,要念 Ochi Kochi。"

"这发音不一般呐。"迷亭一口气将他的云井牌烟草深深吸入腹内。

"完全是个文学迷,你若把东风念作 Kochi,连上那越智姓的发音,便为一成语,即'四方八方'之意,不仅意思如此,一念还押韵,所以他很得意。要用音读,便觉扫兴,说枉费他一番苦心。"

"纯粹痴人一个。"迷亭顺势想将吞进腹内的烟从鼻孔喷出来。没想那通道不畅,烟被堵在喉头,一时不得散发。遂见他握着烟管"吭吭"地咳起来。

"前天来时,听他说起朗诵会上扮演船老大,还被女学生讥笑了一番。"主人笑着说。

"对了,有那事儿。"迷亭把烟管在膝盖头上磕着,我怕碰着,赶紧离他远了点。

"是那个朗读会呀,前凡天请他吃油炸肉饼时,也说起这个话题了。他说第二次要招待一批文人名士大办一场呢。届时还要邀请先生光临呢。我问他下次是不是继续搞近松的人情风俗剧,他说不了,要搞最新的话剧《金色夜叉》①,又问他的角色,说是女主人公阿宫。东风演阿宫,有戏看。我一定去给他捧场。"

"有看头。"寒月勉强笑了笑。

"那人不错,为人诚实,又稳重。跟他迷亭可大不一样。"主人把安德烈·萨尔德以及孔雀舌宴、油炸牛肉饼之类,受迷亭之骗那股恼气一揽子全发泄了。迷亭本人并没在乎,笑着说:

"既被端上'行德之俎'只好由人摆弄了。"

主人说:"这话且先到此。"其时,主人并不懂那"行德之俎"之意,可毕竟多年教书,也知道如何把它混过去。你看,这教师的经验便用到社交场上了。不想寒月很坦率,他问:

"行德之俎说的是什么?"

只见主人把目光又转向壁笼,说道:"那个水仙花儿是年底我洗澡回来时买的,插到花瓶里还一直开着呢。"他故意要把"行德之俎"的话题引开。

"对了,说起年末,去年我还真有一段奇怪的经历。"迷亭把烟管夹在指头上转起来,像大神乐②杂技转碟似的。主人见"行德之俎"已不

---

① 明治时期作家尾崎红叶的小说。
② 杂技的一种,早先称伊势太神乐,江户时代以后上演狮子舞、魔术、转碟等。

再提,终于放下心,问道:

"什么经历,给我们讲讲啊。"

下面就是我所听到的那段经历。

"记得那是腊月二十七,那个东风说要登门拜访,请教什么文学文艺方面的高见,望我在家等候。因为有他这话,我那天从早上就没出门。可一直不见他来;午饭过后,拿了本波恩的滑稽小说便坐在炉子前看起来。不多时,静冈家里母亲来信,遂打开看。老人嘛,总把我当小孩。要注意这儿注意那儿,什么大冷天不要外出啦,冷水浴要把炉子烧好,把屋子烘暖了,否则会感冒啦。到底是老母亲,别人谁会管你这些事儿。我只有在这时会伤情动感。觉得自己如此浪荡下去太可惜,应著书写作扬名于世,在母亲有生之日,让天下皆知明治文坛上有我迷亭一席。母亲又说,你真是有福之人,与俄开战后,多少年轻人为效忠尽国,受苦磨难,我儿于此繁忙之岁末亦同过年一般悠哉玩乐——我并未像老母想的那般终日游乐享受。接着母亲在信上列了许多我小学时的同学名单,都是于此次大战中或死或伤的。逐一念着他们的名字,遂感到这世界实在太可怕,令人毛骨悚然,活着也无聊。信的最后,老母说自己老了,吃新春的年糕饭恐怕也就这一次了——这信写得真让人揪心。在这种郁闷的时候,我只盼望那个东风快点来。可他总不见来,一直等到晚饭过后,我给老母写了回信,有十二三行。平日老母的信大都有卷纸六尺之长,可我实在没那本事,大都在十行以内打住。一天哪儿都没去,肠胃也不舒服。想着若东风来了就让他去等会儿吧,遂出门把信投了,顺便散散步。不知何故,一反既往没走富士见町方向,而是信步来到了土手三番街①。这晚天也有些阴,皇宫城河上刮来一阵冷风,迎面袭人,一列火车鸣着汽笛自神乐坂方向穿过土手堤下,感觉格外凄凉。眼见年末,同学战死疆场,家母年老体弱,这世间无常之感顿时涌上心头,盘旋于脑海之中。常说有人上吊自杀,我想就是在这种时刻,会被寻死的念头突然袭来。抬头仰望土手堤上,才发现自己已经来到那株松树下。"

---

① 皇宫护城河堤坝,现东京都千代田区三番街附近。

"那株松树？是什么？"主人问了一句。

"上吊的松树呗。"迷亭把脖子一缩。

"上吊的松树说的是鸿之台①吧?"寒月上来凑热闹。

"鸿之台那是'挂钟松'，这土手三番街是'上吊松'。要问这名字的来由，那可是早有传说的。传说不论是谁，凡来到这树下就都想上吊。土手堤上松树有好几十棵，可是见有上吊的了，一去都是吊到这棵树上。一年准有两三个上吊的，谁都不愿意死在别的树上。再看那松树，树枝正好朝马路方向横着伸过来，枝叶茂盛，很有气势。让它白长在那里，实在可惜。遂想象着那树下若吊个人，该是什么风景啊。或许今天还会有谁来呢，观望四周，却并无一人。没办法，自己去吊一下吧。不行不行，一吊可就没命了，太危险，算了吧。却说古希腊有个传说，在宴会上有假装上吊专给人助兴的事儿。一人站在个台子上，把自己的脖子往绳圈里套，另一人将台子踢倒。就是说台子被踢到的同时把绳子一松即跳下来。如果真是这种方法，那倒没什么可怕的。我也想试试，随手抓着树枝吊起来，正好吊起来了，这吊的姿势还极具美感。想象着脖子挂在树上，浑身飘荡起来，真让我兴奋得不得了。这可是我极想做的一件事儿。又一想东风若来了在家等着，岂不太失礼了。还是按照跟他事先约好的把事儿先谈了，待下次再来试吧。遂回家。"

"你的戏到此就完了？"主人问道。

"真有意思。"寒月嘻嘻笑着说。

"回到家中依然未见东风，倒是来了一纸明信片，说今日有要事不能趋府，望日后相见。见了此信，非常高兴，我寻思这下可无须牵挂什么放心去上吊了。遂迅速脚踏木屐急忙返回那棵树下，一看……"主人和寒月一旁正听得入神。见说到此处，主人急了：

"一看怎么了？"寒月把外褂上的真丝吊穗又绕了几下：

"好戏等到这会儿才上呢！"

"一看，早有人先我一步，吊在那儿了。这一步之差，太遗憾啦。如今一想，当时我的确是被死魂缠身了。按詹姆斯说的，这是潜意识的

---

① 位于现千叶县市川市江户川东岸。

阴暗心理与我之存在这一现实之间有某种因果关系，互相发生了感应。你们说这难道不是件奇怪的事情吗？"迷亭回答道。主人心想自己又被他耍弄了，故不说二话，把空也饼塞了满嘴，咕咕地嚼着。寒月将火盆里的灰轻轻拨开，低头嘻笑，不一会儿，他漫不经心地说：

"这段故事的确不可思议，实属罕见，但我自己最近也有亲身体验，故对此深信无疑。"

"你也寻思过上吊？"

"不是，我想的不是上吊。明说了，那是去年岁末之际，发生的日期时间与先生一样，所以令人生奇。"

迷亭也塞了一嘴空也饼："这太神了。"

"那天，向岛的朋友家有个忘年会兼演奏会，我也带了小提琴去参加。会上小姐夫人来了十五六个，万事齐备，是近来少有的大快人心之盛会。晚宴及演奏结束之后，各自叙谈，时间已晚，正准备告辞，某博士夫人走到我面前，悄声问道，你可知某某小姐生病之事。其实，两三日前我们才见过面，她与往常一样，并不见有什么不适之处，遂仔细问询，方知见面那个夜晚，她突然发高烧，且时而说胡话，那倒无妨，可胡话之中竟频频呼唤我的名字。"

主人且不说，连迷亭也顾不上笑话这痴情儿女，二人只是洗耳静听。

"请了医生来也诊断不出个什么病，只说，发高烧伤脑子，若催眠药也不见效那就危险了。听了这话即有一种不祥之预感。如同梦中受惊，顿时感到周围空气凝固，全身被紧箍着不得一动。回家一路为此事烦扰，痛苦难忍。那么漂亮，那么活泼健康的某某女子……"

"且慢，你方才就提起某某女子，已说了两遍了，不妨把名字告诉我们。你说呢？"迷亭看着主人，遂见主人吭了一声"嗯"。

"不行，这是要影响到本人的声誉问题，算了吧，不说为好。"

"那是要置于朦胧暧昧之中了。"

"莫笑，说的是正紧事儿。一想那女子突然发了病，似有飞花落叶之感，且浑身全无气力。我精神恍惚，跟跟跄跄来到吾妻桥上。倚着栏杆眼望隅田河水，不知是涨潮还是落潮，但见河水黑乎乎一团团湍流不止。桥上一辆人力车自花川户方向过来,我目送着车上吊的小灯笼渐渐远去,一直消失在札幌啤酒场①后面。转身又向河水望去,只听见从上游隐隐约约传来呼唤我的声音。此时此刻怎会有人呼唤我呢,望穿那河水也只是黑暗无际。想是自己疑心所致,还是尽早回家吧。刚走了约一两步,又听见远远有人轻轻呼叫,遂停下脚步仔细听去,呼叫声再次传来,我双手紧抓着栏杆,双膝颤抖不止。那声音由远至近似是自河底传出,且分明是那女子的声音。禁不住应声回答'唉'。这声音似格外响亮,回荡在静静的水面上,我不禁为之震惊不已。遂眼望四周,漆黑一片,无人影,无犬吠,无一丝月光。我完全被一片黑暗所笼罩,只觉得突突心脏剧跳,欲往那个声音所在之地。那女子痛苦求救的声音穿耳刺心。我答应她'这就去',并将身子探出一半眺望着黑乎乎的河水。听到呼叫我的声似从水浪之底冒出,我想是从水底下来的,我爬上栏杆,死死盯住水流,决心若再呼叫一声便跳下去。这时那可怜的微微呼叫声又浮出水面,我朝着那声音所在翻身一跃,便如同石子落入水中。"

主人惊得两眼一眨,忙问道:

"真跳下去了?"

迷亭捏着自己的鼻尖:"没想到你还真跳了。"

"跳下之后,神魂知觉渐渐没了,不一会儿似进入梦中。不久睁开双眼,只觉浑身发冷,虽发冷,浑身却无一丝沾濡,口中亦无进水的感觉。我确实是跳下去啦,真是不可思议。可真怪,再往四下观望,更令人吃惊,分明是往水里跳了,不知为何却错了方向,反跳到桥上来了。实在太遗憾了。这前后方向一反,就没能去成那个呼唤我的地儿。"

寒月嘻嘻笑着照例又来回弄起他那外褂上的真丝吊穗来。

"哈哈,这真有趣。更奇的是竟与我的体验如此相近。可以收进詹姆斯教授的心理学资料啰。用《人的感应》题目写上一篇纪实文,定能震惊文坛呢。喂,那女子的病情怎么样了?"迷亭接着继续问。

"年初两三天前去了一趟,见她和女仆正打板羽球呢,看上是痊

---

① 位于现东京都江东区,当时的札幌啤酒场东京支店,现为朝日啤酒公司总部。

愈了。"

主人默默沉思了一会儿,此时终于开口:"我也有!"那神情好像不服这两人似的。

"你也有?你有什么?"在迷亭看来主人是绝对不会遇到这种事的。

"也是去年年末的事情。"

"大家都是年末,巧合。妙哉。"寒月笑了。那颗缺的前门牙上沾着空也饼。

"日期时间也一样?"迷亭反问道。

"不,不是一天。大概二十号左右,家内说不须过年给她什么礼物,只要能陪她去听场摄津大掾①的三弦说唱便足矣。心想带她去趟也无妨,遂问今天上演什么节目,家内看着报纸,说是《鳗谷》。我说不喜欢《鳗谷》,当天就没去。翌日,家内拿着报纸说今天上演《堀川》,可以吧。我说《堀川》主要是听三弦,吵吵嚷嚷的,没什么内容,家内听了这话满脸不高兴地退出书房。又过了一日,家内说今天是《三十三间堂》,摄津的《三十三间堂》是非要去听了。不知你喜不喜欢,反正陪我一起去听听吧。于是谈判这就开始了,我说既然那么想去就去吧,那可是摄津的经典节目,深得人气,不能随便就去的。要去,得先跟剧场的茶馆联系一下②约个好座,那才是正道。不走正常渠道,破了人家规矩可不好。今天就算了吧,这话刚说完,家内瞪起双眼,说道:我女人家虽不懂那么多繁琐的手续,可大原的尊母和铃木君代,人家也没经什么正常手续都去听了。你当个教师,看戏就得花那么多手续,不是太过分了吗!说着说着她就要哭起来了。这下不好办了,只好将就她吧,说吃了晚饭坐电车去。她却说必须赶在四点前,不能那么磨蹭。问她何必去那么早呢,说铃木告诉她,不早去占位子会进不去的。我又叮了一句,是否必须在四点之前,她说是不能过了四点。

---

① 摄津大掾(1836—1917),日本"净琉璃"(以三弦琴伴唱的说唱曲艺)的大师,属竹本流派。下边的《鳗谷》《堀川》《三十三间堂》都是"净琉璃"曲目名的简称。

② 这里的茶馆专为看剧的观众准备茶点饭菜以及预约座位等服务,是剧场的附属设施。

你们说奇怪不奇怪,就在那一刻,这浑身突然打起冷战来了。"

"是夫人吗?"寒月问道。

"家内她可精神呢,是我,不知何故就像漏了气的气球,顿时精神萎缩,两眼发黑竟动弹不得。"

"急病发作了。"迷亭解释说。

"这可麻烦了。内人一年就这么个心愿,我是想成全她的。平日跟她吵架,有时还不理睬她。可这家里家外辛苦操劳,又要看管孩子,从来也没有慰劳她什么。今天得闲,又有阿堵物①四五枚,要带她去也可以。她既那么想,我亦愿意,极愿带她去的。可这浑身打冷战,两眼发黑,不要说坐电车,连走到门口都困难。哎,真可怜,这越想浑身越冷,两眼越是发昏。得请医生快给看看,吃些药,那四点前肯定就会恢复。于是和内人商量请甘木医生来一趟。真不凑巧,他家人说,昨晚他在大学值夜班,到下午两点才回来。并答应说,回到家马上就赶过来。没办法,想现在喝点杏仁水②,四点前可能就好了。你们看,这人一旦碰上倒霉事,就什么都不顺。偶尔我也高兴看看内人的笑脸,不料计划因此全被打乱了。只见内人一脸怨气,问到底去不去。我说去,肯定去,四点就会让它好的,放心吧。快去洗脸换上和服等着。嘴里我虽这么说,可心里无限感慨。冷战打得越来越厉害,眼前更加昏暗。若四点好不了,不能履行带她去的诺言,这没点度量的女人不知会干出什么事儿呢。真让我左右为难,可如何是好。考虑到万一,得趁现在给她讲讲这'万事千变之理,生者必亡之道'。万一有个变故让她做好准备,不要惊慌失措,这也是丈夫对妻子应尽的义务。遂将妻子唤入书房,劝说道:你虽是女人,也知道西方'杯至嘴边亦有失手之虞'这个谚语吧。她听了这话顿时火冒三丈:谁识那横着趴的外语,你明知人家不懂英文却故意拿它讥笑人,得,反正我不会英语。你既然那么喜欢英语,何不娶个教会女校③的学生呢。没见过有像你这么冷酷无情的!你们看,我这一番为

---

① 六朝和唐时的常用语,相当于现代汉语的"这个",这个东西,指钱。
② 以苦杏仁为原料的中药,用于止咳等。
③ 明治期公立学校多是男校,女校多由教会系统创办,属私立,学生英语水平普遍高。

她所想的计划硬被拦腰斩了。还得给你们说明一下,我用英语绝非恶意,那纯粹是出自爱妻之心。若像内人所说,我可真无地自容了。只因一时浑身冷战,头昏眼花,急着要给她解释万事千变,生者必亡之理,便忘了家内不懂英语之事。想来虽是无意也是我疏忽大意,我的不对。这个失误让我浑身越发寒冷,两眼越发昏暗。那边,家内听了我的话去浴室脱了上衣化妆,又从衣柜里取出和服换上,做好了随时出门的准备。我这里坐立不安,只盼望甘木快点来,看表已到三点。离四点只有一个小时。只见家内拉开书房门说:'该出门了吧。'咳,明知在人前夸自己老婆太可笑,可说实话,就在那一瞬间,我竟发现妻子如此美艳魅人,以前居然从未感到。脖子经肥皂一洗,加上黑色缩缅①外褂衬着,皮肤显得白里透亮。她充满希望的脸上既有肥皂的效果,又有要去听摄津大掾演唱的兴奋劲儿,是有形与无形这两方面的刺激使之如此光辉闪耀。我无论如何要满足她的希望,要带她出去!使劲儿抽了口烟,打起精神准备出发。恰在此时,甘木先生果然按时来了。述说了病情后,甘木先生看了我的舌头,用手敲敲胸口,摸摸脊背,翻了下眼皮,又摸了会儿额头,半天沉思不语。我说:感觉很危险。甘木不慌不忙,他说:没什么。家内问道:出门一会儿没有关系吧?甘木回答没关系。接着思索了一下说道:只要本人觉得好些就……

"'我觉得不舒服。'

"'那就开点汤药,再加一片备急用的吧。'

"'这是怎么了,不会突然恶化吧。'

"'不,绝对不用担心,精神别过分紧张。'

"医生走了。一看时间,已经过了三点三十分。只听家内一声喝令,那女仆迅速跑去跑回取了药。看表,四点差十五分。还有十五分钟到四点,此时,我突然发起恶心来,直到刚才还没觉得什么。家内把汤药倒进茶碗放到我跟前,遂端起碗正要喝下去,只听胃里咕噜咕噜有呐喊声,不得已只好将茶碗放下。家内逼我:'快喝,喝了就好啦。'不快点喝,不赶紧出门是说不过去的。干脆一口喝下去吧!我

---

① 日本特殊织法的丝绸,近似我国绉绸或双绉。

又将茶碗端到嘴边，但又是一阵咕噜，这呐喊声固执地在妨碍我。刚要喝又放下了。这茶碗一放一端，客厅里那挂钟当当敲了四下，四点了，不能再磨蹭了。我再次举起茶碗，你们说奇怪不，实在是太奇怪了，我这想呕吐的感觉突然随着钟声，消失了。药一口气就喝下去了。时间是四点十分左右。我真感谢甘木先生，他的确是个名医。刚才还是脊背疼痛，两眼发黑，这会儿，一切如同噩梦全都消散了。刚才还担心这病会让我今后站立不起来呢，现在它却突然痊愈了，我真高兴。"

"你们去那歌舞伎剧场了？"迷亭听得糊里糊涂，问道。

"想去的，可是家内说，过了四点就进不去了。没办法，最后没去。如果甘木先生早十五分钟来，我这份心就尽了，也会让家内满足。仅仅十五分钟之差，实在是太遗憾了。想起来真玄乎。"说完了。主人好像把自己的义务算尽了，对这俩他也说得过去。寒月笑了，漏出掉了的那颗门牙："太遗憾啦！"

迷亭装糊涂自言自语道："有你这样的贴心丈夫，夫人也太幸福啦。"

只听拉门后面主人妻子咳嗽了几声。

依次听了这三人的经验之谈，真是哭笑不得。这些人类为了消磨时间，硬要使这张嘴不停地运动。有些事情并非可笑且无聊之极，他们却偏偏要狂笑取乐。你说，除此之外他们有何能耐？我家主人脾气古怪且极任性，这是早已知晓的，只因他平日寡言少语，尚有不甚了解之处。因不甚了解即存些恐惧之感。今天听了这番话，突然加了几分蔑视。听寒月迷亭他们俩说说不就足够了吗。他为何不能保持沉默，为何非要不甘示弱，嚼口弄舌，去自讨没趣。也许教科书上这么教的吧。

主人及寒月迷亭，他们都属于太平盛世的高等游民。似是丝瓜随风摇摆，超然自居。实际上他们依然未脱俗气，满腹这好胜之心于平日谈笑之中亦常有显露。说白了，这些人与自己所谩骂的世俗凡骨实乃一丘之貉。让我等猫辈看着都觉得可怜。不过至少言谈举止他们还不同一般狂妄无知一类，且聊有可爱可取之处。

这么一想，突然今天对这三人说话没了兴趣，遂决定去看看三毛姑娘最近情况怎么样了。

　　来到二弦琴师傅家院子门口,见她们家把正月装饰在门口的松树枝和驱鬼的草绳已收起来了。真快啊,这年也过去十天了。今天是个春光明媚的日子,晴空万里无云,让那灿烂的阳光普照大地,这不足十坪大的院子比元旦时节明亮鲜活了许多。

　　屋檐下走廊边上放着一个坐垫,但不见人影,格子纸门也关闭着,也许二弦琴师去澡堂了。她在不在倒无妨,我惦记的是三毛姑娘病情是否好些了。四周静悄悄的,我脚上带着泥巴径直跳到走廊上,遂躺在坐垫上。真舒服啊,我不知不觉打起盹来,把三毛姑娘的事情也忘在一边儿了。不知何时,听见格子纸门里边有人说话:

　　"辛苦了,做好了吗?"琴师在家并没出门。

　　"回来晚了,到了佛具店说是刚做好。"

　　"让我看看,啊,不错,蛮漂亮,三毛的亡灵也可超度了。这金箔不会褪掉吧。"

　　"唉,我问了,说是用的上等材料很结实,比给一般人做的还好呢。还说,猫誉信女的'誉'字写得草一些更好看,所以把笔画改了一下。"

　　"哪儿呢?快拿出来摆到佛坛上,把香点上。"

　　三毛姑娘她怎么了?我似有不祥之感,从垫子上爬起来。只听叮叮两声,琴师念起佛来:"南弥猫誉信女、南弥猫誉信女——"

　　"你也给她念念吧。"接着是女仆"南弥猫誉信女、南弥猫誉信女"的声音。我的心骤然紧张,像个木雕,呆呆地站在垫子上,眼睛一动不动。

　　"真是太遗憾了,当初还以为不过是有点感冒呀。"

　　"甘木给点药也许就好了呢。"

　　"那个甘木实在可恨,把三毛不当回事儿。"

　　"别说人家的坏话了,这也是命啊。"看样子三毛姑娘也让甘木医生看过病。

　　"我看呀,都怪对面街上教师那家的野猫儿,他老爱把三毛叫出去。"

　　"是啊,三毛就是让那个畜生给弄死的。"我心想这会儿不便与她们辩解,须耐着性子继续听下去。

"世上这事儿,由不得人啊,三毛那么乖巧,偏偏早夭,那个野猫儿却活蹦乱跳到处惹事儿。"

"说的是啊。像三毛这么可爱的,你敲锣打鼓上哪儿找呀,你找不到第二个像她这样的。"女仆她把第二只,说是第二个,简直把猫儿和人看作是同种动物了。说实话,女仆那张脸和我们猫儿长得还颇有相似之处。

"要是可能的话,替三毛……"

"让那个教师家的野猫儿替三毛死了就好了。"让我去死,这可怎么办?死这事儿,我没体验过,也说不上喜欢讨厌。只是前些日子,天太冷了,我便钻到灭火罐①里取暖,没想被那个阿三从上边盖住了。她并不知我在里边,可我被闷在里面那个痛苦别提了,想起来都后怕。后来听大白猫说,再闷一会儿恐怕就会憋死。当然,如果替三毛姑娘死,我倒没什么说的,但必须经受那番痛苦才能死,我可不愿意,不管为了谁。

"不过给这猫儿已请和尚念了经,还取了法名,我也没什么遗憾的。"

"是啊。她也是很幸运了。要说不足,就是觉得那个和尚念经时好像不太诚心。"

"经念得是有些短了。我问过月桂寺的和尚,他说稍微短些,选了一段有效的,那猫儿嘛,足够让她升天了。"

"哎呀,原来如此啊,可那只野猫……"我声明过多次,至今自己还没个名字。可被这女仆不停地叫"野猫""野猫"的,也太气人了。

"那野猫,罪大恶极,念多少经也不会升天的。"

之后,"野猫"不知被她叫了多少遍,气得我实在听不下去,就从垫子上悄悄溜下来。我跳到走廊下边,浑身上下的毛发,八万八千八百八十根,全都竖起来冲天发怒。打那以后,我再没去过二弦琴师家那边儿。如今那个琴师自己也该让月桂寺和尚胡念经了吧。

---

① 将已经燃烧过的炭火放进罐子里盖上盖子,使其自然熄灭。

最近没精神外出,越发感到这世间浮躁无聊。凡事宁少毋多,我这惰性跟主人有一拼,应该叫个懒猫。都说主人是因失恋把自己关在书房里了,看来是有其道理的。

我老鼠还没逮过一只,有一阵儿,阿三甚至扬言要把我赶出去,只有主人深知我这猫儿不同一般,至今让我依然悠哉悠哉住在这里。就这一点,也要深感主人大恩,同时,对他的慧眼识真才表示最大的敬意。阿三她不懂这些,还虐待我,倒也无所谓。等到有朝一日,左甚五郎①来把我的肖像雕刻在楼门柱子上,日本的斯坦伦②也来给我写生之时,那些睁眼瞎子自然会为自己不识泰山而羞愧得无地自容。

---

① 江户时代著名的雕刻家,被说唱艺人神奇化的人物。
② 泰奥菲尔·亚历山大·斯坦伦(Theophile Alexandre Steinlen,1859—1923),法国画家,出生于瑞士。画过很多猫,被誉为"画猫的专家"。

第 三 章

　　三毛姑娘死了。大黑又不值得交往,每日多少有些寂寞。不过,幸亏在人里我有了知已,故不至于感觉太无聊。这不,最近有人给主人来信索要我的照片,还有人特意给我寄来冈山的特产吉备糯米团①。随着逐渐得到人的同情,让我把自己是个猫儿的事儿也快忘记了。总与人接触,自然而然纠集同类猫族和两脚站立的先生决个你死我活,这念头也全没了。不仅如此,还常常自我感觉良好,觉得我这猫儿进化之快,当是人类一分子了。虽说断然不敢瞧不起我们同族的猫儿,但毕竟近者相聚,自然如此而已。要说这是变节背叛或是轻薄无情,那就未免太苛刻。说来,大凡爱斗牙拌齿、口吐恶言的,也多是头脑简单固执的小人。去了一些猫儿的习性,也就顾不上惦记三毛姑娘和大黑了。我要与人一样评论他们的思想,臧否他们的言行,何况我也具备这个能力。只是非常遗憾,主人还把我当猫儿,一只全身长毛、普通的猫儿看,他压根不识真相。比如,他连个招呼也不打就把人家送给我的吉备糯米团全都吃了,一个不剩。也不见给我照个相给人家寄去。要说心中有气,不太爽快也的确如此,不过主人是主人,我是我,相互各持己见,也是无奈。既然以做人的心态自居,且少与猫儿交往,那猫儿的事儿也懒得去写了。

　　且听我来评点迷亭寒月诸位先生的事儿吧。

　　今日星期天,天气尚好。主人慢腾腾地从书房出来,将笔墨稿纸放在我旁边,见他趴在榻榻米上,嘴里不停地念叨什么。平日动笔打草稿他总喜欢这样。不时我瞅了他一眼,那粗毛笔写下"香一炷"三个字。

---

① 日式点心的一种。是冈山县著名的土特产,从一百五十年前的江户时代贩卖至今。冈山,是民间故事桃太郎传说的发祥地,吉备糯米团在其中也有登场。

这算诗还是俳句呢?所谓"香一炷",要按主人的性格,似是过于风雅。马上又见他提笔另起一行:"思念天然居士①。"遂又停下来,歪个头思索。没见上来什么灵感,便舔起笔头来。直到舔得满嘴乌黑,这才在纸上画了一个圆圈,中间点了两下,算有了眼睛。接着画了个鼻子,并在鼻子下边横画一道,算张嘴了。你说这是写文章?不像;说是俳句吧,也不是。主人自己也看着不顺眼,两下就又抹掉了,又重起一行。按他的理论,文章需一气呵成,改行了那便是诗,是赞,或是语录。不时,言文一致的文体即已呵成:"天然居士研究太空,读论语,吃烤红薯,滴拉着一把鼻涕。"随口念了两遍,自以为不错,哈哈大笑:"咳,鼻涕这么滴拉着,有点委屈他了,去掉吧!"于是在这几个字上画了一道。似乎就此尚不满意,又见他工工整整平行添了两道,三道,出了格也无关紧要。平行线画了八道,却不见有下文。于是放下手中的笔,捏起胡子来。好像文章能从胡子里捏出来似的,上下捏过来捏过去,正捏得带劲,夫人进来了,她一屁股坐在主人面前。

"我说你呀!"

"怎么啦?"主人说得瓮声瓮气,像水中打锣一般。夫人显然不高兴,又叫他:

"你听两句。"主人用大拇指和二拇指专心致意地拔起他那鼻毛来。

"这个月开销不够!"

"怎么可能!看医生的药钱已经付过,书钱上个月不也清了吗?这个月该有剩余呢。"主人像观赏天下奇景似的,只顾盯着那几根拔下来的鼻毛。

"你不吃米饭,老吃面包,还要抹果酱。"

"果酱吃了几罐?"

"这个月吃了八罐。"

"八罐?没那么多吧?"

---

① 指作者夏目漱石第一高等学校(现东京大学教养学部)的好友米山保三郎,号天然居士,在东京帝国大学(现东京大学)研究生院致力于研究哲学课题《空间论》。明治三十年(1897)因伤寒去世。

"不光你吃,孩子们也吃呢。"

"再吃不过五六块钱。"主人漫不经心地把鼻毛一一地摁在稿纸上。这鼻毛根上黏着点肉,一根根像针一样立起来。主人看着看着像突然发现了什么,呼地把它们吹了一下。可那些鼻毛还很有黏着力,竟然吹不倒。

"还真倔呢!"主人越发使劲地吹。

"除了果酱,要买的还多呢。"太太腮帮鼓鼓的,满脸怨气。

"那也许吧。"主人继续拔他的鼻毛。有黑的,红的,里面还夹着一根白的。这白色的鼻毛让主人看了两眼发愣,大为震惊,他捏着那根鼻毛伸给妻子看。

太太脸一皱,一手推开:"真讨厌!"

"你看啊,这鼻毛跟白发一样。"见主人这副大惊小怪的样子,太太终于忍不住笑出声来,遂起身走开了。她知道家里的生活开销,这类经济问题再给他说也无济于事。

主人继续他的天然居士之作。用鼻毛赶走妻子,主人松了口气,拔根鼻毛又要忙着写稿子,但又迟迟不见他动笔。"吃烤红薯,多余,算了。"这句也被抹了。接着,"香一炷太唐突,勾掉!"毫不留情地又给判了死刑。最后仅剩下一句:"天然居士研究太空,读论语。"主人觉得这样未免过于简单,又一想太麻烦,干脆不写文章,只作个墓志铭吧。于是见他上下一挥,在稿纸上画了一个大大的十字,那气势就像文人挥笔成就了一幅笨拙的兰花画。枉费半天工夫,最后没落下一个字。主人把纸翻过来,串起一段不明不白的字:"降于此间,穷究此间,归于此间。空空然然,天然居士哉!"刚写到这儿,那个迷亭来了。

迷亭把主人家当自己家一样,时常一声不吭就闯进屋来,且爱从后门飘然而至。他天生欠缺担心、惦记别人或小心谨慎这些人之常情。

进屋尚未坐稳,迷亭就对主人说:"又是巨人引力啦?"

"那倒不是,这不,写了一纸天然居士的墓志铭。"见主人说得煞有其事,迷亭也跟着胡诌起来:

"什么天然居士,不就是偶然童子之类的戒名。"

"还有叫偶然童子的吗?"

"且不说真的有没有,总是有可能的吧。"

"偶然童子虽不知道,但天然居士可确有其人,是你认识的。"

"这个天然居士是给谁起的?"

"就是那个曾吕崎嘛。他大学毕业进了研究生院。研究什么空间论,死用功,最后得了腹膜炎把命都搭进去了。他也是我的好友呢。"

"好友不好友没关系,我肯定不说他的坏话。不过他怎么就变成天然居士啦?"

"我呗,是我给他起的。那些和尚起的戒名最俗气。"主人很得意,自以为天然居士这个戒名颇具雅趣。

"那让我也看看你的墓志铭。"迷亭笑着把稿纸拿起来大声念道:

"嘿,降于此间,穷究此间,归于此间。空空然然,天然居士哉……不错嘛,有几分天然居士的味儿。"

"可以吧。"主人满意地说。

"这块墓志铭要刻在腌萝卜的石头上①,再把它像'力石'②一样,放到正堂后院。这雅性便有了,且不辜负天然居士来此一世。"

"我也这么想。"主人一本正经回答,又道:

"失陪了,我一时就回来,让这猫儿给你做个伴吧。"没等迷亭反应过来,他抬腿一阵风似的不见了身影。

没想我被派上陪伴迷亭先生这差事儿。这不,也不能让他太无聊了,便喵喵地叫了两声,爬到他腿上以示友好。迷亭见此竟顺手一把揪住脖子把我提起来,"呵,还肥了不少。"

"可这后脚耷拉的样子,怕是逮不着老鼠的……夫人,这猫儿逮老鼠吗?"迷亭觉得我一个猫儿陪他还不够,跟隔壁屋的夫人搭起腔来。

"别说老鼠了,吃个年糕饭还要连蹦带跳的,可费劲儿呢。"夫人冷不丁突然揭起我的短来。被吊在半空间,我难堪又没辙,可迷亭还不肯放下。

"看它这样儿的确像能跳舞。夫人,不过你得提防着点,旧时草双

---

① 制作腌萝卜时压在上面使其出水的石头。
② 日本神社的院子里常置放大石头,供人比试力气大小。

纸里写的猫怪①就这模样。"迷亭乱找话题,不停地要跟夫人拉话。见此情形,她也不得不停下手里的针线活,到客厅这边儿。

"委屈你了,他该回来了吧。"太太给迷亭沏杯茶递上去。

"他去哪儿了?"

"谁知道呢,到哪儿从来也不给我说,多半是去医生那儿了吧。"

"是甘木医生吧?甘木碰到这号病人也算倒了霉啊。"

"啊。"夫人不好随他,只搭了个腔。

迷亭却依旧追问道:

"近来如何?他肠胃好些了吗?"

"谁知是好是坏呢,吃那么多果酱,我说呀,再看医生也不会见效。"夫人把早上那点牢骚给倒了出来。

"那么爱吃果酱,简直就是小孩样。"

"岂止果酱,近日听谁说萝卜泥养胃,就一个劲儿地吃起萝卜来了。"

"呵!"

"他看报纸上说萝卜里有什么糖化酵素②。"

"这样来抵消吃果酱的不良反应,他还真想得出来啊,哈哈。"迷亭听着夫人唠叨个不停,好像特别愉快。

"这几天竟给孩子也喂起来了。"

"喂果酱?"

"不是果酱,是萝卜泥。你看,他说:小乖乖,张开嘴,爸爸给你喂好吃的啊。本想难得他亲近一下孩子呢,结果就干这种蠢事儿。前两天又把小女儿抱到衣柜上。"

"他有什么其他想法吧。"迷亭对任何事情都要看它有无与人不同的"新意"。

"有什么呀。就是让孩子往下跳啊!不过三四岁的小女孩子,这

---

① 草双纸是日本江户时代中后期通俗插图小说。猫怪:相传猫成精后变妖怪。有两条尾巴,常食人、骗人。

② 萝卜内含有的糖化酵素对人体消化功能大有裨益,糖化酵素能分解食物中的淀粉脂肪等成分,使之为人体充分吸收和利用。

疯疯癫癫的,她哪儿敢呀。"

"那确实是,简直没一点新意。不过,他心地还是很善良的呀。"

"他那肚子里再要有点坏心,我早就不跟他过了。"夫人的怨气越说越来劲。

"唉,别那么怨他了,每日有吃有喝这日子,已经相当不错了。苦沙弥他一不贪酒二不赌嫖,又不讲究穿着,是个安分守己的人啊。"迷亭好言好语一番劝导,与平素大不一样。

"可你不知道。"

"他瞒着人背地里干什么啦?如今这世道,真不敢大意啊。"迷亭被忽悠上了。

"倒没什么其他的奢侈享受,就是喜欢乱买书,又不看。你说计划着买两本也就算了,可他一到丸善书店,随手一拿就好几本,到了月底跟没事儿一样。这不,去年年底欠下一大堆账,真没办法。"

"要什么书只管拿了,没关系。来催账了就说下次还,哄走不就得了。"

"不过总不能没个期限,老拖着。"夫人听迷亭这么一说更是无奈。

"那你让他少买点呗。"

"再说他能听得进去吗!还说,'你真不像个学者太太,书的价值一点儿都不懂。听我给你讲个古代罗马的故事,听着点啊!'"

"那倒很有趣儿,讲什么故事啦?"迷亭那好奇心顿时被激活了,虽说他也表示同情夫人。

"说是古罗马有个叫樽金的皇帝。"

"樽金?莫名其妙?"

"反正我也记不住那些绕口的洋人名字。据说是第七代皇帝。"

"第七代樽金?有说头。嘿,那个七世樽金怎么了?"

"啊呀,连您也笑话我,羞死人了。您要知道怎么不告诉我呀,真是欺负人。"夫人不肯原谅迷亭。

"哪敢笑您啊,我可不是那种人。不过,第七代樽金的确是个人物……对了,说的是古罗马第七代皇帝吧,我也记不清了,大概是高傲的塔克文吧。不管他是谁,那个国王怎么了?"

"有个女人拿了九本书,要卖给国王。"

"哦!"

"国王一问价钱,那可真不低。就说价太高了能不能少要点儿。那女人二话不说,就将其中的三本书一把扔进火里给烧了。"

"真可惜呀。"

"听说这书里写的是预言,独家无外传。"

"哦。"

"国王见既剩下六本,想也该降点价吧,便问六本要多少。但女人说仍是原价,一文不少。国王说这岂不是太无理了。那女人听了这话又烧了三本。皇帝似乎还在犹豫,问剩下的三本价钱。女人依旧说一文不减。九本到六本,六本到三本,价不减一毫。若继续争执下去,最后的三本恐怕也将被付诸于火。至此,国王终以原价买下来了。讲完这故事之后,他很是得意,对我说:'懂了吗?你该知道点儿这书的价值了吧。'其实我还是没搞明白,实在弄不懂。"夫人鼓起勇气要让迷亭断个清白。迷亭被夫人问得一时进退两难,只好掏出手帕跟我逗了起来。不一会儿,又好像突然想起什么,大声叫夫人,告诉她:

"就是因为他乱买书且乱往脑子里塞,有些人才称他为学者什么的。前些日子杂志上还有人评论苦沙弥呢。"

"真的?写什么了?"夫人转过身来,到底是夫妻,她对人家如何评价自己的丈夫还挺在意。

"就两三行,说苦沙弥的文章如行云流水。"

夫人露出微笑:"就这么一句?"

"接着呢,好像……似出即没,逝而久矣,不得忘怀。"听到此处,夫人全懵了,低声自言自语:

"那是夸他吗?"

"应该算吧。"迷亭在我眼前把手帕晃来晃去。

"这书,虽说干教师这行缺它不行,可他也太固执了。"迷亭听着夫人又开始发牢骚,就顺着说了句不痛不痒的话:

"要说固执是有些。不过做学问的人大都那样儿。"

"前两天,他从学校回来,说是随即要出门,连衣服都懒得换,外褂也不脱,就坐在矮脚书桌上吃起饭,菜就放在火燵上边……我呢,在一旁抱着饭桶,实在让人哭笑不得。"

"这架势不就像古代大将军一样,坐在高板凳上检验被斩下的敌方首级。不过也只有苦沙弥君会这么干,毕竟与那些庸俗小人之辈不可相提并论。"迷亭倒是替主人说了一番好话。

"我妇人家也不懂什么叫'庸俗之辈',不管怎么说也实在有失体面。"

"但总比庸俗小人等强了许多。"

夫人见迷亭总一味袒护主人,满脸不高兴,径直问道:

"你们总爱说人家什么庸俗,到底是什么意思?"

"庸俗小人? 要说还真有点不好解释呢。"

"既然解释不清,那不也就无所谓好坏啦。"夫人拿出女人那套逻辑与迷亭争执起来。

"不是说意思不明,但确是有些难以解释的地方。"

"不就是把你们不喜欢的都说成庸俗小人吗?"这话可谓一语道破真谛。对此,迷亭也不得不认真回答:

"夫人,这庸俗小人,那就是路上见了二八、二九的妙龄少女,便想入非非,自作多情;见了晴天好日,即手提瓢囊到墨堤①上醉游一圈。"

"我怎么没见过这种人。"夫人一时也理不清,不好再细问下去:"说来说去反正弄不明白。"

"那再打个比方吧,在马琴②身上安个英国人潘登尼斯③的洋脑瓜,再到欧洲给熏陶上一两年,便可列入此类。当然还有更便捷的方法,把中学生和白木屋店④的掌柜加起来,除以二,即为庸俗小人之辈。

---

① 东京隅田川河堤,赏花胜地之一。
② 曲亭马琴(1767—1848),江户时期著名"读本"小说家。代表作品有《南总里见八犬传》。
③ 十九世纪英国著名作家萨克雷的小说《潘登尼斯》主人公。该小说通过描绘潘登尼斯从虚伪、自私的青年成长为有责任感、道德感的作家这一过程,表现社会现实与人性缺陷的矛盾关系。
④ 明治至平成初期东京日本桥的一家大百货公司。昭和三十一年(1956)并入东急集团,改称东急百货公司。

"原来这样啊?"夫人歪着脑袋似是没明白过来。

"还没走呢。"不知主人何时回来已坐在迷亭身旁。

"话怎么能这么说,你自己刚才不是说随即回来,让人等一会儿嘛!"

"他总这样。"夫人回头看着迷亭。

"你出去这会儿,我可拜听了你的不少奇闻。"

"妇人家多嘴多舌,最要不得。都像这猫儿一样不言语就好了。"主人抚摸着我的头。

"听说你给孩子吃萝卜泥呢。"

主人笑道:"孩子,现在的孩子乖巧听话,打那以后,一问她哪儿辣,她就伸出舌头来,可机灵啰。"

"你这训练小狗似的,够残酷的啦。唉,寒月这会儿该到了。"

"寒月要来?"主人感到奇怪。

"我给他明信片上说,下午一点到苦沙弥家。"

"你这人,一点不顾别人。你叫寒月来干什么?"

"不是我,是寒月自己要来。说在理科学会上有个讲演,想先试讲一下让我给听听。既然如此,我说那顺便让苦沙弥也听听,所以把他叫来了。你反正是个闲人,听一听也无妨嘛。"

"物理学什么的,我可一窍不通。"主人对迷亭的独断专横似乎有些气不过。

"其实,寒月他讲的并不是磁化喷嘴之类那些枯燥乏味的东西,是讲自缢的力学原理,你光看这个讲演题目,也是超凡脱俗,值得一听。"

"你老兄也算上吊未遂,那是该好好听听,可关我什么……"

"看场歌舞伎你都冷得打哆嗦,你呀,还是听了再下结论吧。"迷亭又把主人给轻轻敲打了一下。夫人转身看着主人乐得一边笑,一边退到隔壁房间去了。主人无话可对,轻轻抚摸着我的头。唯有此时,让我能感受到他的温情。

约莫过了七八分钟,寒月果然应邀而至。因今晚有讲演,寒月的装束不同往日,一身庄重的礼服,白色衣领也浆得挺直,这绅士气派足上升了二成之多。"久等。"待寒月道了安,迷亭看着主人说道:

"让我二人好等半天,你就快点开始吧,老兄。"主人也只有勉强应了两句。只见寒月他这会儿并不着急:"给我先喝杯水吧。"

"哟!要正式登台了,接着是不是还得鼓掌欢迎呢。"迷亭在一旁瞎起哄。寒月从礼服内兜里取出讲稿,慢条斯理地先谦虚了一番:

"这是试讲,敬请两位批评指正。"演讲开始了。

"绞杀,将罪犯处以绞刑这种刑法,主要是在盎格鲁撒克逊种族之间实施的。如果上溯到古代,上吊则多用于自杀。据说犹太人惯用磔刑,即以乱石砸死罪犯。通过研究旧约全书可知,所谓'吊'这个词,意思是将罪犯的尸体吊起来,随后任凭野兽及肉食鸟类食之。据希罗多德①所述,犹太人在离开埃及之前特别忌讳深夜曝尸。而埃及人是先斩下罪犯之首,将身体部分钉在十字架上,并曝尸于夜半。至于波斯人……"迷亭插嘴叫停:

"寒月,你讲得怎么跟上吊越走越远了?"

"且请诸位稍候,这就转入正题。说到波斯人,他们也是用磔刑。至于是将犯人活着钉到绞刑架上还是死后再钉,尚不清楚。"主人听得不耐烦,直打哈欠:

"那些无关紧要,不用细究。"

"有一些情节想接着讲下去,恐怕诸位会感到无聊。"

"应该说:恐怕烦扰诸位。你说呢,苦沙弥?"见迷亭又在找碴儿,主人也不愿理睬他:

"不都一回事嘛。"

"言归正传,话说。"

"话说什么……怎么像个说书的。讲演得有点品位。"迷亭又在一旁挑刺。

"话说要是太俗气,那你看该怎么说?"寒月憋着一股气。

"迷亭,你到底是听人家讲,还是故意找碴儿?寒月,别理他,只管讲你的。"主人想尽快打破这个僵局。

"话说这有口难辩,院内杨柳随风飘。"迷亭口中朗朗有词,他竟哼

---

① 公元前五世纪(约前480—前425)的古希腊作家、历史学家。

起俳句来了。寒月不禁扑哧笑出声来。

"据我调查,真正实施绞刑的,见于《奥德塞》①第二十二卷。即忒勒马科斯绞杀柏涅柏②十二个侍女的记录。这段故事原文用希腊语念一下可能更好些,又恐有炫耀之嫌,所以还是删掉了。诸位可见原著四百六十五行至四百七十三行。"

"希腊语什么的,故意显摆你会说,大可不必。苦沙弥,你看呢?"

"极赞成!这种时候还是不念为好,更显出你有涵养。"主人这回居然站到迷亭一边。原因很简单,他们俩都不懂希腊语。

"那今晚就删掉这两句,接下来,话说,不,不对,是请诸位听下去。"

"当时绞杀的方法可能有以下两种,第一种是忒勒马科斯让男仆和牛倌把绳子一头缠到柱子上固定起来,然后打许多活结子,再把结子一个个套在侍女的脖子上,最后拉着绳子的另一头把人都吊起来。"

"是不是就像洋人洗衣房晾衬衣一样,一连串的衬衣就看作女人的头,是吧?"

"没错。第二种方法是把绳子的一头先绑在柱子上,另一头拴到房梁上,这条高高横挂着的大绳子上再系几根短绳子,垂下来,每根短绳子打个结便套在女人的脖子上。一旦上刑,抽掉她们脚下的凳子即可。"

"就像店铺门上挂着一串小灯笼一样,不会差到哪里。"

"你说门上吊着的那种小灯笼,我没见过,也说不准,若真有,那可能差不多少。下面我将给诸位论证一下,根据力学理论,第一种方法是不可能的。"

迷亭说:"挺有趣嘛。"

接着主人也叫好:"还真有意思啊。"

"首先假设每个女人距离同等,再假定离地面最近的两个女人之

---

① 古希腊史诗,西方文学的奠基作品。相传为盲诗人荷马所作,讲述主人公奥德修斯海上冒险的故事。

② 忒勒马科斯,《奥德塞》中主人公奥德修斯和柏涅柏的独子;柏涅柏,奥德修斯的妻子。

间的绳子呈水平状态,那么 a1、a2……a6 表示绳子与地平线的角度,而 T1、T2 表示绳子各段的承受力,T7 = X,表示绳子最低部分的承受力,W 当然是女人的体重。怎么样,懂吗?"迷亭和主人对视了一下,说:

"大致懂了。"至于这个大致大到什么程度,那是他俩随意瞎定的,谁也说不准。

"那么,根据众所周知的多角形平均拉力之原理,可得出如下十二个方程式。"

"光方程式就弄了十二个,太多了吧。"主人这话说得无根无据。

"我这些公式是此次演讲最关键的部分。"寒月显然不愿随便删去。

"那你就看着把最关键的讲一讲吧。"迷亭似乎也有些不好意思了。

"如果将这篇讲演的核心部分,即从力学理论上得出的研究成果,都省略不讲了,我的一番努力可就白费了。"

主人对此毫不介意:"没关系,不用那么详细。"

"那就听您的建议,把这段删掉吧,没办法。"

"删掉就好!"此时,迷亭竟莫名其妙地噼噼啪啪鼓起掌来。

"下面再看英国的情况。我们在诗史《贝奥武甫》①中已发现'绞首架'一词,故可以断定绞刑应起始于八世纪。而十八世纪的法学家布莱克斯通②认为,实施绞刑时,在绞绳发生故障未能绞死犯人的情况下,可对犯人实施二次绞刑。而在诗歌《农夫皮尔斯》③里,却提到即使对凶犯,也无实施二次绞刑之法。不管以上文献记载是否真实,历史上的确有人运气不好,一次死不了的情况。一七八六年发生过一起绞杀

---

① 《贝奥武甫》(*Beowulf*),或译贝奥武夫、贝武夫,完成于西元八世纪约七百五十年左右的英雄叙事长诗,长达三千行。虽然历史上并未证实确有贝奥武甫其人,但诗中所提及的许多其他人物与事迹却得到印证。是现存古英语文学中最古老的作品,也是欧洲最早的方言史诗。
② 威廉·布莱克斯通(Sir William Blackstone,1723—1780),英国法学家、法官。
③ 十四世纪英格兰诗人威廉·兰格伦(William Langland,1332—1400)中世纪最有影响的英语诗歌之一。

凶犯的事件。当被吊起的罪犯腾空下落时绞绳居然断了,于是再次上刑,可这回绳子太长,双脚着了地,结果又没死成,最后只好借助围观群众协力合作,才算把犯人给送上天。"

"哇,还有这种事儿啊。"迷亭听到此处,突然兴奋起来。

主人也坐立不安:"真有死都死不了的啊。"

"更有趣的是听说人吊死了,身高会长一寸呢。是医生实际量的,不带一点夸张。"

"这倒是一个好办法。苦沙弥,怎么样,吊上一会儿,长高一寸,你就跟常人一般高了啊。"迷亭对主人说,他也一本正经地问道:

"寒月兄,长了一寸,还能起死回生吧。"

"那当然不行,人被吊起来脊髓是不会长的,简单说,那不是人长高,是脊梁骨断裂。"

"那,上吊还是免了吧。"

演讲太长了,一时不见完,寒月本来准备要讲关于绞杀的生理作用,可迷亭在一旁不断插嘴捣乱,这边主人又张着大嘴一个接一个打哈欠,见此,寒月只好半途告辞,走人了。至于那晚寒月的讲演究竟如何,雄辩的口才是否得以发挥等等,一概无从知晓,那儿毕竟远超出我这个猫儿所涉足的活动范围。

近日安详无事。这天下午两点左右,迷亭先生如偶然童子一般再次飘然而至。他坐下便问:

"老兄,你听说了吗?关于越智东风的高轮事件。"那副大惊小怪的样子,简直像是来通告日军攻陷旅顺特大新闻似的。

"不知道。最近没见他。"主人那张脸跟平日一样阴沉沉的毫无生气。

"今天特意赶来是要告诉你,那东风丢人现眼的故事。"

"瞧你这大惊小怪样儿,可真能'无事生非'。"

"哈哈,说我是'无事生非',倒不如说'无事便找事'。不把这两句话认真区别开来,还真关系到我的声誉呢。"主人眼望空中,宛如天然居士再现于世。

"岂不一回事儿。"

"听说上周日东风去高轮泉岳寺①。这大冷天的到那儿,何苦呢?——何况,如今参拜泉岳寺的,不都是些乡巴佬,进了京城,摸不着东南西北的吗?"

"人家东风爱去,你有什么权利要阻拦的。"

"权利当然是没有的,且不管这权利不权利了。你可知道那寺庙里有个'义士遗物保存会'吧?"

"不知道。"

"不知道? 泉岳寺你总是去过的吧?"

"没。"

"居然没去过? 想不到,怪不得你袒护他呢。你个江户人,居然不知道泉岳寺,实在说不过去啊。"

"不知道又怎么了,不也照样当着教师吗?"主人越发像个天然居士。

"好了好了,还是说那个东风吧。他进寺院时正恰碰到一对德国人夫妇。据说一开始人家是用日语问了东风几句什么,可那老兄他一心想用德语说两句。试了一下,居然还都说通了……后来一琢磨,那麻烦就出在这儿了。"

"怎么了?"主人也被他逗急了。

"那个德国人见大鹰源吾②的彩色漆盒摆在那里,想买下来,遂问卖不卖。你听,那东风的回答,那可是妙极了:'日本人都是清廉君子,不会见钱就卖的。'到此一问一答他表现都还不错。那对德国人以为这下碰上好翻译了,于是,接二连三不停地问这问那。"

"问什么来着?"

"哎呀,要是都听懂了那还用操心吗。只因他们说得太快,而且什么都问,东风听了半天不得要领。偶尔听懂几个词儿,什么消防用的鹰嘴木棍、打夯的榔头等等。但你说,用德语怎么跟人解释呢,这老兄又没学过,弄得狼狈不堪。"

---

① 位于东京港区高轮,是曹洞宗寺院,院内有四十七名义士墓,四十七名义士于江户时代一七〇三年为赤穗藩藩主剖腹自尽。

② 大鹰源吾(1672—1703)实为大高源吾,为四十七名赤穗武士之一。

"那是啊。"主人身为教师,对此颇有同情之感。

"可有一些闲人好奇,纷纷凑上前看热闹,把东风和德国夫妇围成一团,弄得东风满脸通红,不知所措,刚才那副得意扬扬的劲头早不知跑哪儿去了。"

"结果如何?"

"听说最后东风实在对付不了,说了声日语さいなら(再见),就抬腿跑了。我问他,你怎么把さよなら说成さいなら,那是不是你老家方言。他说,不是,那是为了让洋人听了好懂一点。你看,这东风自己搞得那么狼狈,还没忘了替别人着想,说什么さいなら,这老兄还真让人佩服啊。"

"さいなら倒无关紧要,后来那两个洋人呢?"

"听说那洋人被晾在一旁不知所然。你说,这事儿不是挺有趣的吗?"

"我可没觉得,少见的倒是你,还特意为此跑来汇报一番。"主人把烟灰磕进火桶里。

此时听见有人把格子大门上的门铃打得叮叮当当直响,接着一阵女子尖声细气的叫门声:"有人吗?"迷亭和主人听了眼瞪眼,默不作声。

看来主人家里很少来女客,眼见那个尖声叫门的女人身着绣花夹层和服盛装,一摇一摆碎步踏进客厅,那长长的下摆一直拖到榻榻米上。看年龄她大概四十有余,前额光秃秃的,那头发梳得高耸向天,犹如脑袋上筑起一道防洪堤坝,占了整个脸部一半之多。那眼角向上斜吊着,似被一左一右割开了两条直线。这直线是形容那眼睛比鲸鱼眼还细。说起她的鼻子,那可是奇大无比,像是把谁家的鼻子偷来硬安到她脸上一样,又像是在不过三坪之地的庭院里搬来一尊靖国神社的大石头灯笼,那副唯我独尊之势,与周围显然格格不入。再看她那鼻子的形状,鹰钩鼻如一把钥匙,鼻尖高挺直立,挺到半途突然又来了个谦虚姿态,开始往下垂,直钻到嘴唇上部。因长了这么个特殊的鼻子,所以这女人说起话来,与其说是用嘴倒不如说是用鼻子了。为了对这个伟大的鼻子表示敬意,我决定今后把这女人就叫鼻子。鼻子跟主人道了见面之礼：

"蛮不错的宅院嘛。"她把整个客厅环视一圈。主人心里明知她在胡说，也不理睬，一个劲儿只抽烟。迷亭眼望着天井，提醒主人该应酬一下：

"你看，那儿是露雨呢，还是天花板原来就有的木纹，那花纹挺奇怪呢。"

"还用说，当然是露雨啦。"听了这话，迷亭又说：

"还可以嘛。"鼻子在一边满肚子气，这俩人怎么不懂一点社交礼节。只见三人默默无言对坐。片刻，还是鼻子先开口：

"今天略有要事到府上。"主人哼了一声，没当回事儿。鼻子发现这不是办法，遂又自我介绍：

"我就是府上附近……在对面巷子拐角处……"

"那座高大的洋馆？里边有库房。对了，门上的牌子写着金田。"主人好像想起那个金田洋馆和金田库房了，但对面前的金田夫人并没有表示任何敬意，还是那副爱搭不理的样子。

"本来，我丈夫要亲自来府上的，但忙于公司事情。"金田夫人以为这下他该多少明白过来。然而，主人依然不见有什么反应。鼻子这女人初次到人家，张口说话如此随便，主人早已大为不满。

"您恐怕也是知道的，我丈夫不仅经营着一家公司，另外还在两三家兼任高管职务。"主人听了亦是无动于衷。

我家主人，说起博士或大学教授他总是毕恭毕敬，而对实业家却毫无敬意可谈。他相信中学老师比实业家更了不起，更值得尊敬。即便不这样，就他不懂社交，不会随机应变这性格，也知道自己不会去接受那些实业家或有钱人的恩惠。所以不管对方有多大权势，有多少资产，反正与自己无甚关系，所以对他们根本不关心。因此，除了学者知识界圈子，他对其他方面的事儿从不过问。故，实业界的什么人在哪儿干什么一概不知，即使略知一二也丝毫不会引起敬畏佩服之念。

鼻子做梦也想不到，偌大的天底下，同是阳光普照之下竟有一个如此怪癖的痴人。她本以为，至今世上见过的人多了，只要说起自己是金田夫人，有谁不马上另眼相待？不管参加个什么会，出现个什么大人物,金田夫人这块牌子绝对是响当当、畅通无阻的,何况这个老朽书生。他一听我家是对面巷子拐角处,不用说是干什么的也该大吃一惊啊。

"叫金田的,你知道吗?"主人随便问了问迷亭。

"当然知道,是我伯父的朋友,最近还出席游园会了。"迷亭回答得倒是很认真。

"嘿,你伯父是个什么人物来着?"

"牧山伯爵呗。"迷亭一本正经。没等主人再往下问,鼻子突然转过头去看迷亭。见他身穿大岛粗绢上衣,还套着一件似是古渡更纱①的外褂,端坐一旁。

"哎呀,您是牧山先生的……怎么在这儿呢,我一点都不知道,实在失礼了。我丈夫常在嘴上念叨,承蒙牧山先生关照已久。"

见这个鼻子说话突然客气起来,又点头哈腰的,迷亭大笑:"哼,什么? 什么? 哈哈。"主人一时晕头转向,只是呆呆地看着他们二人。

"听说女儿的婚事我丈夫也托牧山在留心呢。"

一听这话,连迷亭也吃惊不小,失声问道:"嘿,还有这事儿?"

"说实话,上门提亲的人真不少,不过考虑到我们也是有身份的人家,不能随便就嫁出去的。"

"说得也是。"迷亭总算放下心来。

鼻子又回到原来的那股傲气,对主人说:"就是为了这个,才上门想打听一下呢……听说水岛寒月常到你们家来,那个人怎么样呢?"

"要打听寒月,你准备干什么?"主人显然很恼火。

"噢,原来关系你家小姐的婚事,是想来了解一下他的品行吧。"迷亭到底脑子转得快。

"如果能了解到一点儿情况,那就太好了。"

"这么是说你家想把女儿嫁给寒月?"

鼻子马上反驳说:"不是我们想嫁——其他来说亲的也多了,我们并不是非要嫁他寒月的。"

---

① 古渡,指早年从国外传入日本的东西。更纱,印花布。此处主要指十七至十八世纪从印度传至日本的印花布。花纹有树木、花鸟、几何图案等。

"那寒月的事儿,不就用不着打听啦。"主人也急了。

"可也没必要守口不言吧。"鼻子摆出一副要跟主人吵架的架势。迷亭坐在两人中间,举着那根银烟管,就像相扑场上行司手持团扇要判定双方输赢一般,心中暗地叫喊:看好了!看好了!上!再来一把!

"那是不是寒月他说非要娶了?"主人毫不示弱,直逼着问。

"并没有说非要娶……"

"你不是自己说了?寒月要娶你家小姐?"主人似是发现对付这女人只能枪对枪,炮对炮,得跟她硬干。

"虽说话还没进展到那一步。可寒月也没什么不满意的理由吧。"鼻子调整了一下姿势重整旗鼓又上阵了。

"寒月对令爱有什么爱慕的表示吗?"主人火气上来,又逼了一句,似乎在说:有什么,你就直说出来!

"啊,大概有吧。"鼻子似心中有数,对主人的先发制人并不在乎。迷亭一旁观战,如同看相扑,他听了鼻子这话也坐不住了,放下烟管好奇地凑向前,独自取乐:

"该不是寒月给令爱写了情书什么啦?真让人高兴啊,正月过年给大家提供了这么好的话题!"

"虽不是情书,但比那还热火呢,您二位难道真不知情?"这回轮到鼻子逼上来了。

主人像着了魔似的,问迷亭:"你知道吗?"

迷亭也似傻了眼,谦虚起来:"我怎么会知道,最清楚的该是你吧。"

只见鼻子得意起来:"二位当是心知肚明啊。"

"唉……"两人为之同时愣住了。

"如果二位忘了,那就让我来说吧。那是去年年底了,在向岛,阿部府上举办演奏会,寒月不是也出席了嘛。就在当天晚上,回家的路上——吾妻桥上发生的事儿,详细情况呢,怕影响他的声誉,我不便多说。有了这证据,足够了吧,难道不是吗?"鼻子把戴着金刚钻石戒指的手放在膝盖上,端正了坐姿。此时,那个伟大的鼻子愈发大放异彩,而迷亭主人二人则灰溜溜地无地自容。

显然,主人连迷亭都被鼻子这一招吓唬住了,二人胆战心惊像得了疟疾打摆子,一下没了精神,呆坐一旁。直待那一惊骇逐渐消散了,二人这才慢慢回过神来。大概感到太滑稽了,两人不约而同失声哈哈大笑起来。只有鼻子见二人如此放肆大笑,有些出乎预料,她双眼干瞪着无可奈何。

"原来是令爱啊,怪不得呢,您说得对。喂,苦沙弥。的确是寒月喜欢上您的女儿啦。没错。瞒也瞒不过去了,干脆老老实实承认吧。"主人哼了一句不再出声了。

鼻子又来了劲儿:"是啊,瞒也没用呀,我可是有证据的。"

"算了,那我就把寒月的事儿,都讲给你听吧,供你作个参考。喂,苦沙弥,你是这家主人,老在一旁傻笑,太不像话啦。说实在的,秘密这东西不可思议,你就是再怎么想隐瞒,它总会露出些马脚……不过说来也奇怪,让人吃惊,金田夫人,这个秘密你怎么打探来的呢?"迷亭一个人念叨着。

"当然我们也是很谨慎的,从没打过含糊。"鼻子一副得意的面孔。

"谨慎得太过头了吧。到底听谁说的?"

"就是你们家后边的车行老板太太。"

主人把他那眼睛都瞪圆了:"就是那个大黑猫儿家的车行?"

"是啊。寒月的事儿,差不多都知道。寒月每次来这儿说些什么,我们让车行老板太太都一一记下来汇报。"

主人大声发怒:"岂有此理!太不像话了!"

"什么不像话?不管你说什么都无所谓,我们要打听的只是寒月的事儿。"

"寒月也罢,谁也罢,车行家那老板娘真可恨。"主人一个人干生气。

"不过,人家站在你们家围墙外边,那是人家的自由,又碍着你什么了?要是怕说话被人听见,就小点声呗,要不然就搬到个大宅院里住。"鼻子说话脸不红心不跳,"不光是车行家,还有那个住在新街上的二弦琴老师,也从她那儿打听到各种消息呢。"

"关于寒月的事儿?"

鼻子发狠一语道出了真话："不光是寒月。"

此时主人也丝毫不见让步："那个教琴的，平时人模人样，显得还挺高雅，居然是个如此混账的家伙。"

"话不能这么说！人家可是个女人啊，什么混账家伙，怎么就张口乱骂起来了。"鼻子也顾不上再装斯文了，说话一下子变了腔调，简直要干架啦。这种时候，且看那个迷亭吧，毕竟还是迷亭，他稳稳当当坐在一旁，就像铁拐仙人静观赌场上的斗鸡一般，他要笑看这戏再唱下去，将会如何收场。

主人发现跟鼻子打嘴仗自己绝不是对手，不得不沉默下来。可没过一会儿，他好像又想起什么来："你总说寒月喜欢上你女儿了，可据我所知，情况似有些出入，对不对，迷亭？"他指望迷亭来附和一把。

"是啊，当时听说是令爱先得了病……后来听见嘴里念念叨叨说什么痴话来着。"

"绝没有那事儿。"金田夫人断然否认。

"寒月说他是从博士夫人那儿听来的。"

"那是我们一手操作的，想让博士夫人试探一下寒月。"

"博士夫人事先知道吗？"

"知道啊，她也答应了，不过，不是白让她说的，送这送那给了她不少回报呢。"

"看来你不把寒月的事情刨根到底问出点什么，是坚决不走了。"迷亭也恼火了，说话显然带着刺，不似刚才那么客气。

"喂，你呀，即使说了又不损失什么，干脆说了吧，苦沙弥……太太，不管是我还是苦沙弥，关于寒月的事儿，不碍着他名誉之类的，都告诉你吧，要是按着顺序慢慢来问，我们也好回答你。"

鼻子终于也明白过来了，对迷亭说话的腔调也不像刚才那会儿粗暴了，有礼有节：

"听说寒月是理学学士，具体专业是什么呢？"

"在研究院做有关地球磁场的研究。"主人回答得很认真，但可惜鼻子却完全不懂那是什么意思，她显得很惊讶，问道：

"学那个东西能当博士吗？"

主人听了极不高兴,问:"你是不是说不当博士,就不嫁女儿了?"

"那是啊,只是个学士,那可不稀罕啦。"鼻子对此一点不见怪。主人看着迷亭,越来越厌烦了。

"博士当得上当不上,我们也保证不了,你再问其他的吧。"迷亭也没个好脸。

"最近,还在学那个地球的……什么吗?"

主人不经意说了一句:"两三天前,在理学协会上讲演,发表了他的研究成果《上吊的力学原理》。"

"哎呀,真讨厌,什么上吊自杀的,真是个少见的怪人。搞那些上吊的东西,那肯定当不上博士啦。"

"他本人要是上吊了,那的确就难当了,但要研究上吊的力学,是另一码事儿,未必当不上。"

"是吗?"鼻子扭过头来看看主人的脸色,可怜她又不懂什么是力学,听了这话反倒坐立不安。但若继续问下去,又怕失口丢了自己金田夫人的面子,所以只好观察对方脸色,盘算着如何走这下一步。

"除此之外,还学些什么,比较简单的?"

"那倒也是,最近写过一篇论文,题目是《论橡子椭圆状的稳定性以及天体运行》。"

"大学还研究什么橡子吗?"

"唉,我也是外行,不太懂,但不管怎么说,既然寒月研究它,看来是有其研究价值的。"迷亭故意逗她。

鼻子自认在学问上不敢再问下去了,转个话题问道:"那再说点儿别的吧,今年正月间,他是不是吃香菇时把门牙给弄掉了?"

迷亭想,这下可问到我的管辖区了,急忙插上一句。

"是啊,缺个门牙,那空儿就被空也糕给填上了。"

"那太有碍观瞻啊。好歹也该用牙签。"主人偷偷笑了:

"下次见面,要提醒他一下。"

"吃个香菇牙都能掉,可见牙质也太糟糕了,难道不是吗?"

"要说他牙好,当然算不上,哎,迷亭,你说呢?"

"虽说不上好,但看上去还挺招人喜欢的。奇妙之处在于他一直就没补,到现在还老黏着空也糕呢。真叫天下一大奇观。"

"牙不补上就让它缺那么一块?因为没那点儿钱呢,还是就喜欢那样儿,故意留着不补呢?"

"不至于吧,哪能一辈子逢人自吹是个'缺门牙的'?这你尽管放心。"迷亭的态度渐有好转。

鼻子又问起其他的事儿:"府上要是有他本人手写的什么,比如信件之类的,可以让我看一下吗?"

"明信片倒不少,你看吧。"主人到书房里拿来了三四十张。

"不用这么多,看上两三张……"

"哪个哪个?我给你挑张好的吧。"迷亭先生挑了一张,"这张挺不错吧?"

"哎呀,他还画画儿呢,真能干,拿来,让我看看。"

"哇,居然是狐狸,怎么就想起来要画狐狸呢!不过看得出来是狐狸,真奇怪呐。"鼻子还蛮佩服。

主人笑着说:"你念一念他写的什么。"

鼻子像女仆念报纸一样,一字一句:"阴历除夕之夜,山狐狸开游园会,它们高歌起舞,唱道:今晚大年夜,无人上山啦。蹦呀蹦,跳呀跳!"

"什么呀,这不是瞎胡闹嘛!"鼻子不太高兴。

"这仙女你一定喜欢吧。"迷亭又拿出来一张。上面画一仙女身着羽衣弹琵琶。

"这仙女的鼻子是不是太小了点?"

"小?一点不小啊,一般般啰。别管那个鼻子,还是念念他写什么啦。"

"从前有个天文学家,这天夜晚,他同往日一样又登上高台,仔细观望星星。不时,天空出现一位美丽的仙女,弹着琵琶,那曲子美妙之极,是这人世间从未听到过的。天文学家听得入了迷,深夜的彻骨之寒也全忘了。翌日清晨,只见一层薄薄的白霜蒙在他的尸体上。那个平时总爱瞎说的爷爷告诉我,这可是一件真事。"

"这是说什么呀,真无聊。还叫理学学士呢,他应该多看点《文艺俱乐部》①杂志。"寒月被鼻子白白糟蹋了一顿。

迷亭半开玩笑地又拿出第三张,"你看这张怎么样?"

这张明信片上半部印着一艘帆船,下面写着字。

"昨夜借宿之处,一个十六岁的姑娘向我哭诉自己的身世:父母出海未归,葬身浪花底,远望海鸟,岸边逐浪飞,梦中惊醒,两眼泪汪汪。"

"这不写得不错嘛,还是个感人的故事呢。"

"说得过去啊。"

"可以配上三弦呢。"

"配上三弦那就真能演唱了。这张怎么样?"迷亭不断地继续推荐。

"不用了,这足够了,知道他不是个没教养的粗人。"鼻子已满足了,看来她把寒月的事情大都问完了,"那我就失礼告辞了,只是请你们别把我来的事儿告诉寒月。"

她临走还提出这么个无礼要求。把寒月的事情都打听了,自己的事儿却一点不愿让人家知道,主人和迷亭没好气,随便应付了一声。

"很快就给你这里送些礼来,以表示谢意。"鼻子特意叮咛了一句,才抬脚走了。

二人送走她,回到房间,迷亭坐下就说:"这叫什么呀!"主人也同感,也说了句:"这叫什么呀!"此时,在隔壁屋的夫人早已耐不住了,她呵呵地笑出声来。

迷亭听了大笑:"夫人,庸俗小人的标本刚才来了啊,庸俗到了这种程度也算可以了。你不用憋着,尽管笑吧。"

主人满脸不高兴:"光看那张脸就让人讨厌。"

迷亭马上跟着加了一句:"那鼻子当中一竖,整个脸都被霸占了,一副跟谁干仗的架势。"

"还有点歪呢。"

"背也有点儿驼,驼背的鼻子,大奇特奇。"

---

① 明治二十八年至昭和八年由博文馆出版发行的文艺杂志。

主人还嫌不够:"简直就是一脸克夫相。"①

"就像十九世纪卖不出去的货,到了二十世纪又从仓库里被兜出来一样。"迷亭说得妙极了。这时夫人从里间出来,到底是女人,她劝说道:

"坏话说过头了,要被那车行家太太传过去呀。"

"让传过去,刺激她一下倒正好。"迷亭说。

"可是,竟说人家长相丑,这也太没水平了,谁愿意长成那样的鼻子呀。何况人家是妇人家,你们也太刻薄了。"夫人好像是为鼻子辩护,其实也是间接地为自己的长相暗暗打抱不平。

"说我们太刻薄了?她哪里像个女人,简直是大蠢货。迷亭你说是不是?"

"也许算个蠢货,但也是个人物,你不是被整得快招架不住了吗。"

"她把教师到底当什么呢!"

"跟后边那家车行老板差不多吧。要得到她的尊敬啊,得当上博士才行。你不当博士就是你的不对了,是不是,夫人。"迷亭边笑边回头看。

"当什么博士,根本没指望。"连夫人也对主人不抱任何希望。

"也许很快就是啦,你别小看人。你们这些人知道什么呀!人家伊索克拉底②的大作是九十四岁时才出的。索福克勒斯③名震天下之时已近百岁高龄。西摩尼得斯④八十岁作诗,亦神妙之极。要说我……"

"又说傻话了,像你这样有胃病的,能活那么长吗?"夫人把主人的寿命算得还很细。

"说话简直没一点儿章法……你去问问甘木医生……总给我穿着

---

① 鼻子高,与脸之间过度陡直,形成鼻骨两侧如刀锋切割般,这是相学中说的"剑锋鼻"。这种"鼻削如刀"的女性,又被叫做"克夫相"。
② 伊索克拉底(前436—前338),希腊古典时代后期著名的教育家。
③ 索福克勒斯(约前496—前406),雅典三大悲剧作家之一。
④ 西摩尼得斯(Simonides of Ceos,约前556—前468),爱琴海凯奥斯岛的抒情诗人、警句作者。

皱巴巴的黑棉布外褂,衣服也是东缝西补,这不,就被那女人瞧不起。明天起我要穿迷亭那样的衣服,你给准备好!"

"让我准备?咱们家可没那上等的绢丝衣服。金田夫人对迷亭客气是听了迷亭他伯父的名字。不是因为什么衣服。"夫人在巧妙地躲避责任。主人一听提到"伯父"了,突然想起什么:"你那伯父的事儿,我今天头一次听说,以前怎么连一点儿都不知道。真有吗?"

迷亭见主人夫妻俩都把他的话当真了,便来回看了他们一眼,说道:"嗯,我那个伯父,是个老顽固,也是从十九世纪一直硬撑着活到今天了。"

"哎哟,你净说些有趣儿的事儿,现在他老人家在哪儿,在世吗?"

"在静冈呢,不光活着,他头上还顶个丁髷①,看着都难受。我劝戴个帽子吧,他硬说,我活到这把年纪,也没觉得冷到非要戴帽子。我说天冷多睡一会儿,他呢,说人睡四个小时就足够了,睡四个小时以上太奢侈。自己早上天不亮就起来,还扬扬得意告诉我,他把睡眠时间缩短到四个小时,是多年锻炼的结果。年轻时总想睡,最近终于可随心所欲,自由控制了。你们想想,他都六十七了,睡不着自然很正常,哪里是什么修炼的结果,可本人却以为那是克己锻炼之功劳。而且,他出门还总拿把铁扇。"

"干什么呢?"

"不知要干什么,只是手里拿着。就当挂根儿洋枴杖差不多。不过最近有个怪事儿。"这次他是对夫人说的。

"哦。"夫人应了声。

"今年春上他突然来信说让速寄一顶高顶礼帽和一身礼服过去。我很吃惊,回信问他,说是为自己买。二十三号静冈开攻陷旅顺的庆功会②,为了赶上这个会,命令我尽快想办法买来。说帽子的大小无所谓,衣服尺寸大概估计一下,就在大丸和服店定做。"

"最近大丸百货店也做西服吗?"

---

① 丁髷,原指江户时期头发稀疏的老人所结的一种发型。因形状为"髷",故有此称呼。一八七一年九月二十三日脱刀令发布后,保留传统发型的男性大量减少,西洋式的发型开始流行。此时有人称仍保留传统发型的人为"丁髷(头)"。

② 指纪念一九〇五年一月日军击败俄军、攻陷旅顺而举行的庆功宴。

"没有,他弄错了,那是白木屋百货店。"

"估计尺寸可不容易啊。"

"这也是只有伯父才想得出来。"

"怎么样?"

"咳,反正就给他弄了。之后,一看地方报纸,说当天牧山老先生与往日不同,身着西装礼服,照例手持铁扇……"

"只有铁扇不离手啊。"

"对,他死了,我肯定在棺材里把这铁扇给他放进去。"

"不过帽子西装都穿戴上了,不错嘛。"

"这就估计错了。我也以为一切顺利呢,不想没过多久从老家寄来一个邮包,我想该是什么谢礼吧,打开一看是我给他买的高顶帽子。另附着一信,说帽子有点大了,托我跑个腿让帽店给改小一点,至于费用,他用邮局支票①汇来。"

"真叫不拘小节啊。"主人很得意,终于发现天下有人比自己还马虎。不时又问:

"后来怎么了?"

"怎么了? 没办法我就戴上了呗。"

"原来就是那个帽子啊。"主人嬉笑着。夫人好奇地问:

"他老人家是男爵吗?"

"你问的是谁?"

"你那个拿铁扇的伯父呀。"

"问他呀,那是个汉学家。年轻时在汤岛圣堂②痴迷朱子学什么的,现在坐在电灯底下还恭恭敬敬顶个丁髷发,真没办法。"迷亭不停地摸着下巴。

"那你怎么给那个女人说是牧山男爵呢?"

---

① 日本邮局旧时发行的一种支票,支票上印有金额,可在邮局兑换现金。一八七五年开始发行,一九五二年废止。
② 汤岛圣堂:即东京孔庙,位于东京都文京区汤岛一丁目,前身是江户幕府的儒学家林罗山在上野忍丘建造的孔子庙,一六九〇年德川幕府第五代将军德川纲吉将其搬迁至此,境内立有"日本学校教育发祥地"的石碑。

"是那么说的,我在客厅也听见了。"夫人对主人说这话是赞同的。

"是那么说的吗？哈哈。"迷亭无缘无故地笑,无所谓地说:"那是随便骗她一下,我要真有个男爵伯父,如今也该是局长什么的了。"

主人听了似很高兴,又像有些担心:"我也觉得有点奇怪。"

夫人倒是很佩服:"哎呀,撒个谎也跟说真的一样,你可是太能吹牛啊。"

"比起我,那个女人更能吹。"

"我看你呀,一点不比她差啊。"

"夫人,我的吹牛不过是吹牛皮而已,那女人吹起来可是胆大包天,心怀诡计,黑着呢。你可不能把那些小人的谋算和我这天生的幽默混同起来,让那喜剧大圣也不得不悲叹,以为这世上竟没有慧眼识珠之士了。"

主人眼也不抬:"恐怕未必。"

夫人笑着说:"要我看都一样。"

我至今还没去过对面那条巷子,拐角处的金田家这才听说,什么样儿也没见过。主人家里从来没把实业家当话题,连我,这吃主人家饭的猫儿,也与实业家不沾边,岂止不沾,是不屑而已。刚才突然看到鼻子来访,又从旁听了些他们的谈话,便开始想象那家女儿的艳美丰姿,想象她家有多富贵有多大权势了。这么一想,我这猫儿怎能还躺在屋檐走廊上安然不动呢。不仅如此,我也对寒月深感同情。方才说什么博士的太太,车行家女人,还有二弦琴师天璋院,她们居然都被鼻子收买了,不知何时,连寒月掉门牙的事儿都给探听去了。可寒月本人,他就只知道笑嘻嘻地摆弄那个外褂穗子,就算这理学士刚大学毕业,他也太无能啦。

话是这么说,可那个女人把伟大的鼻子安在脸正中,的确让人不敢接近。碰到这种事儿,主人反应太迟钝,况且在资金上也无力与金田抗衡。那个迷亭虽说不愁钱,可他悠闲自在纯粹一个偶然童子,要说去声援寒月,怕指望不了。看来,只有演说上吊力学原理的本人最可怜啰。此时此刻若我不奋起潜入敌城,去观察观察动静,这世界对寒月也太不公平了。

我虽是个猫儿,可寄居在学者府上。那学者读起爱比克泰德哲学书,会把它摔在桌子上。我呢,自然也就非同一般俗世间那些痴猫儿蠢猫儿了。

此次之所以敢冒这风险,是因平素我这大侠之心就藏在尾巴里。我从未接受过寒月什么恩惠,也并非出于个人的一时狂妄。说好听了,此乃光明正大之义举,是为实现维护公平,钟爱中庸之天道。

既然他们不经许可,肆意制造吾妻桥事件;既然他们指派侦探在人家屋檐下,窃听私人信息,且逢人吹嘘;既然他们动用车行、马夫、无赖、臭书生,甚至临时工、产婆、妖婆,以至按摩瞎子,大笨蛋,如此不惜一切干扰国家有用之才,我这猫儿也横下心,做好准备了。

今天虽说天儿不错,但道路因霜冻融化,走起来相当困难。可我,为了这"道",舍命豁出去了!脚下黏着泥巴,屋檐下走廊上留下的梅花印子怕给阿三会添点麻烦,但我不能叫苦。等不到明天了,我决心当即勇猛向前直奔厨房。

"且慢,莫慌!"作为猫,我已进化至极,且智慧的发达也绝不低于中学三年级学生。但可悲的是我这喉咙的构造毕竟还是个猫儿,说不了人话。你说,我即便潜入金田家把敌情掌握在手,却也无法告知关键的寒月本人,包括主人和迷亭。无法用语言表达,便如同埋在地下的钻石,不见日光,它岂能闪烁发亮,我的满脑子智慧派不上个用场,实在可惜!太愚蠢了!是去?不去?我愣在门口,犹豫不决。

可一经决定的事情要是中途作罢,不免遗憾。就像傍晚时,眼看天上要落下雨来,它却被一阵风连同黑云一起刮到邻村上空去了,让你感到无奈。若是论起是非,我不在理,那另当别论。而堂堂一男子,为维护正义,维护人道,我当舍命冲锋陷阵,责无旁贷。吃点儿苦或弄脏个脚,对猫来说算不上什么。既然我猫儿降于此世,便注定无法用三寸之舌与寒月、迷亭、苦沙弥诸位先生互相交流思想。但也正因是个猫儿,这潜身入室的本领可要比诸位先生高明许多。他人莫及之事我当完成,岂不乐乎。金田家内幕,唯我一人所知,比众人皆蒙在鼓中愉快许多。让他们也感受一下隐私被人打探是个什么感觉,仅此也是不亦乐乎。兴奋之极,令我平心坐等不住。去,还是要去的!

来到对面巷子，果然，大路拐弯处整个一片都被那所洋馆占据着，俨然地方一霸之主，馆中那主人的傲慢也是可想而知。一进大门，迎面一座二层楼建筑高高耸立，望着它，只感到有种压抑感，除此之外怕是没有任何存在意义。迷亭说的所谓平庸当是指此类。见大门右边种植着一片花草，我便穿过去，绕到厨房后门。好宽敞啊，这厨房，足有苦沙弥先生家的十倍之多。前几天《日本新闻》详细报道大隈伯爵①豪宅内部，想这家厨房绝不会亚于大隈家了。再看里边，各种器具齐全，且整齐明亮。土间②地面是用石灰浆掺碎石敲打出来的，面积约有二坪大小。车行家老板娘站在那里，她一直在跟烧饭的佣人和私家车夫说什么。这女人可不是好惹的，我赶紧躲到水桶后边。烧饭的佣人说：

"那个教书的怎么连我们老爷的名字都不知道咧。"

"那不可能！这一带要是连金田宅院都不知道，那他不是眼瞎了就是耳聋了，绝对是残废。"说这话的是金田的私家车夫。

"也没准。那个教师本来就是怪人，除了书以外，啥都不懂。让他知道点咱们老爷的厉害，他也会老实的。不过他也太蠢啦，连自己孩子多大都搞不清。"车行家老板娘说。

"金田他都不害怕？那可真难对付。你们说，拿这家伙就没办法啦？我们得把他好好教训教训。"

"对呀！咱们家太太他看着也不顺眼，嫌鼻子太大，说得好难听呦。他也不瞅一眼自己，像个今户烧③的陶瓷狐狸。就那样，还自以为是呐。"

"不光那张脸，去澡堂时他拎着条毛巾，一路趾高气扬，好像这世界上就他能行。"连烧饭的佣人也讨厌苦沙弥先生。

"咱们一块儿到他家围墙下边骂上几句。"

"那他就害怕了吧。"

"别让他看见咱们的脸，只大声吵吵让他听见，捣乱他看书，然后

---

① 大隈重信（1838—1922），明治时期政治家。日本第八任和第十七任首相，早稻田大学创立者。
② 厨房刚进门的一块儿地，不铺地板。
③ 一种陶瓷器，产地为东京台东区今户以及桥场周边地区。

四处散布他的坏话就行。这是刚才太太出门时嘱咐过的。"

"这个,我知道。"车行老板娘意思是自己可承担三分之一的任务。原来他们要用这种办法来折腾苦沙弥先生。我悄悄绕过他们进了屋子。

说起猫爪,走起路来极是轻巧,它不会发出笨重的脚步声。宛如行空踏云,水中击磬,洞中鼓瑟,其醍醐妙味无须赘言自会明了。话说,庸俗之极的这西洋楼馆,模范标准的厨房,还有那车行老板娘、伙计、烧饭的、女仆、小姐、鼻子夫人和她的老公,我一概不在乎。我,要去哪儿,想听什么,随心所欲。看完了,舌头一伸,尾巴晃晃,再吹吹胡子,悠哉悠哉只管往回走。何况,这条街我是最熟悉不过的了。我甚至怀疑自己是否真有草双纸里猫怪的遗传。人说蛤蟆头上有夜明珠,而我的尾巴里它是藏着世代祖传秘方。有了它,不管神道、佛教,什么爱欲生死,哪怕天下什么人都不必放在眼里。我人不知鬼不觉,穿行于金田家屋檐下的走廊,轻而易举,比仁王大神脚踏海草凉粉①还简单。我一边感叹自己力大无穷,一边寻思,这也是平时对这尾巴格外照顾的结果。对了,应该向这尾巴大神拜上一拜,祈祷祈祷我这猫运来日方长。谁料,这低头一看才发现不对头。你要拜那尾巴,转身去看,可那尾巴便也随着身子转起来,身子一转,尾巴自然跟着转。我想追上它,把头拧过去,可那尾巴和头总是相隔一定的距离,怎么也追不上。看来这三寸尾巴真是个灵物,它里边藏着天地玄黄,不是我能左右的。绕了七圈儿半我也没追上,累得精疲力尽,只好停下来。两眼晕晕乎乎,分不清东南西北,只管乱走一气。忽听拉门后边有鼻子说话声,遂停下来,把耳朵左右一竖,屏住呼吸仔细闻听。

"那个寒酸穷教师简直是耍赖!"她说话那声还是那么刺耳。

"真不知好歹。得给他点厉害。那学校里我有好几个老乡呢。"

"谁呀?"

"津木贫助啦,福地贝壳,让他们给收拾收拾!"我不知金田他老家在哪儿,怎么人名也都这么奇怪。金田继续问道:

---

① 压做凉粉状的日本小吃,原料为海草。

"那家伙是英语教师？"

"唉,听车行家女人说是专教英语精读教科书的。"

"肯定不是什么好教师嘞。"他这个"嘞"的发音还很有特色呢。

"最近碰到贫助,他说:'我们学校有个怪人。学生问他"番茶"①用英语怎么说,他教人家说叫"savage tea"。搞得老师们都笑话他。'还说:'学校有这种怪人,让大家都为难。'估计'那家伙'指的就是他。"

"肯定是。也只有他了。真讨厌,他还留个胡子。"

"简直不能容忍。"连留胡子也不能容忍了,那我们这些猫儿还不活了。

"还有个叫迷亭、酩酊什么的,那家伙上蹿下跳,说他伯父是什么牧山男爵。瞧他那长相,就不像是有男爵伯父。"

"你呀,把那些不着边儿的事儿还当真。那不行。"

"你说我不对了？难道不是他们太欺负人了吗！"她好像很不服气。奇怪,怎么不见提寒月的事儿。大概是我来之前就说完了,或者是寒月已经被筛选下去,不再是问题了。这点我还真把握不住。待了一会儿,隔着走廊听见对面客厅里响起铃声。哎呀,那边也发生什么事儿了,耽误不得,赶紧过去。

一听是个女子的说话声,声音极大,很像鼻子。恐怕她就是勾引诱惑寒月跳河未遂的犯人,既这家千金小姐啦。只是可惜我隔着拉门不得拜见那如花的美貌,也不敢保证她那脸中间是否也镶着颗大鼻子。仅听她说话粗声大气,即可判断不会是像跳狮子舞的狮子那样,长个扁鼻子。她不停地一个人在嚷嚷着什么,却听不见对方说话声,大概那就是人们常说的电话吧。

"是大和茶馆吗？明天我要看戏,给订个鹌鹑三号②座位。听见了吗？没听见？真讨厌,订鹌鹑三号呀。你说什么？订不上？不可能。嘿嘿……开玩笑呢？你开什么玩笑,故意逗人呐。你到底是谁？长吉？你懂什么呀！你叫老板娘来接电话！什么？你说我也都能办？不识货

---

① 在日本茶里,把春季采摘的嫩芽部分叫"煎茶",嫩芽采过之后采摘的茶叶叫"番茶"。"番茶"较为粗硬,且参杂细梗,品质相对低劣,英文译为 coarse tea。

② 鹌鹑三号:日本戏剧剧场内,鹌鹑是上等席座位区,第三排视野最佳。

的,你知道我是谁?是金田。哈哈,什么久仰久仰?真傻。是金田啊,什么承蒙关照,多谢了,谁想听你什么谢不谢的。喂,你笑什么!你也太蠢了。就按我说的订!你再胡开玩笑我可就挂电话了。听见了?没关系?怎么不吭气了?你倒是说话呀!"对方没声了,电话好像被长吉挂了。金田女儿气得把电话咔哒咔哒地使劲儿拨。吓得她脚底下的哈巴狗突然叫起来。这可不敢大意,我急忙钻到屋檐走廊下面了。

不时,听见上面有脚步声过来,接着是打开拉门的声音。是谁来了?仔细一听,像是女仆的声音:"小姐,老爷和太太招呼呢。"

"关我什么事儿!"小姐没好气,回了她一句。

"说是有事儿要小姐过去呐。"

"烦死人了,跟我无关!"这火继续发。

"听说是水岛寒月的事儿。"女仆小心翼翼哄她。

"什么寒月水月的,跟我没关系,讨厌死了,那个丝瓜脸。"小姐这回把气发到那寒月身上了,寒月真可怜,就这样凭空被她数落了一顿。

"唉,你什么时候把头发也扎起来了?"

女仆松了口气,尽量忍着回了一句:"今天。"

"没个规矩,分明是个女佣,可……"这气话又转了个方向。"还衬上一块新衬领呢。"

"唉,是前些日子小姐赏给我的。那么好的东西我觉得衬上太可惜了,就把它收到箱子里了。今天看那个旧的太脏了,这才拿出来换上。"

"什么时候,我给过你?"

"今年正月,小姐在白木屋百货店买的,深绿色,印着相扑排号的。"

"哎呀,真讨厌,衬上蛮漂亮呢。气死人!"

"多谢了。"

"我又没夸你,把人快气死啦。"

"噢。"

"这么漂亮,当时你没吭一声就收下了?"

"唉。"

"连你衬上都好看,那就不适合我了吗!"

"小姐衬上也一定好看的。"

"明知好看,可为什么不吭一声,自己就正儿八经地衬上了。你这人,心眼真够坏的!"这气话骂起来可停不下来了。我正准备聆听这事态如何发展之时,对面客厅传来金田在大声呼唤:

"富子!富子!"女儿无奈只好应声出了电话间。紧跟在她后边的哈巴狗比我稍大一点,那模样长得似是把眼睛和鼻子全挤到脸中间了。

我悄悄地又从厨房绕到大路上,匆忙赶回主人家了。这次探险收获极大,战绩足有十二分。

回到家,从那所漂亮的房子突然回到这脏乱破旧之处,这感觉上,就像从阳光灿烂的山顶下来,一头钻进黑黢黢的洞穴里一样。方才探险时只顾其他的了,人家屋内的装饰,屏障呀拉门是什么样儿也没看一眼。只是感到自己住的这个家实在太穷酸了,还居然对那个庸俗不堪的地儿,有点怀念之情。显然实业家比教师阔气多了。自己也觉得有这想法很奇怪,于是回头把我那尾巴竖起来看了看,它依然没变样,内藏宝物。

进了客厅,见迷亭先生依然在,他盘腿而坐跟谁在说话。火盆里烟蒂插得密密麻麻,像蜂窝一般。不知何时寒月也来了。主人枕着胳膊躺在榻榻米上,眼睛盯着房顶,观察上面漏雨留下的痕迹。

又是太平盛世逸民一场聚会。

"寒月,梦中呼唤你的那个女人,当初你保密,这会儿可以说了吧。"迷亭逗寒月。

"说我一个人倒没什么关系,可要牵扯到对方。"

"还是不能说啦。"

"我已经答应人家博士夫人了。"

"是发誓不告诉别人吗?"

"是。"寒月又在来回摆弄着他外褂上的吊穗。这吊穗是紫色的,不同一般市面上卖的。

"这颜色在天保年间①时兴,如今早已过时了。"主人半躺着,他对

---

① 日本江户末期年号(1830—1844)。

金田事件丝毫不感兴趣。

"是啊,毕竟不是时下日俄大战的东西。要配上这穗子,你得戴上有葵花印的木头盔,再穿身武士开裆的战袍才好。当年织田信长作上门女婿时,扎头发髻用的那穗子就是这种。"迷亭说起什么总爱扯得很远。

"的确,这是祖父当年征伐长州藩①时用过的。"寒月极认真。

"干脆把它捐献给博物馆,怎么样? 你水岛寒月一个理学学士讲演上吊力学,就这身打扮,像个幕府时代的旗本②武士,太过时,这面子上也说不过去啊。"

"您的建议好是好,可也有人还夸这吊穗子,说跟我挺搭配呢。"

"谁能说出这话? 没一点儿雅趣。"主人翻过身来大声问道。

"你们都不认识。"

"不管认识不认识。到底是谁?"

"就是那个女子。"

"哈哈,还别具一番雅兴呢。我来猜一下吧,就是隅田川底下呼叫你的那个女人吧。我劝你把这外褂穿上,再给她来一次舍身跳河,怎么样?"迷亭一旁又插嘴了。

"唉,人家不用再从水底下叫我了。从这儿往北走,在那个清净的世界……"

"哪里会是清净的地方! 有那个恶毒的鼻子。"

"哦?"寒月被说得摸不着头脑,越发纳闷。

"对面街上那个鼻子,她刚才闯到这里来啦。让我们俩吃了一惊呢,苦沙弥,是不是?"

"是啊。"主人躺着呷了一口茶。

"鼻子? 说的是谁?"

---

① 位于日本本州岛最西端,又称毛利藩、荻藩、山口藩,藩厅设在荻城(现日本山口县荻市)。
② 旧幕府旗本,江户时代俸禄未满一万石稻米的幕府家臣的统称,是中世纪至近代日本武士的一种身份。旗本多为武官,可以进城拜谒将军。据史料记载,江户中期一七二二年,旗本有五千两百零五人。

"是你相爱已久的那位女子的尊堂大人。"

"嘿?"

"叫什么金田的女人,来打听你的事儿。"主人一本正经给他解释。我留心观察,发现寒月依然如故,并没有特别吃惊,特别高兴,或特别不好意思,他漫不经心地继续摆弄着那个吊穗子,问道:

"是不是说让我娶她的女儿了?"

"看你说到哪里了。尊堂大人那个鼻子硕大无比。"迷亭刚说一半,主人就接上去:

"喂,迷亭,我刚才一直在考虑给鼻子作首俳谐体诗呢。"两人的对话似是木头上硬接一段竹子,接不上茬。隔壁的夫人也禁不住扑哧笑出了声。

"你可真有闲心,作出来了?"

"想好了,第一句,这张脸为鼻子祭祀。"

"其后?"

"为鼻子敬神酒一杯。"

"接下来?"

"就只想到这儿了。"

"挺有趣嘛。"寒月笑嘻嘻。

"那继续来,一对鼻孔幽深无底,怎么样?"迷亭马上接了一句。于是,寒月说:

"君识鼻毛藏何处?"你一句我一句地大放厥词。

恰在这时,听到篱笆围墙下有几个人哇地一下齐声叫唤:今户烧的陶瓷狐狸!今户烧的陶瓷狐狸!主人迷亭大吃一惊,隔着围墙向外一瞅,只见乱笑中那四五个人撒脚跑散了。迷亭奇怪地问主人:

"那今户烧的陶瓷狐狸是什么意思?"主人说他也不明白。寒月加了一句:

"真能闹腾。"迷亭似想起什么事儿来了,突然站起来:

"多年以来,本人一直就鼻子问题从美学角度上进行研究,今天要给二位披露若干,敬请期待。"遂即摆开要演讲的架势。这来势突然,惊得主人两眼瞪着他,无言以对。寒月则低声应道:

"洗耳恭听。"

"鼻子的起源问题相当复杂,虽多方调查,目前尚无定论。首先,假定鼻子是具有实际功能的器官,那么两个鼻孔便足矣,它不须在中间如此蛮横地硬要凸起一块。然而现在,为何它会呈现出如此形状呢?"他捏了捏自己的鼻子。

"你那鼻子扁扁的,并没有凸起来呀。"主人一点不客气。

"反正没有塌陷下去,我只是怕引起误解,将它与两个并列的窟窿形状混同起来,所以特别提醒大家,注意一下。依鄙人之见,鼻子之所以发达,是因我们人要擤鼻涕。这个细小的动作久而久之,便使鼻子逐渐凸起,呈现出今天这样的状况。"

"鄙人之见实有道理。"主人插了一句:

"众所周知,擤鼻涕时,要捏住鼻尖,这一捏,鼻子即受到刺激,根据进化论的基本原则,受到刺激的部分会急剧发达。故,这块儿的皮肤肌肉自然变得坚硬起来,最后形成骨头。"

"且慢,肌肉不可能变成骨头啊。"寒月君不愧是个理学士,对此提出抗议。而迷亭并不理睬他,继续陈述:

"从理论上讲,你的疑问的确在理。但实际上,这块骨头是存在的,你得承认。骨头形成以后,其实鼻涕也擤不出来。可人必须得擤出来鼻涕。在擤的作用下,骨头左右两边不断被削减,且逐渐变细,并高高隆起来。其作用之大,令人震惊。如滴水穿石,宾头颅[1]发光一般。俗话还说,久闻其香而不知其味。同理,人的鼻梁又高又硬,是被慢慢捏成这样的。"

"可瞧你那鼻子,怎么肉囊囊的。"

"关于讲演者本人的个别问题,有回护之嫌,在此姑且不做讨论。还是来看金田令堂大人,她的鼻子最发达、最伟大,实乃天下珍品。故给二位做了此番特别介绍。"寒月一旁禁不住连声叫好。

"的确,凡事达到极限,既是一伟观,但也会因此令人生怯难以接近。令堂大人的鼻子固然可谓奇观,但略有陡峭险峻之嫌。古人苏格

---

[1] 十六罗汉的第一位。罗汉头被众人抚摸,自然而然头顶发光发亮。

拉底①、哥德史密斯②、还有萨克雷③,他们的鼻子从结构上看并非十分完美,却依然有让人喜爱之处。由此可知,鼻子高不足以为贵,只有奇方视其为贵。俗话说,鼻子再高不如糯米团④,也是同样的道理。所以从美学的角度来看,像我迷亭这样的鼻子应视为恰到好处。"寒月和主人听了不禁哈哈大笑。迷亭本人也讲得快活,笑着说:"话说……"

"先生,话说什么,这调子有点像说书的,太俗气,得改一改。"寒月把前几天那个仇算是报了。

"那么,先容我洗把脸⑤提提精神,重新再来。唉,下面,就鼻子与脸的均衡问题简单说两句。若单论鼻子,令堂大人绝无任何挑剔之处,即便拿到鞍马山展览会⑥上也准能取个头等奖。可悲的是,那鼻子不跟眼睛嘴巴以及其他部位的先生商量一下,它便擅自直往高蹿。你看恺撒大帝他那大鼻子,绝对漂亮,但若把他的鼻子剪下来安到这家猫儿脸上,其比例会极度失调。恰如俗话所说,在猫儿的脑门上⑦立一柱英雄人物的鼻子,或围棋盘上坐个奈良大佛像⑧,你说那还有什么美感。令堂大人鼻子高大正如恺撒大帝,可谓英姿飒爽。但她整个脸盘儿,又如何呢。当然比起你家这猫儿强一点,不算最次。让我看,简直就像个疯癫女人,那眉头上八字一撇,两条缝隙向上斜着吊起来一般。面对这一现实,这鼻子,这脸,诸位,你能不为之哀叹吗!"

迷亭这话刚完,就听见后面有人说:"还在说鼻子呢。真是个死

---

① 苏格拉底(Sokrates,前470—前399),古希腊著名思想家、哲学家、教育家,西方哲学奠基人。
② 奥利弗·哥德史密斯(Oliver Goldsmith,1730—1774),英国诗人、剧作家、小说家。
③ 威廉·梅克比斯·萨克雷(Willian · Makepeace · Thackeray,1811—1863),英国作家,代表作有《名利场》。
④ 鼻子再高不如糯米团:日语中"鼻"与"花"同音。舍花取实(花より団子)是日本的一句俗语,意为与其给人美丽的鲜花,不如给个糯米团。此处使用双关语"舍鼻取实"来讽刺鼻子与花一样,徒有其表,华而不实。
⑤ 洗脸,惯用语,唤起精神重新再来。
⑥ 鞍马山展览会,位于京都市北部左京区鞍马山,境内有鞍马山博物馆,展示山里的动植物、矿物等。
⑦ 猫的脑门,比喻面积狭小。
⑧ 奈良大佛像,指日本奈良东大寺金堂之庐舍那大佛像,又称东大寺大佛。起铸于天平十九年(747),至天平胜宝元年(749)始成。系现今日本最大铜像。

顽固。"

主人告诉迷亭："那是车行老板娘。"

迷亭一听，继续讲道："没想后院来了一位异性来旁听，让我这讲演者也深感荣耀，那莺声燕语又为我这枯燥无味的讲演会，平添妖艳，真是喜出望外。有了佳人淑女关爱，本当改进方式，让讲演更加通俗易懂。尤其在涉及力学方面的问题时，对妇女来说势必难以理解，还请耐心侧耳聆听。"寒月一见说起力学这个词，又嘻嘻笑起来。

"我要举证说明她那鼻子与脸的比例完全失调，也就是说她的鼻子之大不符合泽辛黄金分割律①。下面将通过力学公式详细加以说明。首先我们把鼻子高度定为 H，α 是鼻子与脸部平面交叉的角度，W 当然就是鼻子的重量了。这样大概能明白吧？"主人回答：

"明白什么呀？"

"寒月，你呢？"

"我也不甚明白。"

"这可麻烦了，他苦沙弥不懂尚情有可原，按说你这个理学士应该懂啊。这个公式是演讲的关键，将其省略了，甚为可惜……算了。省略掉公式，我就只讲结论吧。"

"还有结论呢？"主人不解。

"当然有啊。没有结论的演讲，如同饭后没有甜点的西餐。你们俩好好听着，下面就讲结论啦。根据以上公式并参照菲尔绍②、维斯曼③等诸家学说可知，人的形体是先天遗传，而随之其形体的精神心理状况则属于后天性的，并非遗传。尽管这一学说极有说服力，但也必须承认精神心理状况在某种程度上是缘由其形体的必然结果。因此这个鼻子虽然与其身份不相符合，但她的后代，孩子的鼻子也会出现一些异

---

① 泽辛（1810—1876），德国美学家。黄金分割律，由古希腊哲学家毕达哥拉斯十公元前五世纪发现，即物体整体与各部间存在和谐的比例关系。德国美学家泽辛将这一比例称为黄金分割律。
② 鲁道夫·菲尔绍（1821—1902），德国医学家、人类学家、病理学家、古生物学家、政治家。
③ 魏斯曼（1834—1914），德国动物学家。

常状态。寒月还年轻，也许不愿承认金田女儿她的鼻子结构有什么异常。但这种遗传潜伏期很长，一旦气候发生剧变，它也会突然发达，或许迅速膨胀得像她母亲的鼻子一样。因此，这桩婚姻，根据迷亭的学术论证，应当即断念为是。我想，这家主人不用说了，睡在那儿的猫儿先生也会同意这个建议。"主人听了这话慢慢起身，极力阐述自己的意见：

"那是当然，谁家会娶那样的女子啊！寒月，你可不能要她呀！"我也喵喵叫了两声，以示赞同。也不见他寒月特别反对：

"既然两位先生都这么认为，我也就断了这心思。只是怕对方若为此事忧郁成疾，那岂不成我的罪过了。"

"哈哈，那可要吃艳罪①啦。"但见主人依然愤愤不平，一个人继续嘟囔：

"蛮横不讲理的混账家伙，傲慢之极！头次上门来，她就放肆想压人一把。那女儿肯定也不是什么好货。"

这时又听见篱笆围墙旁有三四个人七嘴八舌乱叫唤："狂妄的怪物！""搬到个大房子去呗。""真可怜呦，有本事别在家里逞能喽。"主人不甘示弱，站在屋檐下怒吼：

"乱吵吵什么！有本事别躲在人墙角下！"接着又听到一阵乱骂声：

"哇哇，是野蛮茶！野蛮的茶！"主人被彻底激怒了，他突然拿起拐杖拔腿冲出院子。迷亭拍手叫好：

"真来劲儿，上！上去给他个厉害！"寒月依然笑嘻嘻，来回摆弄着他外褂上的穗子。我紧跟着主人后边，从篱笆墙的豁口儿追到路上，只见主人一人手持拐杖，目瞪口呆，愣在马路正中间，四周空空如也，哪里还有个人影。

---

① 日语的"艳罪"与"冤罪"同音。

第 四 章

我照例潜入金田家宅院。

"照例"在此不须多加解释,诸如屡次、多次,仅表程度而已。凡事干一次便想干二次,有了二次又想三次,好奇之心不仅人类独有。应该承认,猫儿既生于此世,这好奇之心自然也是有的。大凡做什么事反复三次以上即称为习惯。习惯性行为逐渐于生活中所不可缺少,于此,猫儿与人当甚无区别。至于我何为频繁出入金田家,大可不必多疑。就说这人,他们为何将烟由嘴吸入之后又从鼻子里喷出来呢?这烟既不能填肚子充饥,又无调经活血之功能,可人类吞吐起它来丝毫不去顾忌什么,无非图个痛快。既然如此,也就别大惊小怪责怪我什么。到金田家与人类抽烟一样,不过是我的习惯而已。

要说潜入,似易让人误解,就像小偷或奸夫一样,不堪入耳。说起到金田家的事儿,我的确从未接到他的邀请,但我也不是为偷吃他家什么鲣鱼块儿,或是去跟那个满脸皱纹、鼻眼似抽筋的哈巴狗搞什么秘密聚会。要说搞侦探,那更是无稽之谈。大凡这世上没有比侦探和放高利贷更卑贱的职业了。的确,为了那寒月我一时忘了猫之本性,竟仗着一股侠气从旁侦探过金田家一次情况,仅一次而已。之后,就再没干过那种昧着我们猫之良心的卑鄙事儿。那么为何现在要用潜入这词让人去多生疑心呢?

说来,这意义还非同小可。

按照我的理论,太空乃遮盖万物,大地则承载万物。对此,一向爱高谈阔论的人类也完全不予以否定。再问他们,人类曾为创造这天地付出了多少功劳?显然未有。既然如此,岂有把这天地皆归为己有之理。即便归为己有,也决无禁止他人出入之理。世上的小人将茫茫大地各自围圈立柱视为己有,如同将苍天一一划分割开,各自申报这天是我的,那天是他的。若允许划分土地,或一坪之地亦可买卖成交并获得所有权,那我们则可将呼吸的空气皆按一立方米切割开去买卖了。倘若空气不能切割买卖,天空不得划为己有,难道土地私有权还有什么合理性吗?岂不完全无理吗?如是观,如是法,我深信此理,故行走出入皆无所畏惧。除了那些不愿去的地方,这天底下不管东南西北,唯有所向任凭漫步直入。去那金田宅院完全不须任何顾及。可悲的是我们猫儿使出全身之气力,仍抵不过他们人类。强者拥有权力这一格言既存在于此俗世人间,终究我们猫儿有理难辩,欲行不通。若硬争那个理,或同大黑一般,将挨打,将遭受那鱼店的扁担乱打。理在此处而权力在彼时,或曲理求全,或避开权力之网我行我素,我当选择后者。既然要躲扁担,就得悄悄潜入。要安全进到人家的宅院里,不妨悄悄潜入。为此,我悄悄潜入金田宅上。

虽说我并非刻意搞什么侦查,可随着次数增多,金田这家的许多事情,不想看也都映入眼帘,不想记却总刻在脑海里,由不得自己。比如说鼻子夫人,她每次洗脸特别用心搓那鼻子;富子小姐极爱贪吃阿倍川糯米糕;还有,金田本人,他鼻梁低,与妻子之高大截然相反。且不只鼻子,连整个脸也是平板一块。甚至让人怀疑,是否幼时他与谁打架,被饿鬼大将拽住脖子压在土墙上,以致四十年后变成如此一张大扁脸。不过这扁脸,并不让人感到可怕,只是乏味,甚无变化,再发怒,它也是扁平一张。这金田吃起金枪鱼生鱼片,还总爱把自己的秃顶噼里啪啦敲打一番。对了,他不但大扁脸,且个子也矮,故平时爱戴一顶高帽或穿厚底木板鞋。为此遭到车夫讥笑,当车夫把这事儿讲给书生听,还赢得一番赞叹:观察敏锐啊!如此之事,数不尽、说不完。

最近,我经常从厨房后门横穿过院子,到假山后面观望对面金田家,当发现拉门关闭,四周安静,方才悄悄进去。若遇人多嘈嚷或怕被人从客厅发现之时,则绕着水池东面,由厕所旁边钻到屋檐下。虽说我光明正大,既没做亏心事,又不须怕什么,可万一碰到那不讲理的,被白打一顿实不上算。假若熊坂长范①之类的大盗横行于世,你再是个圣

---

① 平安时代末期的大盗贼。

人君子,也会跟我一样讲些策略。金田他是个堂堂正正的实业家,固然不会像长范那样挥起五尺三的大刀上来。可据我所了解,此人有一病,不把人当人看,同理,自然他也不会把猫儿当猫儿看。所以猫儿,就算你是德高望重的,去金田宅内也万万不可掉以轻心。而这小心谨慎,也让人感到别有趣味。至今我之所以频繁进出金田家,或许仅出于一种想冒风险的心理。当然这还需要今后继续考察,有待猫儿的脑子能全部解剖了,诸位再来听我如何吹嘘吧。

今天这情况又是如何呢?我爬到金田家假山上,将前额紧贴草地,四下观望。只见十五叠①大的客厅迎着春日煦光,把拉门全部敞开。金田夫妇正与一客人对坐相谈。讨厌的是鼻子夫人,她那个大鼻子隔着水池直愣愣地就盯着我的额头,有生以来真还是第一次被这么盯着。还好,金田他面向客人而坐,那张平板脸一半被挡着看不清鼻子。只见一把灰白的胡髭,丛生乱长像堆杂草,不用说那胡须上边还应该有两个鼻孔。我遂凭空想象:若有春风吹来,经过这张平板脸,当是轻松一路畅通无阻。

这三人里面倒是客人长相最为一般。正因为一般,也省了我再废嘴舌去专门介绍。要说人长相一般倒也没关系,可如此一般"升平凡之堂",再"入庸俗之室",那就太凄惨了。诸位若想知道这位庸俗之辈到底是谁,何以降世于明治太平之世,还须我到屋檐下探听一番。

"你看,我妻子特意到那男人家里,去打听情况啦……"金田说起话向来粗鲁蛮横。蛮横是蛮横,却丝毫不觉得严厉可怕。说什么,也都跟他那张大扁脸一样,总是平淡无味。

"那是,他教过水岛,那是,是个好主意,那是。"这客人只会说"是、是"。

"可是总不得要领。"

"是啊,苦沙弥那人就是不得要领,和我一起租房子住的时候,就是那种黏黏糊糊,摸不透的人。可真让您为难了。"客人对着鼻子夫

---

① 日本传统房间榻榻米的量词。一叠榻榻米的传统尺寸是宽九十厘米,长一百八十厘米,厚五厘米。面积为一点六二平方米。

人说。

"你说呀,这能让人不为难吗?我呀,活到这年头,到谁家去也从来没像那样被怠慢过。"那鼻子呼哧呼哧地直喘粗气。

"对您有什么失礼之处吗?他以前就那么固执,要不怎么十年如一日,只教一门英语精读,您光看这一点,大概也就知道他性格了。"客人顺着女主人,讲话得体。

"岂有此理!妻子问他什么竟然爱理不理的。"

"那的确不像话——有点学问的人凡事容易轻狂自大,加上没钱,那就更不愿意在人前示弱。如今这种不知天高地厚的家伙太多啦。自己不干什么,反倒爱乱咬有钱人,好像是人家把他们的财产都给卷走了,真不敢相信。哈哈!"客人一副得意扬扬的样子。

"是啊,简直乱了套,其实他们就是没见过世面,所以需要教训教训,治他几下。"

"那是,教训教训,让他知道点厉害,那也都是为他本人着想。"客人根本不管金田怎么教训人家,却先表个赞同。

"你说,铃木,他怎么那么较劲,听说在学校也不搭理人家福地和津木。他不吭气不犯法,谁也不能把他怎样。可听说前一向,我家的书生被他举着手杖追赶得乱跑。都三十多的人了,怎么还干这种傻事儿啊,真是犯了神经病。"

"唉,怎么又干这种鲁莽的事儿了。"对此客人也似乎感到不可思议了。

"其实,人家就是经过他家门口说了句什么,他就突然举着手杖赤脚跑了出来。就算人家说点什么,不就是个孩子嘛。他满脸胡子的大人了,何况还是个教师呢!"

"还是个教师啊。"听客人一说,金田也说:"到底是教师啊。"

看来这三人不约而同,一致认为:既然是教师,那就不管受了怎样侮辱,也得像个木雕似的老老实实甘心忍受。

"再说,那个叫迷亭的人也是少见的痴人。满嘴胡说八道,净撒些没用的谎话。我可真是第一次见那么个大怪人啊。"

"是迷亭?还那么爱吹牛啊,是在苦沙弥家见他啦?那人可惹不得。以前也和我们一伙借宿烧饭的。那人欺人太甚,气得我总跟他吵架。"

"谁能不气啊,那样子。要说撒谎,那也是觉得情义上过不去,或是前后怕对不上茬儿,那种场合下,谁都免不了要说点昧良心的话。但是他撒谎是完全没必要的。简直无可救药。你说他是想干什么呀,胡说八道……说起来居然跟真的一样,脸不红心不跳的。"

"的确如此,完全是信口开河,你拿他没办法。"

"我诚心是去打听水岛的事儿,可全被他搅乱了。真是憋了一肚子窝囊气……不过,再怎么说,这人情世故我懂,到人家家打问了半天事情,总不能像那号没脸没皮的半兵卫。这不,回来就让车夫给他家送去一打啤酒。你猜他怎么啦,居然说没有受贿之理,让车夫拿回去。车夫说这是酬谢之礼,务请收下……这不是诚心恶作剧吗,他说:我每天吃果酱,从没喝过啤酒这种苦东西,说完扭头进屋就再也不出来了……难道就没个别的说法了?真是太无礼了!"

"是啊,太不像话了。"客人这会儿好像也有些气愤不过。

"所以今天特意请你来。"一会儿听见金田说:"对付这种蠢货,本来暗地里给他使点厉害就行了,可还是稍有点麻烦。"像吃寿司时拍打自己的秃头一样,金田又噼噼啪啪地敲起来。当然了,我在屋檐走廊底下,实际上并没看他是不是真拍打了,不过拍打这秃头的声音最近听多了,像尼姑能辨别得出木鱼声一样,即便从走廊下也能马上听出来这声来自何处,并断定那是拍打秃头的声音。

"所以想麻烦你一下。"

"能用上我的话,尽管吩咐……这次工作调到东京来,全靠您多方操心给办的啊。"客人二话不说,便爽快地答应金田的嘱托。看来他也是金田关照过的人。

事态发展得越发有趣,今日这样的大好天儿,我只是随便出来走一趟,居然得到如此珍贵的信息。就像清明节①去拜寺院,得了块芝麻年

---

① 清明节在日本叫"彼岸",指以二十四节气的春分和秋分为中间的日子,加上前后各三天,前后为期一周的时间。日本独特的佛教惯例仪式,彼岸时节,各地寺院举办"彼岸会",日本人在此期间扫墓悼念已故亲友。

糕一样,太幸运了。我可要在屋檐下仔细听听金田怎么嘱托客人呢。

"不知为什么,那个叫苦沙弥的怪人总给水岛出点子,暗示不要娶金田家的女儿……喂,是吧,鼻子。"

"哪里是暗示呀,他直接说了:哪个傻瓜也不会要那家伙的女儿。寒月,你不能娶她啊。"

"说什么'那家伙'岂不太失礼了吗?是真说了这话?"

"没直接听他说,是车行家女人告诉我们的。"

"铃木,你看看这,这可真够麻烦的了。"

"是不好办啊,这婚姻大事儿非同一般,哪能随随便便就乱插一嘴。再怎么说,那苦沙弥也该懂这个理的。他到底是怎么了?"

"就是为此事儿想托你,你和苦沙弥从学生时代曾一块借宿过,不论现今如何,还是旧时的好友,你去见见他,将这前后的利害关系好言好语告诉他。也许他还在生气,但那是他不知好歹,只要老老实实别多嘴,这边也会体谅他的处境,不是非跟他过不去。不过,他若依旧全然不顾……若执意行事,那也只好让他本人自作自受了。"

"您说得对,无益的抵抗只能自享其果,没有任何好处,我一定好言奉劝他。"

"此外,你顺便给他暗示两句:我家女儿来提亲的多了,不是非要嫁给他水岛。只是听说他的人品学问都还不错,本人若努力进取,近期当上博士了,或许我们会嫁给他。"

"这么一说,他本人也会更加努力的。是个好主意。"

"还有,蛮奇怪的事儿……我想这也不符合水岛身份呀,他总是把那个怪人苦沙弥叫老师老师的,还爱听他话,真让人伤脑筋。当然我们也不是非他水岛不可。如果苦沙弥继续找麻烦,我倒会……想其他办法。"

"水岛也怪可怜的。"鼻子夫人插了一句。

"虽说我还没见过水岛,不管怎么说,如果与府上结亲,那也是他一辈子的福气,他本人当然没什么可挑剔的。"

"是啊,水岛的确很想娶我们家女儿,就是那个苦沙弥,那个迷亭,两个怪人在一边七嘴八舌地乱搅和。"

"那可不好,干这种事儿,哪里像受过良好教育的人啊。我去好好跟苦沙弥说说。"

"是啊,劳您费心了。对了,那个苦沙弥其实最了解水岛,但上次妻子去,你也知道没打听到什么,所以,还要拜托你给打问一下,水岛他品行才学等情况。"

"好吧。今天是星期六,我这就顺路过去,他也该回家了。最近他住在哪儿啊?我可不知道。"

"从这前边儿往右拐,走到头儿再往左,大概走一丁目①,就看得到,他家院墙,黑突突要塌的样儿。"鼻子说。

"这么说,就在附近啊。怪不得呢。顺路过去一下,只要看门牌上的名字就能找到吧。"

"要说门牌,那可是时有时无。大概是用米饭粒儿粘在门上的,逢下雨就会脱落,待天气好了又把它粘上。所以你要找门牌那可靠不住。你说,何苦弄得这么麻烦呢,干脆做块木门牌挂上去不是挺好的嘛。真不明白那人怎么糊涂到这样儿了。"

"没想到啊。问问哪家黑墙快塌了,大家就都知道吧。"

"对了,这片儿街上就他一家那么脏,一去你就知道了。对了,要是找不到,还有个好办法,你看哪家房顶上长草,准保没错。"

"还真是与众不同很有特色嘛,哈哈……"

我得赶快回家,得在铃木君来访之前回去才好。谈话内容也听了许多,足够。我沿着屋檐下绕到厕所西边,然后从假山后上了马路,加快脚步。

回到这房顶上长满杂草的家,我只装作没事儿一般绕到客厅外的木板走廊上。

春光明媚,主人在屋檐下铺着一床白色的毛毯,趴在上边晒太阳。这阳光是极为公平的,不管是屋顶上杂草丛生的陋舍,还是金田家的客厅,都被照得暖洋洋的。只是那块毛毯实在和这春日的氛围不搭。当年制造厂家织的是白毛毯,店里卖的时候也是白色,当然主人订购时要

---

① 丁目,相当于汉语中的街区、片区,是日本划分都市、街道、村镇的区域单位。

的也是白色。可是这都是十二三年以前的事儿，那个白色的时代早已过去了，现在已变成淡灰色了。过了这灰色时代，以后会不会变成黑色呢？我怀疑在此之前这毛毯就会结束自己的使命。你看，即使现在也已经被千折万磨，磨得露出横七竖八的线条了，实在不配叫毛毯，或者去掉个毛字，光叫毯子还说得过去。但是按主人的想法，道理很简单，能用一年、两年，那就能用五年、十年，既然能用十年那就该用一辈子。

话说他趴在这块颇有历史年头儿的毛毯上，是要干什么呢？只见他双手托着下巴，右手指头夹着根香烟，仅此而已。当然他那满头掉头皮的脑子里或许有个宇宙大真理，像烧得火红的飞轮一样在拼命旋转。但谁要从表面上看，是做梦也想不到那儿的。

烟草渐渐吸到头儿了，火也熄了，剩下的一截烟灰，啪地落在毛毯上，主人对此并不理睬，他一心只顾观望着眼前的一缕青烟，看它究竟要消散到何处。随着春风它时而飘浮时而下沉，遂卷成一个个圆圈，飘向主人家太太刚洗过的一头黑发。哎哟，我把怎么他太太的情况忘给诸位交代了。

此时夫人正背对着主人而坐。屁股对着主人是不是太没规矩了？其实并无此说，这规矩礼节的事儿原本就是由双方彼此认可决定的。主人平时经常两手支着下巴趴在夫人屁股后边，夫人自然便用她那个屁股对着主人的脸正坐，无可非议。其实这对夫妻婚后不到一年就不再去讲究什么礼仪了，他们彻底摆脱了自寻烦恼、困扰自己的状态，可谓天然超脱的一对夫妻。

且说夫人背对着主人在干什么呢？趁着今天天气好，她把海藻和生鸡蛋拌在一起用它洗了头发，这会儿似乎在炫耀自己那又长又漂亮的一头秀发，把它披散着，从双肩一直到后背。其实不过为了把头发晾干而已，她特意把丝绸坐垫和针线盒拿到屋檐下，恭敬地背对主人而坐，并专心致志地在给孩子缝坎肩。或许，是主人故意把脸凑到夫人屁股后面来的。

主人全神贯注，望着夫人满头黑发间那股徐徐飘荡缭绕的香烟。当然，这烟不会总停留在一处，它是一直要向上升的。为了仔细观察眼前这香烟如何缠绕头发的奇观景致，主人的双眼也必须不停地随之转动。从腰身到脊背,从肩膀又到了脖子,就在目光最后落到头部的顶端时,他不由得叫了一声:"哎呀!"……与主人相约要白头偕老的夫人头顶正中间,居然圆圆的秃了一大块。这块秃顶在今天温暖的阳光照耀下,显得格外亮光。万没想到居然有了这么一个惊人的大发现!在那刺眼的阳光照射下,主人的瞳孔不断扩张,吃惊地死死盯着看,看着这块秃顶。此时,他的脑海里浮现出家中放置在佛龛前的那个世代相传的神明灯盏。他们家都是信奉净土真宗教的,而真宗教有个传统习惯,不管身份高低贵贱,在购置佛龛上从不计较,舍得花大钱。主人家仓室里的灰暗之处就有个厨子,上面涂着一层厚厚的金箔。他记得,在厨子里有个油灯盏,白天也总点着细火,因四周昏暗,尤显得明光发亮。眼前夫人的秃顶突然唤醒他孩提时对那个见过无数次灯盏的记忆。不过,这回忆不到一分钟便消失了,接着他又想起浅草寺观音堂前边鸽子的事儿了。

　　要说观音堂的鸽子,它与夫人的秃顶应该扯不到一块的。可是在主人的脑子里这两者之间却有着密切的关系。那也是小时候的事儿了。他只要去浅草寺肯定要给鸽子买点豆子喂。豆子放在棕色的陶瓷盘里,一盘要两个文久①铜钱。那个陶瓷盘子,要说起颜色或者大小啦,还真像夫人的这块秃顶。

　　"的确是像啊。"主人感叹了一会儿,只见夫人头也不回问道:
　　"说什么呢。"
　　"我说呀,你的头上有一大块儿秃了,你知道吗?"
　　"唉。"夫人一边回答,一刻也没停下手里的活儿,也没有特别吃惊的样子。真是个超然的模范妻子。
　　"是结婚时就有了?还是婚后才秃的?"主人问道。如果是婚前就秃了,那自己可是被骗了,他嘴上虽没说,可心里在想。
　　"什么时候开始的我也记不得了,就是秃了点儿,也算不了什么。"夫人根本就不在乎。
　　"你说不算什么,难道那不是你自己的脑袋吗?"主人有点火了。

---

① 日本年号之一,万延之后,元治之前,一八六一到一八六四年。

"就是因为是自己的,所以才无所谓的嘛。"话虽这么说,她似乎也开始有点在意了,用手来回抚摸着那块秃顶。

"哎呀,是比以前大了,我还以为没这么大呢。"看这说话的样子,她也逐渐发现这块秃顶与自己的年龄相比是有点太大了。

"女人盘发髻时,总把这块往上揪着,所以谁都是要秃的呀。"夫人为自己稍作了些辩护。

"以这个速度秃下去,那到了四十岁,不就秃成光顶了吗?这一定是种病,也许会传染呢,趁现在,早点去让甘木给看看。"主人说着一个劲儿地抚摸起自己的脑袋。

"怎么老爱说别人呢,你自己鼻孔里不也是长白毛了吗?要说秃子传染,那白毛就不传染啦!"夫人显然有点不高兴了。

"鼻子里的白毛谁也看不见,所以不碍什么,可这头顶上,特别是年轻女人的头顶秃成这样,多难看呀。是属残缺不全。"

"残缺不全?那你怎么还把我娶了。那可是你自己情愿的,这会儿倒说什么残缺不全了……"

"那时我不知道啊,直到今天我才看见。你那么理直气壮的,当初出嫁的时候怎么没让我看看你的脑袋呢?"

"痴话!世界上见谁非得先检查女人的脑袋合格不合格才嫁人的?"

"头上秃一点倒能忍受,可你个子也太矮了,还不是一般的矮啊,多难看。"

"这个子可是一眼看得出来的,难道不是当初你自己看上了才把我娶来的吗?"

"这我倒是承认的,是自己看上了,可那时以为你还会再长高一点呢。"

"二十岁了,还能往高长……?你把人都当傻子啦。"夫人把棉背心脱下来转向主人,要听听他还要说什么,看来这口气不争一下,决不肯罢休。

"谁说二十岁个子就不长了,没这说法。嫁过来以后,吃些有营养的,我还以为再能长高一点呢。"主人说起他那套怪论来一本正经。

此时听见门铃丁零零地响。有人大声叫着要进屋了。是那铃木君冲着乱草蓬生的这座卧龙窟，来拜访苦沙弥了。

夫人见此只好暂时退场，抱着针线盒和坎肩匆匆躲进起居间。主人把那条灰色的毛毯一卷扔进书房。

不一会儿，女仆递上客人的名片，主人一看显得有点吃惊，捏着名片只说了句："请他进来。"就去了厕所。为什么这会儿他急着进厕所？弄不明白，而更让人难以理解的是，为什么还把铃木藤十郎君的名片也带上了。倒霉的自然是名片先生，它硬跟着主人一起进了那臭气熏天的厕所。

这边女仆把彩色丝绸坐垫放到壁龛前，请铃木入座。铃木环绕室内一圈，见壁龛里挂着一幅木庵的赝品字画《花开万国春》，青瓷花瓶是京都制的便宜货，里边插着一支寒樱。如此观察一番，突然发现不知何时女仆给自己的那个坐垫上，居然端端正正坐着一猫儿。不用说，那就是我了。

铃木胸中卷起一阵风波，却丝毫未露声色。这坐垫分明是为我铃木准备的，可眼前这个奇怪的动物，竟然不打个招呼便盘踞之上，这心中的平衡首先因此而被破坏。如果这个坐垫无主，任凭春风抚摸，也许铃木还要特意表示谦虚，在主人让座之前，一直耐着坐在榻榻米上呢。可眼前这连个招呼也不打的，居然坐在早晚应是自己的坐垫上，它究竟是何物？如果是个人可以谦让一下，可这是个猫儿呀，让他感到格外气恼。这是他心中不平衡的第二个原因。此外，这猫儿的态度也让他气不过。好像还显得有点可怜的样子，要说这坐垫不是他的，他却傲然不怯，把那眼睛睁得圆圆的，一眨一眨地盯着铃木，好像在问，你是谁呀！这便是破坏铃木心中平衡的第三个要素。既然如此恼火，索性把我的脖子一把提溜起来，从坐垫上拉下来呀。可这铃木一声不吭，只是看着我，不至于一个大人胆小得连对猫儿都不敢动手吧。为什么不赶快把我处置掉，解解自己的愤怒呢，我想这完全是铃木要讲面子，他要保持自己做人的那点自尊心。如果要动手的话，三尺顽童也能把我随便提溜个上下。要从看重面子这点来考虑，即便他铃木藤十郎是金田的股肱之臣，对我坐镇于此，于四方二尺之正中的猫大明神也奈何不了。尽管无他人在场,与猫儿争个座席,还是有损于他做人的威严。何况也没必要跟猫儿去论个什么理。实在可笑,滑稽!为了避免丢失名誉,多少需要些忍耐。不过这忍耐会使他加深对猫的憎恶,所以铃木君时而看着我的脸,哭笑不得。我望着铃木忿忿不平的那张脸,虽觉得可笑,但还是尽量按捺着,摆出一副安然无恙的样子。

与铃木上演的这场无声剧尚未结束,主人整整他的衣服从厕所走出来。手里的名片不知被扔到哪里了,看来,铃木藤十郎的名字已被处以无期徒刑,关进那个臊臭所在,再也不得出来了。正在可怜那张名片横遭厄运之时,主人把我的脖子一把揪起来,扔到屋檐下:

"一边儿去!这家伙!"

"且坐!稀客啊。什么时候来东京的?"主人手指坐垫劝着旧友入座,遂见铃木顺手把它翻了个个儿,方才坐下。

"一直都忙,也没给你汇报一下,其实最近我调回东京本社了。"

"那真不错!我们多年都没见了。自到地方以后,这是头次吧。"

"是啊,有十年了吧。虽说时而也到东京来办事儿,可总没工夫拜访问候。别见怪,在公司上班的和你这教书的不一样,实在太忙。"

"十年不见你可大变样了。"主人上下把铃木打量了一番。只见他留着小分头,一身英式苏格兰花呢套装,打着鲜亮的领带,胸前口袋里的怀表金链闪闪发亮,瞧这身行头,怎么也看不出他能是苦沙弥的老友。

"不挂上这玩意儿,还说不过去呢。"铃木再三要显示他那金链。

"那是真货?"主人问得毫不客气。

"十八克金呢。"铃木笑着回答说,又问道:"你也老多啦。有孩子了吧,一个?"

"不。"

"两个?"

"不。"

"还有?那是三个了?"

"是三个,不知以后还要生几个呢!"

"真一点儿没变,说得好自在。最大的几岁了?不小了吧。"

"嗯,弄不清到底几岁了,大概六七岁吧。"

"哈哈,当教师真清闲悠哉。我也当个教师就好了。"

"那就干干呗!三天就会烦死你的。"

"不至于吧?这教师多斯文。又轻松,又有时间,看点自己想学的东西,不是蛮好的嘛?实业家倒也不坏,可像我们这个级别的不行。要当实业家,就得上到顶头,在底下干的,终是太辛苦。总要说些无聊的奉承话,还得点头哈腰陪人家喝酒之类的,实在没意思。"

"我在大学就最讨厌实业家。为了赚钱他们什么都干得出来。以前不就是叫'商贩子'嘛。"主人当着人家实业家的面,随口乱说,毫不顾及。

"商贩子?不至于都是吧。的确,实业家里有些地方是没品位。好歹你也得跟那金钱同生共死,准备豁出性命,否则无路可走。不过,金钱这玩意儿还真不一般,我刚从一个实业家那儿听的,说:要赚钱就得讲个'三不':即不讲德行,不讲情义,还不知廉耻。你看,这个'三不'不是挺有趣的吗?"

"谁说的?居然这么愚蠢。"

"人家一点儿都不笨,还相当有头脑呢。在实业界也小有名气喽,你不知道?就住在前面那条街上。"

"是金田?原来是那个家伙。"

"这么大的气啊。为什么?不过是个玩笑嘛。是打个比喻,不这么干,钱就留不住。瞧你这么认真,真不好办。"

"不管他讲什么'三不',问题是那家女人的鼻子。你不是去他家了?你也看见了吧,那个鼻子。"

"是他夫人吗?那夫人性格很爽快呀。"

"鼻子,我说的是她那个鼻子。前两天我为那个鼻子还作了首俳谐体诗呢。"

"什么叫俳谐体诗?"

"连俳谐体诗都不知道?你可真是不识潮流啊。"

"像我这么忙的人对文学之类一窍不通,况且以前就不讲究什么风雅。"

"你知道查理曼大帝①的鼻子?"

"哈哈,哪里有那份闲心,不知道呀。"

"威灵顿②被他的部下起了个绰号叫大鼻子,这你知道吧?"

"你总说那鼻子的事儿,是怎么了?干吗要管人家鼻子尖啦圆啦的!"

"鼻子可不能小看,你知道帕斯卡③吗?"

"又在问什么知道不知道的,好像我是来考试的,帕斯卡又怎么了?"

"他说过这话。"

"什么?"

"如果埃及克列奥帕特拉④她鼻梁稍微低一点,整个世界都会发生巨大的变化。"

"原来如此。"

"所以说,不能像你那样随便轻看这鼻子。"

"好吧,今后不敢再小看它了。这话到此为止。今天来访其实是想托你点事儿的……那个算是你教过的吧,叫水岛……水岛什么,一下子想不起来了。不是老到你这儿来的吗。"

"是寒月?"

"对了,是叫寒月,寒月。想打听他一些情况。"

"是婚姻之事?"

"哈,多少有些关系,今天去金田家……"

"几天前鼻子自己来过。"

"喔,她来过。金田夫人也说她来过这儿。本想问你,可不凑巧,

---

① 查理曼大帝(742—814),中世纪西欧早期的封建帝国查理曼帝国的建立者。七六八至八一四年为法兰克王国加洛林王朝国王,八〇〇至八一四年为西罗马帝国皇帝。
② 威灵顿(Arthur Wellesley, first Duke of Wellington, 1769—1852),拿破仑战争时期(1803—1815)的英军将领,第二十一位英国首相。
③ 布莱兹·帕斯卡(Blaise Pascal, 1623—1662),法国神学家、哲学家、数学家、物理学家。
④ 埃及托勒密王朝末代女王,被称为埃及艳后。有高高的鹰钩鼻子。

碰上迷亭,被他瞎掺和了一阵儿,结果什么都没问成。"

"是她那个鼻子,实在太难看。"

"不,不是说你,因为那个迷亭,有些具体情况就没好问。她很遗憾;托我再来仔细打听打听。至今我也没给人家帮过这种忙。又想,如果当事人互不嫌弃,给撮合一下,也没有什么不好嘛……这不,就来了。"

"让您费心了。"主人随口应了一声,听了当事人这话,不知为何他内心有些动摇,就像闷热的夏夜,一缕凉风拂袖而起。本来,主人他这莽撞顽固的脑子也是被制造出来的。尽管如此,他还是能把自己与现代冷酷无情的文明之产物加以区别。这会儿,虽憋着满肚子火气,他也能理解铃木所说的意思。前几天跟鼻子吵架,是讨厌她那个鼻子,跟鼻子的女儿并无任何关系。讨厌实业家,也就讨厌实业家的金田,同样无任何理由扯到他女儿身上。既然与他女儿无恩无怨,寒月又是比自己亲兄弟还要喜欢的门生,如果真像铃木说的那样,当事人相互喜欢,那就不该去妨碍了,不要说直接,间接妨碍也不是君子所为——苦沙弥还以君子自居呢。若当事者两情相悦——不过问题是——要改变自己的态度,首先要弄清事实真相。

"你知道他女儿愿意跟寒月吗?金田和那个鼻子都无所谓,他女儿自己的意愿如何?"

"那个嘛,那个,大概也是愿意的吧。"铃木这话说得未免暧昧。因他只是受命来打听寒月的事儿,至于他女儿的意愿,压根儿不知道。别看铃木他一贯善于见机行事,到了这时,似也有些狼狈。

"大概而已,真是无法判断。"主人不管三七二十一,看来不当面追问下去,弄个清清楚楚是不甘心的。

"不,是我没说准确,他女儿的确也是有意。的确有意,对了,金田太太给我说过,她常常说寒月君的坏话呢。"

"是她女儿?"

"对呀。"

"真奇怪,既然说人家坏话,那不就是不愿意吗?"

"往往就是这样,世上的事儿很奇妙,有人对自己喜欢的人,反倒故意要说点儿坏话呢。"

"世界上哪有那么愚蠢的人。"主人对这种微妙的人情世态,全然不懂亦觉察不到。

"这种蠢人在世上还真不少呢,没办法。而且金田太太也是这么解释的,她说寒月像个随风摇摆的丝瓜,其实这么说坏话的,是心里有他才如此念叨。"主人听了铃木这番话,简直不可思议,眼珠都瞪圆了,他无言可对,就像大街上算卦的,直勾勾地盯着铃木。铃木一想,看这样子,弄不好要惹麻烦,便把话题一转,让主人也有个判断材料。

"你想想,她家有那么多财产,本人长得又漂亮,嫁到哪儿不都得要个有身份的好人家?寒月他也很了不起,可要论起身份的话,说到这身份,怕有失礼之嫌。就家产来说吧,谁都知道两人实不相配。特意让我来,可见人家父母有多操心,这不也说明她本人对寒月有意吗!"铃木把话说得很圆滑,主人似乎也被他说服了。见此,铃木算放下心来,寻思事到如今,千万不得大意。得赶紧继续说下去,完成自己的使命,那才是上策。

"所以,如刚才所说,对方不需要什么金钱家产之类的,为弥补这点不足,希望他取个什么资格。这资格也就是头衔。做了博士,便可把她嫁过去,这可不是给人显威风的,别误解了。上次金田太太来的时候只听迷亭他胡言乱语,可不是说你呀,太太还夸你是个不讲恭维话、正直的好人呢。都是迷亭那人在搅乱。所以说,本人拿了博士学位,对方在外面也好说话,有个面子。怎么样?近来水岛君有没有计划提交博士论文取得博士学位?其实金田家并不在乎什么博士学士的,主要是社会上总有人要议论,你说,这女儿是随便就嫁出去的吗!"

听他这么一说,对方要求拿个博士也不算太无理,既然有理,主人想那就按照铃木君的要求来吧。看来他已被铃木握在手中,的确,主人也太单纯正直了。

"那下次寒月来了,我就试着劝劝他写博士论文吧。不过他本人愿不愿意娶金田女儿,得先确认一下。"

"确认什么呢,你呀,这也不是明着直接问的事情。最好平常说话时顺便试探一下。"

"试探一下?"

"对,说试探,恐怕容易误解,用不着试探,一谈话自然就会明白。"

"你能明白,我可不行。"

"那也没什么。只要不像迷亭那样瞎掺和捣乱就行。即使不劝,这种事情怎样发展,也该随人家自己的意愿呀。下次寒月来了,尽量别捣乱。不,不是你,是说那个迷亭。什么事儿到了他嘴里,就全泡汤。"铃木通过主人在说迷亭的坏话。正如俗话所说:说曹操曹操到。那迷亭又像往常一样随着春风从后门飘然而入。

"哎呀,稀客!对我这样的常客,主人一贯粗略薄待。要来,就十年来一次最好。今天这点心也比往日高级得多啊。"说着他把藤村点心铺的羊羹一口塞到嘴里,只顾自己吃,铃木一时不知所措,主人则在一边嬉笑。我在走廊上把此时此刻的光景看在眼里,心想这远比所谓的哑剧精彩多了。若讲禅道,无言对答是以心传心,眼前的哑剧分明就是以心传心的精彩一幕,虽嫌短了些,却也是十分尖锐的。

"以为你这辈子要四处在外漂泊了,谁料何时竟飞了回来。人还是得长寿啊。不定哪日会时来运转呢。"对主人对铃木君,都不见迷亭有丝毫顾忌。他与铃木十年未见了,再说曾是同吃一锅饭的老友,彼此多少会客气一番,像迷亭这样完全不在乎的,是大智呢还是大愚,怕一时还不好判断。

"可惜我还没那么傻。"铃木虽不疼不痒地回了一句,但依然坐立不安,神经质地摸着金表链。

"你坐过电车①吗?"主人突然问了个奇怪的问题。

"今天我像是要被你们当笑话看的,再说我这个乡巴佬儿,还拿着东京市街铁②的六十只股票呢。"

"那可得刮目相看。以前我也有八百八十八个半股,可惜大都被

---

① 东京最早的电车运营于一九〇三年(明治三十六年),此书完成于一九〇五年(明治三十八年)。

② 指设立于一九〇二(明治三十五年)的东京市街铁道株式会社。由东京电气铁道、东京电车铁道、东京自动铁道三社合并而来。东京市街铁道株式会社开业后通称"街铁"。

虫子蛀了,现在只剩下半个。你要早点儿回东京的话,我还可以把那些没被虫蛀的十多股送给你呢,太可惜了。"

"你这张嘴还是这么厉害,玩笑归玩笑,这种股票拿着是不会吃亏的,每年都见涨啊。"

"这半个股拿上一千年,三间库房总是盖起来了。你我在这方面那都是追赶时代的宠儿,可要说到苦沙弥,他就太可怜了。见一只只股票,那汉字都写'株',他就以为说的是一棵或一株圆萝卜,以为跟萝卜有点关系呢。"迷亭又拿起一块羊羹看了看主人,主人被迷亭所感染,食欲也来了,这手也自然地伸向点心盘。看来,世界上凡事积极领先去做,便具有被人模仿的权利。

"股票什么的都无所谓,我一直是想让曾吕崎坐坐电车,哪怕就坐一次。"主人茫然地盯着羊羹,那上面有自己咬过之后的几个牙印。

"曾吕崎坐电车,肯定每次都要坐到终点品川去了。我看还是以天然居士的墓志铭刻到那腌萝卜的石头上更安全些。"

"说起曾吕崎,听说他死了,真可怜,脑袋那么聪明,真是可惜了。"听铃木这一说,迷亭马上接过话题:

"他脑子是聪明,可烧起饭来太糟糕,只要曾吕崎当班,我总得去街上吃荞麦面才能扛过去。"

"那的确是,他烧饭总是夹生,我最怕。而且菜里边肯定要来个生豆腐,冷冰冰的,根本吃不下去。"十年前的记忆让铃木也跟着发起牢骚。

"苦沙弥那个时候就跟曾吕崎是好朋友,每天晚上出去喝红豆糯米汤。结果落下这慢性胃病,至今还受其折磨,痛苦不堪。说老实话,苦沙弥喝得多,按理他应该是先死的。"

"你哪儿来的这套理论,比起我喝豆汤,还是看你自己吧。整天号称要运动,晚上拿着竹刀到寺院后边墓地里,见了石塔就乱砍一气,结果被和尚发现了,不是还被人家训斥一番吗!"主人也不甘示弱,揭起迷亭的旧日之短。

"哈哈,是啊,那和尚劝我说,砍石塔就是敲死者的脑袋,会妨碍人家安眠。可我用的是竹刀,这铃木将军他更莽撞,竟然和石塔摔起相扑来,还扳倒了大小三个呢。"

"当时那和尚实在气得够呛,硬逼我重新给竖起来。我说等雇几个人来帮忙,他还不答应,说为了表示忏悔之意,必须自己亲自动手恢复,否则有悖人家死者意愿。"

"当年你呀,可没今天这么光彩啊。棉布衫上身又粗又硬,下身就裹了一条越中兜裆布①,在雨后那泥泞的地上,搬得哼哧哼哧。"

"可你太不像话了,板个脸要给我那副模样写生作画。惹得我这个从不生气的人也上火了,那时心想此人简直是无理取闹。当时你说什么了,还记得吗? 我可记得一清二楚。"

"十年前说的话,谁记得! 不过我倒记着石塔上面刻有'归泉院殿黄鹤大居士,安永五年辰正月'的字样。那个石塔做得很古雅,极符合美学原理,且有西欧哥特式古典风格,搬家时我还想把它偷走呢。"迷亭又在兜售他那套不着边的独家美学理论了。

"行了行了。你当时说:我是专攻美学的,要把天地间的趣闻乐事都通过写生存留下来,给将来作参考。何况一个忠实于学问的人,也不应抱着私情去说你太可怜值得同情等等。听了你这番话,我心想这人也太冷酷无情了,我满手脏泥巴一把上去就将你的写生画册给撕了。"

"本来我是极有绘画才能的,可那次遇到挫折之后便一蹶不振。我的艺术萌芽就是被你一手摧毁的呀,这仇恨我没忘呢。"

"迷亭,这不能颠倒乱来。应该是我恨你才对啊。"

"迷亭那个时候特能吹牛。"主人吃完了羊羹也插上一嘴:

"他这人从来不守诺言,再怎么也决不给人赔礼道歉。那年,寺院里百日红②盛开之时,他说待这百日红花谢了,要写出来一本《美学原理》大作。我说:你根本写不出来。可迷亭却说,别看我表面这样,其实意志很坚强呢。你若不信,咱们就打个赌。我呢,当真答应了,说输了在神田街上的西餐馆请客。心想,写书他肯定不行,但内心却还犯嘀咕。我哪儿来的钱请他吃西餐啊。之后,一直不见迷亭他老兄有动笔

---

① 日本传统的一种内裤样式。越中,旧国名,现为富山县。
② 紫薇。

起稿的样子,七天过去了,二十天又过去了,还不见写一张。终于那百日红开始凋谢,直到花全都落了,他依然跟没事儿一样。我心想这次该请我吃西餐了,便去逼他履行自己的诺言,可他最终也没有答应。"

"又找出什么理由了吧。"铃木横插一嘴。

"是呀,真是厚脸皮。他强词夺理说,我虽无其他能耐,但是这意志之坚定,绝不亚于你们。"

"我就真的一张也没写吗?"迷亭他倒反问了。

"当然啦。当时你说得可是振振有词:我在意志这点绝不比任何人差一丝一毫,要写《美学原理》的意志也是足有的,可惜的是这脑袋的记忆只有常人一半。所以,写书的意志发表之后,第二天便把它全都忘到脑后了。因此,百日红凋谢之时没有写出来应归罪于我的记忆,而不是意志。既然我的意志没有过失,自然就没有理由请你吃西餐啦。"

"的确,迷亭属于一流水平,有特色,有趣味。"铃木不知什么原因兴致极高,与刚才迷亭不在场时的语气大不一样,这怕也是他精明人的特色吧。

"有什么趣味!"主人现在还很气恼。

"那真对不住你了。为了弥补这笔人情债,我不是正在敲钟①打鼓,要张罗着给你找孔雀舌嘛。你就别再生气了,耐心等着吧。说起写书的事儿,今天我给你们带来个特大新闻。"

"你这人每次都说带着什么新闻来的。万不可掉以轻心。"

"今天这新闻可是真的,货真价实,不打半点马虎。你知道吗?寒月开始写博士论文了。我以为像寒月那样的奇才不会干那种徒劳无益的事情,写什么博士论文。看来他还是想拿学位的,真可笑!你得赶紧去通知那个鼻子一声,她也许正在做橡子博士的美梦呢。"

铃木一听提到寒月的名字,急忙噘嘴挤眼地给主人暗示不要吭气。可主人他偏偏不解其意。刚被铃木说教了一番,只觉得金田家的女儿挺可怜,现在听迷亭鼻子长鼻子短说个不停,又想起前几天吵架的事儿了。那鼻子非常滑稽,又实在可恨。寒月开始起草博士论文的确是个好消息,正如迷亭老兄自我吹嘘的那般,这消息不只是一般的新闻,可

---

① 日语的"钟"与"金"同音,此处暗示出钱操办。

算得上近来一大新闻,值得庆幸的好消息。寒月娶不娶金田家小姐其实无所谓,但能当博士则是极好的。自己虽成不了大气也不遗憾,就像木雕刻了一半,被扔在佛像店的角落里一样,任凭虫蛀烟熏,也不用上漆。可寒月已是成功之作,真希望尽快给它涂漆上色。

"真的动笔开始写了?"主人根本不理铃木一旁在做什么暗示,认真问道。

"你怎么总是怀疑人。的确我还不清楚他到底写的是橡子力学还是上吊力学。总而言之,这寒月的事儿,肯定让鼻子整天担心呢。"

刚才就听迷亭张口一个鼻子,闭口一个鼻子的,搞得铃木好不自在。迷亭却一点没在意,那嘴没完没了地大侃特侃。

"之后,我对鼻子继续进行研究,最近发现《项狄传》里有一段是专论鼻子的。真可惜,金田的鼻子让斯特恩①看了,那可是个好材料,有'鼻名'②留千载的希望。下次来了一定给她写生,为我的美学理论作个参考,否则白白浪费实在要遗恨万年啦。"

"听说她女儿想嫁给寒月呢。"主人把从铃木那儿听来的全给端了出来,这可让铃木难为死了,他拼命给主人使眼色,可主人他如同一块绝缘体,没有任何触电反应。

"真有点奇怪,那种人她女儿也知道个恋爱,不过她不会恋得太认真,最多恋到鼻尖儿上。"

"叫鼻恋也罢,寒月把她娶了就行。"

"怎么说要娶过来呀,前几天你不是还极力反对吗?今天怎么态度就变啦?"

"没变。我决不会变的。可是……"

"你这是怎么啦!喂,铃木,你也算是一个实业家了,为了给你作

---

① 劳伦斯·斯特恩(Laurence Sterne,1713—1768),十八世纪伟大的英国小说家,有小说巨著《项狄传》九卷。其中关于他父亲最著名的假说之一,是认定一个人鼻子的长度与其身心和性格的力量之间有着直接的关系。如他父亲"不明白英国的这个最显赫的家族怎么能忍受一连出现的六七个短鼻子",而"同样数目、又长又漂亮的鼻子一个接着一个连成一条直线[将会]把这个家族抬举到王国最好的肥缺上去"。

② 日语"鼻名"与"美名"同音。

个参考,你听我给你讲讲。那个叫金田某某的,把他某某女儿要给天下俊才水岛,做水岛寒月尊夫人了。你说,这简直是纸灯笼与铁吊钟,一轻一重相差太远,根本不相配。我们作为寒月的朋友,绝不能对此视而不见就默认了。就你这个实业家也不会认可吧。"

"你还是精神这么大,真佩服!十年丝毫未变,了不起啊。"铃木像枝柳条随风摇摆,顺势想糊弄过去。

"既然你这么夸我,那就继续再给你披露一点我的博学多识吧。古希腊人非常重视体育,他们对各种竞技都悬重赏,千方百计给予奖励。但不可思议的是,对学者的知识,却不见有任何奖赏的记录。这是至今未解的一大难题。"

"是令人感到有些奇怪。"铃木始终随着迷亭。

"前两三日在研究美学之时,其理由突然被我发现了,这多年疑团恰如冰释,顿然得悟,可谓欢喜无极。"见迷亭说得神乎其神,这善于随机应变的铃木君也快跟不上了。主人则低下头用象牙筷子敲着果盘,仿佛在说,这戏又开场了。迷亭他一个人兴致勃勃继续大侃:

"你们猜,是谁说明了这一矛盾现象,将我从长年黑暗的深渊里解救出来的呢?那就是被称为古代希腊先哲、伟大的学者、逍遥派的祖师亚里士多德。据他所说……喂,那果盘子,你别再敲了,好好听我讲呀!

"他们希腊人给竞赛获胜者的奖赏远比竞技本身价值要高,故可成为一种奖励,即鼓励竞赛者的奖赏。可说到知识又是怎样的呢?若给知识奖赏报酬,那它必须是高于知识之上的,然而,这世界上有比知识更珍重、更宝贵的东西吗?当然没有。所以奖赏不当反会损害知识的威严。若要与知识相当,须将金柜银箱堆积成山,堆到奥林匹斯山顶峰,或将克罗伊斯①国王的财富倾尽付出。算来想去无法平衡,最终决定分文不付。你们知道了吧,任何黄白之物金钱货币与知识都不可匹敌。

"懂了这一道理,我们可考虑当下问题了。那金田某某难道不就

---

① 克罗伊斯(前560年至前546年在位),吕底亚王国最后一位君主。在古希腊和古波斯文化中,克罗伊斯的名字是有钱人的标志。英语里有"像克罗伊斯一样富有",或者"比克罗伊斯还要富有"的说法。

是在钞票上长了对眼睛鼻子的东西吗？若以奇警之语形容之，不过是活人现钞而已。这现钞的女儿充其量是张支票。且综观我寒月君如何，最高学府东京帝国大学首席毕业，此后，依然求上进未有丝毫倦怠。平日一身外套，坠着征伐长州时代的丝穗。近日不分昼夜钻研橡子稳定性，即将发表的新论大作，足有压倒、超越开尔文①之势。虽说他曾在吾妻桥上演了一场投河未遂之闹剧，那不过是年轻人好胜冲动偶然为之，丝毫不影响他知识仓库的声誉。若按我迷亭一流的评价，寒月乃是一部百科全书，移动图书馆。可谓满载知识如二十八厘米榴弹炮②。这枚炮弹只待时机成熟，在学界一旦爆发，若爆发，不，肯定要爆发的……"迷亭至此连自己也不知该如何形容了，就像俗话所说，虎头蛇尾，没戏了。正在这关头，那迷亭突然又振作起来，说：

"那支票即便有千张万张，一夜之间也会化作粉末消散无踪。所以那女人根本配不上寒月，如同百兽当中最聪明的大象要娶个最贪婪的小猪，这是断不能同意的。苦沙弥，你说对吧？"见迷亭说完，主人又埋头不响地敲起果盘来。铃木无奈缩在一旁，随口答道：

"不至于吧。"刚才他说了一堆迷亭的坏话，这会儿可不敢轻易漏嘴了。谁能预料像主人这种不顾人情面子的人万一给捅出点什么。眼下还是尽量躲开迷亭的矛头。铃木这人精明，懂得当今处世之道，不必要的抵抗要想法避开，能免则免，无益之争不过是封建时代的陋习而已。人生目的，在于付诸实际而非只动口舌。凡事步步如愿，终可达到人生目的。万事无须辛苦操劳，不去争吵辩论即能遂心如愿，即可进入享乐之境界。他铃木，大学毕业后信奉了享乐主义，故事业成功，享乐主义让他挂上了金表。让他受到金田夫妇委托，同样让他说服了苦沙弥。眼见十有八九大功即将告成，突然闯进来个迷亭，这个不懂常规，不具凡人心理的狂妄者，简直是飞来的横祸。铃木被搞得一时惊慌失措，昏了头脑。

---

① 开尔文（Lord Kelvin，1824—1907），英国物理学家、发明家。
② 又称二八〇毫米榴弹炮。仿自意大利，由大阪兵工厂于明治二十年（1887）投入生产。通常部署于港口要塞之处，在日俄战争中展露头角，其特点为炮弹重、射程远、杀伤力强。

明治的绅士发明了享乐主义,但实践享乐主义的是铃木藤十郎,如今因享乐主义陷入困境的也是铃木其人。

"你还不了解情况,所以今天寡言少语,故作文质彬彬,以为不至于此。可你若见了鼻子那股来势,不管你铃木尊大人心里怎么袒护那个实业家,一定也会气不过的。喂,苦沙弥,你不是还跟她拼搏了一阵!"

"可人家对我的评价比你要高呢。"

"哈哈,你还蛮有自信呢。被学生和老师耻笑,叫你是番茶,还照样若无其事地去学校,真佩服了。我这人在意志上比谁都强,可脸皮没那么厚呀!"

"被学生老师说点儿风凉话,有什么可怕的。人家圣伯夫①也是个古今闻名的文学评论家,但他在巴黎大学讲课时却极不受欢迎,甚至为了抵御学生的袭击,他外出之时还必须怀揣把匕首以备万一呢。费迪南·布伦蒂埃②在巴黎大学攻击左拉时也……"

"你又不是什么大学教师,顶多是个教英语教科书的,要拿人家法国大师相提并论,那简直就是把小杂鱼说成大鲸鱼,自讨没趣,招人笑话。"

"你就少说两句!圣伯夫他也和我一样,都是学者。"

"这可是真知灼见!不过怀揣护身短剑出门太危险了,你千万别去学呀。既然人家大学老师身藏护身短剑,你个中学教师拿把小刀就足矣。毕竟刀剑危险,劝你干脆到浅草观音庙去,买把玩具气枪来背上,那才招人喜欢。你说呢,铃木兄?"见金田事件的话题逐渐淡出,铃木终于松了口气。

"真痛快,十年不见了,今日重逢,彼此畅谈依然如故。这心情就像从羊肠小道走到了一片宽阔的原野上,真爽快。平时我们那伙同僚之间谈话时总要处处小心谨慎,不敢有半点马虎,憋得人好痛苦啊。说

---

① 沙尔奥古斯丁·圣伯夫(CharlesA. Sainte-Beuve,1804—1869),法国作家,文学评论家。

② 费迪南·布伦蒂埃(Fenlinand Brunetiere,1849—1906),法国评论家、社会哲学家,法国大革命的反对者。

话能这么无拘无束,多开心啊。跟昔日的同窗好友畅所欲言,难得呀。何况今天居然遇到迷亭君,乐哉,乐哉!对不起,我今天还有点事儿要办,这就失陪。"铃木抬腿刚要走,迷亭也站起来说:

"我也要走了,我得去日本桥的演艺协会①一趟,陪你一段吧。"

"那太好了,我们很久没一起散步了。"

二人携手而归。

---

① 受西方戏剧音乐影响,改良日本传统演艺的团体组织,一八八八年(明治二十一年)开始以演习会的名义,进行公演和慈善兴业等活动,一八八九年(明治二十二年)改名为日本演艺协会。

第 五 章

　　一天二十四小时发生的事情,你一一不漏全都记录下来,再从头至尾看一遍,那至少又得花上二十四小时。我虽一贯鼓吹写生纪实,但毕竟是个猫儿,说白了,还真没那本事儿。何况,猫儿也须适当调整休息。尽管我家主人每日口出狂言,动辄奇行,很值得精描细述一番,并向诸位逐一汇报。可我,既没这能力又没那耐心,实为遗憾,然,仅遗憾而已。

　　这天铃木和迷亭走后,家里就像初冬的寒风呼叫了一阵骤然止住,又似夜里雪花飘落,寂静无声。主人钻进他的书房。六叠大的屋里两个孩子齐头并睡,隔着纸拉门夫人躺在向南的房间,喂着奶伴陪三岁的绵子入睡。

　　早春樱花盛开时节,天空极易挂起薄雾云烟,傍晚太阳也落得匆忙。街上过往行人的木屐声,咯噔咯噔地不时传至客厅。又有旁边街道借宿学生的吹笛声,断断续续刺激着我发困的耳膜。

　　外面已朦胧昏暗一片。鲍鱼壳里的晚饭鱼糕汤吃得干干净净,这肚子也该让它调养一下了。

　　话说世上有一种现象,叫猫恋①,颇具俳谐趣味。它说的是早春时节,同族的猫儿都会心神缭乱,在街道小巷里四处梦游。而我,尚未体验过这种心理变化。其实,恋爱乃宇宙间生命活力之源,天上的爱神丘比特②,地下的蚯蚓、蝼蛄,世上的万物无不为此而神魂颠倒。我猫族朦胧生点恋情,或惹出点风流韵事也是情有可原的。回想当初,我对三

---

① 在俳句中,"猫恋"是常见的春季季语。猫恋既指猫的发情期,猫的叫春。猫恋有诗的韵味,被江户时代以来的俳人所钟爱。
② 罗马人至高无上的神。维纳斯之子,被喻为爱情的象征。形象为手持弓箭,背部长有一对翅膀的调皮小男孩。他的金箭射入人心,便会产生爱情。

毛姑娘也有过一段思恋。近日还听说发明创造"三不"的金田女儿,就是那个爱吃阿倍川点心的富子也恋上寒月君了。正因为这春宵一刻值千金,不管天下雌猫儿雄猫儿如何没头没脑地到处乱窜,我也不以为这是自寻烦恼,而另眼去小看它们。只是我本人当下的状态是要休息,实在太困了,谁人要来诱惑,也没那心思动什么春情欲火。我一步一步悄悄绕到孩子们脚下,钻进被窝昏睡过去。

不时突然醒了,睁眼一看,见主人不知何时也从书房到卧室,钻进夫人旁边已铺好的被窝里。主人有个习惯,睡觉时总爱捧上本外文书,可他看不到两页就会睡着。有时拿来就放在枕头边,碰都不碰。你说他既然不看,又何苦特意要拿到这卧室来呢?其实这正是主人之所以为主人之处。不管夫人怎样笑他劝他,他一概不听。每晚到卧室,总要辛辛苦苦抱来一本不看的书,有时贪心,一次搬来三四本。前些日子里,居然天天把那部韦氏大词典①也捧到卧室来了。寻思起来,这也是主人的一种病,就像某些文雅之士,夜晚好用龙文堂②铁壶烧水,说是,闻听其声犹如松风之响,否则无法入睡。主人则非把书放在枕边才睡得安宁。可见对主人来说,书并非阅读之用,它是一种催眠器具,或可说活字印刷物就是他的催眠剂。

我瞅了一眼,看他今晚又拿来什么了。见是一本红色封面的小册子,翻开扣在主人的八字胡髭上,他左手拇指还夹在书中间。看样子今天不比往日,好像已读了五六行。就在红色封面书的跟前,主人那块镍合金怀表闪烁发亮,惨白的寒光与今日的春宵甚不相配。

转眼看那夫人,酣睡得把头也歪到枕头边上。她张着大嘴直打呼噜,吃奶的孩子被挤到一旁,离她足有一尺多远。说起人最难看的时候,恐怕没有比这张大嘴睡觉更丑了。我们猫儿可一辈子不会干这种丢人事儿。因为这嘴本是用来说话出声的,鼻子才是用来吞吐空气的。当然也有一种情况,比方,在北方地区可见人冷得不愿张开嘴,说话时

---

① *Webster's Dictionary*。美国语言学者诺亚·韦伯斯特(Noa Webster,1758—1843)历经二十八年时间苦心编纂出版的大辞典。夏目漱石使用的是一九〇〇年的版本。
② 兴盛于江户末期至明治初期的京都铸工。铁壶的铜盖内侧多刻有"龙文堂",与南部铁器齐名。

总用鼻子哼哼,且带着吱吱音。但你把鼻子关闭着只用嘴来呼吸,那可比吱吱音还要难看。首先,万一老鼠屎从房顶上掉下来,岂不是太危险了!

再看两个孩子吧,那更是不比她们爹娘差多少,没个睡样。澄子拿出当姐姐的架势,右手伸得老长,就搭在妹妹的耳朵上。妹妹纯子则要报这个仇,干脆把只脚就跷到姐姐的肚皮上。姐妹俩刚才并头入睡,眼下却转了个九十度直角。就这个极为不自然的姿势,她们俩居然能保持一动不动,且彼此没有任何怨言,睡得那么香甜。

春宵灯火别有一番情趣,微光照映下,孩子们无所顾忌自由自在的这睡样可谓天真浪漫,她们似乎也懂得要珍惜这千金良夜。不知什么时候了,观望四周,静静悄悄,只听见挂钟滴答作响和夫人的鼾睡声,还有后边女仆磨牙的声音。平时这女仆被人说磨牙时,总是矢口否认,她说自生下来到今天从不记得磨过牙。别指望改改这毛病,就连声对不起她也绝对不说,一口咬定自己没磨牙。这话说得也不是没道理,睡觉时的事儿谁能记得?不过,令人头疼的是本人不记得的事儿,它却实实存在。世上有些人分明行止不端,却还以为自己是天下大善人。如果深信自己无错也罢,那叫幼稚不懂事儿。可那些确实加害于人的,总不能因他幼稚就能一笔勾销。故,这些绅士淑女当与女仆属于同类。

夜深了。

忽听厨房外咚咚两声,似是谁敲窗户。这么晚怎么会有人来。大概是老鼠吧,反正我不逮老鼠,由它们去闹腾吧。接着又是咚咚两下,这可不太像老鼠。如果是,这老鼠也相当谨慎了。主人家的老鼠跟主人教的那帮学生一样,不分白天黑夜苦行修炼,它们把吓唬惊扰主人的痴梦当作自己的天职,无所不惧,胆大包天。前几天闯进卧室把主人的鼻尖给咬了一口,并一路凯旋而归。看来,今天这确实不是老鼠,绝不是老鼠。

不时,又听见咯叽一声,是外面的防雨窗从下往上提的声音。接着,里面的半截格门①被轻轻拉开。

---

① 日语为"腰障子",拉门的上半部贴着纸,下半部是木板条。

绝对不是老鼠。是个人！深更半夜，这不速之客破窗而入，绝不是迷亭或铃木。或许就是久闻其名的梁上君子。若是梁上君子，还真想尽快拜其尊容。那君子好像抬起泥脚已踏进厨房后门，走了两步，在这第三步刚跨开时，咯噔一声，像是被地下储藏库的木板盖①绊着了。此时此刻，我极度紧张，浑身这毛像被鞋刷子倒着刮了一把，悚然而立。不时，脚步声停下了。看这边夫人，她继续张着大嘴一吞一吐吸着太平之气。主人手指夹着那本红皮书依然做他的美梦。不一会儿，听见厨房里有搽火柴的声音。看来这君子不如我的眼睛好使，夜晚找个什么还挺困难。

我蹲在一边儿寻思，这君子是从后门到客厅，还是向左转经大门从书房那边进来？脚步声随着拉门声出现在屋檐下走廊。君子要进书房了。不时又没声没影了。

此时，我才想起该把主人夫妇叫醒，可怎么叫他们起来呢？这脑子转来转去却理不出个头绪。先把被角衔起来抖了两三下，见没用。我又用冰凉的鼻子把主人的脸蹭了几下，可他照睡不误，还突然抡起胳膊，把我的鼻子狠狠扇了一巴掌，好疼啊。鼻子对我们猫儿来说可是要害之处。这会儿顾不上它了，得喵喵叫两声弄醒主人，可不知为什么关键时刻这嗓子似被东西给卡住了，怎么也叫不出声。使足一股劲儿，终于哼出声了，却低沉得连自己都吃惊。关键是主人没有一点要醒的样子，倒是那边君子的脚步声，沿着屋檐下走廊越来越近。他要进来了。我想事到如今也没办法了，只好钻到纸拉门和柳条行李箱之间，姑且观察一番，看他有何动静。

君子的脚步声在卧室的纸拉门前停下。我屏住呼吸要看他下一步干什么。后来回想起来，逮老鼠恐怕也不会这么全神贯注，我这心脏快从两眼蹦出来了。真要感谢这个君子，亏了他，让我有了如此难得的体验。突然发现纸拉门上第三道格子好像被雨水弄湿变了色，还透出一块粉红色的东西，越来越红，当纸被弄破的时候，竟漏出一个红舌头来。

---

① 日语为"扬板"，指厨房里地板与地板之间可以任意拆卸的部分，底下多作储藏库使用。

一会儿,那舌头消失在黑暗中,见破洞里有个发亮的东西,极可怕,毫无疑问那是梁上君子的眼睛。奇怪,那只眼睛并没看屋里其他的地方,我感到他是一直在盯着柳条箱子背后的我。虽然这不到一分钟,可被如此紧盯不放,损福折寿那肯定是躲不了了。这不行,我得从行李箱后面跑出去。恰在此时,纸门突然拉开了,那位恭候已久的梁上君子即在眼前出现。

若按顺序,本应首先介绍这稀客梁上君子的。不过,于此之前,还望听我陈述一段拙见。

古代之神被人类尊为全智全能,特别是耶稣教之神,直到二十世纪的今天,依然披着如此面纱。其实,世俗凡人深信的全智全能,有时亦可解释为无智无能。当然这是一种悖论,可自开天辟地以来,居然只有我等猫辈将此一语道破。可见,我这猫儿决非一般,且虚荣心也是有的。在此我将重新告诫那些高慢骄奢的人类,让他们务必铭记:决不可歧视小看我等猫辈!

话说天地万物既然是上帝所造,那么这人也就是由上帝亲手御制。《圣经·旧约》上的确如此明言记载。人类自身积累了数千年的观察经验,他们把自己看得玄妙之极、不可思议,同时越发倾向承认上帝,承认上帝是全智全能。这是因为世界上,人之众多,如蜂囤蚁聚,其面孔竟是千变万化无一相同。面孔的五官各具功能,其大小亦类似相同,相差无几。换言之,用的是同一种材料,而制造的结果却完全不同。所以,人类不得不佩服这位制造者,他用了极简单的材料,却做出如此千差万别无一雷同的面孔,技艺可谓超绝。若没有特别丰富的想象力,怎能造得如此变化多端。一代绘画大师耗尽他毕生精力,充其量也只能创作画出十二三种变化而已。以此论推,上帝一手承担制造人类之伟业,其高超的技艺实在令人惊叹,将上帝称为全智全能亦未尝不可,毕竟此技艺非世间常人所及。故,从人类的视角观察,上帝可敬可畏,亦无可非议。但是,若站在猫儿的立场上,同样的事实却可得出相反的证明:不说它上帝完全无能,但也不比人类高出多少。虽说上帝制造了无数不同面孔的人,但他当初的计划究竟如何?是要千变万化呢?还是本想完全相同,最终却未能如愿,结果呈现如此混乱状态?

人的面部结构既可看作是上帝的成功之作,又何妨不能判断为其失败之劣迹?可谓全能亦可称之为无能。

比如,人类的两只眼睛被并排安在一张平板的脸上,它不得左右同时顾盼,所以很可悲,进入他们人类视野的,仅是事物的一面而已。也就是说,如此简单的事理在人类社会无时不存在,而他们却习以为常,不但没有丝毫反省觉悟,反倒被上帝所迷惑。

如果在制造方面难以做到千变万化乃至无穷无尽的话,那么,彻头彻尾的模仿当是同样困难之极。比如,要让拉斐尔画两张一模一样的圣母像,与强迫他画两张完全不同的圣母玛利亚一样,实为两难。不,画两张完全同样的画恐怕更为艰难。又如,请弘法大师①署名写"空海"二字,要求他今天和昨天笔法一样,那恐怕比换个字体更使之为难。

人类语言的习得完全是靠模仿传承。从母亲,从乳母或通过他人实际学语言时,只能按照所听所闻,反复模仿而已,除此不可心怀其他杂念。如此,通过模仿习得的语言在十年二十年后,其发音依然会发生变化。以此可证明:人类并不具备完全模仿的能力。纯粹的模仿更是难上之难。因此,上帝若将人脸一个个做得如同模子扣出来似的一模一样,即可称其全智全能。如今,上帝随意制作的面孔天下满地,千奇百怪,眼花缭乱,故,亦可推断他是无智无能!

要说我何以作这番议论,无外乎提醒人们:人皆容易忘记原本初心。

且望诸位对猫儿也能宽容一些。这是在梁上君子打开纸门踏进房内之时,我自然涌上心头的。若要问个所以然它为何涌出?那还得重新考虑一下。对了,其理由如下:

当梁上君子悠然出现在我眼前之时——怀疑上帝制造人当是无能的想法,顿时打消了。此人的面孔太奇特了,他的眉眼跟我们亲爱的美男子水岛寒月竟长得一个模样。虽说我在盗贼里并无知己,但按照他

---

① 宝龟五年(774)至承和二年(835)。平安时代初期高僧空海的谥号,日本真言宗的开山祖师,其书法与嵯峨天皇、橘逸势并称"三书圣"。

们平日的粗暴行为我也自有想象：小圆坨鼻子上左右两眼有个铜钱大小，再加个小平头。可如今看了实物，这张面孔并不是我凭空想象的那般，甚至可说是天壤之别。这盗贼高挑儿身材，肤色略黑，一笔横眉，颇有气派，年纪约二十六七，与寒月不相上下。若上帝能造出如此相像的两张面孔，那我绝不敢睁眼瞎说他是无能。不，我甚至以为那寒月真是犯了神经病深更半夜跑出来了。只是又见盗贼鼻子下面少了一撮小黑胡子，方判断他并不是寒月。寒月是上帝精心打造的好男儿，仪表堂堂足以让那个被迷亭叫作活动支票的金田富子走火入魔。可此盗贼就相貌来看，吸引女子的魅力绝不亚于寒月。如果金田的女儿喜欢的是寒月那眼神嘴角，那么此盗贼也会使她同样痴恋入迷。从情理上这似乎说不过去，可情理本身就没什么逻辑可讲。金田的女儿既有才华且极精明，这道理用不着谁去说她自会明白。若将这个盗贼顶替了寒月给她，她肯定也会献上满怀的爱心，结琴瑟相合之硕果。所以，万一寒月被迷亭等人劝说动心，毁了这千古良缘，只要此盗贼健在将不会有任何问题。想着事态将如此发展，那富子的婚姻也令人放下心来。只要天地间有此盗贼存在，即可保证富子日后的幸福生活。

梁上君子腋下夹着什么东西，一看原是主人扔到书房里的那个旧毛毯。这君子穿蓝色唐栈①短褂，腰间系博多织②带子，露出两条光光的小白腿。当他正要抬脚踏上榻榻米时，只听刚才还夹着书做梦的主人突然呼地翻了个身，大叫一声"寒月来了"。那盗贼顿时一惊，毛毯落地，脚也一下缩了回去。纸门上只见映出两条细腿影子，在微微颤动。屋内这边主人嘟嘟囔囔口吐梦话，那本红色封面书也被扔到一旁，接着又像得了皮瘙病似的，咔嚓咔嚓在黑乎乎的胳膊上乱挠一气。君子在屋檐下走廊静静观察室内动静，待主人终于静下来，枕头也歪在一边了，这才发现，原来刚才叫唤寒月是主人在说梦话。他确认这会儿主人夫妇已睡熟，方一只脚伸进屋内踏在榻榻米上。又听没有再叫寒月的声音，这才又踏进另一脚。

---

① 一种棉织品。藏青色底儿，配浅蓝色或红色的细竖纹，为匠人所喜爱的面料。
② 博多地方所制作的绢织带子，特点为经线细，纬线粗。

夜灯微光闪闪,六叠大屋子被君子的身影遮了一半,从柳条箱附近到我头上这半边墙壁漆黑一片。扭身一看,只见那半边墙上的三分之二高处,君子的头影茫然地来回晃动。再说他是个俊美男子,只看这影子,那简直就像一个奇特的大芋头。梁上君子来到夫人身旁,低头看了一眼她的睡脸,竟哧哧笑起来,更惊人的是,那笑脸居然也跟寒月一个模样。

夫人枕边放着一个钉着钉子的长木盒,约一尺五寸,似很珍贵。其实这里面的山药是多多良三平君前些日子回老家,从肥前国①唐津带来的土特产。按说,谁会把山药放在枕边睡觉,可夫人无此概念。起居间那个小木柜本来是放装饰品一类东西的,她却把做菜用的精制白砂糖也给放了进去,对她来说,没有什么合适与否,哪怕山药,就是把腌萝卜放在卧室里也无所谓。只可惜这盗贼是个人间俗物,怎能料到我家女主人非同一般主妇。他见木盒郑重其事地紧挨夫人身边放着,便想当然以为是什么珍贵物品,掂量了一下,非常满意,沉甸甸的正如自己所料。我一看山药要被偷了,且是被如此一个俊美男子偷走,一时觉得可笑之极。可若笑出声来那就太危险了,我忍着一动不动。

盗贼小心谨慎地用旧毛毯将山药盒裹起来,环视周围看看有无可捆绑的东西,正好见一条主人睡觉前解下的兵古带②,盗贼便用这腰带把木盒子捆好,随后轻轻松松扛到背上。当然这姿势女人不会喜欢。接着又见他把小孩的两件棉坎肩塞到主人的线裤里,鼓鼓囊囊,特别难看,活像青花蛇一口吞下青蛙,或该形容是青花蛇临盆要下蛋一般。若诸位不信,不妨各自试试看看。那盗贼将这线裤卷了几下围在脖子上,又把主人的棉布大褂当包袱皮摊开,将夫人的和服宽腰带和主人的外衣以及和服衬衣之类的一一叠得整整齐齐,然后包起来,看他这套动作即熟练又利索,还真让人佩服。最后他把夫人当吊带③用的布带子连

---

① 日本奈良时代至明治时代初期设置的地方行政区域。肥前国的领域大致包含现在的佐贺县。
② 明治期流行的一种男式腰带。原萨摩藩武士常用。
③ 日语写作"带上"(obiage),女子穿和服时为防止腰带后面接扎处掉下去,须用一条布带往上绑起来。

结成一条布绳子,捆好包裹,拎在手上。临走时又扫了一眼周围,想再能捎上一点儿什么。发现主人头顶上方有个朝日卷烟袋,便顺手把它揣到袖筒里。还从烟袋里抽出来一根,就着灯火①把它点着了。他津津有味地深深吸了一口,吐出的那股烟环绕着乳色玻璃灯罩。未等消散,盗贼的脚步声已顺着屋檐下的走廊渐渐远去,终于听不见了。主人夫妇依然酣睡如故。人类竟是如此疏忽大意。

我需要暂时休养一下。这样唠叨个没完没了,身子也招架不住。昏睡一觉,待睁开眼时,见外面阳春三月好个晴朗天气。厨房后门口主人夫妇和值班警察正在交谈着什么。

"那就是说盗贼是从这儿进来,之后绕到卧室了。你们正睡觉一点也没觉察到。"

"是。"主人显得有点不好意思。

"那么,几点被盗的?"警察问得也太没道理了,如果知道了是几点进来的那还会被偷吗?对此主人夫妇倒不介意,只是互相商量着该如何回答这个问题。

"大概几点?"

"几点呢。"夫人做沉思状,好像这是能想出来的事儿。

"昨晚你几点睡的呀?"

"我比你睡得晚。"

"是的,我比你早躺下。"

"醒来的时候几点了?"

"大概七点半吧。"

"那么盗贼进来的是什么时候呀?"

"那就是半夜吧。"

"当然是半夜,问题是几点。"

"的确不好好想还搞不清楚呢。"夫人又要去思索。警察其实只是例行公事问问而已,至于几点进来,根本无关紧要。随便说个几点,应付上两句就行了,可我家主人夫妇却丝毫不得要领,弄得警察也有些不

---

① 当时电灯尚未普及,此处用的是煤油灯。

耐烦了。说道：

"这样吧，就写盗窃时间不明。"见警察这么说，主人随口应道：

"哦，那是吧。"警察并没笑他，说：

"那就这样。你们写个诉状，明治三十八年几月几日夜晚闭门睡觉之时，被盗贼打开哪里的防雨窗，入室进到哪个屋，盗窃什么物品，特此上诉。这不是提交被盗情况报告书，是诉状。收信人就不用了。"

"物品要一件一件都写上吗？"

"那是呀，要写清楚几件外衣等等，值多少钱，列出来个表。算了，我进屋去看也没用，反正东西已被盗了。"说完这话，他抬腿就走了。

主人把笔墨拿到客厅中间，叫夫人坐在跟前，一副吵架的口气："我写被盗诉状，你来，把被盗的东西都给说上一遍，快说！"

"真气人，你叫我，还这么霸道，谁给你说呢！"夫人腰上那细带子也没解开就一屁股坐下。

"看你穿成这样，比路边酒楼的女人①还寒碜。也不把腰带系上。"

"你要觉得难看，就给我重买一条。酒家的女人，她东西被偷光了，有什么办法啊。"

"连宽腰带也被偷了？真可恨！那就从腰带开始写吧。是条什么样的腰带？"

"什么样的？难道腰带我还有好几条吗！就是那款双面夹层腰带②。"

"黑缎子和皱丝的双面夹层腰带。价钱大概多少？"

"六元③左右吧。"

"你可真阔气啊，系这么贵的腰带。以后买一元五十分的就可以了。"

"有那么便宜的吗？我说你这人也是，太不懂人情，老婆再寒酸也

---

① 江户时代路边驿站里的妓女，一边在驿站旅馆里作勤杂工，一边兼职卖淫。

② 正反两面用不同的布料缝合而制。最初使用黑缎子配白里子，一明一暗如昼夜交替，或黑脊白肚的鲸鱼，故又称昼夜带、鲸带。单面常用黑缎子、缩缅、羽二重等布料搭配。

③ 当时女仆月薪为两三日元。

无所谓,就只管自己!"

"算了,不跟你说了。其他还有什么?"

"绢织的外衣,是河野大妈去世后留给我的,同样的绢丝,跟现在的可大不一样。"

"不用那么唠叨,值多少钱?"

"十五元。"

"穿什么十五元的外衣,简直不合身份。"

"那怎么了!又不是你给买的。"

"还有什么?"

"一双黑布袜子。"

"你的?"

"是你的,价钱二十七分。"

"还有呢?"

"一盒山药。"

"连山药都被偷走了?他是要煮着吃,还是弄成山药糊糊?"

"那谁知道。你去问问那个小偷呗。"

"多少钱?"

"山药的价钱,我可不知道。"

"那就写十二元五十吧。"

"你这不太荒唐了吗,再说是唐津①挖来的,哪里能十二元五十?谁吃得起啊!"

"不是说你不知道价钱嘛!"

"是不知道,可不知道也不可能十二元五十呀!差得可太远了!"

"说不知道,又嫌十二元五十差得太远,没法跟你讲理。所以我说呀,你是个奥但叮②。"

"说什么?哪个奥但叮?"

"你管它什么意思呢,其他还有什么,怎么没见有我的衣服啊!"

---

① 地名。现佐贺县唐津市。
② 东罗马帝国最后的皇帝君士坦丁·巴列奥略的名字和江户时期责骂蠢人的俗语"笨蛋"组合起来的谐语。

"其他什么都无所谓。你给说说奥但叮是什么。"

"没什么意思。"

"你就告诉我得了,这太欺负人了,明知人家不懂英语,还故意。"

"别说废话,快点,其他还有什么。诉状不赶快写完,东西可找不回来了。"

"反正现在写了也不顶事儿。你就告诉我奥但叮是什么。"

"你这女人真啰嗦! 不是说了吗,什么意思,没意思!"

"那行,东西,什么其他的,没了!"

"你这个倔强的死脑子! 得,想怎么就怎么! 我不给你写了,什么被盗诉状的。"

"我也不告诉你其他东西。诉状是你自己要写,与我无关。"

"那就不写了。"主人一下子站起来,闷着头进书房去了。夫人回到起居间坐在针线盒前。两人默默无言,木愣愣地盯着纸门足有十分钟。

不时,有人哗啦一声拉开大门,原来是给他们山药的那个多多良三平来了。以前他曾寄宿在主人家,法科大学①毕业后进了某公司矿产部,算铃木藤十郎的后辈,也是实业家的苗子。因为这层关系,三平君常来拜访原来的老师,星期天就到这家茅草房里玩上一天,和主人一家无拘无束,关系挺不错。

"师母,今儿可是好天儿噢!"三平操一口唐津口音,穿着西装裤,屈膝长跪而坐。

"哎呀! 是多多良来了!"

"先生出去了吗?"

"没出去,在书房呢。"

"师母,像先生这么老用功是要伤身体的。好不容易有个星期天,您说呢?"

"跟我讲没用,你自己去跟老师说说。"

"那可是——"三平把屋子环视了一圈,"今天怎么不见小姑娘

---

① 东京大学法律系前身。

们?"没等这话音落下,纯子和澄子便从隔壁屋子跑过来了。

"多多良先生,今天寿司带了吗?"纯子没忘记前几天多多良跟她说好要带寿司的,这一见面就催上了。多多良挠着脑袋实话实说:

"记得这么清啊!今天我忘了,下次一定给你买。"

"那可不行!"一听姐姐这么说,妹妹也跟着叫唤:

"不行啊!那可不行!"只见夫人这会儿气也消了,露出笑脸。

"今天没带寿司来,不过山药拿了呀。你们姊妹俩都吃了?"

"什么?山药?"见姐姐问三平,妹妹也学着问:

"是什么,山药?"

"原来还没吃呢,那赶快让你妈妈给煮一点儿。唐津的山药可跟东京的不一样,可好吃啦。"三平对自己家乡的特产很得意。夫人见三平夸他的山药,这才想起来了。忙道谢:

"感谢多多良一片盛情好意。"

"怎么样?尝了吗?怕被弄断,我专门用了个长木头盒子,还把里边塞得紧紧的,都是整根的没断吧。"

"非常可惜,你送给我们的山药昨晚被贼给偷了。"

"盗贼?真是个笨蛋,咋还有那么爱吃山药的贼?"三平为之感叹。

"妈妈,昨天晚上咱们家进小偷啦?"

"唉。"夫人轻声应了一句。

"小偷来了,那后来呢,小偷进来,那小偷什么样儿?"这回是老二发问了。对这个奇怪的问题,夫人也不知该怎么回答,就说进来时很可怕。说完扭头看了看多多良。老二随口又问:

"可怕?像多多良先生这样儿?"她一点不觉得这话让多多良有什么难堪的。

"胡说什么呀!一点儿礼貌都没有!"

"哈哈,我这脸有那么可怕吗?这可怎么办啊!"多多良又挠起头来。他头顶后边有块秃了,直径大约一寸多。上个月开始秃的,也请医生看了,但那不是一时就容易见好的。这秃顶此时被姐姐纯子首先发现了。

"哎呀,多多良先生的头顶和妈妈一样,有块亮光光的。"

"闭上嘴巴!不是刚说过嘛!"

"妈妈,昨晚小偷的头顶也发亮吗?"这回是妹妹发问了。夫人和多多良一听不由地扑哧笑出声来。夫人知道两个孩子在一旁吵嚷得没法说话,就把她们哄出去了:"你们俩先到院子里去玩玩,一会儿妈妈给你们吃点心。"接着一本正经地开始问多多良:"你的头顶怎么了?"

"被虫子咬的。总也治不好。师母,您也有这病啦?"

"看你说得,我可不是被虫子咬的,女人结发髻,多少都有点儿秃的呀。"

"秃顶都是细菌感染的。"

"我可不是细菌。"

"那是师母不愿承认而已。"

"不都是细菌。对了,用英语是怎么说秃顶的?"

"秃顶英语叫'Bald'①。"

"不对,不是这么说,有个很长的名字吧?"

"问问老师就知道了。"

"就是先生不告诉我,这才问你呢。"

"我只知道 Bald,你要说是挺长的,那该是啥呀?"

"叫欧坦丁,帕里洛格斯,欧坦丁的汉字是秃,帕里洛格斯大概是头顶吧。"

"那也许是喽。我现在到先生书房去给你查一下词典吧。不过先生这种人实在少见,难得这么好的天气,闷在屋里不出去。师母,这样下去他胃病哪能好啊。应劝他到上野公园走走,去赏个花什么的。"

"你去把他带出去吧。先生根本不听女人的话。"

"最近他还吃果酱吗?"

"唉,还是那样儿。"

"前些日子先生说,家内总嫌我果酱吃太多了,可我并没觉得吃那么多,怕是在哪儿给算错了。我就说,肯定是女儿和夫人一块都

---

① bald,英语,"光秃的",形容词。此处为音译。

吃呢。"

"多多良,你可真能胡扯。怎么就扯到我们头上了。"

"可师母这副样子是像吃了果酱的啊。"

"这脸上怎么也能看出来呢!"

"倒看不出什么,那师母您就一点没吃吗?"

"当然吃是吃一点呀。吃点又怎么了!自家的东西。"

"哈哈,我想也是啊。不过话说回来,盗贼上门那可是飞来的横祸啊。只偷走了些山药吗?"

"光是山药倒算不上什么,发愁的是他连我们平时穿的也都给偷了。"

"那可麻烦了,不得马上就要借钱吗?这猫儿要是狗,一条大狗就好了,实在可惜喽!师母,还是养狗好。猫儿一点不顶用,光知道吃,它逮老鼠吗?"

"从没见逮过一只,这猫儿的确是个懒家伙,没脸没皮的。"

"咳,没办法啦。还是赶快把它扔了,或是给我,我拿去煮煮把它吃了。"

"哎呀,多多良还吃猫儿呢!"

"吃啊,猫儿肉还蛮好吃的呢。"

"可真够胆大的!"

以前听说过书生里有些没教养的,非常野蛮,还吃猫儿。可做梦也没料到,平日眷顾的多多良居然也是同党。况且他已不是书生了,虽毕业没多久,可也是堂堂一个法学士,六井物产公司①的职员啊,听了他这话实在令人惊诧不已。俗话说,逢人须防盗贼。那堪称寒月二世的行为已证明这个道理。如今多亏听了多多良这话,让我发现一条真理:逢人皆须提防,他们是吃猫儿的。

住在人世,知道许多事情,知道多了自然高兴,但随之而来危险也日渐增多,越发让人小心谨慎。结果变得狡猾、卑劣,还会用表里不一这套护身符掩盖起来。所以,知道得多成为上年纪的一大罪过。所谓

---

① "六井",模仿现实中的三井物产财阀公司。

"老奸巨猾",亦是此理。想来,趁我这猫儿现在年幼,煮到多多良的锅里与洋葱一同上天成佛,或许是个上策。这一想,不由得在角落里缩作一团。

主人与夫人争吵了一番,一旦进了书房,这会儿听见多多良在客厅,遂漫不经心地出来。

"先生,听说你家进贼了,怎么这么倒霉啊!"他劈头便上来这一句。

"进来的盗贼是个大蠢货。"主人一贯自以为聪明。

"进来的呀,那是蠢啊,可被盗的也不太聪明啰。"

"你多多良没得可偷,算是最明智的。"这次夫人帮了主人。

"最愚蠢的要算这猫儿啦。你们说呢,它不逮老鼠,盗贼来了只当没看见。先生,这猫儿给我吧。养着它没一点用处。"

"行啊,给你,干什么?"

"煮了吃。"主人一听这话,大为震惊,不过他仅嘿嘿笑了一声,就像那神经性胃弱突然发作,并不见有其他反应。好在多多良也没再提起要吃我,真是侥天之大幸。不时,主人把话题一转:

"不用管这猫儿,我的衣服被偷了,弄得现在好冷啊。"主人显得很沮丧,没一点精神。的确,他是冷。昨日还套了两件棉衣,今天就只穿件夹衣和短袖衬衣。早上起来一直坐着,也不运动,这血液循环一旦不充分,就只够供应胃肠,手脚再冰凉它也顾不上。

"先生,当教师到底差些啰,碰上个贼,就苦成这样。稍微换个思路,从今干干实业家难道不好吗?"

"先生最讨厌实业家,你说这些,没用。"夫人从旁虽这么说,可心里也极想让丈夫当实业家。

"先生,大学毕业几年啦?"

"今年是第九年吧。"夫人回头看了看主人,主人不说对,也不说不对。

"九年了也不涨工资。再用功学习也无人夸奖,这叫'郎君独寂寞'。"他给夫人念了句诗,是中学学过的,可夫人她没听懂,也没做声。

"教师当然不想干,但更讨厌实业家。"主人心里似在琢磨,自己到底喜欢什么。

"先生什么都讨厌。"

"不讨厌的只有夫人吧。"多多良开了句不合他性格的玩笑。

"是最讨厌的。"主人的回答简明痛快。夫人把脸一扭,没在乎,可又马上转过来对着主人说:

"活着,你不也觉得没什么意思。"她以为这下能把主人堵回去。

"那是啊,真没多大意思。"主人把话说得这么实在,谁能不服。

"先生,出去散散步也好啊,要不然真会伤身体啰。对了,还是当个实业家吧。赚钱那事儿不那么难。"

"可也没见你赚多少。"

"看您说的。我去年才刚进公司,那也比先生存款多呢。"

"你存了多少?"夫人问得挺认真。

"已经有五十元了。"

"那你月薪到底有多少?"夫人接着又问。

"三十元。其中公司每月给代存五元,万一有什么事儿能用上。师母,你不拿点零钱去买些股票吗?东京电车公司外壕线①股,三四个月就能翻倍呢。只要投一点,马上就涨个两三倍。"

"要有那钱,我们即便被贼偷了也不至于愁成这样子。"

"所以我说还是得当实业家。先生要是学个法学进个公司或银行,那现在一个月总该有三四百元的收入了。真可惜呀。先生您认识那个叫铃木藤十郎的吗?是工学学士。"

"嗯,昨天来这儿了。"

"到这儿来?前几天我在一个晚宴上见他,说起先生,他说:'原来你在先生家借过宿呢。我和苦沙弥君以前住在小石川一家寺庙,搭伙做饭的。下次你到他家给带个好,告诉他我近日要登门拜访。'"

"听说最近上京了。"

"听说了,以前一直在九州的煤矿,最近调到东京办事处了。那人很会来事儿。像我这样的他也当个朋友对待……先生,你知道他一个

---

① 沿日本皇居(旧江户城)外层护城河、在土桥(新桥站北口)至御茶水之间铺设的市内路面电车路线。

月拿多少?"

"不知道。"

"月薪二百五,八月的盂盆节和年底还有分红,平均下来一个月拿四五百呢。他那人都挣大钱,先生你专教个英语读本,十年一狐裘,实在不划算。"

"的确太傻。"尽管主人也是个超然脱俗的,可在金钱上他与一般俗人并无甚区别。岂止如此,恐怕比一般人的欲望还强上一倍。多多良把当实业家的好处吹了一番,这会儿也就没得话了。

"师母,有个叫水岛寒月的人,来过您家吗?"

"唉,常来。"

"是个什么人?"

"学问做得不错。"

"是个美男子吗?"

"呵呵,跟你差不多。"

"是嘛,和我差不多啊。"多多良把这话还当真信了。

"你怎么知道寒月?"主人问道。

"前几天受人拜托。这人真值得让我专门来打听吗?"多多良在没问之前,已经对寒月相当在乎了。

"寒月可比你强多啦。"

"是吗?比我厉害。"对主人这话他不笑不怒,这倒是多多良的特点。

"最近要当博士了吗?"

"听说正在写博士论文呢。"

"这么傻啊!写什么博士论文,我还以为是个有点其他才能的人物呢。"

"你还是那样,说得还真有理。"夫人笑着说。

"听说当了博士有人要把女儿嫁给他。还有这么蠢的人,为了娶个媳妇当什么博士!我跟他说了,嫁给那种人还不如给我呢。"

"跟谁说的?"

"托我打听水岛的那个人。"

"不是铃木?"

"不是,轮不上他呢。人家可是有来头的大人物。"

"多多良,你真是个爱逞强的,在我家你可显显威风,等见了铃木看你不缩头缩脑才怪呢。"

"那是啊,在他面前,我咋敢呀。"

"多多良,出去散散步吧。"主人刚才就因一件夹袄太冷,想运动一下身子暖和点。这突然自己提出来要散步,也是前所未有之事。多多良平时见人行事,走到哪步算哪步,对此建议当然不会推辞。

"散步啦!到上野?还是到笁坂①去吃糯米团子?先生,您吃过那里的糯米团子吗?师母您也去试着尝一回。吃着可软啰,又便宜,还有酒喝。"多多良没完没了又是废话一堆,只见主人早已戴上帽子到门口去换鞋了。

我需要休养。至于主人和多多良在上野公园干什么,在笁坂吃了几盘糯米团子那些事儿,大可不必去侦探,何况我也没那勇气跟踪他们。一切从略,毕竟休养重要。

休养本是万物之权利,应向昊天要求行使此权利。既生息于此世,为生息则须休养。如果神说:汝等生于此世,非睡眠生于此世。我将如此答复:我等正是为了工作要求休养。像主人这样的倔强人,整日愤懑不平,他不是除了星期天,还经常自我调整随意休养吗!像我这样,即便是个猫儿,也因多愁善感,费心劳神,应比主人更需要休养。令人担忧的是,那个多多良君刚才竟辱骂我贪睡,说我是个废物。

俗人只凭物象看世界,除了刺激五官以外他们不懂尚有一种精神活动,故评价他人之时也只是观其形骸而已。他们认为撩起衣襟,弄个汗流浃背那叫干活。据传,达摩和尚面壁坐禅,久而不动致使双脚腐烂。即使石壁间缝长出青藤将他的嘴巴眼睛堵住,大师亦静坐不动,并非入睡亦非圆寂。他的头脑始终在活动,在思索"廓然无圣"②等深奥

---

① 地名,东京日暮里一带。笁坂的糯米团子有豆沙和酱油两种味道,至今仍是当地名产。
② 禅的深义在于远离差别对立的概念。《碧严录》第一则记载:"梁武帝询问禅宗初祖达摩祖师,什么是圣谛第一要义?达摩答曰:廓然无圣。"廓然,大悟之境地。"廓然而无圣谛之意",指的是大悟之境界无凡圣之区别。

玄妙之理。儒家亦有静坐功夫,仅仅安居室内,那不叫修行,他们头脑灼热超出常人一倍。天下凡眼只看到这些知识巨人外表沉静端肃,便诽谤说他们是庸人、是昏睡假死、是懒人废物。这些凡人俗眼见形体而不见内心,是天生的视觉不健全。像多多良这等浅薄人物只看外表不知内心,他将我视为干屎橛①也是预料之中。可恨的是主人,他也算个识古认今、多少明白事理的,却对三平表示赞同,连他煮猫肉的事儿也不加反驳。

退一步想,猫儿被俗人歧视也不无道理。自古有言,大声不入俚耳,阳春白雪,曲高和寡。正如,面对只看形体的人,你强迫他尊重己灵②,如同逼迫和尚结发,让金枪鱼上台演讲,让电气火车脱轨,让主人辞职,让三平别考虑钱的事儿,如此等等,毕竟要求过高,太为难人家。

再说,猫儿这种动物也具有社会性,既然具有社会性,那么不管你自己有多清高,也要同社会保持一定的协调。你看,主人及夫人,甚至女仆阿三、三平等人,他们对我这猫儿的评价就太低,极不公平,实在令人感到遗憾,且无奈。可是若不明白这个理,恐怕还要被扒下皮来卖到三弦琴店,或被剁成肉供到多多良君餐桌上,其实,这才是最令人担忧的。

我受天命降于此世,是个古今罕见、用脑力劳动的灵猫,这身体极为重要。古话说"千金之子坐不垂堂",如果只求超脱,轻易去涉险,那不仅是自寻灾难,还有违天意。猛虎进了动物园,便与臭猪为邻,鸿雁若被生擒自是与雏鸡同俎。既然与庸人相处,必然要变为庸猫,是个庸猫那就得扑捉老鼠。我终于下决心要逮老鼠了。

近来日俄大战,我这日本猫儿,自然要声援日本。如果可能还想组织一个猫儿的特种兵团,上去把俄罗斯兵给挠上几把。精力这么充沛,一两只老鼠,只要我想逮,岂不伸手一把就能抓住。据说早间一著名禅师,被问如何大悟,答曰:如猫捉老鼠。这意思是,猫逮老鼠只要两眼死

---

① 禅语,此处指毫无价值。《无门关》第二则:"僧问如何是佛?云门曰干屎橛。"云门禅师将佛比作干屎橛,强调佛性无所不在,并无贬低之意。
② 发菩提心的十大因缘之七:尊重己灵发菩提心。

死盯住它自然会到手。俗话说,女子小聪明反误大事。可还没听说猫儿聪明了会耽误逮老鼠。同样,像我这样绝顶聪明的猫儿,不会逮不住老鼠的。不仅没有理由逮不住,且是不可能。至今没逮,不过是我未曾想而已。

日复一日,夕阳落下,时而一阵春风,那樱花便纷纷扬扬飞舞着从半截格门破洞处钻进厨房,只见飘落在水桶上的花瓣,在昏暗的灯火映照下,白花花一片。今晚我决心立大功,好好震震这一家人。

首先我要把战场视察一番,看好地形。当然,这条战线也长不到哪里,按叠来算大概有个四叠。其中一叠,一半是洗菜的水池,一半是后门口那块没铺木板,专供酒店菜店送货时用的泥土地。这家炉灶很气派,与破旧的厨房甚不相称。上面还坐个铜壶,擦得精光锃亮。炉灶后面放着一鲍鱼贝壳,是我吃饭的地方,与木板地隔着二尺远。放盘子碗筷的橱柜离起居间最近,有六尺宽,让本来就狭窄的厨房显得更拥挤。橱柜旁边横着顶一个木架,一个擂钵碗口朝上,里边的小木桶把正对着我。架子上萝卜礤子,还有大大小小的捣槌,到着挂了一排,旁边悄然还有个灭火的水壶。这房椽已熏得漆黑,交叉之处垂下来个铁钩,铁钩上吊着扁圆的大竹筐,时而随风悠来荡去。我刚到这家时,一直没弄明白为什么要吊个竹筐,后来才知道那里边放的是食物,专门悬挂起来让猫儿够不着。这人的心眼之黑可真领教了。

我要制订作战计划。既然与老鼠作战,那战场自然就在老鼠出没之处。虽说地形于我有利,但也不能坐等。需要研究一下老鼠的出口,敌人将自何方而来。我站在厨房正中,环视四方,这心情如同日俄大战时的联合舰队总司令东乡大将①。

女仆去洗澡尚未回来。孩子早已入睡。主人吃了竿坂的糯米团子,回来后又钻进自己的书房。夫人,她不知在干什么呢,大概是做山药梦吧。门口时而有人力车过往,由近及远,格外寂静凄凉。逮老鼠的决心及意志,连同厨房的光景、周围的寂寞,让我感到有种悲壮的气

---

① 东乡平八郎(1848—1934),侯爵、元帅,生于鹿儿岛,在日俄战争中任日本联合舰队司令官,在旅顺口以及日本海海战,击败俄罗斯海军。在日本与陆军大将乃木希典共享盛名。

氛。怎么想也觉得自己已是猫中的东乡大将军。一旦进入这一境界,是谁都会在心底深处产生一种快感。而我在得到快感的同时,内心极为担忧。既然已做好与老鼠作战的心理准备,那么不管来多少也无所畏惧。只是它们到底从哪里出来,我尚未搞清楚,这心也就放不下来。

经过一番周密观察,加以综合,可基本确定老鼠出入有三个方向。如果是沟鼠,它们会沿着陶瓷下水管道跑到水池里,然后从柜橱后面绕过来。遇到这种情况,我可藏在消火的水壶后边,一把断绝其退路。如果从地沟里的排水口钻进浴室,突然跳到厨房里来,届时我可趴在铁锅盖上等候,一旦出现便一跃而上扑过去。又看了看周围,发现橱柜门的右下角被咬了一块,形成一个半月形的缺口,怀疑它们可能由此出入。把鼻子贴近闻了一下,的确有老鼠味儿。如果从这儿冲出来,可让它们先顺着柱子爬,我呢,从侧边出击用爪子扇它一把。要从房顶上下来呢,我仰头看了看,屋顶被煤烟熏得黑洞洞一片漆黑,就像把地狱翻了个个儿吊在头顶上。看来凭我这点本事,是上不去也下不来的。咳,老鼠也不至于从那么高的地方下来吧,这一面可解除警备。尽管如此,还是有三个方面同时被攻击的危险。单方面的话我闭着一只眼睛也能把它们对付了,两方面的话,也还有些自信,可要来个三面夹攻,再说我们猫儿天生能逮老鼠,那我也是无法招架的。如果让车行家的大黑来帮一把,这有损我的威严。该如何是好?思来想去没个好主意。不去想它,是最省心的。想不出办法,总想安慰自己,只好认为事情不会发生。你看看这人间俗世,昨天娶来的媳妇,说不定她明天就死,可谁见过人家新郎去担心什么吗。大家欢喜祝贺:白头偕老,子孙万代。不担心,并不等于不须担心,而是再担心也无用。我现在说不会受三面夹攻,并无根据,但是一旦如此断言便可放下心来。求放心,世间万物所需要。我也要个放心。故,认定老鼠绝不会三面同时进攻。

尽管如此,还是无法放心,半天终于醒悟过来。原来策略中尚未决定孰为上策,所以不得安心等候。自橱柜出我有应对之策,自浴室来也可对付一番,即便从水池爬上来亦胸有成竹。然而最佳方案,终是未定。据说东乡大元帅当年对波罗的海舰队①是经对马海峡②还是津轻海峡③，或是绕更远的宗谷海峡④也是难下判断。今天想想自己的境况，其困惑亦可体察。就整体局势来看，当下我与东乡阁下颇为相似，所处的特殊地位也使我们有了同样的苦衷。

当我苦心思谋之时，那扇破旧的半截格门突然被拉开，露出女佣阿三的脸。当然这并不意味着她就没了手脚，是夜间，只有那红彤彤一张脸映入我的眼帘。阿三刚洗完澡，那脸比起平时红了许多，大概昨天被盗，今天从澡堂一回来就顺便来关厨房门了。又听书房里主人在吆喝："把我的拐杖放到枕边。"真不明白为什么要把拐杖摆在枕边。莫不是他要学荆轲易水壮士，听什么龙鸣虎啸⑤。昨天山药盒子，今天拐杖，那明天呢？

夜色未浓，不见老鼠出洞。大战前我需休息片刻。

主人家厨房没有天窗，就像客厅的栏间一样，为了四季通风，上方大约有一尺来宽被掏空了，权作天窗用了。呼呼一阵冷风带着飘落的樱花吹进厨房，我猛地惊醒过来，睁眼一看，月光朦朦胧胧，地下储藏室的木板上映着炉灶长长的影子。不敢睡过头了，我连把耳朵左右晃了两三下，环视屋内。静静的，如昨晚一样，只有挂钟滴滴答答的响声。

该是老鼠出动的时刻！将从哪里攻入？

此时听见壁橱里咯咯噔噔一阵响，似乎是爪子踩着碟子边儿吃什么。噢，它们要从这里来。遂在这壁橱门破洞旁严阵以待。半天不见动静，一会儿弄碟子的声儿也没了，接着好像爬到大碗里，扑腾扑腾的声音很低沉。隔着壁橱门，听见里面动来动去，与我的鼻尖儿距离不过

---

① 日俄战争中，俄罗斯为挽回其在远东地区的局势，提督罗杰斯特文斯基海军中将率领由三十八艘战舰组成的该舰队抵达远东，一九〇五年五月在日本海海战中被击败。
② 指日本九州与朝鲜之间、对马岛与壹歧岛之间的水域，位于日本列岛的西南端，交通战略位置极为重要。
③ 介于北海道和本州两大本岛之间的海峡。东连太平洋，西通日本海。
④ 位于北海道与俄罗斯库页岛（日语名：桦太）之间，贯通日本海和鄂霍次克海的海峡。
⑤ 借《史记·荆轲刺始皇》"风萧萧兮易水寒，壮士一去兮不复还"之句；龙鸣虎啸，借盗贼挖王子乔墓时闻"龙鸣虎吼"之句。

三寸。偶尔有老鼠来到破洞口前,晃一下又离开了,不见一只肯出来。壁橱里敌人正在疯狂行暴,而我却只有呆呆守候在洞口,无计可施。

它们在旅顺碗①里开起舞会了,好不热闹。那阿三若把壁橱门留个缝,让我能钻进去,岂不是一切都好办了吗!真是个不开窍的。

突然听见炉灶后面我的鲍鱼贝壳咚地响了一下,敌人从炉灶方面上来了。我蹑手蹑脚上前,只见老鼠的尾巴在水桶后面闪了一下就溜到水池下边了。一会儿,又听见浴池附近漱口杯撞到搪瓷盆上,咣当一声。这次是从后面上来,回头一看,见一大老鼠足有五寸多长,把牙粉袋子哗地一下蹬到地下,沿着缘木下边跑了。绝不能让它跑了,我一跃扑了上去,却扑了个空,那家伙连个踪影也不见了。看来扑捉老鼠比想象的要艰难许多。或许先天我就没这能力吧。

我绕到浴室,敌人从橱柜里出来,赶到橱柜那边,它们又从水池里蹦出来。我站到厨房正中间,眼见三面敌人在蠢蠢欲动。说它们是小打小闹也罢,胆怯无能也罢,反正都不是君子的对手。我上下左右奔来扑去,十五六个来回努力了一番,心劳体困,却一次未能成功。自有些遗憾。但又一寻思,对付此等小人,他东乡大帅也未必有用武之地。开始那股勇猛之气、敌忾之心,甚至那悲壮崇高之美感,现在全没了。随之而来的是厌烦、无聊、疲累、困乏。我坐在厨房当中不愿再动一下。当然,身子不动依然要眼观八方。对手不过小人而已,不至于闹出什么大事儿。

眼前的敌人不过是群卑劣的家伙,这一想,所谓战争的荣耀感竟烟消云散,剩下的只是厌恶。厌恶之后,紧张的情绪也哗地松了下来,脑子茫然一片。遂想,随它便吧,反正它们成不了大事。这种极度的轻敌意识又让人感到浑身乏困。经这一番折腾我实在困了。我要睡了。即便身在战场面对敌人,这休养也是不可缺少的。

从屋檐下那个"天窗"的地方,随着狂风眼前忽一下好像又刮进来一团落花,谁想,竟是壁橱的破洞里窜出来个家伙如子弹横飞过来,猛

---

① "旅顺湾"的谐音。中日甲午战争(日本称日清战争)后,俄罗斯租借旅顺,使其成为进军东洋的根据地。日俄战争不久即被日军攻占。辽阳会战、旅顺会战、奉天会战为日俄战争的三大战役。

地咬住我的左耳。紧接着，身后又出现一黑影，没等我转过身，便一口把我的尾巴咬住了。这一切都是在瞬间发生的。我本能地向上一蹦，使出浑身力气要甩掉这个怪物。没想这一跳，那个咬住我耳朵的家伙失去平衡，就贴在我脸上，它那如同橡皮管一样软和的尾巴掉进我的嘴了。真是天赐良机，我使劲咬着那尾巴左右一晃，前牙只咬下一截尾巴，它那身子却被一下子甩到满壁旧报纸的墙上，又掉到地板上。趁它没起来那一瞬间，爪子一伸扑上前去，可它却像毽子一样弹起来，掠过我的鼻尖，一下蹿到木架子上，缩着双脚在上边，朝下盯着我。我从木架的空隙间仰头望着它。彼此五尺距离，横跨一道月光，像似空中悬挂着一条宽幅带子。我用足劲儿一跃跳到架子上，可惜只是前爪抠在木架子边上，后脚被腾空吊起来，而尾巴上的黑家伙它死也不松口。危险至极。想把前爪挪一下继续往上爬。可尾巴太重让我越来越向下滑。再滑两三公分就要摔下去了。越来越危险。用爪子紧扒着木板，咯吱咯吱直响。这可不行，正要把左前脚换个位置，没成功，只剩下右前脚扒在木板上，身子被彻底悬空了。我本身的重量再加上咬住我尾巴不放的那家伙的重量，整个身体晃晃悠悠直打转。架子上那个怪物在一直一动不动地盯着我，它趁着此刻，猛地冲着我的额头，像飞石一般直撞下来。我的前爪失去最后的支撑。三位一体，坠落于地，似月光被一刀斩断。放在木架上的擂钵，擂钵里的小木桶还有果酱空罐，捎带着消火的水壶，全部坠落，一半掉在水缸里，一半散落在地板上。一切发生在这夜深人静之际，巨大的响声，让我这拼死挣扎的猫儿彻底寒心了。

"贼来了！"主人声嘶力竭喊着冲出卧室。只见他一手提着油灯，一手挥着拐杖，两眼目光炯炯，显然不同往日那个蒙眬睡眼。鲍鱼贝壳旁我乖巧地蹲着，那两个怪物早已躲到壁橱里了。"谁？闹什么？这么大声。"主人不知所措，空放了一阵怒火，不见任何反应。

月已西倾，白色的月光又细又长，似一条宽幅带子裁去了一半。

第 六 章

  酷暑难熬,我这猫儿也受不了。曾有英国人西德尼·史密斯①苦于炎暑,说:"恨不得剥皮刮肉,好剩下一把骨头乘凉。"今天且不说去晾骨头,若先把我这浑身灰色的花斑毛皮给拆洗②一下也行,或干脆就把它拿到当铺得了。在人的眼里,我们猫儿似乎一年四季就一身皮毛,春夏秋冬也不用换,生活简单,且不花钱。其实不然,猫儿也会随着季节变化对冷暖有所感觉。偶尔我也不是不想冲个澡,无奈这浑身毛皮,一旦弄湿,再让它干了可是不容易,所以有点臭汗就凑合忍了。到了这年头我还没洗过一次澡呢。有时我也不是不想扇两下扇子,可猫爪它握不住,故也断了这念头。
  一想,人可谓奢侈之极。食物分明可以生吃,他们偏要花时间费工夫给烹调一番,或煮或烤,或盐腌或醋泡,还爱蘸点豆酱之类的。穿衣亦是如此,人天生就有缺陷,身上光溜溜的不长毛。要让他们学猫儿,穿件衣服一年也不换,怕是有些勉强了。可又何苦非要在身上承载那么多烦琐之物呢。给羊添麻烦,叫蚕为他们服务,还要接受棉花的恩赐。让我说,人讲奢侈实是一种无能的表现。要说衣食问题尚情有可原。但那些与生存无关紧要之事他们也有各种道术。
  先说人的头发,这原本为自然生长之物,不去管它极简单,且于人方便。然而他们却要煞费苦心弄得奇形怪状。和尚们还爱剃个青白色净的光头,热了顶上遮阳帽,冷了裹个头巾,你说他们到底是为了哪般非要把头给剃得光秃秃的。除了那光头,他们还使用一种叫梳子的工

---

① 西德尼·史密斯(1771—1845),英国牧师、作家。《爱丁堡评论》的创办者,所写评论风格为重视常识、机智巧妙。
② 清洗和服的一种方法。将和服拆开,用木板等工具将面料绷平,贴在木板上浆洗晾干,之后重新缝起来。

具,像把锯子,把头发左右均分开来。除了均分两边,还有人特意将头盖骨上划分个区域,叫作七三开。或把分割线经脑门旋一直划到脑后勺,就像一把人造的芭蕉叶。还有把头顶剃平的,左右两边直削下去,就像圆脑袋上套了个方框子,又似是杉树围墙,被花匠刚修剪过。听说除此之外还有五分头、三分头,甚至一分头。没准今后的流行越发奇特,或干脆将头发一直剃到脑后,弄个倒退一分头或三分的。真不明白这些人,何苦费心劳神地搞这些名堂。再者,人分明长着四条腿,这走起路来该多方便,可他们却懒得只用两条,即用两条,那多余出来的,就干吊着啦,像来客提了两条鳕鱼干儿①似的,傻里傻气。

　　这一看便可发现,比起我等猫辈,他们人实在无聊至极,得了闲,便想入非非搞出许多花样点子,自寻乐趣。

　　奇怪的是,这些闲人一旦聚在一处还总要叨叨自己如何辛苦繁忙,似乎忙得不可开交。更有忙得焦头烂额,甚至叫作忙杀了。他们看着我,说:"像这猫儿,整天悠闲自在,该多好啊。"我想,那你们就悠着点呗,谁让你们瞎忙啊。分明是"自己制造"的麻烦事儿,却要叫苦连天,如同自己把火烧得通红,却又叫嚷着嫌太热了。待我们猫儿哪天也发明上二十来种发式,那时,我也就不会这么悠闲了。你们人要想过得悠哉须好好修炼一番,像我等猫辈,夏日也穿着毛衣始终不脱。话虽这么说,热还是热。这身毛皮也太热了。

　　热成这个样,我这最能睡午觉的猫儿也全无睡意。干什么呢?前些日子一直懒得没去观察他们人类社会了。今天索性再去瞅瞅,看他们在龌龊忙活些什么呢。其实,主人的性格极像我,他午睡的功夫也不比我差。尤其是放了暑假,连平时教书的事儿也没了。你说,这让我怎么去观察呢。真叫人提不起精神,没劲。倘若这种时候迷亭来了,给主人那个病快快的弱胃性皮肤刺激一下,让它有点反应,活动活动,他就不至于总这么睡着啦。

　　我正念叨着迷亭先生该来了,突然听见浴室有人哗哗地在冲澡。

---

① 鳕鱼干儿:从脊背两侧入刀,把鱼切成三片,去掉头部和脊椎骨的部分,清洗干净后在日光下晒干。

不光是水声,不时还夹杂着说话声,那声音特别大,震得整个房子都听得见。"好啦,好啦!……太舒服了!""再来一桶!"在主人家,敢如此放肆大声叫唤的,不会是别人,准是迷亭。

他终于来了,今天我可闲不住了。只见迷亭先生一手擦着汗,一边套上衣服,照例大大咧咧地一脚踏进客厅。他随手把帽子往榻榻米上一扔,呼唤:

"夫人,怎么不见苦沙弥?"

客厅隔壁,夫人正趴在针线盒旁睡午觉。这喊叫声震得她耳膜嗡嗡直响,一下被惊醒过来,她睁大了惺忪的睡眼来到客厅。此时迷亭身着萨摩细麻布①衣衫已坐在屋子当中,手里拿把扇子不停地扇着。

"哦,您来了。"夫人似有些狼狈,鼻尖上汗珠直冒,她俯首行礼道:"莫见怪,让您久等了。"

"没什么,我也是刚进来。让阿三给浇了几桶凉水冲了一下,好容易缓过口气。怎么就这么热啊!"

"这两天就是不动也要浑身冒汗,的确太热了。看您这精神还不错嘛。"夫人依然没去擦她鼻尖上的汗珠。

"唉,多谢。热一点儿,本来我也是无所谓的,可今天这个热不比一般,搞得人浑身困乏。"

"那是,平时我也不睡午觉,可这么热,就……"

"睡了?有了午觉晚上再睡,那可求之不得啊。"迷亭说起什么总那么轻巧,就此还嫌不够:

"我这个体质呀,就是睡不着。每次来,一见苦沙弥那么能睡,真让我羡慕。不过,碰上这大热天,他那个胃神经衰弱,想也招不住。平时,健康人碰到今天这样儿,也会觉得把这脑袋架在双肩上,够烦人啦。话虽这么说,可这脑袋,你又不能随便就一把把它掰下来呀。"迷亭此时竟为如何处置这颗头犯起愁来。

"像夫人您这样,头顶上还要载个发髻这东西,一起一坐够你受的

---

① 用细丝织的上等麻织品。在冲绳、八重山、宫古岛等诸岛制成,因在萨摩销售,故此得名。

了。光这发髻的重量,也让人想倒下躺一躺啰。"夫人听了他这话,觉察到自己刚把发髻睡歪了,忙整了整头发说:

"咳,你这嘴真不饶人。"迷亭不在乎这话,接着说了件奇妙的事儿:

"夫人,昨天呐,我试着在房顶上煎了个鸡蛋。"

"房顶上煎鸡蛋?"

"我见房顶上那瓦晒得烫人,不用用它实在可惜,就先抹了点黄油,然后打了个鸡蛋。"

"哎呀呀!你可真行。"

"不过,那大太阳可不是你所想象的,这鸡蛋等了半天也不见熟。我便从房顶上下来继续看我的报纸。这时碰巧有客人来访,煎鸡蛋的事儿便给忘了。今天早上突然又想起来,以为这下它肯定会熟了,可上去一看。"

"怎么样?"

"半熟半生也倒好了,那鸡蛋竟全流得不见了。"

"哎呀呀!"夫人皱起眉头感叹不已。

"你说,土用①那阵儿还挺凉快,怎么这会儿反倒热了,真怪。"

"的确是,那两天一件单衣还冷呢。可前天突然就热起来了。"

"像螃蟹横着爬行不往前走也罢,可今年这天气是退着走了,所谓'倒行逆施有何不可',恐怕指的便是此种情况。"

"什么?倒行逆施?"

"没什么,没什么意思。最近这天气似在倒退,就像赫拉克勒斯②拉着牛尾巴倒走一样。"他越说越离奇,夫人哪里跟得上。但刚才那个倒行逆施让她多少也长了智,这次就哈哈应了两句,没敢追问下去。这倒让迷亭挑起的话题没了下文。

"夫人,您知道赫拉克勒斯的牛吗?"

"什么牛,不知道。"

---

① 立秋前的十八天,为夏季的土用,简称"土用"。这个时期是一年中最热的时候,即"三伏"。

② Herakles 的英语读音。亦作海格力斯。希腊神话中最伟大的英雄,宙斯与阿尔克墨涅之子,是完成了十二项丰功伟绩、神勇无畏、文武双全的大力士。

"您不知道吗,那我给您讲讲吧。"

听了迷亭这话,夫人也不好拒绝,应酬道:"唉。"

"从前,赫拉克勒斯牵着一头牛。"

"那赫拉克勒斯是个放牛的?"

"不是放牛的牛倌,也不是依洛波牛肉店①的老板。那个时代,希腊还没牛肉店呐。"

"原来是希腊的故事? 那你怎么不早说一句呀。"看来夫人还知道希腊这个国名。

"不是说了赫拉克勒斯嘛。"

"那赫拉克勒斯就是希腊?"

"赫拉克勒斯是古希腊的英雄人物啊。"

"怪不得我不知道呢,那个英雄怎么啦?"

"他呀,就像夫人一样睡得正香的时候。"

"哎呀,你又瞎扯啦。"

"他睡着的时候,伏尔甘②的小子来了。"

"伏尔甘是谁?"

"伏尔甘是个铁匠。这个铁匠的儿子是来偷赫拉克勒斯的牛的。可他呀,牵着牛尾巴,哼哧哼哧地倒着把它拖走了。等赫拉克勒斯醒来去找那牛,牛呢? 它跑到哪儿去了? 怎么也找不到。当然找不着。这牛的脚印是向前,一步一步却是往后走。你说,一个铁匠的儿子他还真想得出来啊。"迷亭说着,早把那天气的事儿忘到一边了。

"都这个时辰了,您先生干什么呢? 又睡午觉啦。说起这午觉啊,让中国人一写进诗,便有了风雅之趣。可像苦沙弥这样,天天睡就显得有些俗气啦。'终日无所事事',岂不就是'日趋走向逝路'嘛。夫人烦您了,把他叫醒吧。"夫人听迷亭这么催促,倒也觉得应该,起身说道:

---

① 日语假名顺序的头三个字母,相当于 ABC,是明治时期在东京著名的一家牛肉连锁店。仲田定之助在《明治商卖往来》中这样记载:"市内各处分店颇多,最受欢迎的是伊洛波牛肉店。总店设在港区芝三田四国町,据称明治二十八年(1895)时全市已开有三十家分店,目标是开四十八家分店。"

② Vulcanus 的英语读音。罗马神话中的火及锻造之神。

"咳，真没辙，你说呢，这刚吃了饭就睡，怕也伤身体啊。"

"夫人，说起吃饭，这午饭我还没吃呢。"迷亭又说走题了。

"哎呀，还是午饭的时间啊，我怎么就没注意……不过，我家里也没什么，给你弄碗茶泡饭吧。"

"那就算了，我不吃那茶泡饭。"

"那你要什么呢，反正我家的东西没有合你口味的。"迷亭明知得罪了夫人，继续说道："不麻烦了，不管茶泡饭还是开水泡饭，都不用了，刚才路上我订了份饭，等送来就在这儿吃了。"这话哪里是一般人能说出口的。夫人一听，"哎呀"了一声便再无二话可对。这声"哎呀"可是把她那惊讶和气恼，加上谢天谢地不用操心做饭的诸种复杂心情竟全部包含了。

听着二人在吵吵嚷嚷，主人无法再睡下去。只见他摇摇晃晃地从书房出来，打着哈欠，满脸不高兴："又是你这个爱咋呼的。人家好不容易刚睡着。"

"哦，大人醒了。惊了贵人美梦，万分抱歉。偶尔骚扰一下不必在意。来，请上座！"听他这口气，哪里还有个主客之分。

主人默默无言入座，从那个实木片镶嵌的卷烟盒里取出一支"朝日"牌香烟，吧嗒吧嗒地抽起来。一眼他发现迷亭扔在角落处的那顶帽子："你买新帽子啦？"

迷亭随即拿到主人和夫人面前炫耀起来："如何？"

夫人翻来覆去摩挲着："哇，好漂亮啊。编得这么细，还软和。"

"夫人，这帽子可是个宝贝呢。让它怎么着它都行。"

只见迷亭握紧拳头戳了一下，那帽子便凹陷下去一大块，惊得夫人刚叫一声，又见迷亭把拳头伸到帽子里边朝上一顶，它就像个尖顶锅盖了。接着又把帽檐儿左右两侧往里一挤，那帽子遂像用擀面杖擀荞麦面一样平平展展。迷亭又像卷席子一样从一头慢慢卷起来叠好，揣到怀里："瞧！这就装起来了！"

夫人如同观看归天斋正一①魔术一般，惊叹不已："真不可思议！"

---

① 原名波济粂太郎，生卒不详，明治时期的西洋魔术师。

迷亭的自演完全进入角色,他故意用右手把揣到怀里的帽子从左手袖口掏出来:"全然无损。"说着把帽子恢复原状,用食指尖顶着它呼呼旋转起来。看着表演到此本该结束,没想,他又将那帽子一把甩到身后,腾地一屁股坐了上去。这下连主人都着急了:

"你怎么把这帽子……"夫人更是担心,急忙劝他:

"好端端的帽子折腾坏了多可惜呀,差不多你就收起来吧。"眼下,帽子的主人迷亭正在得意之时:

"这帽子妙就妙在你怎么弄它都坏不了。"说着他把坐得没个样子的帽子随手从屁股底下抽出来,又扣到头顶上。真绝了,那帽子戴在头上即刻恢复原状。夫人见此越发吃惊,直感叹:

"这帽子真结实啊!怎么回事儿?"迷亭头顶着帽子,告诉夫人:

"没有什么,就是这种帽子嘛。"不一会儿夫人劝起主人来了:

"那帽子,你也买上一顶,怎么样?"

"苦沙弥不是有一顶草帽嘛,挺不错的。"

"你还不知道呢,前些日子被孩子给踩坏了。"

"哎哟,多可惜啊。"

"所以我说这次就买上一顶像你这样的,又结实又漂亮。"夫人哪里知道巴拿马帽①是个什么价,她只顾劝主人:

"就买这种吧。喂,你说呢。"

迷亭这时从右边怀里掏出个红套子,在那套子里边又抽出把剪刀给夫人看。

"夫人,帽子不用管它了,来看看这把剪刀。这东西特方便,有十四种用法。"好在女人天生好奇,一见这剪刀,她就顾不得再逼主人买帽子了。主人免遭一场厄运,当然这也纯粹属于侥幸,并非迷亭使了个灵机给他解的围。

"这剪刀怎么就有十四种用法呢?"听夫人这一问,迷亭又来劲了。

"你仔细听着,我给你慢慢讲。看见了吗,这儿有个豁口是月牙形的吧,你把烟叶放上去,一剪刀下去便剪得齐齐整整。还有这块剪刀交

---

① 流行于明治时期,用巴拿马进口的草编织,质地柔软,属高档品。

叉的地方,是经过特殊加工的,铁丝它也咔哧一下能剪断。另外,你把剪刀平放在纸上可当三角板用,这刀刃背面还刻着量度,当尺子。这一面,它带锉齿,能磨指甲。看清楚了吧?把剪刀头按在螺钉上轱辘一拧,即当螺丝刀用。凡用钉子钉的木箱,你把它插进去,一撬便开。你瞧,这刀尖儿还能当锥子用。这儿,你写错了字,可把它剔掉。你把剪刀卸开,这就是把小刀儿。最后,还有呢,夫人,妙就妙在这儿啦。这有个小圆球,跟苍蝇眼睛差不多大小吧。你来瞅瞅。"

"我才不看呢,你又想捉弄我。"

"咳,我就这么没有信用吗?真让人扫兴,你就权当又上当受骗了,来瞅一眼,过来呀!不看看?就看一眼!"剪刀硬被塞到夫人手里,她勉强拿起来,把眼睛凑在那个苍蝇眼睛大小的圆球上,看了一下。

"看见了?"

"怎么一片黑啊。"

"一片黑,不可能,你转个身对着格门,把剪刀竖起来。这就对了,好,这会儿看见了吧。"

"哇,是相片啊。能把这么小的相片贴进去!"

"妙就妙在这儿喽。"见迷亭和夫人一个问一个答,主人似乎耐不住了,他也想看看:

"喂,让我也看看。"夫人脸贴着剪刀,不肯松手:

"好漂亮啊!是个裸体美人。"

"喂,我不是说了要看一下嘛!"

"你就等会儿吧。真是个大美人呢。一头黑发垂到腰间上了,还仰着脸往上看什么。个子好高啊。"

"喂,我说要看,你就给拿过来。"主人急了,直催着夫人。

"等急了吧,行,给你看个够!"夫人把剪刀递给主人。不时,听厨房那边阿三叫嚷起来,说客人订的饭到了,接着见她端着两笼荞麦面进屋来。

"夫人,这饭是我自备的。不客气,就借您这地儿了。"迷亭说得倒是恭敬有礼,神态也蛮正经,可又有点做戏的样子。这让夫人不知如何回话,只对他说了声:

"请自便。"主人也终于放下了那剪刀:

"大热天吃荞麦面,不好消化呀。"

"没事儿,自己喜欢的东西,吃不坏肚子。"迷亭把笼盖揭开:

"这刚煮出来的面就是好哇。时间一长,那面就像人泄了气,没个吃头。"说着,他把调料放进蘸面汁里搅了几下。

"你呀,放那么多芥末,不辣吗?"主人担心地说。

"荞麦面就是要配这汁儿和芥末的。你是讨厌吃荞麦面吧?"

"我喜欢乌冬面。"

"乌冬面,那是马夫①吃的。荞麦面之好吃,居然不知道,这人也太可怜了。"说着他把杉木筷子插进面里,挑起两寸来高。

"夫人,吃荞麦面有各种讲究,开始不懂的人爱一股脑儿把面都蘸上汁儿,塞到嘴里乱嚼。那根本吃不出荞麦味儿。你看,得这样,一筷子夹起来。"说着举起筷子,那面好长,吊到空中,足有一尺。迷亭觉得差不多了,可低头一看,见仍有十二三根面条尾巴沾在笼底上,缠绵不愿离开的样子。

"这面真长,夫人,你看,这长短怎么样?"迷亭叫夫人帮腔。

"够长啦。"夫人佩服极了。

"就这个长度,放进汁儿里,只需沾上三分之一,然后一口吸到嘴里。不能嚼,一嚼它,那荞麦面的味儿就没了。关键是要忽溜溜地顺着喉咙把它吸进去。"只见迷亭又将筷子向上抬了抬,面条终于全都脱身于笼底。接着他左手拿起小碗,把面条从尾巴开始,一点一点往里放。按照阿基米德的理论,这面放进去多少,那碗里的汁儿就高出多少。而这碗里的汁儿一开始就有八成,没等迷亭筷子上的面放进去四分之一,碗里的汁儿就满了。他在筷子离碗口尚有五寸之时,突然止住了。这自然有其道理,若稍微再往里放进去一点,汁儿便会溢出来了。至此,迷亭也不得不犹豫一下,迟疑片刻,遂见他将嘴凑到筷子下方,喉头猛地上下动了两下,那筷子上的面哧溜溜全都被他吸进嘴,其势如脱兔一

---

① 乌冬面是马夫吃的:夏目漱石本人是地道的江户人,实际喜欢荞麦面,不喜欢乌冬面。潇洒的迷亭喜欢荞麦面,与严肃不灵活的苦沙弥喜欢乌冬面,在此形成鲜明对比。

般。面吃了,但见他几滴泪水自眼角顺着脸颊淌下来。不知是芥末太辣了,还是吞咽的劲头过猛。主人见此情形不得不敬佩:

"真行!居然一口气给咽下去了。"夫人也大加赞赏道:

"没一点拖泥带水的,真利索!"迷亭他一声不吭,放下筷子敲打了两下胸脯,随后用手绢擦了擦嘴,这才缓过口气来:

"夫人,这一笼面大概就是三口半到四口吃完。细嚼起来它反倒没味。"

说话间,寒月满脚灰尘进屋来了。不知何故,大热天他头上居然顶着一个冬天的大厚帽子。

"喔,美男子驾到。我这面吃了一半,莫见怪喽。"众人四面环坐,迷亭也不客气,几口便把两笼荞面全送到肚里了。只是这次不像刚才吃得那个狼狈相,用上了手绢,顺顺溜溜还算体面。

"寒月,你博士论文已经完稿了?"听主人这一问,迷亭也凑上来:

"人家金田小姐翘首待望,你就早点提交得了。"寒月露出一丝苦笑:

"是怪我,我也想尽快交了,好让人家放心。可问题总归是问题,这研究也是相当费气力的。"无关痛痒的事儿让他都当真。迷亭接上寒月的话茬儿:

"那是呀,研究课题哪能像鼻子说得那么简单。让我看,就她那鼻子的呼吸问题倒很值得研究一下。"还是主人比较认真,问寒月:

"你的论文题目是什么来啦?"

"《紫外线对青蛙眼球自动运动的影响》。"

"这也够离奇了,不愧是寒月大先生。青蛙听了,那眼珠也得进出来。苦沙弥,怎么样,论文完稿之前先把这题目给金田家通告一声,如何?"

主人没理他,继续问寒月:"研究这个,那么费劲?"

"唉,问题不少。首先,青蛙眼球的晶体结构是相当复杂的。要做各种试验。为此,我得先做个玻璃球。"

"玻璃球,到玻璃店买几个还不容易。"

"为什么不买呢? 为什么?"这让寒月先生得意起来了,他把身子稍向后挺了挺:

"那圆啦、直线啦,都是几何学上的概念,真正符合定义的圆和直线,在现实世界里并不存在。"

"既然没有,那还折腾什么。"迷亭又插上来一句。

"我想自己先试着做一个圆球,当试验用的,前不久已经开始了。"

"做好了?"主人问得实在轻巧。

"哪能做得出来!"寒月回答后,又觉得这话有点矛盾,补充说。

"的确比较困难。慢慢磨,发现这边儿半径长了点,就使劲儿磨,一会儿,另一边儿又长出来,又拼命磨那头儿,觉得差不多了,一看,成了个椭圆形。把椭圆形的地方磨下去了,直径又不对了。开始有苹果那么大,越磨越小,跟草莓一样大小。继续坚持,最后就只有豆子大了。小到豆子那么大了,它还达不到标准。辛辛苦苦地磨啊。从大年初一开始到现在,大大小小的玻璃球,六个都磨没了。"寒月喋喋不休讲了一大堆,谁知道是假是真。

"你在哪儿磨呢?"

"就是学校的实验室。一大清早,去了就磨,午饭稍歇一会儿,然后一直到天黑,磨得辛苦哟。"

"你总说最近忙,原来就是每天,连星期天都到学校磨那玻璃球啊。"

"目前的情况完全是,从早到晚都在磨。"

"这不,就能混出来个磨玻璃球的博士啦。就冲你这么卖劲儿,多少也会感动那个大鼻子的。实话说,前几天我有事儿去了趟图书馆,正准备回家呢,在门口偶然碰到老梅了。我心想:怪哉,他怎么毕业了还来这图书馆呢。随口夸了他一句:'你可真用功啊!'那老梅听我这话,随即做了个鬼脸,哈哈大笑:'看你说到哪儿了!我哪里是来看书!路过这门口,突然想解小手,这就顺便借了它一个方便。'看来,你和那老梅一正一反,是两个绝妙的实例,该选编到《新撰蒙求》①里喽。"迷亭又加了这么长一段自己的解释。主人在一旁倒认真起来,问道:

---

① 迷亭式的调侃,以唐代《蒙求》上下两句对偶,各讲一个掌故,激励劝勉儿童的道德启蒙读物为例。

"你每天磨玻璃,倒也不错,可计划什么时候能完呢?"

寒月并没主人那么着急:"看这样子得十年吧。"

"十年啊,不能快点吗?"

"十年算快的啦,弄不好要二十年呢。"

"那可糟了!那博士你不就指望不上了吗?"

"的确是,我也想快一点,叫人家放下心来,可不管怎么着,我也得先把玻璃球给磨出来啊,否则,关键是试验也做不了……"寒月君说着停了片刻,好像还很得意:

"其实不用大家担心。金田那边儿已经知道我这情况,前两天我去他家告诉他们了。"话到此处,坐在旁边的夫人摸不着头绪了,她问道:

"不是说金田一家上个月都到大矶①去避暑了吗?"寒月被这一问,显得有些尴尬,遂装起糊涂来:

"这就奇怪了,是怎么回事儿呢?"这种时候,就得等着迷亭上场啦。平时,有谁说话一时没了下文,或尴尬得圆不了场,或乏味得打起瞌睡来,大凡碰到这类形势不妙的时候,迷亭先生总会横杀出来为众人解围:

"上个月人家去了大矶,可你两三天前居然在东京见了,岂不怪哉。这就是所谓的神灵呼唤啊。就是说,相思之情实在按捺不住了,便会出现这种现象,就像做梦一般,而这梦又远比现实更为真切。夫人,像您啊,嫁给苦沙弥,谈何思念。这一辈子也就不懂恋爱啦,您要是觉得不可思议,那倒极正常。"

"哎呀,你怎么就平白无故说这话。真是太欺负人了。"夫人突然跟迷亭过不去了。

"你不也没经过什么相思苦恋嘛!"主人上前助了夫人一把。

"那是啊,我的艳闻再多,也都过了七十五天,过了这期限自然要被人遗忘。说老实话,到了这年纪依然是孤家寡人,当然是因了失

---

① 神奈川县中部的城镇,为湘南地区著名的疗养地,都市富裕阶层的别墅,是日本最早开放的海滨浴场。

恋!"迷亭将在座的逐一环视。

"呵呵,真有趣儿呀。"夫人说道。主人脸转过去对着院子:

"又想糊弄人了。"只有寒月依旧笑眯眯:

"您就为这后辈着想一下,将那旧闻趣事给披露一段吧。"

"我这些事儿相当奇妙,那位小泉八云①先生若听了一定也会大为震惊。可惜他已过世,我讲出来也无甚意义了。今天就当着众人面,给它全兜出来吧。你们可得洗耳静听啊,不得中途捣乱。"叮咛一番后方进入正题:

"回想起过去的事情,唉,过了多少年啦?大概吧,就算是十五六年前。"

"瞎扯!"主人鼻子一哼,不屑一顾。

"您这记性恐怕有毛病吧。"夫人也吹起凉风来。只有寒月遵约,不吭一声,要听他赶紧讲。

"不管它是哪年了,总之这事儿发生在冬天。我从越后国②出发,经过蒲原郡的笋谷,快到蛸壶山顶,将要进入会津③之地。"

"这地名,怎么没听说过。"主人又在搅乱。夫人挡住他:

"你就听着点吧,还挺有趣呢。"

"那太阳一落山,路也看不清了。这肚子又叫唤起来,没办法,见山上有个人家,便前去敲门。如此如此一番,央求借住一晚。只听里边回答:'没问题,请进屋吧。'说着有人出来,举着一支蜡烛,是个女子。抬头一看,惊得我这心顿时怦怦直跳,就在那一瞬间,我切切实实感受到'恋情'这一怪物之魔力。"

"哎呀,那深山里哪儿来的美女啊。"

"山上也罢,海里也罢,漂亮姑娘总有的啊,夫人,真想让您看一

---

① 拉夫卡迪奥·赫恩(Lafcadio Hearn1,1850—1904)的日本名字。生于希腊,是夏目漱石在东京帝国大学讲授英国文学的前任教授。曾在美国做新闻记者,于明治二十三年(1890)前往日本,在岛根县松江中学担任英语教师,深爱当地历史、风景,与小泉节子结婚,改名为小泉八云,后归化日本。其作品由于大量采用日本的风土人情、文化传说而蜚声世界,是十九世纪末二十世纪初向世界介绍日本的著名作家。
② 即现在的新泻县,有南、北、东、西、中蒲原郡等。此处的笋谷和蛸壶山顶皆属虚构。
③ 现在的福岛县西郡,与越后国(相当于现在除佐渡岛以外的新泻县)接壤。

眼。她头上还梳着文金高岛田式发髻①呢。"

"咦!"夫人愣了,她没想到山里还有人梳那么高雅的发型。

"我进了屋,只见八叠屋子的正中间烧着一围地炉②,便坐了下来。一圈坐的还有那姑娘,她家的爷爷、奶奶。当问道肚子是否饿了,我就实话说什么都行,让他们马上给弄点吃的。大爷说:难得贵客光临,烧一锅蛇饭吧。喂,你们好好听着,我的失恋就要开始了。"

"先生,是要认真听,不过,那个越后国,冬天哪儿来的蛇呀!"

"问得好,言之有理。可我这故事充满浪漫诗意,就顾不上拘泥那些细节啦。你没见镜花③的小说里,不是还有螃蟹从雪里爬出来的事儿嘛。"寒月听他这一说,觉得倒也是。遂继续端坐静听。

"当时我胆子特大,什么都敢吃,天上飞的地上跑的,连蝗虫、鼻涕虫、赤蛙,吃都吃腻了。说蛇饭,当然不成问题啦。我给大爷说,那就让我尝个鲜吧。只见大爷把铁锅架到地炉上,里边放些米咕嘟咕嘟煮上了。奇怪的是那锅盖上大大小小还有十来个圆孔,不一会儿,只见热气从那些圆孔里噗噗地直往外冒。见此,我心里直佩服他们乡下人,这锅盖做得真是下了功夫。不时又见大爷起身出去了。进屋时他腋下夹着一个竹篓子,随手便放在炉子边。我瞅了一眼,真是蛇呢。大概天太冷,那些长长的家伙,黑乎乎卷着,扭作一团。"

"算了,别往下说了。让人恶心。"夫人皱起眉头。

"这怎么行啊,这可是让我失恋的罪魁祸首啊。过了一会儿,大爷左手掀开锅盖,右手将那些长长的家伙抓起来,全扔到锅里,然后盖上了锅盖。连我这么胆大的,见此也吓得倒吸了一口气。"

"你就别再说了,我直想呕吐。"夫人越听越害怕。

"还有一点就该失恋了,你耐着点儿性子吧。话说这锅煮了不到

---

① 日本女性的发型之一。通常为日式传统婚礼时新娘所结的发型。发根高耸,是岛田髻中最为优雅、华美的发型。
② 日本传统样式的火炉。通常,农家在屋子中间挖出个约一米左右见方的正方形凹地作炉子,铁锅挂在屋顶垂吊下来的"自在钩"上。可通过自在钩的高度来调整火力。
③ 泉镜花(1873—1939),原名镜太郎,生于金泽市,跨越明治、大正、昭和三个时代的著名作家。此处指镜花于明治三十八年(1905)四月发表的小说《银短册》。

一分钟,盖子上的圆孔处腾地探出了一个小脑袋,可吓死我了。蛇要钻出来啦,只见旁边的孔里也忽地露出来个蛇脸。哇,这儿一个,那儿一个,头全都钻出来了。锅盖上一片,满了,全是蛇头。"

"干什么要把头探出来?"

"锅里太热了,受不了那煎熬,都想出来嘛。一会儿,大爷说:熟了,来,拽一拽。只听老奶奶一声'好',姑娘一声'唉',各自拽起蛇头。这一拽,蛇肉剩在锅里,骨头便跟着蛇头被拽上来,剔得干干净净。一根根长长的骨架,极有风趣。"

"蛇的脊梁骨被抽掉了。"寒月边笑边说。

"是啊,这骨头剔得太妙了! 随后,大爷揭开锅盖,用勺子把米饭和蛇肉搅了好一阵儿,这才开始吃了。"

"你吃了?"主人随便问了一句。只见夫人哭丧着脸,大发牢骚:

"再说,我都要恶心死了,什么都吃不下去啦。"

"夫人,您是没吃过蛇饭才说这话呢。唉,应该尝尝,那味道可是今生一辈子让你忘不了的。"

"嘀,我才不尝呢。谁吃那东西!"

"话说那蛇饭吃饱了,浑身也暖和起来,眼前的姑娘任我尽情观赏,真是没有任何遗憾了。正想着呢,大爷请我歇息。这一路也劳累了,遂听主人相劝,一头倒下便睡了。不好意思,此后的事儿就全给忘了。"

"那后来呢?"这回是夫人追问起来。

"后来,天一亮,睁开眼睛就失恋了。"

"为什么?"

"其实也没什么。大清早起来我抽着烟,由窗户向后院望去,见有个药罐秃头①,在竹笸旁边洗脸呢。"

"是那家老爷爷,还是老奶奶?"

"开始我也分辨不出,便观察了一会儿。直到那个秃顶转过脸来,这才把我惊住了。她竟然是昨晚让我初恋上的那个姑娘呀!"

---

① 形容头发完全脱落,像药罐子底部一样光滑的秃头。

"刚才你不是还说那姑娘梳着岛田式发髻吗？"

"那是昨晚，一头发式优雅极了。可今天早上，她一下就变成秃顶啦。"主人心知肚明不便多说，两眼望着屋顶，心想又在戏弄人啦。

"简直令人不敢相信，我战战兢兢从旁又窥视了一番。只见那个秃顶把脸洗完，随手将放在旁边石头上的那个高岛田假发拿起来，往头上一扣就进了屋。我这才恍然大悟！虽知不过如此而已，可自那个时候起，这失恋的悲惨命运便与我结下了缘分。"

"世上竟有如此荒唐的失恋。喂，寒月君，这也不错，失了恋还能这么乐观、这么精神。"听主人如此评价迷亭的失恋，寒月君道：

"那姑娘如果不是个秃顶，把她娶上带到东京来，这会儿迷亭先生也许更精神呢。好好的姑娘，只因这秃顶，便落了个遗恨千秋。噢，话说回来，她年纪轻轻的，怎么就会秃顶了？"

"我也反复思考过，肯定是蛇饭吃多了。那东西火气大。"

"可你吃了怎么没见出毛病呢。"

"我这头虽没秃顶，可打那以后，这不，就变成近视眼了嘛。"说着他把金丝边眼镜取下来，用手绢仔细擦起来。过了一会儿，主人好像想起什么来，又问了一句：

"说了半天，没有什么神秘的？"

"你说，她那头假发，是哪儿买的？是捡来的吗？我思来想去不得其解，这不正是其神秘之处吗。"迷亭将眼镜又挂到鼻梁上。于是，夫人评价说：

"就像听了一场单口相声。"

你以为迷亭的段子该到此打住了？这迷亭先生岂是常人，不给他套上个马嚼子，那张嘴绝对停不下来。这不，又一段故事开始了。

"我虽经历了一段痛苦的失恋，不过也好，否则那块秃顶，你当时若没看见，把她娶了回来，那一辈子岂不天天要碍你的眼啦。结婚这事儿，不慎重考虑是很危险的。偶然间你会意外地发现她有块伤疤，一直被掩盖着。寒月呀，你年轻人不必胡思乱想，时而充满憧憬，时而又悲观失望。我劝你还是静下心来，去磨你的玻璃球。"迷亭这番建议还颇有说服力。可寒月他故意显得很为难：

"我也想专心磨我的玻璃球呀,可人家不容啊,弄得我里外都不是。"

"的确,你惹得人家着急啊。说到着急,还有更可笑的呢。那个老梅,到图书馆小便的,也是个奇货。"

"他怎么了?"主人问。

"怎么回事儿? 事情是这样的。那先生在静冈东西馆旅馆曾住过一夜。就住了一晚上,他便跟旅馆的一个女仆求婚了。我这人已经够随便了,但还没进化到他那个程度。说来也碰巧,当天,来房间伺候老梅的,是个叫阿夏的女仆,那姑娘远近出名,在旅馆里算最漂亮的啦。"

"这就难怪了,跟你在什么山顶上碰到的没有多大区别了。"

"是有几分相似。说老实话,我跟老梅的确还很像。总之,他向人家阿夏求婚,可没等人家回话呢,他却想起吃西瓜了。"

"你说什么?"主人听得懵了,岂止他,连夫人、寒月也都歪着脖子一头雾水。迷亭才不管这些,继续他的故事。

"他把阿夏叫来,问道:静冈可有西瓜? 阿夏说,当然有啦,随即端来一大盘西瓜。老梅把西瓜全吃了。他继续等待阿夏回话,可半天也不见来。这时,肚子突然疼起来,哼哼也没用,就又把阿夏叫来了,问她静冈有医生没。阿夏说,当然有啦,遂请来一个医生,名字叫玄什么,那个玄字就是盗用千字文里天地玄黄的。第二天清早,谢天谢地,这肚子也不疼了。出发前十五分钟,老梅把阿夏叫来,问她昨天求婚的事儿可有个应诺。阿夏笑着答道:这静冈,有西瓜,有医生,可没有一夜就能找来个媳妇的。后来,人家阿夏再也不肯露面了。打那以后老梅和我一样,失了恋,说是除了小便以外再也没去过图书馆。看来,女人害人不浅啊。"听到这儿,主人一反往常接上话题便说:

"一点没错。前些日子我看缪塞①的剧本,其中引了罗马诗人这么一段话:尘土要比羽毛轻,风要比尘土轻,女人要比风还轻,可比女人还轻的,世间未有。说得可谓精辟,一针见血。这女人,你就拿她没办

---

① 阿尔弗雷德·德·缪塞(Louis Alfred de Muset,1810—1857),十九世纪法国著名的浪漫派诗人、剧作家。与女作家乔治·桑爱情破裂后陷入极致痛苦。

法。"主人说到此处还特别上劲。一旁听的夫人可不答应了:

"你说女人轻了不好,那男人重了就好啦?"

"重,什么意思?"

"重就是重,就像你这样。"

"我,太重了?"

"难道你不重?"见夫妇俩为这事儿争吵,迷亭来了兴致,评说:

"互相攻击,争得面红耳赤,这才是真正的夫妻啊。以前,夫妇那肯定是既乏味又无聊。"这话说得有点暧昧,断不清他对主人这夫妻俩是褒还是贬。你说,这迷亭到此也该收场了吧?不会的,且听,他又开始演绎发挥了。

"以前,哪儿有女人跟丈夫顶嘴的。娶个媳妇在家,就跟哑巴一样,实在让人不敢恭维。还是像夫人这样好,敢顶他一句:你还不重吗!一个道理,媳妇偶尔不跟你争吵两下,岂不太乏味无聊了吗。像我母亲那样,在父亲面前唯唯诺诺,唯命是从。生活了二十多年,除了去寺院给祖宗扫个墓,烧把香,两人就没有一起出过门,这不太窝囊了!当然,母亲因此也就把家里祖辈上代的戒名一一全都给记下了。至于男女之间的交往,我小的那个时候,哪里像现在的寒月,可以跟意中人合奏啦,或是彼此灵感相通,还可用朦胧体诗的方式约会①呢,这都是想也不敢想的。"

"可怜呐。"寒月颇为感叹。

"的确如此。况且论起品行,那时的女子未必就比当下的姑娘强。夫人,最近不是有人吵吵,说现在女学生如何如何堕落之类的吗,其实呀,以前更不像话。"

"比现在还……?"夫人很认真。

"当然啦。绝对不胡说,我是有确凿证据的。苦沙弥,大概你也记得吧。我们五六岁的时候,有人把女童像南瓜一样装在筐子里挑着担子卖。你见过吧。"

---

① 用朦胧体诗的方式约会,即用非现实的、神秘的方法。"朦胧体",指明治初期兴起的一种无线条、无明确轮廓的绘画形式,以及主题、情节不明晰的诗文。

"有那事儿？我记不得了。"

"不知你们老家那儿有没有，反正我们静冈有。"夫人惊了一下，轻声叫道：

"真有那种事儿！"寒月倒很认真地问道：

"是真事儿？"

"当然是真的。我爹还跟人家讲过价呢。那时我大概才六岁吧。一天，跟爹出去散步，从油街走到通街，听见前面有人大声吆喝：'卖小孩啦！卖女孩啰！'当我们走到二丁目拐角时，就在伊势源那家和服店前面，碰上那个叫卖的了。那伊势源可是静冈最大的和服店，门面有十间宽，还有五个仓库。下次到静冈你去看看，现在那家店还开着，可气派呢。那家掌柜的叫甚卫兵，他整日坐在店里收银柜前，一副哭丧的脸，就像三天前死了老娘。那个甚卫兵旁边坐个小伙计，二十四五岁，叫阿初。阿初一脸菜色，像皈依了云照律师①，三七二十一天，每天就只喝荞麦面汤似的。他旁边的长敦，身子老斜靠在柜台前的算盘上，忧愁满面，似是昨天家里刚被火烧了。还有……"

"你到底讲那家和服店呢，还是说卖小孩儿的事儿？"

"喔，对了，刚才说到贩卖小孩儿的事儿啦。说实在的，关于伊势源那家店也有很多怪异奇谈。算了，今天暂且割爱，只讲人贩子吧。"

"得了，那贩小孩儿的事儿也别讲了。"

"这怎么行！要比较当今二十世纪与明治初期女子品行如何，这可是一个重要的参考资料。哪里能随便就不讲了！接着，那个贩子问我爹：'老爷，剩下这女孩子怎么样，便宜卖了，拿去吧。'他边说，边擦着汗把扁担放下。我瞅了一眼，前后筐里各一个，都是女孩子，两岁左右。我爹说，便宜的话就买了。又问，就这两个吗？'咳，凑巧今天都卖出去了，就剩这俩了。你挑吧。'说着两手就像拿个南瓜，把孩子举到我爹鼻子底下。爹砰砰敲了两下孩子脑袋，说：'听声儿还不错。'之后，两人便开始讨价还价。最后我爹说，买了，不过要把货再确认一下。

---

① 云照律师(1827—1909)，日本佛教宗派真言宗僧人，仁和寺第三十三代住持，为一统真言宗，在东京建立目白僧园，后改名为云照寺。

贩子说:'前面这个我一直眼盯着,没问题,至于后面的,我这眼没往后长,弄不好也许有点毛病。你要的话,我也不敢打保票,但可以给你便宜点。'这前后一问一答至今我都记忆犹新。从那时起,我这小小的年纪心里就明白:女人可是绝不能小看的。如今明治三十八年,我们没再见到有人挑担子卖女孩这种野蛮的事儿,也无须担心担子后面的是否保险。所以我敢说,多亏这西方文明,让我们日本女子的品行大有进步。怎么样?寒月,你看呢?"寒月故意大声清了一下喉咙,这才压低嗓门答道:

"最近,女子上学放学,或开音乐演奏会或参加游园会①,以及搞慈善活动,她们都会自我标榜,自我推荐,说些'看上我了?''怎么,不喜欢吗?'等等。这样一来就不需要搞那种低级的委托贩卖,或像卖剩菜一样到街上吆喝了。人的独立性提高了,自然会变成这样。这也是文明发展趋势,对此可喜之现象,我等晚辈窃以为应予庆贺。有些长辈杞人忧天,总爱说三道四,其实大可不必。没有那种野蛮人再让买主敲着脑瓜挑货了,社会岂不更安全吗?当今世界复杂多变,谁还费那工夫来回挑拣呢?都这么烦琐,女人到了五六十岁也找不到婆家,嫁不出去啰。"

寒月不愧是二十世纪的年轻人,一番高谈阔论紧跟时代潮流。说完,他对着迷亭先生脸,噗噗几口"敷岛"香烟喷吐过去。自然这点烟雾吹不倒迷亭先生,他说:

"实如老弟所言,当今的女学生,大家闺秀,的确令人敬佩。她们有了自尊心,浑身上下连皮带肉,连一身骨头都充满了自信,可谓彻头彻尾。她们没有任何地方亚于男子。就说我住的附近吧,那些女校学生真了不起啊。她们练操时倒挂在单杠上,衣服袖子都是直筒式的。在二楼窗户上,每当我看到她们做体操就联想到古代的希腊妇女。"

主人冷笑:"又来希腊了。"

"那你没有办法,所谓美感及美学理论大都源于希腊,美学家与希腊毕竟是分不开的嘛。特别是看到女学生做体操,皮肤晒得黝黑,不带

---

① 室外社交宴会,邀请的多是社会名流等上层人士。通常由皇宫举办。

半点儿马虎。这又让我想起阿古娜迪斯①的故事。"迷亭博学多识,大侃起来。寒月还是那副笑嘻嘻的脸:

"又捅出来个莫名奇怪的名字。"

"这阿古娜迪斯可是个了不起的女人,让我佩服极了。当时雅典的法律禁止女人给孕妇接生。女人真是被限制得太多啦。阿古娜迪斯她能不觉得吗,当然也是深有其感。"

"什么,你说那个——是名字吗?"

"是个女人,女人的名字。这女人思来想去,女人连接生这点自由都没有,太可悲了,实在不公。无论如何我要当产婆,要当就得想些办法。为此她抱臂沉思三天三夜。就在第三日天亮时,邻家婴儿呱呱哭叫起来,她听了豁然大悟,把长发一刀剪掉,换身男装,出门去听某某讲课。待从头到尾整整学完,有了自信,便开业当产婆啦。夫人,你想不到吧,她还真干出了名呢。只见这家婴儿呱呱刚坠地,那家又哇哇一叫即降生。大家都来请她接生,这钱也挣了许多。可天下之事犹如塞翁失马,七起八落,祸不单行的事儿自然常有。她的女扮男装终于被人识破,结果被告上法庭,判了重刑。"

"您简直就跟说书的一样。"

"是吧,讲得不错吧。话说消息传开,雅典的妇女居然联名为她请愿,最后让政府不得不无罪释放她,并发布告,允许今后妇女接生当产婆。至此,这案子方算大胜。"

"真佩服您啊,世上没有您不知道的事儿。"

"那是,基本上都知道。唯独不知自己干了哪些蠢事。当然,并非全无体察,也算个略有所知啦。"

"哈哈,您真会说呀!"夫人仰头大笑,连嘴也合不上了。这时,听到丁零零一阵门铃响,那清脆的声音跟刚安上的时候一样。

"又来客人了。"夫人退到起居间。

---

① Agnodice,原为罗马帝国第一位皇帝奥古斯都释放的奴隶,曾在帕拉蒂尼山图书馆做管理员。该故事出自盖乌斯·尤利乌斯·许癸努斯(Caius Julius Hyginus)的希腊神话汇编《传说集》中第二七四篇。

这客人是谁呀？我抬头一望，原来是众人熟悉的越智东风。

东风一到，平日进出主人家的奇人怪物就都聚齐了。不说它网罗天下，也叫高堂满座。一时半会儿不会感到无聊了。真不敢再有过多的奢望。你看，倘若我运气不好，被其他人家收养了，岂不是活一辈子也不知世间竟有如此几位先生人物。今生我有幸做了苦沙弥先生门下的猫儿，朝夕得以身傍贵人。不仅先生，就是这迷亭、寒月及东风，皆是以一当十的人中豪杰，偌大的东京我上哪儿去，凭什么缘分碰上他们啊。而如今，诸位先生的举止言谈，我横躺在地便可随时倾听拜见，可谓荣耀千载难得。受此恩惠，这般炎暑之日让我忘却毛皮裹身之痛苦，快活地消磨这半日时光更让我感激不尽。今见各位聚集于此，想必有大事相谈，待我到纸门下洗耳恭听片刻。

"各位久违。"东风行了礼，那分头依旧抹得油光发亮，你光看他这颗头，简直就像个登不上大舞台的戏子。再看下身，白色小仓棉布的大裙裤，浆得笔直挺硬，全然是副神原健吉①大弟子的模样。看来煞费苦心打扮的这一身上下，就剩下肩膀至腰间还是个普通正常人了。

"大热天，难得你上门做客。来，到这里边来坐。"迷亭招呼客人入座，就像在自己家里一样。

"好久没去拜访先生了。"

"是好久没见了，上次是在今年春天的朗读会上吧。朗读会，最近你们还办吗？你还是扮演那个阿宫？上次演得相当不错嘛。我给你可是使劲鼓掌啦。你看到了吗？"

"承蒙您的鼓励，让我鼓足勇气，终于坚持到底啦。"

"下次什么时候演呢？"主人问他。

"七、八两月休息，九月准备大演一场。诸位有什么其他建议吗？新颖一点的。"

"噢。"寒月见主人没多大兴趣，便说：

"东风，演一场我的作品怎么样？"

---

① 神原健吉（1830—1894），江户幕府幕臣，剑术家。曾在幕府讲武所做教师，被称为"最后的剑客"。明治维新后，于东京市内下谷区（现东京都台东区下谷）开设练武场。

"是你的,那肯定很有意思了。写的什么?"

"剧本呗。"听寒月说话这么大口气,惊得三人目瞪口呆,不约而同面面相觑。

"你写剧本了? 真行! 是悲剧,喜剧?"东风追问了一句。寒月先生不慌不忙答道:

"既不是喜剧也不是悲剧。最近什么旧剧啦、洋派新剧①啦,争个不休。我呢,要来个新花样,就编了一出俳剧。"

"俳剧是什么?"

"我把具有俳句风格的剧,缩写为两个字,简称俳剧。"主人和迷亭听得摸不着头脑。只见东风继续问他:"有什么新的创意吗?"

"基本上是俳句风格,所以过长不好,内容也不能太尖刻,就编成独幕剧了。"

"原来如此。"

"下面,先从布景道具讲吧。当然以简为宜。舞台正中间立一棵大柳树,然后在柳树干上再插一根树枝,让它向右边横着伸出来。树枝上落只乌鸦。"

"乌鸦它要是不动就好了。"主人担心地自言自语。

"那容易,用绳子将乌鸦的腿可绑在树枝上。另外,树下放一个浴盆,里边侧身躺个美人,在用毛巾擦洗身子。"

"是不是有点颓废情趣? 关键是谁来演那个女人呢?"迷亭问道。

"没问题,哪儿都能找到,就雇上一个美术学校的模特。"

"那警察厅可要来找你麻烦啰。"主人又担心起来。

"没什么,又不是商业演出,没关系。如果连这事儿都出来干涉,那学生还画什么裸体画?"

"那是让学生练习绘画的,跟你让观众欣赏不一样噢。"

"只听诸位先生这么吹毛求疵,日本哪里还有什么希望! 这绘画、演剧同样都是艺术啊。"寒月他气焰好嚣张。

---

① 旧剧、新剧,旧剧指歌舞伎等日本原有的戏剧。明治中期,上演现代风俗世态的新剧诞生后,遂出现旧剧、新剧的分法。

"议论一下也无妨,你再讲讲今后的计划吧。"东风看来还有心要用寒月的剧本了,所以急于想知道具体情节。

"开幕。俳句诗人高滨虚子①由花道②登场。他手持拐杖,头戴洋式白草帽,一身薄薄的绢丝衣衫,脚蹬萨摩蓝色棉布③高筒鞋。这身打扮虽有点像陆军的御用商,但他毕竟是个诗人,须低头沉思,且做出心中推敲诗句、悠然高雅之神态。这虚子先生沿着花道一路苦思冥想,当即将踏上舞台之时,猛然抬头,见眼前有棵柳树,那树荫下一女郎皮白肤嫩,沐浴盆中。先生见此惊了一跳,又举目仰望,见一只乌鸦落在树枝上,俯视女郎沐浴。虚子先生顿觉此景甚有俳谐趣味,遂诗兴大发,沉思约五十秒钟,即放声吟诵:'呜呼,乌鸦痴迷乎,浴中女郎。'声落,遂击梆幕下。怎么样?趣味如何?东风,我看你与其扮演那个阿宫,这虚子当是最适合不过啰。"东风听了感觉尚有点什么欠缺,诚恳地劝说道:

"这情节未免单调了些,是否再穿插上一段略具人情味儿的。"迷亭在旁一直老老实实听着,这会儿终于耐不住了:

"仅此就是一出俳剧,你可真够厉害的。不过,评论家上田敏君④说得好,凡俳谐趣味和滑稽之类的都是消极的东西,皆属亡国之音。这等无聊的剧目,你去试着演吧,只会让人家上田君笑话。首先,你这到底是戏剧还是闹剧都弄不明白,没有一点儿积极上进的精神。实话实说了,寒月,你还是适合到实验室磨你那个玻璃球。俳剧这东西,你就是写它一二百篇,也都是亡国之音,这怎么能行!"

"不至于那么消极吧!我自己感觉还是很有积极的一面。"其实,

---

① 高滨虚子(1874—1959),明治和昭和时代的俳句诗人,原名高滨清。俳句刊物《杜鹃》主编,以提倡客观素描、讽咏花鸟等理念著名。
② 日本歌舞伎剧场特有的舞台设备。指演员由剧场观众入口处走到舞台上的通道。目的是将舞台表演区延伸至观众席。原为演员捧花而过,故此得名。
③ 萨摩产的高级棉织布,蓝色。
④ 上田敏君(1874—1916),生于静冈县。号柳村,东京大学英文科毕业,大学院期间受教于小泉八云,学生时代加入《文学界》,参加创办《帝国文学》。致力于欧洲新文学,尤其是诗歌作品的翻译和介绍,以法国象征派诗歌为主的译作《海潮音》,给日本近代诗坛带来巨大影响。明治三十六年(1903)与夏目漱石同期,作为小泉八云的后任,出任东京帝国大学英文科讲师,与漱石的喜好、治学风格形成鲜明对比。

是否积极,根本不是什么问题。可寒月他忿忿不平,极力为自己辩解:

"虚子,虚子先生的俳句,说乌鸦痴迷女子,关键是抓住了甚至乌鸦都迷上女子这一问题,我认为相当主动积极了。"

"你这论点倒是很新鲜。给我们继续解释吧。"

"作为一个理学学士,说乌鸦迷上女子,有点讲不通吧。"

"的确。"

"然而,这看似极不合情理的事情,虚子却脱口而出,听上去不也很自然嘛。"

"自然?"主人甚不相信,插了一句,寒月他不理睬,继续往下讲。

"为什么听起来觉得自然呢,这需要从心理学上说明一下。实际上,痴迷不痴迷是诗人本人的感觉,与乌鸦并无关系。痴心入迷的是作者本人,就是说虚子一见沐浴中的女郎就被迷上了,他用自己着迷的眼光看那乌鸦,见它在树枝上一动不动俯视美女,便错以为:哇——这乌鸦竟然和我一样迷得神魂颠倒。不言而喻,这是一种错觉,然而这恰恰是文学的一种修辞表现方法,很有积极性。将自己的感受直接转移扩大到乌鸦身上,还不加任何掩饰,这简直太具积极意义了!先生,你们不觉得嘛!"

"高论!言之有理。虚子先生听了一定也会为之震惊。经这一解释,的确感到有其积极的一面,但实际上演,观众看了,肯定会产生消沉的情绪。东风,你说呢?"

"的确,还是太消极了。"东风认真回答。主人有意要把话题一转,问东风:

"最近可有大作?"

"没什么值得给您看的。不过想出本诗集,今天正好把原稿带来了,希望给予指导批评。"说着从怀里掏出个紫色绢纱包裹,把它打开放在主人面前,这本诗稿约五六十页。主人板起面孔拿起:

"这就拜读。"只见扉页上写着如下两行字:

"献给富子小姐——世人谁曾见,女子这般羸弱纤细。"主人默默无言盯着稿本,神色奇妙。迷亭凑上来说:

"喔,是新体诗呢。"接着大加赞赏:

"嚄,还是献辞!舍命豁出来,居然要献给富子小姐。真了不起!"主人越发不明白:

"东风,你写的这个富子,真有其人?"

"唉。上次应我们的邀请,她和迷亭先生一起来听朗读会。就住在这附近,其实,今天我原打算把这本诗集给她看的。不巧,她不在,上个月去大矶避暑了。"东风郑重其事地解释了一番。

"苦沙弥啊,现在都二十世纪了,发什么愁呀,把那大作给大家读读呗。不过,东风,这献辞写得也太没个体统了。羸弱纤细一词倒是雅致,可它究竟是什么意思呢?"

"应该是娇柔或柔弱吧。"

"的确也可以这么解释,但它本来的意思是'零落',要是我就不用这个词。"

"那你说怎么改才更具诗情味儿?"

"要是我呀,'世间未曾见,纤弱的女子——献给富子小姐的鼻子。'仅仅只加上这三个字,有它无它,感觉就大不相同啰。"

"说得也是。"其实东风并未理解其中的意义,却又无奈,只好应酬了一下。主人一言不语,翻到了卷首第一章,念道:

　　情丝芳香,袅袅驱倦意。
　　相思烟云缭绕,疑是君灵现。
　　啊!我要呼唤!我在哀叹!
　　炎凉世间如此辛酸,
　　唯有如蜜的亲吻,温暖我的心窝。

"这实在有些让人看不懂。"主人一声叹息,把稿子递给迷亭。

"太夸张了吧。"迷亭将稿子递给寒月。

"哎,是有点儿。"寒月还给东风。

"先生,你看不懂也很自然,如今诗坛飞跃发展,与十年前截然不同。最近的诗,你想随便躺着看看,或在停车场里欣赏,那根本看不懂。就是去问作者本人,也说不出个所以然。作诗全凭灵感,不负任何责任。注释和标音那是学究们的事儿,我们不用多问。前几天我的朋友送籍①写了一部短篇小说,题目是《一夜》,谁读了都觉得朦朦胧胧,弄不清写的是什么,于是有人去问作者:这部小说的主题是什么,人家根本不搭理,只说了一句,那事儿与我无关。"

"大概诗人都是这样吧,送籍他也是奇人一个。"

"纯粹是个痴呆。"迷亭听主人这么一说,干脆又踏上一脚。东风尚觉不够继续辩解:

"送籍在我们这伙里属于另类。关于我的诗,还希望各位读得细一点才好。特别是这对偶句'辛酸'的俗世与'甜蜜'的热吻,颇费了我一番苦心。"

"确实看得出来,下了功夫。"

"甜蜜与辛酸反倒很有情调,甜酸苦辣咸,五味俱全。足见东风的表现手法独树一帜,敬佩,敬佩。"迷亭喋喋不休地调侃起老实人东风了。

主人似突然想起什么,忽一下站起来转身到书房去了。不时,拿了一张毛边稿纸进来。煞有介事地说:

"东风的大作已经拜读了,下面请各位评一评我的文章吧。"

"天然居士的墓碑志我可已经听了两三遍啦。"

"唉,你那嘴就歇着点吧。东风,我这文章算不得什么上乘,不过是让大家开开心而已。"

"那让我们领教一下吧。"

"寒月你也顺便听着。"

"岂敢顺便,当洗耳聆听,该不是什么长篇大论吧。"

"仅有六十余字。"苦沙弥就要开始念了,是他自己创作的大作。

"大和魂②!日本人叫喊着,似肺病患者大声咳嗽。"

"这落笔惊人!"寒月君大加赞赏。

"报纸上论大和魂!

"小偷也说大和魂!

---

① "送籍"的日语发音与漱石相同。
② 此处因日俄战争的胜利冲昏头脑,自认与世界列强为伍而飘飘然的日本国民心态。

"这大和魂穿洋过海。"

"在英国,日本人讲演大和魂论。"

"在德国,日本人上演大和魂剧。"

"果然比天然居士那墓志强了不少。"迷亭仰起头为之叫好。

"东乡大将军有大和魂。卖鱼的银掌柜也有大和魂。诈骗犯、投机犯、杀人犯,都有大和魂。"

"先生,把我寒月也给加上吧。"

"若问大和魂是何物,答:大和魂嘛。"

"走了十米远后,听到一声咳嗽。"

"这一句写得妙极了!你还真有些文采啊。之后呢?下一句?"

"这大和魂是三角形?四方形?

"名副其实,大和魂是魂。既是魂,便时常飘浮不定。"

"先生,挺不错,不过,大和魂这个词是不是用得多了些。"东风提醒了一句,自然迷亭也表示赞成。

"无人不挂在嘴上,却未有谁见过。无人不曾听说,却未有谁碰到过。

"大和魂,大和魂!妖魔天狗乎!"

主人到此停了下来,似留有余韵。无奈这篇奇文毕竟过短,加上主题不甚明了,一席三人依然静待下文。过了许久仍不见主人吐个字道个完了。寒月这才终于发问:

"文章仅到此——?"主人"嗯"了一声,这声"嗯"回答得好不轻松啊。

奇怪的是迷亭对这篇文章不像往常那样乱发议论,一会儿,他转身对主人说:

"你也收几篇短文编个集子,献给谁,如何?"主人答:

"献给你吧。"迷亭立即回了一句:

"且免。"接着拿出刚才给夫人炫耀的那把剪刀,挨个剪起他的指甲。寒月问东风:

"你认识那个金田家小姐吗?"

"今年春天,邀请她来听过朗读会,感觉不错,到现在还一直保持交往。一见那位小姐我总感到有种冲动,作诗吟歌的兴致特别高。这本集子里写了许多恋爱诗,就是受到她,那位异性朋友的灵感启发。所以对她,我切实地想表示感谢之意,决定趁这个机会献上这本诗集。早就听说过,没有亲密无间的女友就写不出来好诗。"

"说得也是。"寒月说着心里在暗笑。

这伙能言善辩的凑在一起,再侃,也有消停的时候。眼见彼此兴头渐弱,说得也淡然无味了。我想也没义务要干守在这里,遂就此失陪,去到院子寻找螳螂。

梧桐树绿绿葱葱,西斜的阳光,透过树叶,斑斑点点洒落在地。

树上的秋蝉齐声嘶鸣。

傍晚或要落下一阵雨来。

第 七 章

　　最近我开始运动了。随之便有一帮家伙冷嘲热骂：这猫还要运动什么？没见过。对此，我须奉告他们：运动，人类也不过是近年才知道的。在此之前你们不也是把每天吃了就睡当作天职吗？你们该没忘记禅语"无事是贵人"①在说什么吧？两手往袖子里一筒，在坐垫上一坐，便不见动了，哪怕屁股坐烂了也不挪一下。还说：这才是大丈夫活得有尊严。

　　如今，到处有人在瞎咋呼：要运动喽！要喝牛奶，洗冷水浴！快到海滨去！夏天来了，进山餐霞饮景喽！如此等等，纯粹是犯病。这病与鼠疫、肺病、神经衰弱②属于同类，都是最近由西洋传到神国日本来的。

　　自然，我去年来到此世，不过一岁，不甚了解他们人类当初发病的具体情况，但至少，那时的社会不像现在这么焦躁肤浅。

　　我们猫的一年相当于人十年，算起寿命来，要比人短两三倍。可就在这短暂的岁月里，我们猫的智力足以成熟发展。若以人类的时间概念衡量我等猫辈的星霜岁月，实为荒谬。就先看我这猫儿吧，虽刚满一岁不过数月，然见识之广乃众所公认。再看主人他那三女儿，都三岁了，智力发达却极迟钝。一天除了哭便是尿床、吃奶，其余一概不知。与我这忧民愤世的猫儿相比，她也太幼稚了嘛。

---

① 禅语。语出禅宗大德临济义玄禅师："无事是贵人，但莫造作，只是平常。"意为无杂念、不轻举妄动之人才是值得尊崇的。

② 当时鼠疫和肺病为致命的病。明治二十三年三月十日的《女学杂志》中有如下介绍："男女学生，多患神经衰弱，解决方法为冷水法（即现在的冷水擦身法）。"明治二十三年在广岛发现了鼠疫患者后，东京为预防鼠疫传染，于明治三十三年一月开始收购老鼠。漱石本人曾写道："派出所门前立着手提老鼠的小孩儿。"当时老鼠被认为是鼠疫等恶性流行病的传播媒介，故奖励捕鼠、派出所收购老鼠。

要说我这方寸之内①还存储了些有关运动、海水浴、异地疗养②等历史知识,也大可不必见怪。为此还要大惊小怪的,也只有他们人类。人类靠两条腿走路,行动缓慢,脑子迟钝,从来就是蠢货。最近他们终于似有了什么重大发现,开始鼓吹运动的功能,喋喋不休大谈海水浴对身体如何之好。其实这些,我等猫辈生来既早已知晓。

就拿为何将海水称为良药来说吧。其实你到海边走一圈,便一目了然。大海辽阔,无边无际,那里有数不清的鱼类,它们遨游海域,却没见病了找医生的。若是有了病游不动,鱼会浮出水面。所以鱼死说是"浮",鸟死叫"落",而人死则称"蹬腿"。

诸位可去随便问问,那些曾出海横渡过印度洋的,你问他们:"见过鱼浮到海面上来吗?"准保没人说见过。的确是,在海上往返了不知多少次,人们从没见到一条鱼在风浪中咽气的。不过,说鱼"咽气"怕是用词不当,这鱼应该说它断了气。也就是说至今没人见鱼断了气漂在海上。大海茫茫,波涛汹涌,即便你驾驶轮船去寻找,且不分昼夜拼命烧炭加燃料,也不会发现有鱼在海上漂浮的。由此便可断言:鱼的身体相当结实。

要问起鱼为何这般结实,他们人类一无所知,而我却知道一些。因为它们终日喝的是海水,洗的是海水浴。既然海水浴对鱼的作用这么显著,那对人也应该极为有效。可他们人直到一七五〇年才发现了这个道理。英国有个医生叫理查德·拉塞尔③,他打出一广告,大肆宣扬什么跳进布莱顿海,即可疗治万病,简直可笑之极。

我们猫儿,一旦时机成熟,大伙也都准备去镰仓海滨的。可当下不能马上行动。任何事情都讲个时机,比如在维新之前,日本人没享受过海水浴,那一辈子不也都过来了吗?今天,对我们猫儿来说,时机尚未成熟,万不可赤条条一头扑到大海里去。你说,现在我们被人扔到筑地④都不能安

---

① 书面语,即心里。
② 指离开居住地到外地长期疗养。
③ 理查德·拉塞尔(Richard Russel,?—1771),英国医生。居住布莱顿,英国英格兰东南部萨塞克斯郡的海滨市镇,宣扬所有病症均可通过海水浴得到治愈。
④ 东京都中央区隅田川河口西岸地区。一六五七年明历大火灾后,此处的沼泽地填埋之后称筑地。当时筑地属于偏僻地带,所以常有人把猫遗弃在那里。

全找回家里,怎敢轻易一下跳到海里。按照进化的理论,至今我等猫辈尚不具备足以抵挡海上狂风大浪的能力。换言之,待人们把"猫死"称为"猫浮上来",也就是说这"浮"字也用在猫儿身上了,再去洗什么海水浴吧。于此之前,我们万不可轻举妄动。

海水浴虽可暂缓,有待将来,但运动还是先要做起的。如今,已进入二十世纪了,说得难听点,你不运动就像是贫民。不运动,人不说是不运动,而一口咬定说你不会运动,是没时间运动或不懂得享受生活乐趣等等。过去,整天运动,被看作是出苦力的下人,被瞧不起。现在你不运动则认为你是低人一等。人对运动的认识与我等猫眼一样时常变化。不过,猫眼仅仅是瞳孔大小之变化,人的认识却会给你上下来个彻底颠倒。其实颠倒过来也无妨,本来事物皆具两面性,有两个极端,两头一敲,使同一物体发生黑白之变化,这也是他们人灵活多变,且有通融之处。比如,有人把"方寸"倒过来说成"寸方",倒也可爱。更有人别出心裁,要把腰弯下去从裤裆胯下倒看那个天桥立风景①。再说,若让莎士比亚万古千年独占文坛,那也甚无趣味了。所以偶尔从胯下倒看那个哈姆雷特,撩上他一句,"你,没什么了不起!"也是必要的,否则文坛还能往前走吗?

以前人皆贬低运动,如今突然提倡运动。就是见到路上女子拿着网球拍子也不觉得稀奇古怪。在此,只希望他们别讥笑我们猫儿也运动。当然,还是有人心存疑惑,他们要问,猫儿能搞什么运动?所以,这里还需要我来说明一下。

众所周知,我等猫辈十分不幸,这手脚抓不住运动器具,若打球要使用球拍便不知所措。除此,我们又没钱,不能去买器具之类的东西。有了这两个理由,选择范围即受到限制,我的运动既要不花一个钱,又不须要器具。当然,你说慢步走,或嘴上衔块鱼片跑一跑或许也叫个运动。可这是一种力学运动,它只用四条腿,靠着地球引力在大地上来回跑,实在太简单,意义不大。把主人时而做的那种呼吸运气你也叫作运

---

① 位于日本海沿岸,京都府宫津市,全长约三点六公里,长条形沙洲,约有八千株松树种植于道路两边,连绵不断。与宫城县的松岛和广岛县的严岛被誉为日本三景。现有专门提供游客进行"胯下观"的展望台。从胯下倒望过去,风景优美、奇特。

动的话,那才是有玷污神圣的运动之嫌。理所当然,即便仅是运动,也需要某种刺激。至于抢鲣鱼、鲑鱼①等,便很有趣味,但关键是它必须有个对象物,有物质刺激,若缺了这个刺激便是索然无味。于是想在没有悬赏性兴奋剂的情况下,搞点有技巧的运动。

经过反复考虑,我发明了各种运动方式:从厨房房檐下一下蹿到房顶上,让四脚站立在梅花瓦上;爬竹竿是在晾衣服的竿子上爬——这个运动失败了。因竹竿太滑,爪子扒不住;另外,猛一下从孩子后背跳到她肩膀上,这个运动最有趣,可是搞多了会挨骂遭打,所以一个月最多玩儿三次;把纸袋子套在头上——这个比较痛苦,没多大意思。尤其是它需要有人帮你,否则弄不成;还有用爪子挠挠书的封皮——被主人发现了肯定不会饶我。不仅危险,它只动爪子,不是全身肌肉运动。

以上这些属于旧式运动。要说新式的,那还真有几种深得奥妙的运动。

首先是捉螳螂。

捉螳螂不像逮老鼠那么剧烈运动,且不甚危险。仲夏至初秋,这个游戏最好玩儿。其方法是,先到院子里找一只螳螂,有时运气好一下就能发现两只。这时,你忽的一下蹿到螳螂旁边,那螳螂把脖子一昂,也会摆个架势,不肯马上认输。的确挺有意思,人家还不知道你有多大本事儿,总想抵抗一番嘛。不过,直挺挺的那脖子,太软,我用前脚一扒拉,它便歪到一边儿。此时,螳螂君的表情极为有趣,打一个愣儿,好像还没反应过来这是怎么回事。见此,我一跳又绕到它身后,把它背上的翅膀轻轻扒拉两下。平时它那翅膀折叠着轻易不肯张开,可当我使劲一扒,便啪地展开,露出里边薄薄一层内衣,颜色浅淡,犹如吉野纸②。嘀,大夏天它不辞劳苦,里外裹两层③,还挺讲究呢。同时将长脖子向后一转,偶尔冲着我就过来,一般情况下它挺起脖子,只是摆出个要回击对付我的架势。要一直采取这个姿势,僵持不动,那还运动什么呢。

---

① 游戏赛跑时把鲣鱼挂在终点作诱饵,鼓励人快跑,或边跑边找鲑鱼等。
② 亦称和良纸。原产于大和国(今奈良县)吉野郡丹生乡。用葡蔄制成,即薄又透明。
③ 两件和服重叠套穿。原本以防寒为目的,后来发展为时尚。重叠套穿时通常要颜色、质地相近。

所以时间一长,我就会上去给它一脚。一脚上去后,如果是有点灵性的,那它肯定逃跑。如果还要挣扎一番想跟我挑战,那就叫没教养,属于野蛮未开化的家伙。既要上来蛮干,那我会狠狠地给它一下,大概能摔个两三尺远。不过对方若老老实实向后一步步倒退,我也会可怜它,围着院子里的树,像飞鸟一般迅速跑上两三圈。那螳螂最多也只能倒退五六寸远。一般尝了我的厉害,便没有勇气再抵抗,只顾左右来回逃窜。在我左右一再追赶之下,螳螂最后不得不张开翅膀作最后的拼搏。它的翅膀跟脖子长得很协调,又细又长。据说完全是个装饰,和人学英语、法语、德语一样,根本不实用。拿上这个没用的累赘,它还要大打出手拼搏一阵,对我来说简直无任何威慑。说是拼搏,实际上不过是拖着翅膀在地上爬几步,这也让我甚感同情,可是我为了运动不得不这样。对不起啦,我忽地扑上去。螳螂来不及急速转弯,只好继续向前。我就照它鼻子抓上一把,它便翅膀一展遂扑倒在地。我则用前脚捺住它,休息上一会儿,再松开。一松一捺,以七擒七纵孔明之战术①进攻。依此顺序大约三十分钟,直到见它一动不动了,方才叼到嘴上甩两下,又吐出来。接下来,见它躺在地上不动了,再用前脚拨它一下,它若趁势又跳起来的话就再捺一下。直到捺都懒得捺了,才吧唧吧唧把它吃掉。对了,没吃过螳螂的人,听我说一句,那螳螂实在没吃头,况且营养成分也是少得可怜。

除了螳螂我还会捕蝉运动。蝉其实有很多种。就像人一样,有固执己见的,自吹自擂的,多嘴多舌爱嚷嚷的,各式各样。这蝉则分油蝉、呜呜蝉、秋蝉等。油蝉只会不顾一切拼命叫唤,呜呜蝉则太高傲,只有捕捉秋蝉最有意思。

秋蝉不到天凉下来是不出来的。当那秋风飕飕从你袖筒下的破绽处吹进来,让你感到寒意,或打个喷嚏,那时秋蝉才拼命摇着尾巴开始鸣叫,这蝉声一鸣便止不住了。让我看,它们的天职就是鸣叫,除此以外就只有等着猫儿来捉它。

---

① 语出《三国志·蜀志·诸葛亮传》,通常作"七擒七纵",是诸葛亮为收服孟获运用的策略。

秋季捉蝉,即称捉蝉运动。不过要声明一下,我要捉蝉,可不是掉在地上的那种,因为一掉到地上它就被蚂蚁围住,蚂蚁的份儿,我不捉。我要捉的是栖在高枝上,吱吱叫的蝉。对啦,顺便想问问你们博学的人,那秋蝉的鸣叫声是喊喊呢,还是吱吱呢?我认为蝉声对蝉的研究很重要,而人在这个方面当优于猫儿,且引以为自豪。当然,即便一时答不上来,可慢慢去考虑。这对我的运动本身并无关紧要。

　　顺其声爬上树,并趁它鸣叫之时捕捉。这项运动看起来容易,可实际上相当费劲。我这四条腿,在地上行走自任不比其他动物差。至少两条腿和四条腿就数字上看,我应比人强。但要说到爬树,那倒有比我灵活的。不说猿猴了,它们天生就在树上活动,即便猿猴的后裔,他们人类里边也有不敢小瞧的。当然,爬树本身有悖地球引力的原理,所以难度极大,不会爬也不必感到羞耻。但是,这给我的捉蝉运动多少带来一些不便。幸亏我有爪子这利器,还能爬得上去。总而言之,爬树并非那么轻松。不仅如此,那蝉与螳螂不同,它还会飞。一旦飞走了,那你这命运就惨了,费了好大的劲儿终于爬到树上,却等于白爬。有时还会碰到一种危险,那蝉往你脸上撒尿,还动不动就对着你眼睛撒。我说秋蝉,你要跑我没办法,只是希望把这尿免了吧。起飞之瞬间,还能撒尿,究竟是什么心理状态,影响到它的生理器官?我想还是被逼急了吧。或许,这撒尿是让敌人出乎意料,可给自己留点儿逃跑的时间。如此看来,乌贼吐墨,二癞子显露自己的刺青文身,以及主人卖弄拉丁语什么的,都属于同一类别。这也是蝉研究中不可忽视的问题。只要认真研究它,肯定能做篇博士论文。这话又走题了,言归正传。

　　蝉喜好聚集,说聚集有些不妥,应该说集合,但集合又略显陈腐,还是用聚集吧。蝉最聚集的地方是青桐,听说汉语叫梧桐。这梧桐树枝叶繁茂,而且叶子大如团扇。树叶多时甚至看不见树枝。这对我的捉蝉运动妨碍极大。所谓"闻声不见其影"那歌谣,甚至可怀疑就是专为我做的一样,真奇了。没别的办法我只能顺其叫声上树。爬一间左右,恰好那梧桐树上有个分权之处,我便在那里稍事休息,并从树叶后面侦探蝉的所在。可有时,没等我爬到那个分权处,哗哗一阵响,几只蝉突然飞了。其实,蝉在模仿这一点绝不亚于人类。只要它飞起一只,后面陆陆续续就跟着全飞走了。有时,我好容易爬到树枝分杈处,满树已经一片寂静,悄声无息。曾有一次,我爬到分杈处后,竖耳静听,半天也不见动静,没点儿"蝉气"。返回去吧?爬上爬下岂不太麻烦,遂决定休息片刻,在倒杈上坐等时机。谁知不觉之中竟昏睡过去,坠入黑甜乡①。待突然惊醒,再睁开双眼之时,扑通一下,这才发现自己早已掉在院子铺路的石头上了。

一般情况下,上一次树还是能收获一只的。但有时会感到甚无乐趣,因为在树上须把蝉先衔到嘴里,下到地面再吐出来,这时蝉大都没了气息,任凭你怎么逗它抓它,也不见有什么反应。捕蝉最令人感到兴奋的是,当你悄悄走到蝉的跟前,看它正使劲把尾巴一伸一缩时,你猛地用前脚将它踩住。这时,那蝉君会大声哀鸣,同时拼命扇动起它那透明单薄的翅膀。这动作之剧烈、之壮观,可谓蝉之世界一大奇观。所以每当我按住蝉君时,总要求蝉君来表演一番,让我看看它那极具艺术的演技。当我欣赏完看腻了,就不再客气,一口将它塞到嘴里。有的蝉你塞到嘴里它还要给你继续表演呢。

除了捕蝉运动其次还有滑松树。这个运动不多费笔墨,就简单介绍一下吧。

说起滑松树,恐怕你以为那不就是从松树上滑下来嘛。其实不然,它属于爬树的一种。捕蝉运动为了捕蝉要上树,而滑松树是以攀登为目的。这就是两者之区别。

说起松树,有谣曲:"常青松树盆景,劈作薪柴,温暖最明寺殿下。"②如今,松树树干满身疙瘩,凹凸不平,没有比松树更好滑了。它有搭手脚的地儿,既是前爪扒得住,后脚蹬得上去。只要搭上爪子,便

---

① 黑甜乡,午睡的世界。黑甜,指午睡。宋魏庆之所撰诗话集《诗人玉屑》中有"北人以昼寝为黑甜"。宋苏轼《发广州》诗云:"三杯软饱后,一枕黑甜余。"
② 此句源于日本古代谣曲《钵木》(世阿弥作)。最明寺殿下,指镰仓时代镰仓幕府第五代执权北条时赖,出家后在镰仓建长寺内最明寺隐居。故得此称谓。北条时赖前往日本各地体察民情,至上野国(今群马县)佐野时,途中遇雪,去佐野源左卫门常世家投宿。常世不知来者即北条时赖,把珍藏的梅、松、樱盆景当柴烧为其取暖。谣曲《钵木》讲述的即是此事。

可一气爬上去,再迅速滑下来。往下滑有两种方法,一是头朝下,二是保持爬树的姿势,尾巴朝下,倒着滑。诸位读者,你们说哪种方法难呢?依人类的浅薄之见,大概会觉得这有什么难的,既然要下来,头朝下多省事。显然不对。诸位只道当年人家义经①攻破鹎越②,都是头朝下直冲过来的,你这猫儿当然也可以啊!其实,问题并非那么简单。你们知道猫爪子是顺着哪个方向长的吗?它呀,都是往后倒长的,像把钩子,也叫鹰爪,可以把东西扒起来。但反过来,它没有推力。假如,我飞快地爬上松树了。因为我们猫本来是在地面活动,即便爬到树顶也不可久留。停得久了要摔下来。你任凭它摔下来的话,那速度可快极了。所以须想个办法减少自然下落的速度。这就是降,它与落似是完全不同。其实,二者的差异远小于大家所想象。不过是落的速度慢了,便为降,降的速度快了便为落而已。降与落仅毫厘之差。我不愿从树上落下来,就必须放慢速度,用一种方法抵抗下落的速度。如前所述猫爪是向后长的,如果头朝上爪子扒住树皮还用得上劲儿,这样便可利用它倒着往下滑。从而使落变为降,这道理显而易懂。然而,如果反过来学义经,你就试试翻越那松树吧。这爪子一点都用不上劲儿,呼噜噜直往下溜,根本支撑不住自己的体重。本来打算往下降,结果变成下落了。所以说,鹎越式的头朝下难度太大,在猫里,恐怕也只有我会倒着滑这一招儿,所以将其称为滑松树运动。

最后再说说绕篱笆墙运动。

主人家院子是用竹篱笆围起来的,四方形,一边与房檐下走廊平行,有八九间宽,另外左右各一边,长不过四间。我说的绕篱笆墙运动就是沿着竹篱笆,在上边走一圈。要把握不好平衡偶尔还会摔下来,所以稳稳当当走完一圈,便会心旷神怡。篱笆墙每隔一段在其连接之处都立一根圆木桩子,根部经烟火烤过③,恰好,这些桩子让我在中途有

---

① 源义经(1159—1189),平安时代末期的武将。源义朝第九子,又称源九郎义经。
② 神户市北部横贯六甲山山脉、西北走向的一条山路。一一八四年(元历元年),源义经部队于一之谷攻破平家大军,骑马至此险关,从睫峭的鹎越山路直冲而下,乘敌之虚,获全胜。
③ 把木桩子入土中的那一段用烟火熏烤,可防腐。

个歇息地儿。

今天运动极顺利,从早上开始到中午已绕了三圈儿,越走越熟练,便越发感到好玩儿。就要走完第四圈儿,正绕了一半,只见三只乌鸦从隔壁房顶上飞过来,排成一队落在篱笆墙上,离我就有一间之远。真没点规矩,明着是要妨碍我的运动。这乌鸦从哪里来,落在人家墙上,居然就不走了,简直是无法无天。"喂,到一边去!"我得把它们赶走。那个打头的看着我嬉皮笑脸。另外一只,它只顾着张望主人院子。第三只,准是刚吃过什么东西,见它在篱笆竹子上来回抹嘴。为了等个回话,我站在墙上给了它们三分钟时间。据说这乌鸦又叫勘左卫门①,果然名不虚传,是帮毫不知礼的家伙。等了半天钉着不动,也不见它们打个招呼。没办法,我往前蹭了两步,见打头的那只大黑老鸦忽一下扇开翅膀,满以为它终于被我吓唬得要跑了。可没想它却只是往左转个身就又不动了。实在可恨!要是在地上绝不饶它,可这篱笆墙上,我光站在这里就颇费劲儿,哪里还有精力跟它们较量。不过,停下来等着它们飞走,我也不情愿,首先这脚也耐不住多长时间。人家身上长着翅膀,可以在这种地方一直歇着,愿意多久都行。可我,已经绕了快四圈儿了,累得根本撑不住。况且这运动讲究功夫技巧,其难度绝不亚于走钢丝绳。就算没个障碍都保不住要摔下去,何况,这一身乌黑的家伙一气来了三只,就横在我面前。让我一路前程怎能不艰难啊。

看来只有主动放弃运动从篱笆墙上下来。免得惹麻烦,还是走吧,对方人多势众,又来路不明,个个嘴巴尖得活像妖怪天狗。面对这种无赖,退下阵来保证安全最要紧。若动起真格的,万一摔到地下,那才羞愧得惹人笑话。只听身子向左的大黑老鸦叫了一声"傻瓜瓜",另一只便跟着叫起来。连最后那个家伙也不打半点马虎,认真连着叫了两声"傻瓜瓜"。我这性格再温和,也实在气不过。首先,在自家院子里受这帮乌鸦的欺负,直接关系到我的名誉。虽说我没个名字,扯不到名誉问题,那也关系到我这面子。绝不能退却!

---

① 日语中乌鸦和勘左卫门开头的发音相近,此处将乌鸦称勘左卫门,而叫勘左卫门的通常是粗野无礼之人。

俗话说乌合之众,不堪一击,这才三只,当不成问题。我鼓足勇气一步步向前,可它们却视而不见,叽叽喳喳继续相互说着什么。简直让人越发来气,如果篱笆墙有个五六寸宽,我就能好好收拾它们一下,可当下心里再恼怒,哼哧哼哧就是走不快。终于走到离它们只差五六寸的地方,我正准备歇口气,这时只见三只大黑老鸦不约而同突然扇起翅膀,一气飞了一二尺高。那股风直扑到我脸上,吓得这脚踩了个空,啪一声便落在地上。这摔得惨啊!我在篱笆下面,抬头向上看了一眼,那三只乌鸦又落回原来那地儿,尖嘴并列一排,居高临下瞅着我。欺人太甚!我瞪着双眼示威,却不见一丝效果,又把背弓起来哼了几声,依然无济于事。如同俗人他哪里懂得灵妙的象征派诗歌。对着乌鸦我怎么表示愤怒它们也不会有任何反应。想来这也不无道理。我至今只把它们当猫儿看待了,是我的不对。若是个猫儿,表示这么半天本会有点儿反应,可它们偏偏是乌鸦,碰上这帮乌鸦实在无奈。实业家想倚势压倒主人,赖朝给西行①送银制猫儿,老鸦往西乡隆盛铜像②拉屎,皆属此类。随机应变,我懂,此时见败局已定,遂来个干净利落走人为上,一转身溜到房檐下了。

已是晚饭时间。运动固然重要,但不可过度。今天这一身筋骨早已精疲力尽。不仅如此,初秋时节炎暑不去,运动了一天,全身的皮毛被夕阳烤得如火燎一般。毛穴里渗出的汗它不住外流,且黏黏糊糊就黏在皮上,弄得背上直发痒。当然这痒因为汗蛰皮毛还是跳蚤乱爬,我自能辨别清楚。且懂得爪子若够得上就挠它几下,嘴能够上的便给它吃掉。只是脊梁上一发痒就力所不及了。这种情况,见了人可上前乱

---

① 西行法师(1118—1190),平安时代末期至镰仓时代初期的武士、僧侣、和歌诗人。据《吾妻镜》(记录镰仓幕府历史的编年体史书)一一八六年八月十五、十六日记载,源赖朝(镰仓幕府首任征夷大将军,日本幕府制度建立者)于鹤冈八幡宫(位于神奈川县镰仓市的神社)参拜之际,邂逅著名和歌家西行法师,并邀至官邸畅谈,请教和歌的作法与御之道。对于和歌,西行无可以对,唯言弓马。赖朝大喜,赠其银猫。西行领受、告辞。见门外有儿童游戏,予之而去。
② 西乡隆盛(1827—1877),江户时代末期萨摩藩武士,明治维新的功臣。前期致力于倒幕运动,明治维新成功后因"征韩计划"遭反对而下野。于西南战争中与政府武装展开激战,兵败自杀。东京都台东区上野公园内有西乡隆盛的铜像。几个事例用于此处,表示双方价值观的不同。

蹭上一阵,或是利用松树皮搞一番精彩的摩擦术。若以上两者也无法选择,那浑身会极难受,睡也睡不安宁了。

人是非常愚蠢的,喵喵喵的撒娇声,是他们人为哄猫儿发的声儿。让我来看,并非如此,应倒过来说是我们猫儿得到慰藉之后,才喵喵叫的。诸位明白了吧,人就这么愚蠢,他们错以为猫儿喵喵叫几声,凑到人膝盖旁,那就是喜欢上他或者她了。还自以为得意,时常要把我们抚摸几下。

最近,我的毛皮上繁殖着一种叫跳蚤的寄生虫,偶尔凑到人跟前,会被他们一把揪着脖子扔出去。就为身上有了这点虫子,这点儿肉眼都未必看得见,捉也不值得的东西,他们人就嫌弃我了。分明就是"翻手为云,覆手为雨"。那跳蚤不过一千两千,就让人变得这么势利。

人类世界通用一种所谓爱的法则,第一条便是:"于己有利之时,务须爱人。"——人类对我的态度如此豹变,那我这身上再痒也不能指望靠他们人力来解决。我须用第二个方法,即松树皮摩擦法,除此别无选择。那先试着蹭一蹭吧,遂从房檐下的走廊跳下来。这时我突然发现这也是弊多利少,未必明智之举。理由是松树皮上有松脂。而且松脂极执拗,它一旦粘到你毛梢上,那就是雷打也不动,波罗的海舰队全军覆没①它也绝不退却。不仅如此,当你刚发现被粘了五根毛,其实那早已扩及十根了。发现十根被粘上了,则已有三十根了。

我这猫儿颇具茶人雅兴,生来喜爱恬淡。对那种油腻、恶毒、黏糊、执拗之类的东西特别讨厌。哪怕是天下第一美猫,只要她沾一点油腻,绝对拉开距离。何况松脂,更是让我厌恶至极。它就跟车行家大黑的眼屎一样,随着北风一刮眼里就黏黏糊糊的。你说,我怎么能允许松脂随便玷污这一身浅灰色的皮毛大衣!可松脂那家伙它根本不考虑这些,只要我到松树跟前稍把脊背蹭一下,就会被它都粘上。跟这些不讲理的赖皮打交道,不仅没面子,还关系到我这身皮毛呢。所以再痒还是忍耐着吧。

---

① 波罗的海舰队全军覆没:指在一九〇五年五月二十七日发生的对马海峡海战中,俄罗斯主力舰队波罗的海舰队被日本联合舰队击败。

当两种方法都用不上了,我又开始担心。这浑身奇痒,若不想个办法止住,怕还要染上其他什么病。我弯曲着前脚左思右想,突然想起一件事来。

主人他不是常常手持毛巾肥皂,悠然出门到什么地方去吗。每次见他过上三四十分钟便又回来,原来无精打采那副脸总会多少带点活气,显得蛮有精神。看来,像主人那么邋里邋遢的人都有如此变化,对我更该见效了。当然啦,天生我个美男子,没心思再招惹什么风骚,只担心万一染上个病,这才一岁几个月,便一命呜呼,岂不愧对了天下苍生!

一打听知道了,那叫澡堂,是人类专为休闲设计建造的。既然是人类制造的东西,怕也没什么大不了的功能。不过事到如今,我还是值得进去试试。若见它没效,再说作罢也不迟。话说回来,这种洗澡设施既然是人类专为自己制造的,他们能有那个宽宏大量,让我这异类的猫儿进去吗?这是个问题。主人他可堂堂正正进出无阻,难道我就进不去啦?可万一被人挡在门外未免丢人现眼,还是事先去侦探一番比较保险。待我看若是真值得,再叼上块毛巾进去。主意已定,遂一步一步朝澡堂方向去。

出了小巷往右一拐,只见对面高高耸立着一巨大的竹筒①,那顶上还直冒青烟。澡堂该是就在那里。我悄悄从澡堂后门溜了进去。有人要说:干吗从后门进去,鬼鬼祟祟的,没一点胆量。其实不必在乎,无非他们只会走正门,才进得去,于是便生些嫉妒,叽叽咕咕嫌我走了后门。岂不知自古以来,略有才智的人要搞突然袭击,都走的是后门。据说《绅士养生密法》第二卷第一章第五页就有记载。第六页还写道:绅士在遗书里将后门称为修身明德之门。我,二十世纪的猫儿,毕竟有些教养,诸位不可小看啰。

且说我溜进去一看,见左边有许多松木劈柴,长短八寸多,堆得像座小山。劈柴旁边还有个煤炭堆起来的小丘,至于为什么要把那松木

---

① 公共澡堂的烟囱。当时公共澡堂的烟囱,由若干根细的陶管接合而成,外观及接缝处看上去酷似竹子,故得此名。

劈柴堆叫山，而煤炭堆叫丘，读者可不必深究，一山一丘变换使用而已，别无他意。我要说的是，他们人类食米，食鱼，食禽兽，可谓"无恶不食"，如今见他们可怜地，竟堕落到吃起煤炭来了。

继续往里走，见有个入口处，六尺来宽，门是敞开的。遂伸头窥视，里面空空荡荡悄然无声。但听得见后面不停地有人说话。我想浴池就应该在那里边儿。随即穿过劈柴和煤炭山谷之间，向左一转，继续向前。见右手是玻璃窗，窗下有几个小木桶，摆作三角形，即金字塔状。人家小木桶们本是圆形，却硬被这些人摆成三角形状，你说它们能心甘情愿吗！我暗暗为此心抱不平。

长条木板上堆放着小木盆南边，还空出四五尺，恰如欢迎我上去。而且那条板离地面约一米，正合适跳上去。看着点啊，我纵身这一跃，澡堂的光景便尽收眼底，都在我面前，都在我鼻子底下了。

要问天下何为快乐，莫过于品尝未吃过的鲜味，见识未曾体验的事情。诸位读者，若有跟主人一样，每周洗上三次澡，在这澡堂里能度过三四十分钟，那倒也罢。若像我这样，没见过澡堂的，那你还是尽快来见识见识。父母过世，没赶上送终，无须后悔，可澡堂是一定得去亲眼看看。天下虽大，如此奇观实为难得。

何为奇观？说来也实在让我难以启齿。那玻璃窗里面叽叽喳喳一堆人，一个个赤条条，如同二十世纪的亚当。当然这直接关系到人类服装史的事情，一旦扯起这个话题，还是太长，就拜托那个杜费尔斯·德洛赫教授①吧。在此我只提醒一句，"人类是要穿衣裳的。"十八世纪，英国西部的温泉盛地巴斯，就有波·纳什定的严格规矩：浴池内无论男女皆须着装，上自肩膀下至双脚，将身体遮掩起来。

据说六十年以前，也是在英国，某城市创建服装设计学校。既然要学服装设计，学校便购买了许多裸体画、裸体像，以及人体模型，并陈列在校内各处，这也是理所当之。但是，要举行建校典礼，却让校方以及学校职员大伤脑筋。因建校典礼少不了要邀请该市的名媛淑女，按照

---

① 托马斯·卡莱尔所著《衣裳哲学》里的主人公。托马斯·卡莱尔（Thomas Carlyle，1795—1881），苏格兰哲学家、评论家、讽刺作家、历史学家。

当时那些贵妇人的观念,这人是穿衣戴帽的动物,非同猴猕,浑身只裹张皮毛。人若不穿衣,如同大象没鼻子,校园没学生,士兵没勇气一样,有失体统。岂止有失体统,它们属于兽类,得不到人类认可。即便是写生用的模型亦属禽兽,绝不可与人类为伍,损了她们贵妇人的品位。为此她们拒绝出席典礼。教师职员虽也知道跟这般女人讲不通道理。可在这个世界,无论东西方,女人都是当装饰品摆设的,她们一不会舂米二不会打仗,可建校典礼却少不了她们。学校没办法就到布店买了三十五匹八分七①黑布回来,给那些属于兽类的人体模型全穿上了衣服。谨慎起见,还特意将模型的脸——包了起来。如此折腾一番才算把典礼开了。

  衣服对人来说实在太重要了。最近兴起什么裸体画,有些老师还主张人也裸体,实为大错。自生下来我一天也没裸体过,所以让我怎么看,都是不该的。裸体本是希腊罗马人的遗风旧俗,乘着文艺复兴时代淫靡之风始流行于世。他们希腊人和罗马人对裸体司空见惯,不会联想到这与社会风纪有什么关系。可北欧不一样,那儿天寒地冻。就连日本,你光着身子也出不了门,何况德国、英国,要是不穿衣服,人会冻死的。有谁愿找死呢,还是得穿衣服。大家都穿了衣服,人便成为服饰动物。而一旦为服饰动物,在路上若突然见了个裸体动物,便不会把他当人看待,而视为兽类。因此,欧洲人尤其是北欧人,视裸体画与裸体像为兽类,而且比猫儿还低了个档次。你说那叫美?裸体美倒也无妨,可看作禽兽之美。讲到此处,有人要问了,你可曾见过西洋妇女的礼服?我一个猫儿,哪里见过!据说她们的所谓礼服,是袒胸露肩,光着膀子的。简直太奇怪了!直到十四世纪,她们的服装并非如此荒唐,与一般人也没多大区别。因何故发生变化,竟落得这般低俗,说来也太烦琐,免了。无非知者自知,不知便罢而已。历史原因暂且不去追究了。

  话说她们虽有这怪习气,夜晚放纵地袒胸露臂,可毕竟内心有点人性。白天太阳一出,便看到她们缩起肩膀,遮住胸脯,把那双臂也裹得

---

① 在此指遮盖三十五具人体模型的布。

紧紧的,甚至连个脚趾头被人看见都羞羞答答。由此可见,西方的礼服不伦不类,纯粹是由一堆傻子瞎鼓捣出来的。听了这话你若不服,不妨大白天祖胸露肩把胳膊也亮出来到外边走走试试。同样,你若信奉裸体、崇拜裸体之美,索性让你女儿赤身露体,顺便自己也脱个精光,到上野公园去走上两圈。做不到?那不是。只怕人家西洋人不这么干,你也就没那个胆量。现在,不是就有人穿着那不伦不类的礼服还趾高气扬地出入帝国饭店①吗!问起理由,没说头,人家西方人穿,我们就穿呗。只因西方强势,便不管他们做事多荒唐,多愚蠢,不跟着学学好像就不甘心。俗话说碰到强势你就往回退,硬的你就软着点儿,重东西压你,就扁下来。老这么着,人还要那脑筋干吗?脑残了也没办法,你得认。还是别把日本人看得太伟大,看得过高。学问也是如此,但这跟服装无关,话到此告一段落。

衣服对人类至关重要,以致你看人的时候搞不清究竟是在看人还是看衣服,可见衣服已成为人的重要条件。人类的历史既不是肌肉的历史,亦非骨头的历史,更不是血液的历史,它当是衣服的历史。你见人不穿衣服,会感到他不像个人,会觉得遇到个怪物。如果怪物联合起来申明:我们都是怪物。这将意味着怪物会马上消失,用不着担心。而为之烦恼的其实是他们人类自己。

远古时代,自然造了人类,并将他们平等地抛到世间。所以不管什么人,皆是赤条条诞生于世。如果人的本性安于平等,那该都光着身子长大成人。可其中有人说话了,你我彼此都一样,那努力还有什么用。辛苦半天也不见个结果。还是得想办法让人知道我就是我,谁见了我马上都能认出来。于是提议做个什么东西挂在身上,让众人见了为之一惊便好。思来想去,经过十年的考虑,终于发明了一种大裤衩,他立刻穿上它到处显:瞧我够厉害了吧!这人就是今天车夫的老祖宗②。也许你会觉得奇怪,这么简单的大裤衩竟花了十年工夫。其实,这是你以今天的角度来看古代那个野蛮的原始社会,故下此结论。殊不知当

---

① 日本历史悠久的著名西式饭店。
② 车夫的老祖宗,车夫在拉车时,衣着简便,多仅穿大裤衩。

时那可是个最大的发明。笛卡尔①的名言"我思故我在",这个连三岁小孩子都懂的真理,据说也经过了十多年思索。凡事要发现点儿什么是极不容易的。虽说花了十年工夫才发明那个大裤衩,可凭着车夫他那个智力水平,算是相当成功的啦。

大裤衩问世后,最得意的自然是车夫了,他们穿着大裤衩在大街上横行阔步,自以为是。对此,有人耿耿于怀且不甘落后,遂花了六年工夫发明了一种叫外褂的无用之物。于是大裤衩的势力马上衰退,进入外褂的全盛时代。那些开蔬菜水果铺、药铺、布店的都是那个发明家的子孙后代。在大裤衩时代、外褂时代之后迎来了裙裤时代。这裙裤也是一怪物自己构想出来的,理由很简单,气不过:那外褂算个啥,实在不怎么样。旧时代的武士与今日的官僚皆属此类。

古往今来怪物们争先恐后、不断标新立异,甚至礼服也要独出心裁模仿起燕尾了。不过若回头追溯其来由,这些发明绝非强迫,取闹,或偶然,或头脑发热随意设计的。各种新颖款式皆表述了人们争强好胜,勇猛上进之心切。当你穿上件新式衣服,便可不必挥舞着手脚到处张扬:我可跟你们不一样!

根据以上的心理,可发现一大真理,既是:人类厌恶平等,如自然界忌讳真空一样。既然厌恶平等,衣服已经如同骨肉一般被时刻裹在身上。可如今竟有人企图摧毁人的这一本质部分,回归至盲人木阿弥的公平时代,可谓狂人之举。行!叫他狂人也罢,可世界终究无法回到那个原始社会。在现代文明人的眼里,倒退回归的那帮人都是些怪物。纵令他们将世界上数亿人口都拉到那个怪物圈里,号称获得平等,以为彼此都是怪物,可放心地不必感到羞耻。然而,事实并非如此。当有朝一日,世界变为怪物的世界时,随即便立刻会出现怪物之间的竞争。不能穿衣服竞争,怪物们也自有其他方法。裸体对裸体也非要彼此争个千差万别。仅此来看,这衣服是绝对脱不掉的。

话说眼下我所看到的这群人,他们把不该脱的裤衩、外褂乃至裙裤

---

① 笛卡尔(1596—1650),法国哲学家、数学家、物理学家。被誉为近代理性主义哲学的创始人。

——放到柜子上,在众人环视之下,肆无忌惮地大声谈笑,各自的狂态暴露无遗。前文我说的一大奇观,即指这一光景。在此,若将其中点滴介绍给文明的诸位君子,当是大幸。

前后颠倒我也不知从何说起。怪物们干的事情没规没矩,要我按顺序证明一番还颇费精神。还是先从浴池开始讲吧。其实是不是浴池也不清楚,大体就是个热水槽子。宽约三尺,长有一间半,被隔成两半,一半是乳白色的,说是叫"药池"。就像扔了些石灰融化的颜色,混浊一片。而且不仅是浑,上面还漂层油,是既混浊又油腻。仔细一闻还有股臭味,倒不奇怪,听说这水一星期就换一次。旁边另一半是一般的浴池,不过那水也绝对称不上清澈透明。就跟消防水桶里存的雨水,一搅便浑那个程度。

下面该叙述怪物们了。得费些工夫。

消防水桶边上立着两个年轻人,互相各往对方肚子上哗哗泼水。让人欣慰的场面。这俩怪物全身上下黑乎乎的,看上去还特别健壮。不一会儿,一个人用毛巾一边擦着胸前,一边问:

"阿金,怎么搞的,我这里疼得厉害,咋回事儿啊?"那叫阿金的郑重其事地告诫他:

"那儿是胃啊,那要疼了,关系重大,不好好养着点儿,要命的。"他又指着左边肺部说:"是左边呀。"

"那儿就是胃,左边是胃,右边是肺。"

"真的?你看,我还以为胃在这块儿呢。"他拍了拍腰部让阿金看,阿金说:

"要是那儿,是得了疝气啦。"

俩人正说着,一个二十五六岁的年轻人,腮边留着淡淡青须。只见他扑通一下跳进浴池,满身的污垢连同肥皂沫都漂到水面上来,水上浮出一层带油垢的水锈,油光发亮。又见他身旁水里露着俩脑袋,是个秃头老汉缠着个小平头在争辩什么:

"这把年纪不中用了。人一老脑子转不动,不像年轻人。但是这洗澡水它不烫点儿还真难受。"

"您老儿身体棒着呢。有这精神不错了。"

"不行啦,只是没什么病罢了。人只要不干什么坏事,活他一百二十岁没问题。"

"能活那么长吗?"

"那可不,一百二十没说的。维新以前,这牛込街上住着一个叫曲渊的武士,他家一个奴仆活了一百三呢。"

"那活得够长了。"

"活得太长,连多大岁数他自己都忘了。说一百岁还记得,以后就忘了。我知道的时候,已经一百三十了,还没死。以后就不清楚了。弄不好也许现在还活着呢。"说着他从浴池里上去了。那个留小胡子的哗哗两手把身边的水来回拨拉着,喜滋滋独自取乐,扬起的水点就像云母一般飞散开来。接着又跳进来个怪物,这怪物不同一般,背上刻着刺青花纹,那样就像岩见重太郎①挥舞着大刀击退蟒蛇。可惜的是,刺青尚未竣工没成形,也看不出来是条蟒蛇。所以这位重太郎先生显得底气不足。他跳进水池说:

"这水温吞吞的。"接着又有一个人说:

"这水好像……得加热点儿。"说是嫌水凉了,可那张脸皱得好像又嫌水太烫了似的。他见重太郎打了个招呼:"师傅。"

重太郎也回了一句:"你来了。"又过了一会儿,问道:

"阿民呢?"

"他呀,还不是老搓麻将。"

"老搓麻将……"

"是啊。那家伙心眼不好,让人讨厌。咋说呢,就是没个信用。让人信不得。你个匠人要直率有点侠气,可那个样实在是……"

"那是。阿民一天总爱摆架子,行个礼,头也不低着点。信不得。"

"真是,那神气,以为自己有把手艺呢……其实是自找没趣。"

"白银街上老人大都过世了。现在就是做木桶的元老大,修房顶的大师傅还有您啦。不管怎么说,都是这儿的老户呀。可那个阿民他

---

① 岩见重太郎,战国时代的剑客。筑前国(今福冈县西北部)小早川隆景(战国时代至安土桃山时代的武将、大名)的家臣。民间传说他周游列国时曾打退山贼等。

从哪儿来的都不清楚。"

"是啊。就那样也干出来了。"

"嗯,就是不招人喜欢,跟人也没个交往。"俩人把那阿民彻头彻尾地攻击了一番。

消防水桶那块儿的事儿到此结束。再去看看那个白色的药池吧。

那池子还真大,里边泡满了人。其实应该说是人堆里灌了点水才更确切。这帮人一个个悠悠哉哉,只见进的,却不见一个人出来。泡这么多人,水要等一个星期才换,那怎能不脏!

再看池子里面,只见苦沙弥被挤得缩在左边角落,满脸通红。可怜谁能给他让出条路赶快出来也罢。可一没见有人肯动动,二不见他本人要出来的样子。主人缩在那儿,身上越来越红。实在够辛苦了。或许他是自己乐意如此,怕可惜了那二分五厘的洗澡钱①。可我这猫儿还是很替主人着想,蹲在窗户边不免有些担心:再不赶紧上来,泡久了人要晕倒的。只见这时,他旁边有个人皱着眉头说:

"这药汤的劲儿太大了,脊梁背后一阵阵地直冒热气。"他是在寻求周围怪物们的同情。

"嫌烫!这热劲儿刚好。药池没这么热可就不管用了。我们老家比这儿要热一倍呢。"这人扬扬得意地嚷嚷着。

"这药池到底对啥病管用?"一个头顶凸凹的人用毛巾叠起来盖住头,问大家。

"那多了,各种各样,能治百病。厉害着呢。"说这话的是个瘦脸人,面色、脸形都像根黄瓜。我想,既然那么管用,你也该壮实点儿才是啊。

"加了药第三天或第四天最好,今天正是泡的时候。"这人见多识广,挺个大肚子。大概身上的污垢都被泡起来,胖成这样儿了。

"喝一点也管用吗?"尖声尖气问这话的不知从哪里来的。

"冷了你喝上一杯睡觉,那才神呢,一晚上都不起夜。哎,你自己

---

① 日本直至大正时期,市面上仍流通五厘钱的货币。昭和时代初期,入浴不超过十分钱。

试一试。"分不清是谁这么给他答了一句。

这浴池里的事情说到此处,再去瞧瞧冲水换衣服那儿的风光吧。

哇,满满一排人!这些亚当们虽上不去油画,却可在此随心所欲各摆姿势,无人干涉爱怎么洗就怎么洗。其中令人尤为吃惊的,有两个亚当似乎闲得没事干,一个就直挺挺仰身躺在地板上,两眼望着屋顶上的天窗出神。另一个趴在地板上,眼睛一直盯着地面上的水沟。一个大和尚面对石壁蹲着,小和尚给他不停地敲打双肩,这恐怕是师徒关系,小和尚被当搓澡的用。其实,搓澡工三介也在,不过他好像感冒了,这么热的地方还穿着棉坎肩,拿个椭圆形小木桶给客人肩上哗啦哗啦倒热水。他的右脚大拇指间还夹着一块搓污垢的粗布条。这边儿有个人贪心地抱着三个小木桶,一边劝旁边的人用肥皂,一边嘴里滔滔不绝在讲什么。听了听,原来说的是这事儿:

"火枪是从外国传来的,过去呐,你我刀对刀地互相砍杀。可外国人没那胆儿,就弄出这玩意儿来。好像不是中国人造的,是外国人。和唐内①那个年代还没这玩意儿。其实和唐内就出自清河源氏族②,听说当年义经从北海道跑到满洲时③,一个极有学问的北海道人也跟着他去了。后来义经的儿子攻打大明,大明招架不住,出使求救,望幕府三代将军德川家光④借兵三千。德川将军就把使节留下没放他回去……他叫什么来了?反正传说叫什么的使节……把他给扣留下来了,住了两年,在长崎给他找了个妓女来。那妓女生下个儿子,就是和唐内。后来他回国,见大明亡国了……"讲了半天也不知讲什么。他

---

① 和唐内,近松门左卫门所作净琉璃《国姓爷合战》的主人公。原型为郑成功,明朝遗臣郑芝龙亡命日本之时,与长崎县平户女子田川氏所生之子。郑成功从事贸易活动的同时,以恢复南明政权为目的归顺明朝,抗击清廷。原作本为"和藤内",后常用"和唐内"。
② 清和源氏族,清和天皇将其子贞纯亲王的子孙降为臣籍,并赐源姓。夏目漱石在小说《少爷》中写道:"(少爷)以前也是个旗本。旗本从前是清和源氏,是多田的满仲(清和天皇之孙经基的儿子)之后裔。"
③ 原文使用的是北海道旧称"虾夷"。日本民间流传源义经(平安时代末期名将)于衣川馆之战后北逃,经北海道渡海入满洲,成为蒙古国创立者成吉思汗的奇闻。
④ 德川家光(1604—1651),江户幕府第三代将军。通过对大名施加参勤交代的义务及实行闭关锁国政策,巩固了德川幕府的统治。

身后有个人脸色阴沉,闷声闷气一直在用白色的药池水热敷自己大腿根儿的地方。好像那儿长个脓包很痛苦。那人旁边是个年纪十七八的小伙,高声乱叫,喋喋不休,大概是住在附近的书生。又见一个人脊背长得奇怪,脊梁骨的骨结一个个凸起来就像从屁股上插进去一根寒竹,且左右各有四个,整整齐齐,就像十六棋子,棋子儿周围一圈又红又肿,有的还化脓了。

照这样写下去,太多了。而经我描写形容的不过其中的一小部分而已。正在后悔自己干了件蠢事儿,想逃避,入口处突然进来个七十岁的和尚,一身淡黄色的棉布和服,恭恭敬敬地对着这帮怪物行了个礼:

"喔,各位好啊,每日承蒙关照,多谢多谢!今日有些寒气,务请多泡会儿啦。这边药池多泡几遍,身子就暖了,慢慢洗啦……当班的,多看着点儿,冷热看好啦。"一口气说了这一串。当班的回了一声:"好嘞!"

那个讲和唐内故事的,一听赞赏道:

"这老板真会说话。不这么干,你就做不成买卖。"

突然看见这个怪老头,让我先吓了一跳。愣了会儿,决定要关注他。老头见刚从池子上来一个四岁男孩,便上前招手:"小兄弟,来,过来一下。"

孩子一见老头那张扁平大脸,像豆馅儿团子被踩扁了的样儿,突然哇一声哭叫起来。老头多少有些虚情假意,感叹了半天:"哭啦?怎么了?害怕这老爷爷吗?这可——"

没办法,又转过头来叫他父亲:

"哦,是源先生啊!今儿这天冷啊。昨晚近江家①进了个贼,那可真叫个笨蛋,他把那偏门弄了个四方洞,可后来,你说,他居然什么也没偷就跑了。大概是碰上警察或当班值夜的②了。"他把那个愚蠢的小偷讥笑了半天,又抓住另一个人,说:

"喂,今儿够冷的吧。你们都还年纪轻,不觉得吧?"那老头就一个

---

① 近江屋药材店。
② 为防止偷盗、火灾等,敲着梆子巡夜。

人叫唤着冷。这半天光注意那老头了,竟把其他怪物都忘在一边儿了,就连我家主人,可怜地挤在角落的事儿也给忘得一干二净。正在此时,突然听见冲澡和换衣处那边有人大声喊叫,一看,没错,正是苦沙弥先生。那声音之大、之嘶哑,虽说不是今天才知道,可毕竟在这场合下,让我吃了一惊。我马上断定,他肯定是在热水里泡得时间过长,终于忍受不住,火上来了。假如单单是个病,倒也不应责怪他,可现在并非如此。他虽是怒火冲天,但脑子神经极为清楚。至于为何如此大声吼叫,一说便明白,那根本不值。就是两个不懂事儿的少年书生,他跟人家争吵起来了。

"一边去！别把水溅到我的木桶里。"先发怒的当然是主人。凡事要看你怎么去想,没必要断定他这吼叫仅是心里有了气。或许众人里面会有这样的解释,就像高山彦九郎①,他也想自己亲口怒斥山贼。弄不好主人也是这个打算才表演了一番。可对方若不愿做那山贼,预期的效果自然也达不到。只见书生回过头不紧不慢地说了一句:

"我一直就在这儿。"他不肯让开,就这么简单,只是未遂主人的意愿。可他的态度也罢,用词也罢,你怎么都不能骂人家是山贼,这一点主人他也得承认,尽管心里极恼火。说老实话,主人发怒也并不是嫌那书生所站的位置。俩少年一开始就气焰嚣张。主人在旁听得实在忍无可忍,这才动了肝火。现在见人家对答有礼,他却不肯就此了事,到了更衣处,主人又扔下一句:

"这混账家伙,噼噼啪啪,把脏水怎么溅到人木桶里！"

我也有点儿恨这俩小子,听了主人这话,心中暗自叫好。不过,主人作为学校教员,这言谈举止未免欠妥。他太固执了,像块煤渣又干又硬。

话说古代,汉尼拔②翻越阿尔卑斯山,一块巨石挡在路中间,阻碍士兵前进。于是,汉尼拔下令把醋倒在岩石上点火燃烧,待到岩石逐渐

---

① 高山彦九郎(1747—1793),上野国(今群马县)人,江户时代末期的尊皇论者。与林子平、蒲生君平并称"宽正三奇人"。曾周游诸国宣扬尊皇思想。
② 汉尼拔(Hannibal,前247—前183),北非古国迦太基名将、军事家。前二一八年,率领军队翻越阿尔卑斯山进入意大利,给罗马共和国造成一时威胁。前二〇二年,与罗马将军西庇阿展开战争,大败后服毒自尽。

变软,又用锯子就像切鱼糕一样把它锯开,使军队得以顺利通过。再说我家主人,他在那么管用的药池里泡了许久,却没见任何效果。看来只能给他也浇些醋,然后再去烤烤。否则年轻人就是来个几百人,花上几十年工夫,怕是也治不好主人的死顽固。

泡在浴池里,挤在冲澡这块地儿的,是一群怪物。进入文明以后人类必不可缺的衣服被他们脱了,自然便不能按照常规常理来要求他们。一切我行我素无可非议。长肺的地儿可让胃来取代,和唐内可变成清河源氏,阿民亦可不讲信用,这些都不成问题。然而他们一旦走出那块地儿,来到更衣处,就不是怪物了。到了人类日常生息的世界,穿上文明所必需的衣服,一举一动须是个人模人样。

主人他正脚踏在门槛上,属于冲澡与换衣两地之间,就是说本人即将返回到那个俗人世界,须察言观色,圆滑通融些。于此关键时刻,主人若依旧顽固,便足见他这顽固已是一种病,且根深蒂固难以消除。即是病症,治疗起来并非容易。按照鄙见治疗此病只有一个方子。即是让校长把他革职了。一旦被革职,不通人世的主人便无路可走,流落街头。其结果:死路一条。换言之,对主人来说革职会间接致其死亡。他虽喜欢得点病,但绝对不愿死。他奢望,得了病却不至于死。如果吓唬他说得了这病你就得死了,那主人听了准会吓得胆战心惊。我想这一惊吓,就会把病全吓跑了。如果仍不见好转,那也就由他了。

话虽这么说,主人再愚蠢,得病,他毕竟是我的主人。诗人也说:"必偿一饭之君恩。"我这猫儿怎能不关心主人。方才便是这种怜悯之情涌上心头,就只顾注意主人,忽视了观察冲澡那边儿。正在此时,突然听到药池方面一阵叫骂。"又有谁吵架啦?"遂扭头一看,那个要弯腰进出的浴池门口,被怪物们挤得水泄不通,毛绒绒的小腿,白白的大腿扭作一团。

时值初秋日暮,整个浴池被蒸汽笼罩着,朦胧之中只见那些怪物们一片混乱。水太烫了!好烫啊!一阵乱叫声震得我头昏脑涨。澡堂里,各种嘈杂呼唤声,红黄绿黑重叠交错,除了混杂与迷乱之外,不知叫唤什么。望着眼前这光景,我只是感到茫然迷惑。

不时,又是一阵哇哇乱叫声,澡堂的混乱局面达到极度紧张。就在此刻,突然一个大汉从互相推挤的人群中猛地站出来。他身材高大,比起周围足高出三寸。那张脸,辨不清是长满了胡须,还是胡须间长出张脸来。只见那汉子扬起他的大红脸,如同白日撞破钟,吼叫着:

"快加水,添些水!太热,热死了。"这吼声,这大脸,与这些乱糟糟的乌合之众相比格外突出。瞬间,令人感到整个澡堂只有此汉一人在场。超人!这就是尼采所说的超人,是魔中大王、怪物头领。此时,浴池后边有人应了一声。我眼睛一转向那边望去,黯淡中,见那个穿着坎肩搓澡的三介呼的一下往锅炉里扔进一大块煤。透过炉盖那煤块在里边噼啪噼啪响起来,一时照亮了三介半边脸。同时他身后的一面砖墙在昏暗之中映照得火红通亮。真有点让人害怕,我赶紧从窗户上跳下来。

回家的路上我边走边想:人脱了外褂,脱了裤衩,脱了裙裤努力要寻求平等。可就在这赤裸裸的人群中依然有个豪杰,他一丝不挂现身,压倒众小人。可见,人即使都脱得一干二净,也不可能得到平等。

回到家中,这里可谓天下太平。主人他洗了澡,红光满面正在用晚餐。见我从檐下走廊跳上来,自言自语道:"这猫儿可真够逍遥自在的,又到哪里去逛了一趟。"我上前瞅了一眼,这家人总说没钱,可桌上竟也摆着两三样菜,其中还有一条烤鱼呢。不知是条什么鱼,肯定是昨天在御台场①被人家捞上来的。前面说过鱼是很结实的,但被这么一烤一烧,它再结实又能怎样!还是病快快,求个苟延残喘足矣。如此思想,我蹲在饭桌旁边,伺机吃点什么,遂做出对眼前一切视而不见的样子。要知道不这么装模作样一番,还吃不到好东西。只见主人用筷子把鱼戳了一下,便又放下,似是觉得不合口。夫人坐在他对面一声不吭,筷子一上一下没停着,同时她在仔细观察主人两颚的离合开关。

"喂,你把那猫头给打一下。"主人突然要求夫人。

"打它,你要干什么?"

---

① 亦称台场,位于东京都东南部东京湾的人造陆地上。江户时代末期,幕府为抵御外敌入侵在此设置炮台,故名台场。

"不用管那么多,就打它一下。"夫人用手掌把我的头敲了一下。不疼不痒。

"怎么不叫呢?"

"唉。"

"再给它一下。"

"不都一样吗。"夫人又敲了一下,还是不疼不痒,我蹲着不动一动。实在搞不明白主人意图。我这智谋高深的猫儿,若知道他的意图,也会想办法给应付一下。可你只说"打",打我的夫人摸不着头脑,挨打的我也不知所措。主人见两次打得都不如愿,显得有点着急:

"喂,打得让它叫一声啊。"

夫人不耐烦地又送上来一巴掌:"叫了又怎么啦?"这下我才明白他的目的了:不就是叫一下嘛。主人就这么蠢,真让人讨厌。若让我叫,你早点说清楚,用得着三番五次这么折腾吗! 一次能了的事儿完全没有必要这么烦人。命令是"打",这"打"就是目的,你不该用在其他场合。"打"是你的事儿,"叫"则关系到我。开始期待人家"叫",却只命令"打",以为打了,便包含着叫,那是你一厢情愿,没道理。这是不尊重人格。是欺负猫儿。如果是你最厌恶的那个金田君,他干得出来。可主人你一贯做事光明正大,以此引为自豪,这不就有点卑劣了! 不过说实话,主人并不属于那种刻薄人。发此命令也并非是他心术不端。按我的推理,当源于其智慧不足脑子没转过来,便耍了点小聪明。吃了饭肚子便饱,刀子割一下那要流血;杀了人人就死。可你说打却让人叫,这恐怕太武断。对不起,世上没这个理。若按他这理论,人在河边掉进水了,那人肯定会死;吃了油炸的东西那得拉肚子,领工资的必须上班;读了书就出人头地。凡事皆如此推论,自然要给人平添许多麻烦。比如说一打便哭叫,就让我十分困惑。你把我当小石川区的报时钟①,一敲即响。那我这猫儿生于此世还有什么意义! 我在心里把主人好好损了一顿,表面则遵命给他叫了一声,"喵……"主人听我叫了

---

① 指当时小石川区(今东京都文京区)关口驹井町的目白不动堂(位于新长谷寺寺内)的报时钟。

一声,遂问夫人:

"叫了。你知道这声叫是感叹词还是副词?"这话问得实在太唐突了,让夫人无言以对。可我知道这是主人刚才洗澡洗得头发昏了。主人本来就是个怪人,这一带出了名的,有人甚至断言他就是个神经病。但主人很自信,坚持说有神经病的,不是自己而是世上凡人。见周围人把他叫"神经病",他即声明为了维持公正应把他们叫"蠢猪"。实际上不管怎么说主人都是很想维持公正的。真够麻烦的。他就是这种人,对夫人发了如此怪问,在他看来不足为奇,这点小事儿算个什么。但让别人听了就跟发神经病差不了多少。夫人这会儿也被他问得晕头转向,半天说不出话,我呢,更是无话可答。这时主人又突然大叫一声:"喂!"

夫人一愣:"唉?"

"这'唉'是感叹词还是副词?"

"你说什么?你管它呢,多无聊。"

"那怎么行!这可是目前最让语言学家们伤脑筋的,是个重大问题。"

"哎呀呀,不就是猫叫嘛!烦死人了。再说,那猫叫,它也不是日语啊。"

"那是不是日语不好说,问题也就难在这儿了,这不,现在都搞什么比较研究。"

"原来是这样。"夫人还算聪明,不想为这事儿给牵连上了。

"那弄明白了吧。"

"那么重大的问题,哪里一下就能解决。"主人吧唧吧唧地吃起鱼来。接着又去夹猪肉炖芋头。

"猪肉?"

"是猪肉。"

"哼。"一副不屑一顾的神气,将其吞咽了下去。随手拿起酒杯:

"酒,再来一盅。"

"今晚喝得不少啦,脸都红了。"

"得喝——你知道这世界上最长的字吗?"

"知道,是前关白太政大臣①。"

"那是人名,我问的是最长的字。"

"最长的字,是横写的?"

"嗯。"

"那我不知道呀。酒可以了吧,用饭吧。唉。"

"不吃饭,我要继续喝。我告诉你那个最长的字吧。"

"行,说完就吃饭啊。"

"Archaiomelesidonophrunicherata。"②

"你胡编的吧。"

"怎么能胡编,这是希腊语。"

"什么意思,日语叫什么。"

"意思我不知道。只知道这么拼写。写长了能有六寸三分。"别人说这话多是酒席上喝醉了,可主人却说得一本正经,这就是一大奇观。今晚他是喝多了。平时不过两小盅,今天已经四盅了。本来喝两盅就脸红的,今天多喝了一倍,那脸如同火筷子烧得通红通红,不会好受的。但他还是不停,又说:

"再来一盅。"夫人看他实在不像话,只好劝道:

"算了吧。别喝了。喝多了会不舒服啦。"

"不舒服,没什么,这也是个锻炼。大町桂月③说了,得喝。"

"桂月?是个什么?"那么大名气的人物,在夫人看来可就一文不值了。

"桂月可是当今一流的评论家。他说要喝,那肯定不会错。"

"真是说傻话。管他什么桂月、梅月的,让人喝酒受罪,管得也太多了。"

---

① 藤原忠通(1097—1164),平安时代末期的公卿、和歌诗人。任摄政关白、太政大臣。晚年于法性寺出家。在古典和歌集《小仓百人一首》中称"法性寺入道前关白太政大臣",可谓最长的署名。该和歌集中录有"茫茫船出海,放眼望天边。白浪滔滔滚,疑是碧云翻"之句。

② 古希腊早期喜剧代表作家阿里斯多芬的作品《蜂》的一句台词,意为可爱的人。

③ 原名大町芳卫(1896—1925),近代日本诗人、随笔家、评论家。一生酷爱酒和旅行,足迹遍布日本各地。其雅号桂月源于出生地高知县桂滨。

"不光是酒,还说我需要交际,有点风流韵事,要出去旅游。"

"那不更成问题了,什么一流的评论家?没见过这种人,劝人家有家室的风流什么!"

"能有一点也不错嘛,不用他桂月劝,只要我有钱自己也会的。"

"没钱,倒是我的福气了。现在你要去寻欢作乐,那这家还怎么过啊。"

"你要嫌,我就不了。但你得把丈夫多尊重点儿,伺候好,晚饭也给搞得丰盛些。"

"这也是尽了心的。"

"真的?那享受寻乐的事儿待有了钱再说吧,今晚这酒,到此不喝啦。"说着把饭碗递给夫人。他这一顿吃了三碗茶水泡饭。我呢,那晚,享用了猪肉三片,烤咸鱼头一块。

第 八 章

之前,在讲我绕竹篱笆运动时,曾对主人家周围篱笆墙做了些介绍。现在提醒诸位,别误解,以为苦沙弥家房租便宜,隔着道篱笆墙,那邻居就是些杂七杂八没教养的庸人了。其实,篱笆外面是块空旷地,五六间大,空地的尽头立着五六棵柏树,枝叶茂盛。从房檐下走廊方向看去,周围一片森林,好像主人家孤零零就坐落在荒野之中。先生悠然似是江湖居士,身旁伴着一只无名无姓的猫儿,好不自在。不过那柏树,也不像刚才吹嘘的那般枝叶葱葱郁郁。林子后面的公寓房顶可看得一清二楚。公寓叫"群鹤馆",名字虽起得响亮,可房子造得简易。当然他们也很难想象先生是个何等人物。简易公寓如果能叫"群鹤馆"的话,先生这里确实称得上是卧龙窟了。好在起名又不上税,谁想挂什么招牌无人干涉。

且说对面那空旷之地沿着篱笆东西方向,长约十间,在北面又拐个急弯把卧龙窟围起来。而北面这块空旷地则是引发骚动之处。本来房子周围有这两块空地,宽宽敞敞足以让人自豪。可卧龙窟的主人,就连我这猫,面对着它也感到十分棘手。就像房子南面那些柏树一样,北面是一排桐树,七八棵,一尺来粗,若把它卖给做木屐的当是个好价钱。可惜这房子是租的,即使你有眼识货也不能随便把它怎样。所以对主人来说它毫无价值。前些天,学校有个工友来砍了根树枝,第二次来,那脚上就穿了双新木屐。大厚脸皮,不管你爱不爱听,人家只管得意自吹:这木屐是我用砍的树枝做的。几棵桐树,的确对我和主人一家分文不值。古人说:匹夫抱玉有罪①。看来主人家这桐树白长了,让他抱着块宝贝,一点用也没。要说愚蠢,不是主人也不是我,该怪那个房东家

---

① 语出《春秋左传·桓公十年》:"周谚有之:匹夫无罪,怀璧其罪。"

传兵卫。那桐树自己好像也很着急,似在催促:"谁来,谁家来,拿去做木屐呀。"可是房东他只知道收房租,根本不管这些。当然我跟人家房东无冤无仇,坏话到此打住了。

言归正传,下面给诸位说说那骚动之祸根,即这块令人头疼的空地。当然这话绝对不能让主人听见,更不能对外声张。

那块空地本来没有围墙,风一来畅通无阻,人抄个近路,无须报准,通行大大的自由。要说它通行无阻尚有欠妥,不完全符合现实。准确一点,应该是至今如此。要说这理由则需要往前追溯了。原因不明医生难以处方。下面就从主人搬到此处那会儿讲吧。

众人皆知院子通风,夏天既凉爽又畅快。何况,主人家贫寒无财,即使戒备疏忽些,人家盗贼也不上门来。所以主人家完全不需要任何围墙、篱笆,乃至栽几根木桩结扎刺灌木之类的。当然,这要看住在空地对面的人或动物他们究竟是哪一种类。也就是说要弄清楚盘踞在那里的"君子",有哪些特征。你说,不知他们是人还是动物,便称为君子岂不结论下得过早。其实,基本上叫君子不会错的。你不见如今这世道,把盗贼还称作"梁上君子"呢。不过,我说的这些君子,他们不属于去招惹警察的那类。虽不找警察麻烦,可数量极多且成群结伙。号称落云馆①的那所私立中学,就有君子八百余名。学校为了将这些君子培养得更为优秀,每月还要收两元学费。你以为既然叫落云馆,自然该是雅士君子所居之地?大错特错,实不可信,如同"群鹤馆"内并无一鹤,卧龙窟里有我这猫儿一样。所谓学士教师里,有像主人苦沙弥这般狂人奇士,你便可知,落云馆的君子并非全是风流好汉。若依旧想不通,你不妨到主人家住上三天瞧瞧看。

如上所述,刚搬到这里时,空地上没有围墙。落云馆的君子就像车行的大黑一样,经常钻到桐树林子里来。他们大侃,大吃,或躺在竹丛里,无所不为。人一走,那些盒饭的残骸尸体即竹叶子、旧报纸,还有破草履、破木屐,凡带破旧二字的东西,全被扔在这里。主人凡事不愿多

---

① 落云馆:漱石家院子背后,一墙之隔的是私立郁文馆中学,现名为郁文馆高中。此处为拟名。

问,见此状况也颇为宽容,并没提什么抗议,或许只当没看见或干脆佯装不知而已。可没想到,那些君子在学校受了教育,越发像个君子样,他们由北向南蚕食过来了。要用"蚕食"说那些君子不太合适,可以作罢,但一时又找不到其他更合适的语词。他们如同沙漠上的游牧人,逐水草而徙居,逐渐从桐树林向柏树林一带进攻。而那片柏树林是正对着客厅的,你说,若不是胆大如天,他们敢这么来吗!没过一两天,胆大的家伙们胆子越发膨胀,可谓超级大胆。真是没有比教育效果更令人震惊的。他们不仅逼近客厅正前方,而且还对着客厅唱起歌儿来。我忘了是什么歌了,但绝对不是三十一个字短歌①之类的,听起来很活泼,且易入耳。不仅主人听了大为吃惊,连我也情不自禁竖起耳朵,要敬佩他们的艺术才华了。可读者也知道,"敬佩"的同时也会感到"烦恼"。而此时此刻,两者竟是合二为一了。现在回想起来也不胜遗憾。当时主人恐怕也有同感,他不得已从书房跑出来:"这儿不能随便进来,赶紧出去。"可这些君子是受过教育的,赶走了两三次,被训斥两句也不会就此老老实实听话的。结果是刚被赶走,就又回来。并且放声高歌,大声喧哗。他们说话也都不同一般,什么"你小子""鬼知道"等等。据说说这话的在维新之前都属于折助、云助、三助②那类下人。进入二十世纪以后,有文化教养的君子居然只学这类语言了。对此有人解释说:与旧时代运动被人轻视而今大受欢迎一样,一个理。

有一次,主人又从书房里跑出来,这回他抓住一个家伙,这家伙最熟知君子之流的语言。主人盘问他为何至此。不料那位君子竟然忘了用他平日讲的那些谦词雅语,他答道:"我以为这里是学校的植物园呢。"主人听他回答得如此俗气,便训斥了两句,放他走了。一听这"放"字,好像在说放了乌龟,很可笑。其实是,主人揪着那君子的袖子谈判了半天。他以为如此训斥一番,今后他们该放老实一点。然,自从

---

① 日本的一种诗歌形式,受汉诗影响发展而来,每句五音与七音相交错。和歌源于奈良时代,明治时代后和歌仅存短歌形式。短歌有五句,每句音节数分别为五、七、五、七、七,共三十一音。
② 德川时代"折助"指武士家的仆人,"三助"指澡堂烧水、搓澡的伙计,"云助"指挑担子或其他干苦力的人。

女娲补天以来,世间人事总是事与愿违。主人这次又失算了。

这不,听见北面有人穿过院子哗啦一声打开大门,以为是客人来了,一看,桐树那边只是传来一阵哄笑。形势越发严峻,教育的效果愈加显著。可怜那主人一筹莫展,只好钻进书房恭恭敬敬给落云馆的校长奉上一纸,恳求校方稍加管教。那校长也郑重其事回函,敬请主人稍候一时,答应给修个围墙。不日,来了两三个工匠,用了半天时间,在主人的院子与落云馆之间立了一道篱笆,高约三尺。主人对此非常满意:这下终于可放心了。我说主人就是太愚蠢,这点篱笆,怎么可能改变君子的行动。

捉弄人是很愉快的事情。连我这猫儿有时也爱把主人家的女儿捉弄一下玩玩。苦沙弥这种呆头呆脑的人被落云馆君子捉弄,极其自然,且很有道理。为此只有他本人愤愤不平。若解剖一下捉弄人的心理,可总结出以下两个要素:第一,被捉弄的人不肯心甘情愿就此罢休。第二,捉弄人的一方不论人数以及力量都须占绝对优势。

几天前,主人从动物园回来以后,总提起一事儿,表示深感佩服。原来,他看见骆驼和小狗吵架了。有条小狗围着骆驼转圈飞跑,如疾风一般,还一边狂吠,可那骆驼却很安然,背着它那两个驼峰依然站立不动。小狗再怎么发狂疯叫,骆驼也不理睬它,最后小狗觉得无趣,便停了下来。这件事儿本来是主人笑话那个骆驼神经太迟钝。其实它也恰恰适合捉弄人。就是说你再怎么去骚扰,如果对方是个骆驼,那也就捉弄不起来。话虽如此,可如果对方是头狮子或老虎,那实力过于悬殊,也捉弄不得,没等你捉弄人家,自己反倒被撕得四分五裂。捉弄人要张牙舞爪,要愤怒,可愤怒是愤怒,对方又不能把自己怎么样,才会感到放心,感到非常愉快。至于为什么好玩儿,理由很多,首先它适于消磨时间。人在无聊时,甚至要数一数自己胡须有多少。听说从前有个犯人被投入监狱后,无聊之极,每天在墙壁上反复刻画三角形,以此度日。世上没有比无聊更难熬的了。没有一点刺激活力的事件,人活着也难受。捉弄人便是具有刺激性的一种娱乐方式。刺激对方,须让他多少生点气,或上些火,或焦躁。

以前热衷于捉弄人的,多是大名那类愚蠢之人,他们不知体谅别人，且乏味无聊。其次是些精力充沛而无处施展的少年，他们只知自己享乐无暇顾及他人，且智力尚未发达。此外，捉弄人还是一个证明自己据优势的简便方法。虽然你去杀人，伤害或者诬陷他人，也可以证明自己的优势。但在这种情况下，为了证明自己的优势而去杀伤，诬陷他人，与其说是实现目的而采取的手段，不如说是使用手段后带来的必然结果或现象而已。

要显示自己优势又不愿意太伤害人之时，捉弄人最适合不过。完全不伤害他人又要显示自己，实际上是不可能的。不能实际显示自己，仅靠脑子空想亦可达到自我满足，然而快感甚微。

人好自恃其才，无可自恃也要跃跃一试。自恃者，不向他人显示一番是不甘心的。有些不懂事理的俗物无可自恃，又不甘心，便利用各种机会寻找可自恃的证据。这跟柔道运动员时不时想把人摔一把一样。至于没有真本事的半吊子，那更是总想找到一个比自己更差劲的，好跟人家较量较量。甚至连不会柔道的人，他也想摔上一把，于是，街上就可见到这类人，他们极危险，晃来晃去就是要伺机行恶。当然还有其他各种理由，在此从略。若想继续听，可拿上一盒干熏鲣鱼来求教，我将随时传授。

参考以上，以拙见推论如下：奥山上的猴子①与教师最容易被人捉弄。拿教师与奥山的猴子相比，不成体统，对教师而言稍差人意，但说猿猴便也无所谓了。但二者毕竟有相似之处，比如，奥山上的猴皆被锁链挂着，无论它们怎样张牙舞爪，怎样嘶叫，人都不用担心被抓伤。那教师虽没有被锁链捆绑，却被月薪所拴。你再捉弄他，都没关系。他不会辞职，不会殴打学生。要有辞职的勇气，那当初他就干不了须保护学生这个教师行当。

主人是教师，虽不是落云馆的，毕竟还是个教师，这个毫无疑问。想捉弄人，选他当是最适合、最容易、最安全。落云馆的学生是一群少年，捉弄人可使他们心高气傲。教育的结果，更让他们懂得自己有了捉

---

① 奥山，指浅草公园西北、观音堂背后一带。明治时期，浅草寺附近被划为公园用地，现位于东京都台东区浅草二丁目，是日本最早的游乐场，内设动物园。

弄人的权利。不但如此,他们不去捉弄人,便不知怎样利用这浑身充满活力的五官四肢与头脑;不知怎样打发这十分钟的课间休息。具备了以上的条件,主人自然要被捉弄,学生自然要捉弄他。不用任何人去说。主人为此发怒纯属不识趣,愚蠢到家了。下面就落云馆学生如何欺负主人,主人又是蠢到何种地步,做逐一记录,供诸位观赏。

诸位读者该知道竹子编的方格篱笆墙吧。它既通风,制作起来又简便。从那方格眼里我猫儿可自由自在,进出无阻,所以筑起篱笆或没有它,对我来说无关紧要。不过落云馆的校长筑起这篱笆墙,可不是为了防猫。他是要防止自己教育的君子们钻到这院子里,才特意叫园艺工匠,编了篱笆墙把院子环绕起来的。这种篱笆墙的确通风好,那四寸见方的窟窿,一般人他也钻不过去。就是清国奇术师张世尊来,恐怕也能困住他。所以从防人的意义来说这篱笆足可发挥威力。

篱笆筑起来,主人见了自是极满意。但主人的逻辑中有个大漏洞。这漏洞比那篱笆上的四方孔儿还要大,大到吞舟之鱼亦可漏网。在主人的逻辑中,篱笆墙乃不可逾越之物。既然他们是学生,不管篱笆墙它多粗糙,只要是篱笆,是判定两地的分界线,就不须担心他们随便闯入。再者,他断定,如果有人违背这一假设,要闯进来,那也没有关系。因为学生他再瘦小也不可能从四方孔儿里钻进来的。看来,他的判断下得太早,不错,只要他们不是猫儿,四方孔儿就钻不过去,想钻也钻不过去,但是跨越跳跃过去则不费吹灰之力,而且是个运动,颇有意思的运动。

篱笆墙筑起之后,从第二天开始,那帮学生一蹦一跳便翻过墙来,依旧闯进北边那块空地。只不过他们不再深入到客厅正面。为了防止一旦被赶,能跑出去,他们事先计算好足以逃走的时间,在不至于被逮住的地方游游荡荡。至于究竟干什么,远在东边书房里的主人便看不见了。学生们在北边空地上游来荡去,这一状况得打开院子后门从背面转个弯去看,或是从茅房的窗户,隔着篱笆墙去看,否则是看不见的。从窗户上往外看什么都是一目了然,可看清对方有几个人,但主人逮不住人家,只能隔着窗户训斥一番。如果从后门绕过去,可冲入敌阵,但一听见木屐声,那可没等你逮住,人家就会跑了。就像非法捕鱼船总是趁着海狗晒太阳时才上前捕捉一样。主人也不可能一直守在茅房里,打开后门，准备一旦听到声音，马上冲出去。如果要干这事儿，那得辞了教师，专门对付，否则根本追不上他们。要说对主人不利的情况那还有，他从书房只能听见敌方的声音，却看不见身影，或是从窗户上看见对方，却无法动手。瞅准了这形势，敌人便采取了如下策略：当侦探到主人闷在书房里时，便放开喉咙大声叫，说些讥笑嘲讽主人的话，并让人乍一听分不清那声音出自何处，不知是在篱笆墙里还是在外。如果主人出来了，他们便一溜烟跑了，或装作一直就在篱笆墙外边，一切与己无关。有时主人进了茅房……刚才我就一直说茅房茅房的，用这个肮脏的字眼，实在太难听，不该用。不过为了叙述这场战斗，迫不得已。他们见主人如厕，便肯定要在桐树附近徘徊，故意让主人看见。主人若大声怒吼，让四周都听得见了，敌人这才不慌不忙悠然撤到自己的根据地。采用这种战术，确实让主人困惑不已。主人以为他们闯进来，手持拐杖出去一看，四周却是悄然无人。觉得没人了，他从窗户上看一眼，那必定有一两个。主人不管绕到后门，或从茅房，自茅房再绕到后门，来来回回不知多少次，总是扑空，真被折腾得精疲力尽。他怒火朝天，竟搞不清楚自己究竟是教书的，还是要上战场。

正当主人火上心头之时，又有一起事件发生了。

事件发生的原因在于怒火冲上头来。怒火自下而上，是逆行。关于这一点，古希腊医学家盖伦①和当代瑞士医生巴拉塞尔苏斯②，甚至古远的名医扁鹊先生都一致同意。只是当下要议论的问题是逆行至哪里，其次逆行的物质是什么。古代欧洲人传说，人的体内有四种液体循环③。第一种叫

---

① 盖伦：即劳迪亚斯·盖伦（Claudius Galenus, 129—199），生于小亚细亚的帕加玛（位于今土耳其），古希腊最著名、最有影响力的医学大师、解剖学家、哲学家。曾是罗马皇帝马尔库斯·奥勒里乌斯的御医。

② 巴拉塞尔苏斯（Philippus Auleolus Paracelsus, 1493—1541）：中世纪瑞士医生、炼金术士、占星师，将医学和炼金术结合起来成为今日的医疗化学。认为炼金术的真正目的并非炼成黄金，而是要制造有益人体健康的医药品。

③ 四种液体循环：即四体液学说，又称四液学说。古希腊医学之父希波克拉底认为，人体由血液、黏液、黄胆和黑胆四种液体构成。这四种体液组合的比例不同，构成人的体质和气质也不同。血液占优势的为多血质，表现为性格开朗；黏液占优势的为黏液质，表现为性情冷静；黄胆占优势的为胆汁质，表现为性情易怒；黑胆占优势的为抑郁质，表现为性情忧郁。漱石将黄胆译为怒液，将黏液译为钝液，将黑胆译为忧液。

"怒液",这怒液冒上来会使人发怒。第二个叫"钝液",它上来后使神经变得迟钝。接着是"忧液",它能使人陷入忧郁。最后是血液,血液让四肢加剧活动。随着人类进化,文明发展,钝液、怒液、忧液逐渐消失,现在只有血液依然像过去一样循环流动。所以冒上头的除了血液以外不可能是其他物质。

人体中血液的多少,每个人都是一定的。根据性格不同略有增减,但大体上一人五升五合。若这五升血液逆行向上,抵达之处便开始剧烈活动,其他部位则会感到血液缺乏、浑身冰冷。恰如派出所被烧①,巡警都集中到警察署后,弄得街上见不到一个警察。按医学诊断,这就是说警察上火了。要平息它的话,就得让血液恢复正常循环,平均地分配到身体各个部位。也就是让上升的血液降下来。

这方法各种各样。听说主人已故的父亲是用湿毛巾垫在头部,然后钻到火燵里的。《伤寒论》里说"冰头热足可消灾延命"。看来这湿毛巾对延长寿命是一天也不可缺少的。除此,还可以试试和尚们常用的办法,云游四方的沙门,行脚僧,都露宿于树下野地。这种露宿不是为受苦修行,而是为把全身热血降下来,它是禅宗六代慧能一边舂米一边想出来的秘方。你试着在石头上坐坐,臀部自会发冷,这一冷,头上的火气便会降下来。无疑,这便是顺应了自然。

至今人类发明了诸多消气下火之法。但遗憾的是还没有发现一个不冲动,不发火的方法。一般说冲动发火有害无益。但只有一种情况不可轻易下结论。有些职业,头脑发热尤为重要,不发热就成不了事儿。特别重视冲动头脑发热的是诗人。诗人需要冲动发火与轮船需要煤炭一样。断了这火气,他们将沦为世俗凡人,每天拱手坐等饭吃了。其实,冲动头脑发热是发狂的异名,不发狂,诗人无事可做,在社会上也说不过去,所以他们自己不把狂叫发狂,装腔作势煞有介事称之为"感性高涨"呀,或灵感。为蒙骗世人他们制造的这个词,其实就是冲动,是头脑发热。柏拉图热捧他们,并称其为神圣的疯狂。但是不管它多

---

① 日俄战争结束,缔结和平条约,一九〇六年九月五日东京举行反对和平条约集会,政府发布戒严令后,东京有二百一十九处派出所被火烧。

么神圣,毕竟还是疯狂,常人不会买账。这个灵感,也就类似卖药的为自己发明了个新的药名一样。就像用芋头作鱼肉糕,用朽木作观音像,鸭肉荞麦面里放鸡肉,房东炖的牛肉砂锅里放的是马肉一样①。所谓的灵感就是冲动,头脑发热。

冲动是一时的头脑发热,之所以可不去巢鸭②,住精神病院,就是因为是短时间一时的发疯而已。其实制造这种一时的发疯是相当困难的,弄个终身癫狂反倒容易。让人面对稿纸挥笔之刻冲动发火太困难,万事灵通的上帝好像也很费劲。既然上帝不能让你冲动,那就只得靠自己了。

自古以来怎样冲动,怎样使头脑发热,与怎样消气下火一样,都让学者们伤透了脑筋。有人为激起灵感每天吃十二个涩柿子。其理论根据是吃了涩柿子会便秘,一便秘则要上火(冲动发火)。还有人捧着酒壶跳进铁制的洗澡桶,以为洗澡喝了酒,那肯定可以引起冲动。根据此人的说法,若光烧水洗澡不够,可烧盆葡萄酒,跳进去洗洗,绝对一举成功。可怜他没钱,没等实践这个方法就死去了。最后,有人说:效仿古人,会激起灵感。即模仿他人的举止形貌,使其心态随之变化。比如,学着喝醉的样子,满口胡言乱语,不时,你真会感到自己也醉了。比如,坐禅,坚持上一炷香工夫,你就觉得自己像个和尚了。你学学自古以来有灵感的名人大家如何动作,肯定会冲动发狂。听说雨果③是躺在快艇里构思作品,那你也在船上凝视苍空,灵感自会上来。史蒂文森④是趴在床上写小说,你也拿支笔趴着写点东西,那血液也会逆行上头。如此这般,众人各想各的办法,至今却没见有人成功。首先,目前还不可能人为地激起你的灵感,让你发狂。遗憾却无奈。等待吧,灵感会随时随地被激起来的,这个时机总会到来。我也期待为了人类文明发展这

---

① 表示用低廉的材料制作,名字与实际不符。"灵感"则相反,实体没变,不过用了新的名字而已。
② 指当时位于小石川区(今东京都文京区)驾笼町接纳精神病患者的东京府巢鸭病院。建于明治十二年(1879),现为东京都立松泽病院。
③ 维克多·雨果(Victor Hugo,1802—1885),法国浪漫主义作家。
④ 罗伯特·路易斯·史蒂文森(Robert Louis Stevenson),又译史蒂文生。苏格兰小说家、诗人、游记作家。

一天尽早到来。

关于冲动发狂的事儿说够了,到此结束。下面该接着讲事件本身了。

一般在大事件发生之前总会起点小风波,而择重去轻,重视大事件忽视小事件是自古以来史学家易犯的通病。主人的发火也是随着每次小事儿逐渐加剧,最终酿成一起大事。所以须按发展顺序详细叙述,否则很难搞明白主人为何冲动头脑发热。不清楚主人火上心头的原因,岂不让世上的人小看此事,以为不值得动火发怒了。难得一次冲动,不被人称赞一番,岂不可惜。下面事情不管大小对主人来说都不甚光彩。事件本身的确不光彩,但也要声明一下:至少,他真是动肝火发怒了,是真发狂了。你说,主人他平素也没个让人夸的地儿。如果连这事儿也不给宣扬一番,那我就更没可写的材料了。

聚在落云馆的敌军近日发明了一种达姆弹①。课间十分钟,或下课后,他们便在北面空地上放炮射弹。这弹丸通称棒球,用一根捣槌大的家伙,将弹丸向敌方发射。因弹丸从落云馆操场上发射,主人躲在书房里也不用担心被打着。在远处发射弹丸,乃是敌人一战略。听说在旅顺战场上海军搞间接射击,也是收效极大,战绩辉煌。因此,这弹丸落在空地上它也是相当有效果的。每当发射一球,他们会总动员哇地呼叫起来,具有极大的威慑性。主人为此恐慌不已,手脚血管随之紧缩,愤懑之极终于血液倒流冲上了头。可想敌人的诡计实在巧妙。

古希腊有个叫埃斯库罗斯②的作家,他的脑袋和其他学者一样。我说脑袋一样是指他们都是秃头。这头为什么会秃,那肯定是脑子营养不足,头发不得茁壮成长。学者作家用脑甚多,且大都穷形窘状,故造成头脑营养不足而秃顶。此人光秃秃一颗头如同金橘一般也是自然所致。某天,埃斯库罗斯先生顶着他那颗脑袋——平时在家光头,出行

---

① 一八八六年英国在印度靠近加尔各答的一座名为达姆·达姆的军工厂制造了一种小口径步枪子弹,中弹后裂开,一九〇七年被禁用。
② 埃斯库罗斯(Aischylos,前528—前456),与索福克勒斯和欧里庇得斯并称古希腊最伟大的三大悲剧作家。代表作有《阿伽门农》《被缚的普罗米修斯》《俄瑞斯忒斯》三部曲。

也没有个顶戴之物，依旧光头。大太阳底下，他顶着那头，路上一摇一摆。这失误便全在此处。那秃顶被太阳光照射，远远看去，锃光发亮。树大招风，这秃头肯定也会招惹点什么。此时见只老鹰盘旋在他头顶上，爪子上勾着一个乌龟。按说乌龟老鳖乃美味佳肴，可它在古希腊时代就背着一身坚硬的甲壳，再好吃，带着龟壳谁也没辙。吃大对虾可带皮烧烤，带龟壳的乌龟，别说现在，也没人煮着吃，当时更是不可能。到底人家老鹰有办法，它远远望见地上有块发亮的东西，心想岂不正好，将乌龟扔到那光亮之处，砸碎龟壳，便可飞下去吃那龟肉了。于是老鹰瞄准目标，二话不说就把乌龟高高地往下一坠，即砸到先生头上。可怜先生的脑壳哪里有龟壳那般坚硬，当场便被砸烂。闻名于世的作家先生一命呜呼，好不悽惨。且不说人被砸死了，令人不解的是那老鹰它当时是怎么想的。明知那光亮处是先生的秃头呢，还是看错了以为是块岩石。

这个问题，关系到落云馆的敌人与此老鹰是否有可比性。主人他的头还没像埃斯库罗斯先生等学者那么完全光秃了。可他毕竟占据一间六叠之大的书房，每天瞌睡了，还要将本深奥难解的书盖在脸上。故，应视他与作家学者为同类。之所以主人头还没秃顶，是因尚无资格，不久的将来，秃顶的命运自会降落。那落云馆的学生瞅准主人这头集中发射达姆弹，其战术可谓极合时宜。敌人采取此行动只要持续两周，主人便会陷入极度的恐怖与烦闷，那头部营养不足，即变为金橘、烧水壶、铜壶。再继续炮轰两周，那金橘将烂掉，烧水壶会露底，铜壶必裂缝。明摆的结果视而不见，还要奋战斗争到底，这世上也就他苦沙弥先生自己。

这天下午，我照例到走廊上睡午觉，做一梦，梦见自己变成老虎。吩咐主人拿鸡肉，主人便应声"是"，小心翼翼端上前来。迷亭来了，跟他说想吃大雁肉，到雁肉火锅店给要上一份，他却胡诌乱说什么：淹蔓菁与脆米饼一起吃，方品出雁肉味道。我遂张开大口冲他怒吼！那迷亭被我这一吓唬，脸色顿时苍白，忙解释道："山下的'雁锅'①已倒闭

---

① 位于上野公园东南口山下，一家著名的鸡肉料理店。

关门,如何是好?"我说:"将就一点牛肉也行,速到西村肉店要一斤牛肉里脊来,不快去快回,就先把你给吃了!"迷亭一听这话撩起袍子飞奔而去。我觉得突然身体变大了,一躺下来把走廊都占得满满的。

正待迷亭回来,忽然家中一声巨响,那牛肉没吃上,梦倒被惊醒了。刚才主人还谨小慎微地在我面前俯身从命,这会儿见他腾的一下从茅房奔将过来,朝着我肚子横飞一脚,"怎么啦?"没等我弄清楚,就见他蹬上木屐绕过小门往落云馆方向奔去。我从老虎突然收缩为猫儿,还觉得有些别扭,怪怪的呢。可眼见主人那股怒气,加上肚子被踢得极痛,当下就让我忘了刚才变虎之梦了。

见主人要出马上阵,心想这下有戏可看,遂忍痛跟他出了后门。只听前面主人一声怒吼:"捉贼呀!"接着见一十七八岁的壮小伙,头戴学生帽,正从那篱笆墙要跳过去。"可惜了,晚来一步!"那戴帽子的小子快脚如韦驮天①,飞奔着冲进自家的根据地了。主人叫喊半天,也算成功了,可他却不肯罢休,继续叫嚷、乘胜追击。要追上敌人,主人也须跃过篱笆,但追得过了头他自己反倒会成为盗贼。如前所述,我家主人最易头脑发热,火上心头。既然趁势猛追,他就豁出去了,哪怕老夫子沦为盗贼也要穷追猛打绝不退却。就在他正要跨入盗贼地盘那一时刻,一名将军,留着把稀疏的胡须,从敌营中不紧不慢出场迎战。双方遂隔着一道篱笆墙开始谈判。上前一听,实在无味。

"他是本校的学生。"

"既然是学生,为何擅自闯入他人宅院。"

"不,那是棒球飞到院子里了。"

"为何进来不打招呼?"

"今后一定提醒他们注意。"

"那就好。"

原指望双方龙争虎斗看场壮观的舌战,真没想到谈判竟是如此斯文,且和平迅速收摊了事。看来振奋主人的不过是股意气而已。一到

---

① 又称韦驮菩萨,佛教护法天神,亦被奉为能除去小孩病魔的神。据说佛的遗骨被邪魔抢走,韦驮奋力追赶夺回,故有快步"如韦驮天"的说法。

关键时刻。他总是如此，随时泄气收场。恰似我在梦中为虎作威，惊醒过来立马恢复这猫儿的原样。这场小小的风波叙述完了，下面就依照顺序该把那件大事讲给诸位听听。

今天，客厅的纸门敞开着，主人趴着在思索什么。也许是在策划如何防御敌人的战术。那边落云馆好像正在上课，运动场上格外清静，校舍的一间教室里似在上伦理课。清声琅琅，讲得有理有据。再一听，原来正是昨日亲自担任谈判的那位将军。

"公德极为重要，到国外看看，不管是法兰西、德意志还是英吉利，没有不讲公德的地方。而且不管多么下等的贫民没有一人不重视公德。可悲可叹！我们日本至今也无法与人家外国相比。说起公德，诸君有人或以为这是近来从国外新引进来的东西。那可是谬误之极。古人曾说，'夫子之道，一以贯之，唯有忠恕而已'①。此时这个'恕'字，正是公德的出处原意。我也是个常人，有时也想放开嗓门唱歌。但我正在学习的时候，如果听见旁边屋里有人大声唱歌，那就怎么也看不下去书了。当然，有时自己也想放声吟诵一首《唐诗选》，来提提精神，即便在这种情况下，又想，这会打扰邻居，影响别人，心里便过意不去，于是控制自己。讲这些话，就是希望诸君也能遵守公德，绝不要做有损他人的事情……"

主人侧耳倾听，当听到这里，他嘻嘻笑了。在此，需要弄清他笑的意思。大凡爱说风凉话的人，见他这笑，便以为一定其中夹杂些冷嘲热讽。其实，主人不是，他不是那种心计不端的人，与其说他心眼不坏，不如说他智力还没有发展到那个程度更恰当。主人之所以笑，完全出于高兴。一个伦理教师，他如此深痛教诲自己的学生，今后主人可放心了，不必担忧达姆弹的疯狂射击。这脑袋暂时不会秃顶，火气即使一时不得降下来，时机到了自然渐次恢复。他一盘算，不用额头敷上那湿手巾，钻在火燵里，也不须到树下石头上露宿了，故嘻嘻笑了。直到这二十世纪的今天，主人依然坚信借钱必还之理。所以对将军这番讲话，自

---

① 语出《论语·里仁》。子曰："参乎，吾道一以贯之。"曾子曰："唯。"子出，门人问曰："何谓也?"曾子曰："夫子之道，忠恕而已矣。"

然也听得认真。

不时,似是该到下课时间了,讲话声戛然而止。其他教室讲课也同时结束。于是,至今被关闭在教室里的那八百学生高声呐喊着,一齐冲出校舍。其势犹如一尺多的巨大蜂窝被打落在地,嗡嗡叫着从窗户、从门口,凡是有孔的地方不顾一切蜂拥而出,这就是发生大事的先兆。

先说说那蜂窝阵势的情况。以为这种战争么无须摆什么阵势,那可不对。一般民众只要说起战争,联想到的不外乎什么沙河①之战、奉天之战以及旅顺之战等。稍懂古诗的野蛮人,他们只会联想到那些神乎其神的历史场面。比如:阿喀琉斯②将赫克托尔③之尸拉到特洛伊城绕城三周④;或是燕人张飞,立于长坂桥上,瞪大双眼,把丈八长矛一横,便击退了曹操百万之军。联想自是本人的一厢情愿,但若以为战争唯此无他,那就欠妥了。正是太古原始时代,才可能发生诸如此类愚昧的战争。今日太平之世,于我大日本帝国首都中心,绝不会出现奇迹般的这种野蛮行为。无论民众怎么骚乱,不必担心有超过火烧派出所那么激烈的程度。

说来,卧龙窟主人苦沙弥先生与落云馆里八百名健儿之战,在东京市建立以来应数得上是大规模的。左氏记述鄢陵之战⑤时首先便从敌军阵势开始。既然自古善写史书的都遵循这个写法,我又怎能不细细讲讲这蜂窝阵势。

先来看蜂窝的阵势。篱笆墙外侧有一排纵列队伍,担负引诱主人进入战斗圈内的任务。

---

① 位于今辽宁省沈阳市以南一百五十公里,今沈阳市苏家屯区沙河铺乡。沙河、奉天、旅顺,均为日俄战争主要战场。

② 阿喀琉斯(Achilleus),又译阿基里斯、阿基琉斯。荷马史诗《伊利亚特》的主人公,参加特洛伊战争的英雄,希腊联军第一勇士。在特洛伊战争中杀死特洛伊第一勇士赫克托尔,使希腊军转败为胜。是海洋女神忒提斯和英雄珀琉斯之子。

③ 赫克托尔(Hektor),又译赫克托耳、赫克托。特洛伊王普里阿摩斯的长子,特洛伊战争中特洛伊方的统帅。

④ 指特洛伊战争中,希腊联军第一勇士阿喀琉斯为追击赫克托尔绕特洛伊城墙整整跑了三圈。

⑤ 见《春秋左氏传》,鄢陵之战是公元前五七五年晋、楚两国为争夺中原霸权,在今河南省鄢陵县发生的战争。

"服不服？"

"不服。"

"糟了，糟了。"

"出不了垒。"

"下垒。"

"怎么能下垒？"

"不会不出垒。"

"叫一声。"

"汪汪""汪汪"纵队一齐大声呐喊。

在纵队稍右侧，炮队位于运动场方面，占据着有利地形。面对着卧龙窟，一将官手持捣槌大棍棒伺机迎战。其对面，相隔五六间各有一人站立。另有一人在持棒的身后面朝卧龙窟立着。与此一条直线并列的是炮手。

据说这是练习打棒球，不是要准备战斗。至于棒球是何物，我可一窍不通。又听说，这是从美国引进的一种游戏，如今初中以上的学校，所有运动项目中打棒球最时髦流行。美国是个专爱瞎想，好标新立异的国度，他们给日本人教这骚扰近邻、被误以为炮队的游戏，的确很热心。也许就是因为人家把它当作一种运动游戏而已。既然纯粹的游戏具有如此惊扰四邻的力量，那也足可用来攻击他人。据我观察，他们利用这种运动战术，完全是企图收到炮火攻击的效果。凡事各有各的理。既然有人借慈善之名行诈骗之举，好把头脑发热称作灵感，那就未必没有人借着棒球游戏之名，企图发动战争。某人的说明仅仅是用来解释一般的棒球。今天我要记述的棒球属于特殊情况，是具有攻击性的炮战之术。

下面我来介绍一下发射达姆弹的方法。

炮队直线排列，其中有一人右手握着达姆弹，抛向手持捣槌棒的人。一般的局外人不知道达姆弹是用什么材料制造的。它像个坚硬的圆石头，是用皮革精细缝制的。如前所述，这弹丸一旦脱离炮手之掌，便疾风而飞，站在对面的人则将捣槌棒对准飞来的弹丸用劲一挥。偶尔未击中，弹丸会落下。大多是砰的一声巨响，弹丸被反弹至空中，其势之猛，不用说肯定能把我家神经性胃弱的主人脑袋打个稀烂。炮手

的任务仅此而已,周围叫喊的声援队及后援兵士如云霞一般团团围绕。但见捣槌棒击中弹丸,砰一声巨响,大家顿时拍手叫好,呼叫:

"快跑!快跑!"

"打中了!"

"还不行!"

"别怕!"

"认输!"这些倒还能忍受。可被击中的弹丸,三发便有一发要落到卧龙窟院子里。不落进来,攻击的目的则达不到。再说,那达姆弹丸最近各处虽有制造,但毕竟还是价格相当昂贵。不可能每场战斗都有充分的供给。大致每个部队的炮手可分到一到两颗。不可能砰的一声便消费掉一颗如此贵重的弹丸。因此他们专门设立一支部队去捡坠下的弹丸。落地之处好,捡来全不费功夫,掉在草丛里或者人家院子里就不那么容易了。平时为了尽量避免老去捡球,他们多是往容易捡球的地方打。可此时则恰恰相反,其目的不在于游戏,而是战争,是故意要把弹丸发射到主人的宅院里。落在院子里,就须进来捡,进院子最简便的方法便是翻越篱笆墙。篱笆墙内一有骚动,主人定要发怒。否则干脆丢盔弃甲宣布投降。思虑过多,那脑袋就会慢慢秃顶。

今天敌军发射的第一颗弹丸准确无误,越过篱笆打掉梧桐树叶,击中第二道防御线墙壁即竹篱笆墙上。那声音极大。如果按照牛顿的运动原理,第一,如果不加外力,一旦物体开始运动,便以均速直线运动。如果物体运动仅按照这一个定律运动,主人的脑袋此时将落个与埃斯库罗斯先生同样的命运①。幸好,牛顿在发明第一定律的同时还制造了第二个定律,使得主人的脑袋在万般危险之际捡了一命。运动的第二个定律是运动的变化,它与施加的力量成正比。其力量作用于直线方向。虽还是说不明白,不过那个达姆弹碰到竹篱笆,没有打破纸门,砸烂主人的脑袋,肯定是托了牛顿之福。

不一会儿果然敌人闯进院子里。只听"是这儿吧""更左一点"。

---

① 见209页注②,埃斯库罗斯前四五六年被从天而降的一只乌龟砸中脑袋,逝于西西里岛。

一边嚷嚷，一边提着棒子在矮竹丛里来回敲打。敌人闯进主人宅院来捡达姆弹，总是声音特别大。悄悄进来悄悄捡走，最重要的目的则达不到。也许达姆弹很贵重，但是他们认为捉弄主人要比达姆弹更加重要。其实从远处也可判断弹丸落在何处，由击中竹篱笆墙时的声音可知，击中的地方也明白，而且落到地面哪里也清楚。所以只要想老老实实捡走，完全是可能的。根据莱布尼茨定理①，空间可能出现同样秩序。总是按照同样的顺序出现。柳树下必然有泥鳅，蝙蝠飞来必然伴随着弯弯的月亮。篱笆墙与球也许搭不上配，但是每天把球打进人家的院内，在他们的眼里已经习惯空间这一排列。一眼就会发现球的所在，如此骚乱，只能是向主人挑战的一个策略。

话说到此，一贯消极抵抗的主人也必须上前迎战。刚才在客厅听伦理课，还笑了一阵，这会儿他奋然而起，奔上前霍地生擒了一个敌人。这下让主人大有成功之感，倒是没的说。问题是一看，抓到的不过是个十四五岁的孩子，这跟留着一把胡子的主人实在太不相称。但主人似乎很满足。他把这个低头认错的孩子硬拖到走廊前。在此须将敌人的战术略加以说明。他们见昨天主人愤怒之势，便知道，今天他定会亲自出马，万一来不及跑，让他逮着个大兵那就麻烦了。最好让一个一二年级的学生来捡球，可避开这个危险。对了，让主人抓个孩子，任他怎么教训数落，也无损落云馆的名誉。跟小人一般见识反倒让主人蒙羞受辱。敌人这个算计倒也是极正确的，按一般人的想法的确合情合理。可是他们竟未考虑到一个现实问题：其对手绝非一般常人。主人若稍有点常识，昨天就不至于莽撞地跳出来。发狂，可将一普通人提升到非常人之状态，给具备常识的人注入荒唐的歪理。当你尚可分清世上的女人、儿童、车夫、马夫之时，不足以自夸已经头脑发热。像主人这样生擒了个不足以称为对手的，却还不知，竟把这小人当作战争人质，以此，可算他已具资格跻身为狂人一类了。

可怜那个俘虏，只是听从高年级学生的命令干了个捡球的杂务，不

---

① 戈特弗里德·威廉·莱布尼茨（Gottfried Wilhelm Leibniz, 1646—1716），德国哲学家、数学家，历史上少见的通才，于物理、数学、法律、历史等方面多有建树，认为"空间标志着同时存在事物的一种秩序"。

幸地被这个不懂常识的将领,天才狂人给追上了。没等他翻过篱笆墙,就被拉到院子前面。事到如今,敌军不会坐等自己人丢脸,哗哗你争我抢跃过篱笆,从后门闯入院子当中。其数量约有一打,唰地一排站在主人面前。他们大都没穿上身制服和西装背心。有穿白衬衫的,袖子一卷,抱着两臂,放在胸前。像样一点的,背上披件褪色的棉绒衣。对了,也有挺讲究的,白帆布上衣镶着黑边,胸前还绣着黑色英文字母。看他们个个肌肉发达,皆是一以当千之猛将,又黑又壮又似从丹波国笹山刚刚赶来进了城①。把这些人塞到中学念书,实在太可惜。不如当个渔夫或船老大更能为国家效力。他们像是约好了,个个赤足蹬鞋,裤腿高卷,一副马上要去邻家救火的架势。只见一排人默默站在主人面前,一言不发。主人也闭口不言。双方怒眼相视,带有几分杀气。

"汝等可是强盗?"主人勃然大怒,但见他咬牙切齿,鼻孔里直冒出一团团火焰,鼻翅呼呼扇着一股股怒气。越后国有跳狮子舞的②,那狮子鼻子,恐怕就是照着人发怒时的样子做的,否则不会那么让人害怕。

"不,不是强盗。是落云馆的学生。"

"胡说!落云馆的学生岂有擅自闯入他人宅院!"

"您看,我们戴的帽子上都有学校徽章。"

"是假的。落云馆的学生为何乱闯入人家院里!"

"棒球飞到这里了。"

"为何飞到此处。"

"一打就飞进来了。"

"岂有此理!"

"今后一定小心注意,这次就请原谅了。"

"来历不明的家伙,越墙闯入宅内,怎能轻易放走!"

"的确是落云馆的学生。"

"几年级?"

---

① 丹波国,现京都府中部及兵库县东隅、大阪府高槻市一部分、大阪府丰能郡丰能町一部分。笹山,又作篠山,兵库县多纪郡中部的地名。丹波国笹山,过去是非常乡巴佬的意思。

② 指越后国(今新泻县)西蒲原郡月泻地区的狮子舞,又称角兵卫狮子。

"三年级。"

"真是?"

"是的。"

主人转过头去大叫,"喂,过来!"琦玉县人阿三拉开纸门,"唉"露张脸应了一声。

"到落云馆给叫过来个人!"

"叫谁呀?"

"谁都行,叫来个人。"

阿三虽答应说"那好",可总觉得这院子里的气氛奇怪,也弄不明白主人下这命令是何用意。见事件已发展到这一步,实在太无聊了,故坐也不是站也不是,咧着嘴直笑。此时的主人却是以为正在进行一场大战,准备好好展示一番自己非凡的智勇才能。在此关键时刻,手下的仆人理所应当协助自己共同作战,可她,非但不老老实实严阵以待,反倒听着命令咻咻发笑。主人不得不发怒了。

"不是说了吗,不管叫谁来都行。还不懂? 校长、干事、教务长,谁都行。"

"那就叫校长吧——"女仆只知道学校里有校长。

"怎么还不明白,说过了,校长、干事、教务都行。"

"如果谁都不在,叫个勤杂也可以吗?"

"别胡扯,勤杂能懂什么!"到此,女仆也许没办法了,应了声"好"便出去了。主人的意思她还是没听懂,我正担心她会不会真把个勤杂工叫过来。不料正巧,此时那位讲伦理课的先生从正门走了进来。主人耐心待他坐稳了,立即开始谈判。

"适才此等小厮擅自闯入院内。"他说这话时用了歌舞伎《忠臣藏》①那旧时的老腔调,最后还讥讽了一句:

"那可真是贵校的学生?"教伦理课的老师十分镇静,并未表示特别吃惊,他把站在院子里的勇士们逐一巡视了一遍,随后又将目光转到主人方向,如下回答:

---

① 《忠臣藏》:"假名手本忠臣藏"的简称,取材于赤穗浪士复仇事件的歌舞伎。赤穗浪士复仇事件,即发生于江户时代中期元禄十五年(1703),赤穗藩(今兵库县赤穗郡)家臣四十七人为主君浅野长矩报仇、夜袭吉良义央宅邸并将其斩杀的事件。

"正是,都是本校学生。我始终反复教导他们千万不能这样,可……就是不听,总惹事儿招麻烦……你们为什么要翻墙?"学生毕竟还是学生,在伦理老师面前无言可对、一声不吭。老老实实缩在院子角落,就像一群羊遇到了暴风雪。

"棒球打进来也没办法,既然住在学校旁边,偶尔棒球会飞进来。不过……也太过分了。即便翻越篱笆也可以不作声轻轻地捡走,那还有个原谅的理由。"

"确实如您所说,今后一定警告他们注意,主要是学生太多……喂,你们今后得注意,如果球飞进来,从正门进去,打了招呼再去捡球。听见了吗!……这么大的学校,总是给您添麻烦,管也管不过来。不过,运动对于培养学生方面还是必要的,也不好禁止。请您多加谅解。给您带来诸多麻烦,对此,务请宽容。当然今后一定让他们走正门取得您的容许再捡球。"

"哪里,事情弄明白了就好。球再怎么扔都没关系,只要走正门给这里打个招呼就行。好了,这学生交还给您,请带回去吧。让您专门来一趟,实在不好意思。"主人又是虎头蛇尾,这会儿给人家道起歉来。伦理学老师把这帮丹波笹山里来的勇士从正门带回落云馆了。所谓的大事就此告一段落。

有人要笑:什么大不了的事件,你笑,可以。这只是对你算不上大事而已。我写的是主人的大事,不是其他人的大事。要说坏话,比如"强弩之末矢不能穿鲁缟"等,别忘了,其实这才是主人的特色。除此还有一特色,得记住:主人可是写滑稽小说的好材料。跟一帮十四五岁的孩子打仗,要说他愚蠢,我也双手赞同。所以那个评论家大町桂月讥笑我家主人未免太幼稚、未成熟。

说了小事,又说完了大事,下面要描述些余波,把这篇文章收住截止。有读者以为我的笔下皆是信口开河,其实,绝非如此,我不是一个做事轻率的凡猫。这字里行间处处包含着宇宙间的大哲理,一字一句紧密相连,前后对照,首尾呼应。看似只言片语,一眼过去,之后却会突然豹变,这大师语录,毕竟深奥难解。故读书不可躺卧,不可伸腿,不可一目过五行,此类丑态,皆休矣!据说柳宗元每读韩愈文,先以蔷薇露灌手①。对于我的文章,至少要自己掏钱买本杂志看看,将人家朋友看过的借来凑合对付,这种丢脸的事儿,最好别干。下面要叙述的事情,我自称为余波,如果以为余波没意思,看不看无所谓,那将后悔莫及。请务必认真仔细将其读完!

大事发生的第二天,我想要散步,遂出了大门。只见对面路上拐弯之处,金田家老板与铃木藤站着说话。原来这铃木去拜访金田,见他不在,正打道往回走,便在路上迎面碰上金田坐车回来。最近金田家没什么新鲜事儿,我也很少到那边儿去了。偶尔在此见这俩人,还觉得有点亲近感。铃木亦多日不见,尊容也让我顺便端详端详。我一步步走近二人身旁。自然二人谈话声也随之入耳。这不是我的罪过,站在路上说话,是他们的不对。他金田还派侦探,窥视主人行动,哪有个良心可讲。我偶尔拜听他说话,当无须担心被骂。若骂,是他不懂理,不知公平。反正我听了他二人的谈话。并非想听而听,而是不想听它也钻进我耳朵来了。

"方才去府上,真巧。"藤十郎连连点头行礼。

"哦,是这样。最近正想找您见一面,正好。"

"是吗?那正巧,有何吩咐?"

"没什么大不了的事儿,可这事没你,还办不成。"

"有什么尽管吩咐。何事?"

"唉,那……"金田在考虑。

"不妨等您得空闲,我再来拜访。哪天好呢?"

"算了,不是什么大事……还是直接拜托您吧。"

"无须客气。"

"那个怪人,这不,就是你的老友嘛。叫个苦沙弥什么。"

"哦,那苦沙弥怎么了?"

"不,得想个办法。那事儿之后,我这胸里总憋着。"

"那可不是嘛。都怪苦沙弥太傲慢了。至少他得考虑一下自己的

---

① 据唐代冯贽《云仙杂记·大雅之文》载:"柳宗元得韩愈所寄诗,先以蔷薇露灌手,熏玉蕤香后发读,曰:'大雅之文,正当如是。'"

社会地位才是。好像天下就他了。"

"就是这儿。说什么：不为金钱折腰啦，实业家算什么啦……真是不知好歹。琢磨着给他看看，这实业家的厉害。最近，就把他给治了治，可还是不见有所收敛。真是个倔家伙。少见啊！"

"那家伙，没个吃亏这概念，就好逞强。一直这毛病。明摆着自己吃亏，他也糊里糊涂觉察不到，无可救药。"

"咳，真是无可救药。这不，变着法儿整了他半天，最后连学生都用上了。"

"这可真是绝招，见效了吗？"

"哎呀，那家伙好像招架不住，快了，快拿下了。"

"那就好。他再抵抗，毕竟是寡不敌众啊。"

"那是，单枪匹马，他挡不住。的确是士气大减了。你过去给瞅瞅。"

"噢，原来如此，没问题。我这就走一趟，马上回来禀报。有好戏看了，那老顽固也有意气消沉的时候。"

"那等你再过来了。"

"好，失陪。"

好哇！又在耍阴谋使坏了。这些实业家，的确势力强大。主人那脑袋硬邦邦如煤渣，真要被逼疯了。它要使主人苦闷、秃顶，让苍蝇在上面爬着都要打滑。它要让这脑袋遭遇与埃斯库罗斯同样的命运。

地球以地轴为中心而旋转，但究竟是什么力量使之旋转，尚不清楚。而操纵社会运转的，的的确确是金钱。只有实业家们懂得金钱的作用，并可以自由充分地发挥金钱的巨大威力，除此绝无他人。那太阳每日平安自东方升起，无恙至西方而落，全要感谢他们了。至今我被这不懂人间世事的穷措大所收养，对实业家的无量功德一无所知，这全是自己的疏忽。关键是死脑筋的主人这次应该有点醒悟，如果再继续坚持下去，那可太危险了。主人最珍惜的生命将遇到危险。见了铃木他不知怎么应酬呢。那点觉悟程度谁都清楚。我不能安然在此处待下去，虽是个猫儿，可主人的事儿还是极为挂念的。得迅速赶在铃木之前先到家。

铃木依旧很会来事儿。刚才领了金田吩咐的话一字不提,挑些不疼不痒无关紧要的闲话,说得还很高兴。

"你这脸色怎么不太好。怎么啦?"

"没什么。"

"怎么煞白的,得小心点啊。换季节的时候啦,晚上睡得还安宁?"

"嗯。"

"有什么担心的事儿? 我能帮忙的,别客气,你就告诉我。"

"担心? 担心什么?"

"不,没有就好。如果有什么尽管说出来,心里搁着,对身体最不好。活在世上,多笑笑,过得快快活活点,那才划得来。你好像总忧虑太阴沉。"

"其实笑得多了也伤身体,笑得过分人还会死呢。"

"别胡说了,'笑门福来'呀。"

"古希腊有个克里西波斯①的哲学家你知道吗?"

"不知道,他怎么了?"

"他就是笑死的②。"

"呵,真不可思议,可那是古代。"

"难道古代和现在不一样吗?他看见驴子吃银碗里的无花果,觉得实在可笑,忍不住大笑起来,这一笑就停不下来,呜呼,便笑死了。"

"哈哈,笑一会儿停下来不就好了吗?稍笑……适当地。这样就很舒畅。"

铃木君不断在研究主人的举动变化,只听大门哗一声被拉开了,以为来客了,一看不是。

"对不起,棒球飞进来了,让我捡一下。"

---

① 克里西波斯(Chrysyppus,前280—前207),又译克律西斯波斯,古希腊斯多葛学派代表哲学家。

② 活跃于公元三世纪的古希腊哲学史家第欧根尼·拉尔修(Laertius Diogenes)在记录古希腊哲人种种逸事的传记体哲学史书《名哲言行录》中记载,前二〇七年克里西波斯看着自家的驴喝醉酒以后想吃无花果时活活地笑死之事。

女仆在厨房答应了一声。那书生就绕到后院去了。铃木不解其意,问道:"怎么回事儿?"

"后面的书生把球扔到院子里了。"

"后面的书生?后面有书生?"

"叫个落云馆的学校。"

"原来是学校?学校,那可够吵嚷的喽。"

"别说什么吵啦闹啦,书也不好好念。我要是当文部大臣,立马下令把学校给关了。"

"哈哈,你这气可够大的了。什么事儿把你惹成这样。"

"有事儿没事儿,都一样,每天从早到晚都来气。"

"生那么大气,还不如搬家呢。"

"让我搬家?简直岂有此理。"

"你跟我发火,那没用,不都是些孩子嘛,别去理他们。"

"你可以,我可不行。昨天把他们老师叫过来已经谈妥了。"

"那还挺有意思,都说好了。"

"嗯。"这时又听见有人开了门:

"球进来了,让我捡一下。"

"还来得蛮勤呀。又是捡球的。"

"嗯。说好让他们从大门进来的。"

"原来如此,进进出出还挺频繁呢。噢,明白啦。"

"你明白什么啦?"

"噢,原来是来捡球。明白啦。"

"今天这是第十六次了。"

"你就不讨厌他们?别让他们进来。"

"你不让来?他们来了,也没办法。"

"没办法,你光说不顶用,还是最好别这么倔啦。人要是有棱有角的,在社会上爬来滚去,实在辛苦,不合算。要是圆滑一点,往哪里滚都不费劲。四方棱角,不光辛苦,每次摔得还让你痛。反正这世界不是你一个人的,人家不会如你想的那样。照我看呀,你跟有钱的人顶撞,哪能不吃亏啊!只会伤神,且搞坏身体。还没人夸你个好。人家不疼不痒,坐着张个嘴只管指挥几下。寡不敌众,这不是明摆的嘛。你固执也行啊,这不,反倒耽误自己的学习研究,影响每天的工作,折腾半天,吃力不讨好。"

"对不起,棒球又飞进来,我绕到后面捡一下可以吗?"

"你看,这又来了。"铃木笑着说。

"太不像话了!"主人气得脸通红。

铃木见已达到来访目的,便告辞了。

铃木刚抬脚出门,甘木先生进来了。爱发火的人承认自己火气大,自古就少见。当他觉察到有点异样,那便是火头已经过了。主人的火气于昨天那起大事件时达到最高潮。后来,谈判虽是虎头蛇尾,总算收场结束了。当晚他在书房里思来想去,已有所察觉,这火气太大。至于那原因在落云馆还是自己,尚不可判断。但无论怎么看都属于不正常。再说自家与学校隔壁相邻,若一年到头总这样惹人发火,那可太不正常了。既然如此,便要想办法解决它。无奈,他除了请医生开些药,把发火的根源贿赂一下,抚慰一番,别无其他选择之路。于是决定,把常给自己看病的那个甘木医生请来,让他给诊断一下。至于这办法是愚蠢是聪明,且另当别论。已经察觉到自己头脑发热这件事本身,说明主人意志非凡,感觉奇特,不同一般。

甘木医生如同往日,坐下来。他微笑地问道:

"哪里不舒服吗?"医生大都是这么询问患者的。他若不问,还让你信不得。

"大夫,实在不行了。"

"唉,怎么说这话? 有什么症状吗?"

"医生的药到底管不管用?"

甘木医生听他说这话,吃了一惊。但他毕竟是个温厚的长者,并没生气,继续态度温和地回答:

"不会不管用的。"

"我的胃病吃多少药也不见有点好转。"

"绝不会的。"

"不会? 它会好一点吗?"他好像在向别人询问自己的胃。

"着急不行,慢慢会见效的。比起以前现在就好多了嘛。"

"是吗?"

"是不是火气又上来了?"

"是,连梦里都发火。"

"适当地活动活动身体,最好运动一下。"

"越运动,气越大。"甘木医生见也说不动他,无可奈何。

"来,那让我看看吧。"没等医生给诊断完,主人突然大声问道:

"大夫,前几天我看了本书,讲催眠术①,说是用催眠术可以治小偷小摸的习惯和其他各种病症。是真的吗?"

"嗯,这种疗法是有的。"

"现在也用吗?"

"嗯。"

"做催眠术难吗?"

"没什么难的,我也经常做。"

"您也做吗?"

"唉,给你试一下吧。原则上谁都能用,只要你愿意,可以试一试。"

"那不错,给我试一试吧。我早就想试一次,但又担心催眠过了头,醒不过来就糟糕了。"

"哪里,不会的,那就给你做做吧。"一商量当下就定了。要给主人做催眠术。这我还从来没见过,心中暗喜,遂蹲在客厅角落里要看个究竟。先生先从主人的眼睛开始。他把主人的睫毛往下摸了几下,当主人闭上眼睛后,他继续顺着同一个方向抚摸。过了一会儿,便对主人说:

"这样,会慢慢觉得眼皮发沉了吧。"主人回答:

"的确发沉。"医生继续同样的动作。

"越来越重了吧。"主人默默地紧闭双眼,好像已进入睡眠的状态。

---

① 催眠疗法起源于十八世纪的西方,十九世纪日趋盛行。明治二十九年前后在日本兴起。

这种方法又重复了三四分钟,最后甘木医生说:

"看,已经睁不开了。"真可怜,主人的眼睛被弄瞎了。

"睁不开了吗?"

"唉,睁不开了。"主人双眼紧闭,默然不动。我以为主人已经变成瞎子了。过了一会儿,医生说:

"你试着睁一下,应该睁不开。"

"睁不开?"主人话还没说完,那双眼便啪一下跟往常一样睁开了。他笑了。

"不灵啊。"医生也笑了。

"咳,没管用啊。"催眠术终告失败,甘木医生走了。

又来客人了。主人一贯甚不与人交往,家里居然如此频繁来客,简直难以置信,何况还是个稀客。我要写这来客的事儿,不单因他是个稀客,而是为了要描述那个大事件刚过的余波。这稀客则是其不可缺少的材料。我还不知他叫什么,只见是个大长脸,留一把山羊胡子,大约四十左右。他与美学家迷亭不一样,我打算把他称作哲学家。为什么呢?他不像迷亭那样自我吹嘘。和主人对话时,让人感到很有哲学家的气质。又见二人谈话无拘无束,似是多年的同窗学友。

"哦,那个迷亭,就像漂在池子里的金鱼食饵。前些日子,听说他跟朋友路过一个华族①家门口,那家人他一面都没见过,却硬拉着朋友说要进去顺便喝杯茶。真是。"

"那后来呢?"

"我也没再打听。……咳,那是个天生的奇人怪物,什么都不考虑,金鱼食饵而已……唉,铃木,他也来过?那家伙是非不分,却在社会上混得不错。四面灵通适合挂个金表,可实在浅薄无知,太浮躁。嘴上说什么要圆滑,可什么是个圆滑他哪里懂得。如果把迷亭叫金

---

① 指在明治二年(1869)至昭和二十二年(1947)期间拥有公、侯、伯、子、男五等爵位的贵族阶层。明治维新前京都公卿门第出身的公卿及德川幕府时代各地的大名,大部分属于此类。另根据对国家的具体贡献,给部分政治家、军人、企业家也特别授予了爵位。华族为世袭制,地位在皇族之下,士族之上。一九四七年五月三日实施现行日本宪法的同时被废止。

鱼食饵,那他就是吊在草绳上的魔芋啦,光溜溜只知道滑来滑去,最无聊。"这比喻真叫奇警,主人听了乐得哈哈大笑,他很久没有这么快乐了。

"那你算个什么?"

"问我?像我这样的……就是野生的芋头,深深埋在土里。"

"你呀,总是悠哉哉,泰然自若,好让人羡慕啊。"

"哪里,不过一般。不值得羡慕。好在我也从不羡慕别人。仅此而已。"

"最近日子过得还宽裕吧。"

"还是那样。没个够不够的。吃口饭总是没问题。顺其自然。"

"我心里总不愉快,憋着气想发火。见什么都看不顺眼。"

"愤愤不平发点牢骚也好,发过去了,心情会好一点。人嘛,各有千秋,让人家都像你,那不可能。比如说筷子,你得跟大家一样夹着用,否则饭就吃不成。而面包可以由自己,爱怎么切都行。如果到一家高级裁缝店做衣服,穿上它就很合体。到那差一点的店做,就得凑合着将就一段时间。这世界也很奇妙,衣服穿在身上了,它自己会慢慢适应你的身架子。有本事的父母,让你天生就能适应当今的社会,那叫幸福。可生得不好,你顺应不了这社会,就总得忍耐,除此以外就只有努力去迎合社会。"

"可是我这人,似乎总也顺应不了啊,心里很不安。"

"西装不合身,你硬穿的话那要撑破。跟人打架,想自杀,惹事儿等等,太多了。你呀,不过是觉得无聊而已,不至于自杀,甚至连打架你也没干过。你这算是挺不错了。"

"其实,我每天总在吵架呀。一个人也气得想吵架。"

"那就是自己跟自己过不去。很有趣,多吵几次没关系。"

"真厌烦了。"

"那就别吵了。"

"这是跟你说啦,我这心,自己管不住啊。"

"到底是什么让你这么不满意。"于是主人从落云馆的事件开始,到今户烧制的狐狸、平助,所有的牢骚一一列举在哲学家面前,全都讲

了。客人默默听完,半天才开口:

"不管平助之类说什么,只当耳边风不就得了?反正他们没正经话。那些中学生更不值得在乎。碍不着你。你即便跟他们谈判,吵一架,那障碍就解除了吗?说到这个问题,我认为日本人比西方人要聪明得多。西方人强调的'积极性',近来很是流行。其实这里存在着一大缺陷。首先,所谓积极性,那是无止境的。你无论多积极也达不到满足,或彻底满足的境界。比如,你家院子那边有排柏树吧,你觉得碍眼,可把它砍掉。砍掉它了,那对面的寄宿馆又碍眼,你把他们赶走了,旁边另外的人家又会惹你生气。这没完没了。拿破仑,亚历山大取得胜利之后,谁也没感到满足。西方人都这样。跟谁过不去便争吵。有谁不服则上法庭。你以为官司赢了他就会心满意足吗,问题岂不太简单了!至死都不会心平下来的,焦躁永远是驱不走的。寡头政治不好,遂换成议会制。议会制不行了,还得想法再变。看河流太急了,架座桥,见大山挡道了,打个隧道,觉得交通不便便修条铁路。他们永远不会知足的。人类究竟要固执己见到什么程度才肯罢休呢?西方文明也许是积极向上的,但是创造这一文明的人将终生得不到满足。而日本文明不是以改变周围的状态来寻求满足的。它与西方最大的区别在于,不对周围的环境进行根本性的改变,它是在这个大前提之下发展起来的。当父母子女之间出现矛盾,他们不像西方人那样以改变其关系谋求平和。他们认为父母与子女的关系是不可动摇的,在维护其关系的基础上,设法求得安宁。夫妇,君臣关系,武士商人以及自然观皆如此。——比如有座山,使你不能到邻国,日本人不是说就把山炸了,而是寻找不须去邻国事情也能解决的办法。他们逐渐养成这种心态:不去翻大山也可获得满足。你看,禅家,儒家便从根本上抓住了这一问题。不论你有多伟大,这个世界也不会由你随心所欲。既不能使落日回升,又不能使加茂川倒流。唯一能做到的是把握自己的心灵。修行修到把握住自己,那落云馆的学生再嘈嚷你也会稳坐如山。不去理睬那今户烧的狐狸也能心平气和。平助他说傻话,你只会觉得那帮家伙愚蠢之极就足矣。听说从前有个和尚,在被人刀斩过来之时,还潇洒地作了一偈:'电光影里斩春风。'①养心修神到了消极之极,便可如此自由自在。我这人不懂什么大道理,可是只讲西方那套积极主义未免有误。比如,你现在积极主动应对了,难道那些学生就不来讥笑你了吗!你要是有权力把学校给关闭了,或者说他们干了坏事,能告到警察那儿,那就另当别论了。其他的,再积极主动,你也赢不了。若要积极地解决此事,那就会有金钱的问题、寡不敌众的问题。换句话,你对有钱人低个头就行了。在众人小孩面前告饶认罪。穷形窘况还要单枪匹马跟人家争吵,正是让你心中不平的祸种。怎么样?明白了?"主人到头也没说个是否明白。

稀客走后,他便钻到书房里去了,书也不看,只是思索。

铃木藤劝主人,要跟着金钱转,随着众人走。甘木先生劝说他,用些催眠之术去调节神经。最后这位稀客现身说法:静心养神以获安宁。

主人如何选择自是他的自由。照此不变必然无路可行。

---

① 指无学禅师面对蜂拥而至的元军时,临危不惧,坦然咏颂:"乾坤无地卓孤筇,喜得人空法亦空;珍重大元三尺剑,电光影里斩春风。"

第 九 章

　　主人脸上有麻子。据说这麻子在明治维新前还很流行,可日英结盟①以后,到了今天显然已经落后于时代。医学上有统计,而且经过精密计算得出结论:麻脸将逐渐衰退,它与人口繁殖成反比,不久的将来终会绝迹。如此高见,纵令我等猫辈亦深信不疑。至于现在,这地球上究竟有多少麻脸尚不清楚,而在我个人交往的范围之内,猫儿是没一只的,人,仅有一位,可怜他,就是我家主人。

　　每每看着主人的脸,我便寻思,前世他造了什么孽,竟长成这副怪样,如今呼吸着二十世纪的空气,且毫无羞愧之感。或许以前这麻子还有点威严,但如今它们被迫退居,只能往胳膊上长了。顽固盘踞在主人鼻尖或脸颊上的那些麻子,非但让主人得意不起来,反倒影响他的体面。可能的话还是早点儿把它们都给去掉才好。何况麻子自己,它们肯定为此也担心受怕,或许眼见同党威风势力一蹶不振,便抱着我等不将这落日揽回中天,誓不罢休之决心,如此蛮横霸占在主人脸上。故,万不可随意轻视它们。这些凸凸凹凹的坑坑可谓一集合体,令人尊敬,它们抵抗着滔滔滚滚的世俗浊流,永不退却。唯有一个缺陷,便是表面看上略显腥臜。

　　主人年幼之时,牛达山伏町②有位著名的汉方医生叫浅田宗伯③。

---

① 即英日同盟。日本和英国于一九〇二年签订的互助同盟条约。以日本对抗俄罗斯,确保在满洲的利益,和英国继续占领印度为目的。条约规定:缔约国一方与第三国作战时,另一方应严守中立;如缔约国一方与两个或两个以上的国家作战时,另一方应予以军事援助。
② 江户时期东京市牛达区(现东京都新宿区)的町名。
③ 浅田宗伯(1815—1894),又称栗园浅田。德川幕府末期至明治时代初期的汉医学家。生于汉医世家,以高超医术治愈了法国公使的疾病而声名远扬,被幕府授予法眼的医官称号。明治维新后应召进宫,任东宫侍医。

这老人家出诊时总爱慢慢悠悠坐个轿子①。宗伯过世后,到了其养子一代,轿子摇身一变,变成人力车了。待这养子死了,下一代继承家业,也许会把葛根汤②的药方换成阿司匹林啦。当年,宗伯老人坐个轿子在东京市内摇摇晃晃,已够让人笑话了。如今某些老朽顽固不化,他们与被塞到货车里的蠢猪一样,皆属此类落伍之群。

主人脸上这麻子不甚雅观,就像宗伯老人坐轿子,看着都觉得可怜。而主人之顽固,也绝不亚于那个汉方老医生。他每天到学校讲授英语读本,让那张麻脸犹如"孤城无援,夕阳即落",暴露于天下。

主人满脸铭刻着上一世纪遗痕,当他站在讲坛前时,除了授课,那张麻脸本身对学生亦有极大的现实意义。其实,让他翻来覆去讲授教科书上那几句"猿猴有手",不如把"麻子对面孔之影响"这一大问题顺便给学生们加以解释。由此可不须多费嘴舌,学生便自会找到答案。如果主人不是教师,那些学生要研究这个问题,非得整天往图书馆、博物馆跑了。就像人类通过木乃伊想象埃及人,必要付出极大的精力。由此可见,主人的麻脸,其功德可谓冥冥之中光明无量。

诚然,主人脸上这麻子不是专为布施功德的。说实话,那是当年为预防麻疹种的痘苗。不幸种在胳膊上那痘苗,不知不觉传染到脸上了。那时主人年小,不像现在这么看重面容。他一边不停叫唤痒痒,一边在脸上开始乱挠。于是一个个脓包就像火山爆发,熔岩便顺着脸流下来。随之,父母生下的这脸就被他全给糟蹋了。主人有时还跟妻子自吹:我没长麻子的时候,这脸也是相当漂亮,白净如玉,就跟浅草观音菩萨一样,连洋人都要回头看上几眼呢。他说得也许是真,只可惜现在没人给他出面证明一下。

无论这麻脸有多大功德,有多少教育意义,腥腥还是腥腥。自懂事以后,主人对这麻子尤为苦恼,千方百计想把这丑态遮起来。可这不同宗伯老人那轿子,说讨厌了马上可把它换掉。你看,直到今天,他这麻

---

① 即肩舆。若说肩舆是象征德川幕府的交通工具,人力车则是象征明治这一新时代的产物。

② 含有葛根成分的中医汤药。对感冒有发汗、解毒之功效。

子依然历历在目。对此主人时常在意,出门上路,都要算算今天碰到几个麻脸。那麻脸是男是女,是在小川町百货摊①还是上野公园,并如悉记在日记本上。他深信关于麻子,自己比任何人都知道得多。前几天,有个海外归来的朋友来访,他就问人家:

"你见过洋人脸上长麻子的吗?"那客人听了歪着脑袋想了半天:

"还真不多见啊。"

"不多见也还是有吧。"主人又确认了一下。

客人随便说道:

"有是有,不过都是些乞丐啦,或在路旁帮人推车的苦力。没见受过教育有文化的长麻子。"主人听了这话,说:"是吗?那和日本不太一样啰。"

主人接受哲学家的建议,他不再与落云馆的学生争吵了。钻进书房一直埋头思考,或许是吸取哲学家的忠告开始静坐,以消极休养来活跃精神。他心眼本来就小,抄着双手脸一沉坐下来便不再动了。这怎么可能想出什么好主意。让我看,他不如把那几本英语书送到当铺里,去跟艺人学几段喇叭小调②也比这样强许多。可像他这么固执的人肯定不会听我这猫儿的劝告,算了,由他吧。有五六天了,我都不愿搭理他。

第七天了,按说释迦成道讲究个"头七"③,禅家人多在此间结跏趺坐,以求大彻大悟。我家主人这会儿是死是活?或是已有所醒悟,我也得瞧瞧,于是一步步从屋檐下走廊来到书房门口,侦探一下室内动静。

主人的书房坐北朝南,有六叠大小,光线最亮的地方摆了一张大桌子。我光说这大,读者恐怕还想象不来。就说具体一点吧,这大桌子长有六尺,宽有三尺八,高低则按桌子大小恰到好处。当然了,这个稀奇

---

① 指当时神田区(即现在千代田区)神保町后面的东明馆。百货摊是现在百货商场的前身。许多店铺联合起来,将日用品杂货等陈列于一处销售。明治后期,随着三越、白木屋等百货商场的发展而衰退。

② 明治三十七、三十八年前后全国流行的演歌。添田哑蝉坊作曲,模仿喇叭的声音,配有为谐韵而用的虚词。

③ 此处指七天时间,禅道场在十二月一日至八日,即释迦牟尼成道的七日里,举办腊八大接心活动。届时连日进行辛苦的坐禅。

之物不是市场上卖的现货,是主人跟附近一家作门窗的木具店商量定做的,既当书桌又可兼作床用。至于何苦要新做这么一张大桌子,又何苦非在这上面睡觉等问题,须亲自问问他本人方能知道!或者是他一时心血来潮,就整了这么一个奇怪的东西。或许是世人常见的那种精神病患者,他们总是爱把两个风马牛不相及的概念瞎扯到一起。于是主人便将书桌和床板合为一体,可谓独出心裁。实在遗憾,仅有新奇之感却无甚用途。我倒是亲眼见过主人在这桌子上睡午觉,没想他一转身掉下来,便滚到屋檐下走廊了。此后,那书桌便不再当床用了。

　　这书桌前铺着一个薄薄的坐垫,丝绸面子。坐垫上有三处窟窿,是被烟头烧的,露出里边灰扑扑的棉花。只见主人背朝我正坐在坐垫上。腰间系一条鼠色腰带①,一左一右耷拉到脚后跟上。前两天,我刚想玩弄它一下,便被主人当头扇了一巴掌。所以知道那腰带不是我轻易触动之物。

　　主人依然在思索。俗语说,空想不过是白费心思。我从他身后瞅了一眼,只见桌子上有个闪亮发光的东西,我不由得接连眨了两三下眼睛,忍着刺眼的光照仔细盯了半会儿。终于明白了,一晃一闪的,是来自桌子上的镜子。

　　主人他为什么在书房摆弄起镜子来?那镜子本应放在浴室里呀。况且,我早上在浴室里也见到这镜子了。主人家除了这镜子没有第二个。他每天早上洗脸后梳头分头都用这镜子。有人或要问,主人他还梳什么分头吗。其实,他这人别的都不在乎,唯有对头发是极认真的。我到他家以后,直到现在,主人不管天多热,都不会把头发剪得太短,总要留个两寸多长。他的头发不但是左右两边分得整齐,还要让右边的头发稍微翘起来。当然这也许是精神病的征兆。这么讲究的分头与大书桌实在不相称,但毕竟不伤害他人,所以也没有人对此说三道四。他本人还甚是得意呢。且不说这分头是否时髦,他把头发留得那么长,也是自有其原因的。主人那麻子不但是侵蚀到他的脸上,而且早早就蔓延至脑门上了。所以若像一般人那样把头发剪上五分或三分,从短短

---

① 白色变成灰色,弄脏了的腰带。

的发根处便会显露出几十颗麻子来。不管他怎么摸怎么揉,那坑坑洼洼的痘痕是去不掉的。或许有人以为,犹如荒野上一群萤火虫闪闪发亮,还蛮有风趣呢。可夫人对此却是一点儿也没看上。把头发留得长一点,便遮住麻子,岂不比特意暴露自己的短处要强许多。可能的话,他还想让脸上长出些毛来,好把麻子遮住呢。所以没有必要花上钱把这自然白长出来的头发剪掉,再吹嘘一番自己,这头盖骨上都被天花染得满是麻子了。这就是主人留长发的理由。留得长了便要把头发分开,便要照镜子,便要将镜子放在浴室里。所以这家里确实只有一个镜子。

放在浴室里的镜子就一个,它竟跑到书房里来。莫不是它自己半夜梦游到此,否则便是被主人拿来的。若是拿来,其目的又在何处?或许它是主人消极修养所需要的道具。

据说古时有位学者拜访某禅宗大师,只见那和尚全神贯注正在磨瓦。学者问道:"磨瓦干什么?"和尚回答:"干什么,要做个镜子,你看,我这不是在拼命磨吗?"学者大为吃惊:"虽然您是得道高僧,但用这瓦片也磨不出个镜子来啊。"和尚笑骂:"那,我就收摊不磨啦。书看得再多,也是悟不出来'道',同是此理。"

主人对此恐怕也略知一点,所以才把镜子从浴室拿来,要照照自己这张得意的面孔。看来主人要有大动作了,待我悄然窥视一番。

主人不知我在其身后,他极为认真地审视着家里仅有的这面镜子。镜子是个惹人讨厌的东西。深夜秉烛,在空旷的房间里独自对镜需要相当的勇气。我等猫辈第一次被这家小女把镜子横在脸前之时,那可是吓蒙了,光绕着他家房子周围就惊跑了三圈。尽管现在是大白天,可光天化日下像主人这样死盯着镜子,定会被自己的面容吓住的。他那脸平时让人乍看上去也不舒服。

不时,只见主人自言自语道:"这脸是够难看的。"他能承认自己之丑已经足以令我敬佩。仅这一番举动来看,的确有些疯癫,可道出的话却是真理。如果再进一步,他就能对自己的丑恶感到恐惧了。

人必须彻头彻尾地认识到自身丑恶这一事实,否则谈不到久经磨难,而人不经历各种磨难,终究得不到解脱。

主人已走到这一步,完全可以往下再说一句"真可怕"！可他却说不出来。说了自己"够难看"以后,不知他又为什么把腮帮鼓起来,还照着它用手掌拍打了两三下。赌什么咒呢？看到此处,我觉得这张脸跟谁似乎很像。对了,想起来了！是阿三的脸。

既然说到阿三,顺便就将她那脸给诸位作个介绍。阿三那脸圆乎乎的,真叫个胖。前些日子,有人送来一只"穴守稻荷"①的河豚灯笼。阿三的脸就跟那河豚灯笼②一样,胖得连那对眼睛都被挤得看不见了。人家河豚灯笼是滚圆浑胖,可阿三这脸盘有棱有角,脸上那肉随骨架子长,长得像座六角形挂钟被水浸泡过一样。这话若让阿三听见了,她可要恼羞成怒,算了,到此打住。

言归正传,还是说我家主人吧。主人吸足了空气把腮帮子鼓起来,又用手掌拍打了几下,自言自语道:"皮肤绷紧了,这麻子也就不显眼了。"

一会儿他又把脸转过去,看着被照亮的那半边,感叹道:"这样就很显眼,还是正对光线,麻子就不分明,这东西真怪。"接着他右手一伸,把镜子尽量拉得远了点,又仔细观察了半天,终于悟出个道理:"这个距离就不那么显著了。还是不能离得太近去看——不光是脸,凡事都要拉开一定的距离。"突然他又把镜子横放着,然后把眼睛、额头、眉毛都往中间挤。真难看。好在他也有所觉察:"这不行。"随即不再做那鬼脸了。

"怎么回事,这脸长得如此凶恶？"他不可思议地把镜子拉到脸前,离眼睛三寸多远,接着用右手食指抹了抹鼻翼,并将那指头使劲按在桌上的吸墨纸上。鼻翼上的油脂便在这纸上现出一个圆圆的印子。各种游戏,花样不少。接着又用那个带油脂的指头把右眼下眼皮一翻,作了个漂亮的"翻白眼"动作。不知他到底是研究麻子呢？还是跟镜子对视看谁厉害呢？看来他干什么虽没耐性,招数却不少呢。不仅如此,若善意地去解释一下,主人他也许在实践禅宗"见性成佛,明心见性",故

---

① 当时位于东京府荏原郡羽田村(现东京都大田区羽田五丁目)的神社。俗称穴守稻荷。供奉日本神话中掌管食物的女神丰守气比卖。作为开运神社,祷告生意兴隆,此神社于明治三十三年(1900)前后相当有名。

② 将河豚皮剥下,晾干后制成的灯笼。是山口县下关市的特产。

将镜子视为对方,表演出各种动作。

人类进行各种研究,其实最终都是为了研究自己。声称研究天地、山川、日月、星辰,那也不过是换个名目而已。任何人都不会舍去自我去研究其他。人类若能超越自我,那么当他超越的同时也就失去了自我。研究自己自然要靠自己,不可指望别人。让别人帮忙以及指望别人研究自己,皆是对牛弹琴,不可能。因此自古以来英雄豪杰全凭靠自己的本事。若靠别人帮助就可以的话,如同请他吃牛肉,替你判断那肉是软是硬一样。

所谓"朝学法,夕闻道,案前灯下,手不释卷"无非是寻求自我。不论是谁说法,谁论道,乃至五车蠹纸堆里都不可能存在自我。倘若有,那便是自己的幽灵,当然,在某种情况下幽灵的存在胜于无幽灵。追形逐影未必全都扑空,只因形影多是难以分离而已。于此意义,主人摆弄镜子仍旧算个明白事理的人。要比有些学者对爱比克泰德似懂非懂,却要生搬硬套的聪明许多。

镜子既是酿造自我陶醉之器具,同时也是消除自我满足之器具。

若抱着浮华虚荣之念对照镜子,那它就是最能煽动你这个蠢物的道具。自古以来增上慢①损人害己,三分之二皆因镜子作怪。法国革命时期,有个好事的医生②发明了一种新式断头台,结果被问了大罪。发明镜子的人肯定也是被噩梦搅得不得安生。

当人对自己失去信心,情绪低落之时,照镜子犹如良药一方。丑恶与善良一目了然。你必将发现自己凭着这脸居然也活到今天。此时此刻,便是人生中最难得最值得庆幸之时。因为世上没有比承认自己无能更为可贵了。在这个已自觉的蠢材面前,所有自命不凡的人亦将自惭形秽。当他昂首挺胸轻蔑地嘲笑自己时,其坦然之处也是极令人佩

---

① 佛教用语。指觉悟尚未达到最高境界,即认为自己"悟到了"的骄傲自大、不成熟的心态。
② 法国医生约瑟夫·伊尼亚斯·吉约丹(Joseph Ignace Guillotin,1738—1814),断头台的提议者。法国大革命期间,作为执行死刑的方法,在宪法制定会议上提议使用已在欧洲中世纪存在的斩首工具。吉约旦是废除残酷死刑的主要倡导者之一。断头台后以他的名字 Guillotine 命名。

服的。主人不是圣贤,虽不可能看了镜子就认识自己之愚蠢。但已客观地看到自己脸上的麻子印迹。承认面孔之丑恶是发现自己内心之卑贱的必经之路。相当有勇气!这也许是被哲学家训导的结果。

我一边思索一边继续观察主人。可他本人并未察觉,做够了鬼脸又开始用食指来回搓眼皮,自言自语:"眼睛充血是得了慢性结膜炎了。"大概太痒了,可本来眼睛就那么红,这一搓不更红了吗。这眼珠子会被揉成腌鱼一样双眼烂掉的①。不时,他又睁开眼睛对着镜子看,果然那双眼混浊,就像北国冬季的天空一样阴沉,黯淡无光。当然他那眼睛平时也不甚清澈明亮。说得夸张点,简直就是一窝混沌,根本分不清黑眼珠与眼白。就像他平时的精神状态一样,总是朦朦胧胧不得要领。那对眼球也是暧昧飘忽地浮在眼窝里。有人说这是胎毒②所致,也有人解释说是出麻疹的后遗症。听说为此主人幼时还吃过不少柳树虫子和赤蛙③。可惜了他母亲一番精心照料,那偏方也终是甚没见效,至今依然是生下来那副混沌样。我暗自琢磨,他这状态绝非胎毒或麻疹所致。眼珠彷徨不安,晦涩混浊,不是别的,只因他的脑袋本身就装着一堆不明不白的东西。这黯淡溟蒙达到极限,自然就反映在身体上,结果让那不知所以然的母亲白白操心一场。

俗话说"见烟便知有明火",眼珠混浊即是愚昧的象征。因此,他的眼睛映照出其内心,那心如同天保铜钱④,中间有孔,眼睛亦如带孔的天保铜钱,大是大,却很不中用。

他又开始捻起胡子了。那些胡须天生就不听话,横七竖八各显千秋。虽说当今的世界盛行个人主义,可如果任凭胡须自由发展下去,将给这主人平添许多麻烦。鉴于此,主人开始对它们实施严格的训练,尽可能使之井然有序。一番努力还真管用,眼见胡子的步调略显齐整。

---

① 指用盐腌的鲷鱼,随着腌制天数的增加,泡涨后眼珠变得凸出。
② 在婴幼儿脸上或头上出现的各种皮肤病。据说是由于在母体中受毒影响,故此得名。实际上,湿疹、疱疹等因体质及细菌感染发病的情况很多。
③ 日本旧时治疗小儿抽风等疾病的偏方。赤蛙为蛙的一种,背部有红褐色、暗褐色斑点。
④ 天保通宝的简称。指江户幕府于天保六年(1835)至明治元年(1868)期间铸造的铜钱,呈椭圆形,正中间有四方孔。明治维新后仍在市面流通,相当于新钱的八厘。明治二十四年(1891)十二月三十一日正式停止使用。

主人颇为得意,说以前那胡子是自己"长",现在则是他"蓄"了。努力生效,自是越发鼓舞人心。他见胡须大有前途,便早晚稍有闲空,必要给予鞭策。其野心是要像德皇陛下①一样,让胡子左右两边高高翘起来。不管那胡子本应横长还是竖长,都被他一把握在手中使劲向上拽。弄得它们好不难受,连主人自己也常常被揪得疼痛不已。但这就是训练,哪里顾得上它们情愿与否,只管往上拽。让外人来看,简直犯了神经病,可当事人却当正事,一丝不苟。就像教育工作者肆意扭曲学生的本性,却以此为荣一样,没有什么好责难的。

正当主人满腔热情训练胡子的时候,那个面部棱角分明的阿三从厨房走进书房,只见她伸出那双红通通的手说:"有您的信。"主人转过头来,右手依然捻着胡子,左手拿着镜子。阿三见主人逼得那撮八字胡左右翘起来,扭身跑回厨房,背靠着锅台哈哈大笑起来。主人却毫不介意,他慢腾腾放下镜子,把信打开。

第一封信是打印出来的,字里行间庄重严肃。

谨启

　　谨贺先生吉祥多福。

　　回顾日俄战争,我军屡战屡胜②,促和谈成功,告恢复和平。山呼万岁声中,我忠烈勇猛将士多已凯旋归来,万民欢腾自不待言。

　　自天皇下诏宣战,我义勇将士远征跋涉,赴异国他乡,克寒冬酷暑,全力以战,为国捐躯。其至诚之心,将永远铭刻于万民胸怀。

　　我凯旋大军于本月即将全部结束。借此本会将代表本区居民,于次月二十五日为本区一千余名出征将校官兵举行盛大凯旋庆功会,并慰劳战殁军人遗属。诚挚欢迎各位列席,聊表谢意。

　　为顺利召开此次盛典,望诸位给予大力协助。于此,谨期望敬候各位踊跃捐款! 实乃本会之万幸。

---

① 即德国皇帝威廉二世(Wilhelm Ⅱ von Deutschland,1859—1941)。致力于宣扬日尔曼主义,充实军备及拓展殖民地。第一次世界大战战败后退位。他的胡须,呈两端向左右翘曲的样子,由此诞生了"恺撒胡"这一名称。

② 指日俄战争中攻占旅顺、奉天会战、对马海峡海战等节节胜利。

落款人是一华族先生。只见主人默读完了随即又装进信封,若无其事。捐款,恐怕没指望。之前东北地区受灾①,他也曾捐过两块三块。此后逢人便说那是被迫的。既然是捐款本应出于自愿,而不是被迫。又没碰到盗贼,说是被迫实在欠妥。可他不管,就像自己是被贼抢了。因此,无论是说给军人开欢迎会,还是华族来函劝诱,若是威胁强求他,那另当别论。就凭一张打印的信让他出钱,怎么可能呢。在主人看来,与其欢迎军人,不如先把他欢迎一下。欢迎了自己,再说其他人,那都无所谓。自己早晚还要担心每天过日子呢,欢迎会那些事儿还是让华族先生们自己去操办吧。主人又把第二封信打开了:"呵,又是打印的。"

时下秋寒,谨祝合家欢乐。

如众人所知,两年前,敝校由阴谋家二三人所把持,一时猖狂之极。于此反省,实则不肖鄙人无能所至。卧薪尝胆,历尽辛苦,终决定独自新建吾理想之校舍。为筹备建校经费,现出版发行《别册缝纫秘术纲要》。拙著为鄙人针作多年苦心研究之成果,乃遵循工艺之原理原则,呕心沥血著述而成。

本书为普通家庭所想,仅收制作成本费略取薄利。乞望购买此书并助缝纫事业之发展,同时期待以微薄之利充当建筑校舍所需。万分惶恐,祈望购买一部秘术纲要,或赐予贵府女仆以表贵府赞助之诚意。叩拜尊府大人。

大日本女子裁缝最高等大学院
校长缝田针作九拜②(肃拜)

信写得如此郑重其事,可主人却甚是冷淡,只见他将信揉作一团,"砰"的一下便扔进废纸篓了。可怜那个针作的九拜及卧薪尝胆都白搭了。

该看第三封信了。这第三封信可谓异彩夺目。信封上印着红白横道,颇像糖果棒招牌。正中间粗犷的毛笔隶书写道:珍野苦沙弥先生座

---

① 明治三十八年日本东北地区由于雨量多、低温、日照不足等原因造成农作物歉收,发生了七十年不遇的大饥荒。宫城、岩手、福岛各县农作物产量仅为常年一至三成。

② 用于书信的末尾,向对方表示敬意。

下。看这信封如此豪华,没准儿从中会蹦出来个什么"金太郎"呢①。

若天地随吾意,我将一口吸尽西江水,若我被天地所律,不过是陌上微尘而已,试问:天地与我有何相干。

最先吃海参的人,其胆量可敬,最先尝河豚的汉子,其勇气可嘉。食海参者乃亲鸾②之再世,食河豚者乃日莲③之化身。我只知你苦沙弥先生吃酸豆酱拌葫芦干④,却未曾见有食酸豆酱葫芦干而成天下名士者。

亲朋好友会出卖你,亲生父母对你亦存私心,情人也将抛弃你。富贵从来靠不住,爵禄一朝将失去,你满脑子学问亦会发霉。彼时,汝将何所恃?天地间汝将何所依?神乎?

神不过一具土偶,是人类为解脱自身痛苦而捏造。神不过一具遗骸,是人粪干屎橛堆积而成。分明是"无可恃",却要说"有恃无恐"。醉汉满口胡言,蹒跚步入坟墓。油尽灯自灭,业尽遗何物!

苦沙弥先生,吃茶去⑤!

视人不为人,则无所畏惧。视人不为人,却要愤怒视我不为我之世界,如何?达官显贵自以为是,目中无人。而一旦别人无视他,他便勃然愤怒。任他去愤怒吧。混账东西!

当我视人为人,而人未视我为我时,持公道者自天空突然而降。此突发行动,名曰革命。革命并非持公道者所为,乃是达官显贵所推出。

朝鲜多人参,先生何故不服。

于巢鸭　天道公平　再拜

---

① 日本民间传说中拥有怪力的儿童。
② 亲鸾(1173—1262):镰仓时代初期的僧侣,日本佛教净土真宗创始人。
③ 日莲(1222—1282):日本佛教日莲宗创始人。
④ 葫芦干,即将葫芦撕成条状干燥制成的食品。与海参、河豚这种高级食品相比,葫芦干拌酸豆酱极为普通。
⑤ 禅语。出自《赵州禅师语录》(唐代禅师,778—897,禅宗六祖慧能大师之后的第四代传人)第四五六条,原为赵州禅师与新来僧人之间的问答。指现实生活中诸多烦恼之事,皆因被"妄念"迷住了心智。在茶室的壁龛上常见写有"吃茶去"的挂轴。

针作君作了"九拜",此人只来了个"再拜"。不要你捐钱,便砍去了七个拜。信虽不要你捐款,但其内容也并非易懂。若把它投到哪家杂志社,注定是要被打入冷宫。原以为看了这信,头脑不甚明了的主人会将其一把撕掉的,可没想到,他又重新翻来覆去认真读起来了。或许他认为这信有什么意义,决心要弄个明白。大凡天地间人类未知事甚多,但却没有不能附加意义的。再难懂的文章,要想去解释它,都很容易。不管说人愚笨还是聪明,两句话谁都明白。不仅如此,要说你是狗或他是猪,也不是特别困难的命题。你说那山低没关系,说宇宙小也没关系。说乌鸦是白的,小町是丑女人,苦沙弥先生是君子,皆行之即通。要给这无味的信想办法硬附上点意思不成问题。特别像主人这样的人,不懂的英文,他也能牵强附会硬把它说通。对这信那更是如此。一次他被学生问道:天气并不好,为什么还要说"早上好。"居然为此就想了整整七天。又问哥伦布用日语怎么说,便冥思苦想了三天三夜。这种人,不管吃葫芦干做天下名士,还是吃朝鲜人参闹革命,随便什么他都能想出点名堂来。又过了一会儿,主人按照英语"早上好"的思维方式,将这难题搞懂了,且大加赞赏:"意味深长,此人一定是个研究哲理的,颇有见识。"就听主人这话便知他愚蠢之极。不过细想一番,觉得也有其道理。主人平时有个癖好,对一些不甚理解的东西极为敬佩。其实这不单限于主人。不懂,会使人产生超然神圣之感,以为那里潜伏着不可轻视、默然不测之物。俗人好吹自己懂得许多,学者则喜欢把简单的事情解释得神乎其神。众人周知,在大学上课,讲得谁也听不明白,会得到好评,讲得浅显易懂则没有人气。

　　主人佩服此信,不是因为它意思明了,而是在于其主旨捉摸不透。主人敬佩这篇文章唯一的理由是,文中忽而提起海参,忽而又是什么臭粪。如同道家尊崇《道德经》,儒家尊崇《易经》,禅家尊崇《临济宗》一样,读天书,全然不懂。不懂还不甘心,还要做个极懂的样子,乱加一番注释。自古以来,不懂装懂,以示敬畏,总会给人带来愉快之感。

　　主人将这封名家的隶书体信卷好,放在桌子上,抄起手陷于沉思。

此时,只听正门上有人大声求见:"开门,开门啊!"听声似是迷亭,可他又从不叫嚷开门的。主人在书房刚才也听到叫声了,却一直抄着两手纹丝不动。出门迎客这事儿,不是主人干的。他绝不出书房去跟谁打招呼。女仆刚出门去买洗衣皂。夫人正上厕所。于是出门接客就轮到我了。其实我也不愿出去。只见客人在门口拖了鞋一脚跨到木板台阶上,接着纸门一拉噔噔地就进来了。你看,这主人客人都是没个样子。那客人似进了客厅,把格子门来回拉了两三下,又到书房去了。

"喂,真不像话,干什么呢,没见客人来吗。"

"哦,是你呀。"

"你还说呢,你既然在,怎么不吭气,这家简直就像空房一座,不见一个人影!"

"嗯,正在考虑事情。"

"就是想什么,也给回一声,说进来呀。"

"没必要非要说嘛。"

"还是老样子,真沉得住气。"

"我最近开始修身养性啦。"

"什么都爱图个新鲜。你修身养性连应个声都不行了?那,家里来了客,不让人家难堪吗?这么待客人,可太不像话。今天我可不是一个人来,是领了位贵客的。你出来见见啊。"

"是谁?"

"不管是谁,你快出来呀。人家说非要见见你的。"

"谁呀?"

"管他是谁,快站起来。"

主人抄着手站起来:"又想捉弄我了吧。"他漫不经心地从走廊绕到客厅来。只见六尺宽的壁龛对面肃然端坐着一位老者。主人不由得把双手放下来,一屁股坐在纸门跟前了。老人也是面西而坐,这一坐,弄得彼此连见面礼也不好叙了。

旧人对礼节是极讲究的。只见老人指着壁龛催促主人:"请坐到这边儿。"可主人他直到两三年前还以为,客厅谁坐在哪里都是无所谓的。后来听人讲历史才明白,壁龛因是由君主之座①演变而来,故,多是重要来宾使者②坐的地方。从那以后,他就绝不靠近壁龛了。这会儿眼前端坐着一位不认识的长者,他更不敢坐在壁龛边上了。见他连打招呼也不会说了,只是低着头,把对方说的话又重复了一遍:

"请坐到这边儿。"

"不了,这么坐无法叙礼,还是请到这边来。"

"不,那就……请到这边。"主人还是学着对方的口吻回答。

"多谢了,请!你过谦了,让我也不好意思。还是别客气。请你……"

"您谦虚了……不敢当……请!……"主人满脸通红,结结巴巴,话也说不清了。看来他修养精神也没见什么效果。迷亭一直躲在纸门后边笑着看二人对话。这时觉得差不多了,便从后面推了主人一把:

"快坐到前边去,你靠在纸门这儿,搞得连我都没个坐处。别客气了,到前边去吧。"见迷亭不断从中劝说,主人无奈之下,只好往前蹭了蹭。

"苦沙弥君,这就是我经常提起的伯父,在静冈住的伯父。伯父,他就是苦沙弥君。"

"你客气了,初次拜见尊容。听说迷亭总给你添麻烦,承蒙照顾了。一直想找个机会登门拜访,当面领教。幸好今日有事上京,路过府上,遂特来致谢。务请今后多关照了。"这话说得很有股旧时典雅行礼之味。主人他平日与人不甚交往,那张嘴又极笨。他不曾见过这般尚文崇雅的旧人家,所以一开始就胆怯得发怵,又听老人滔滔不绝说了这番话,什么朝鲜人参啦,棒棒糖纸袋啦,都被他一股脑全忘了。慌忙之际应答得前后不搭边。

"我也是……要拜访您。请多关照。"说完这话,主人刚把头稍微

---

① 武士书院的一种房屋构造,通常最里面的房间地板要高出一层,是主君会见家臣时专用的房间。

② 江户时代,幕府派遣的使者将将军的旨意传达给诸位大名。

抬起,一看那老人行礼俯首依旧未动,这才慌忙又把头贴到榻榻米上了。只见老人家深深呼吸了一下,扬起头来,说道:

"我等久居江户城下,家里也在此地有些房产。直至幕府瓦解之时,合家遂迁至静冈。今日进城,已经辨不出个东南西北……多亏了迷亭在身边伴随,否则什么事情也做不成。这真是沧桑之变啊。德川将军入关东①三百年,那时将军府……"迷亭见他扯得远了,便中途打住:"伯父,你或许对将军幕府感激不尽。不过,这明治时代也不错啊。过去连红十字会②都没有呢。"

"是没有。没有叫红十字会的。特别是能给皇上御照行大礼③这种事情,不是到了这明治时代,哪里会有啊。我多亏长寿,今天还能出席红十字会总会,聆听皇族殿下的玉音,死也甚无遗憾了。"

"今天得以重游东京,他也算享福了。苦沙弥君,这次是红会召开总会,伯父专程从静冈赶来。今天陪他一起去了趟上野,刚回来。你看,他穿的这大礼服就是我上次在白木屋百货店给他定做的那件。"这话提醒了苦沙弥。确实老人穿着一件大礼服。可礼服一点不合他身材。袖子过长,领子敞开着,背上皱巴巴凹下去一大块,腋下还往上吊。再说让人家胡乱做件衣服,也不会像这样,故意把它做得走形走到这个地步。还有那白衬衣,也没扣到衬领上,一抬头便露出喉结来了。更有看头的是,你弄不清他那黑领带是系在领子上还是衬衣上。礼服就算了,最令人不敢直面的是那个翘在头上的白发发髻,堪称一大奇观。又注意看了一眼他那把铁扇,果然是随身携带,并紧贴着膝盖放在一旁。

主人终于清醒过来。当他利用修养精神之效力,将老人家一身装

---

① 一五九〇年,德川家康因攻占小田原城的胜利,被转封关东。一六〇三年任征夷大将军,建立了江户幕府。幕府统治时期约三百年。
② 克里米亚战争后,以战时救死扶伤、平时预防灾害疾病为目的结成的国际合作组织。日本红十字会的前身是博爱社,创立于明治十年(1877)日本西南战争期间。明治十九年(1886)日本签署了日内瓦条约,翌年(1887)将"博爱社"更名为"日本红十字会",当时总部设在东京公园内。
③ 面对天皇、皇后照片行最高敬礼。民众仰望皇室照片,聆听皇室声音,表达对皇室的感激之情。

饰打扮冷静观察一番后,方为之大吃一惊。平时仅听那个迷亭描述,倒也想象得出,可没想到今天亲眼一见,居然有过之而无不及。要说自己的麻子可以成为历史研究材料,那老人这发髻,这铁扇,其研究价值绝对超过麻子了。

主人极想打听这铁扇的由来,可又不便直问。话说一半停下吧,又恐怕冷场失礼,随即淡淡问了一句:

"参加总会的人多吗?"

"多极了。那些人还眼睁睁老瞅着我看……如今人的好奇心都挺强哦。要说以前,可没这样的。"

"是啊,的确,以前没这样的。"主人随着老人应酬了一句。毕竟这不是主人能发挥的话题。那应酬话不过是从朦胧一片脑子里自然流露而出。

"再说,他们就光看这把劈头盔的铁扇。"

"这铁扇很重吧?"

"苦沙弥,你掂掂,相当重呢。伯父,你让他看看。"

老人好像很吃力地拿起来,递给主人:"你看看!"主人小心谨慎,就像参拜者在京都黑谷金戒光明寺①接过莲生坊②大刀一样,他掂了一会儿,说:"是挺重的。"接着便还给老人。

"大家都叫它铁扇,其实这是用来劈头盔的,铁扇那完全是另一类东西。"

"噢,是做什么用的?"

"劈斩头盔……趁对方两眼发黑之时一刀劈过去。听说从楠正成③时代就开始用了。"

"大叔,那这刀是楠正成用过的?"

---

① 位于京都市左京区黑谷町。是黑谷净土宗寺院总部,净土宗创始者法然上人曾在此传道。

② 熊谷真实(1141—1207),平安时代末期至镰仓时代初期武将。源义经的家臣。在一之谷之战中刺死少年武将平敦盛后,深感人世变化无常,遂出家成为法然上人弟子,改名莲生坊。据称京都黑谷金戒光明寺是其修道之处,并留有遗物。

③ 即楠木正成(1294—1336),镰仓时代末期至南北朝时期南朝的著名武将。一生竭力效忠醍醐天皇,顺应敕命,举兵推翻镰仓幕府。

"不,不知是谁用过的,反正这刀有些年代了。怕是建武时代①吧。"

"就是这把刀,什么建武时代的,让寒月为难了。苦沙弥君,刚才往回走,正好穿过大学,我们就顺便绕到理学系,让伯父参观了一下物理实验室。可这把劈盔刀是铁家伙,把人家实验室里带磁力的仪器设备搅得一塌糊涂。"

"不至于吧。建武时代的铁,都是纯铁,不用那么担心。"

"再好的铁也不行啊。人家寒月这么说的,肯定没错。"

"你说的寒月就是磨玻璃球的那个人?年纪轻轻的,可惜了。就没个其他正经事儿干啦?"

"是挺可怜,不过那也是搞研究啊。他把那个球磨出来,可就成大学者啦。"

"如果磨个玻璃球也能当上大学者,那谁都干了。连我这老朽也可以啊。玻璃店铺的掌柜更没问题。干这事儿在人家中国叫玉匠,那可不是什么好身份。"他边说边看着主人,希望主人也能表示个赞同。

"的确如此。"主人赶紧回话。

"如今的世界,学问都是形而下之学,看着不错,关键时刻一点用不管。跟过去不一样了。以前,武士都是豁出命干的,平时修身养性,到了生死关键时刻,绝不慌张,露出狼狈的样子。你也知道,可不像磨个玻璃球,拧根铁丝那么容易呐。"

"的确是。"主人依然规规矩矩。

"伯父,您说的修炼,不用去磨玻璃球,只管袖手而坐吧。"

"那不行。没这种养性修身法的。孟子说,要'求放心'。邵康节②也说'心要放'。佛家那个叫中峰的和尚,教导人说:具不退转。这些都不是你一下就懂的。"

"终究是个不明不白呀。那么到底您说怎么才好呢?"

---

① 建武时代(1334—1336),建武为后醍醐天皇时代年号,是镰仓幕府灭亡、天皇恢复权力治世的时代。
② 即邵雍(1011—1077),北宋理学家、数学家、诗人。

"你看过泽庵禅师①的《不动智神妙录》②吗?"

"没,听都没听说过。"

"心应置于何处③。将心置于对方之举,则被对方之举动所迷惑。置于对方大刀,则被大刀所吸引。欲杀对方,心则被此欲望所驱动。若置于手中佩刀,则被其所牵挂。若置于防备被杀,则信不会被杀。置于人的姿势,则被其姿势所迷惑。总而言之,心无止境。"

"一字不忘全都记着呢。伯父的记性真好。这么长的一段。苦沙弥君,你听懂了?"

"的确如此。"主人又应付过去了。

"哦,你是听懂了吧。心置于何处。将心置于对方之举动,则被对方之举动所迷惑。置于对方大刀——"

"伯父,苦沙弥对这些都很理解。最近每天在书房里只管修神养心呢。这不,来了客人,也不理睬。他早把那'心放'了。修炼到家。"

"唉,那可是稀罕少见啊。对了,你也最好跟着他练一练。"

"我?我才没那空儿。伯父,您自己一天闲着没事儿。就以为别人都整天游手好闲啊。"

"你实际上不是天天晃晃荡荡吗!"

"这叫闲中自忙。"

"你呀,这叫轻浮,不修养可不行啊。自古有成语,说'忙中自有闲',没听说过'闲中自忙'的。苦沙弥你说,对吧?"

"是,好像是没听说过。"

"哈哈,这,我可没得辩了。伯父,怎么样?好久没吃东京的鳗鱼了,今天我请客,就到竹叶④那家馆子。从这儿坐电车,很近,一下就到。"

---

① 泽庵禅师(名宗彭,1573—1645):江户时代初期临济宗大德寺派高僧。东京都品川区万松山东海寺创建人。
② 泽庵宗彭所著。此书从禅的角度解说剑客应具备的精神。
③ 《不动智神妙录》中《置心之所》一项,以此句开始说明。
④ 即竹叶亭。指东京市京桥区(现东京都中央区)新富町的鳗鱼饭老字号店铺。创立于江户时代末期,至今仍营业。

"吃鳗鱼不错,可今天已经约好了要去水原家。我就先告辞了。"

"是杉原吗,那老头身体还结实吧。"

"不是杉原,念 sui 原,你怎么总说错呢,把人家的名字念错,最是失礼。你得好好注意点。"

"那不是明明写着杉原吗?"

"写杉原,可念要念 sui 原。"

"真怪了。"

"没有什么可奇怪的。这叫'习惯读法',自古以来都有。蚯蚓用和语念叫'mimizu',汉字写'目不见'。把蛤蟆叫青蛙,同是一个道理。"

"呵,真没想到。"

"把蛤蟆弄死了,叫'青蛙朝天'。这里的青蛙就是按习惯读法念,念 kairu。把挡风的篱笆墙叫 suigaki,把菜芽叫 kukutati,都是一个理。把杉原照字面念成 sugi 原,这是乡下人。你不小心点,可要被人笑话的。"

"那,那你是到那个 sui 原家吗? 真麻烦。"

"你要不愿意,就别去,我自己去。"

"你一个人能找到?"

"走路有点困难,你给叫辆车,我从这儿坐车去。"

主人赶紧让阿三到车行去雇车,老人告辞了半天,最后把那山高帽子往发髻上一扣这才离开。迷亭继续留下。

"那是你伯父?"

"那是我伯父呀。"

"原来如此。"主人坐到坐垫上,又抄起手陷入沉思。

"哈哈,算个人物。我庆幸自己有这样一个伯父。不管带到哪里,他都那个样。把你也吓住了吧。"迷亭把主人惊怪了一场,大为开心。

"没什么,不觉得。"

"就这也能沉住气,够可以了。"

"不过,你伯父还是相当了不起的。他也主张修养精神,令人敬佩。"

"还要佩服？你到了六十，恐怕也跟我伯父一样要落伍的。还是提起精神来，小心'时代落伍'转个圈就轮到你头上了。"

"你总在担心赶不上时代，其实，有时候，落伍者才叫伟大呢。先就说如今的学问吧，大家只顾往前走，没个尽头，最后也得不到满足。在这种时候，东洋的消极哲学就大有其存在意义了。它讲的是心本身须要修炼。"主人把前几天哲学家那里听来的一套，照本宣读，就像陈述自己的观点一样。

"这可奇了。你说的这套不就跟八木独仙君一样吗？"

一听八木独仙这个名字，主人也惊了一跳。的确此前，那位悠然而来飘然归去的哲学家正是八木独仙，他造访卧龙窟说服过主人。主人一本正经讲的这套理论，纯粹是倒卖八木独仙的旧货。原以为迷亭不知道呢，谁料他一语道出八木其名，分明是将主人连夜赶制的假鼻梁给打断了骨头。

"你听过独仙的理论？"主人心虚，慌忙叮咛了一句。

"不管听没听，他那套东西跟十年前在学校时一点没变。"

"真理也不是来回老变的。不变恐怕才让人信服。"

"咳，有人捧场忽悠，他也就混得下去。首先，人家那八木名字起得也绝了。他那撮胡子，你见了吧，纯粹的山羊胡，那可是在学校寄宿时就留起来了。独仙还很有些名气呢。以前他到我那儿投宿，每次都大讲一套消极精神修养论。翻来覆去，总是没完没了。我问他该睡觉了吧，那先生说得轻巧，坚持：'我不困呀。'他那套消极论我实在听烦了。没辙，我就说：'你不困，我可困，你就饶了我吧。'这才总算让我睡了。——不过，那天晚上独仙的鼻尖好像被老鼠给咬了一口，疼得他半夜乱叫。那老兄说是看透了人生，但他本人却是极怕死的，生怕有个万一。还责备我说：'被老鼠咬了以后一旦中毒，传染到全身就没命啦。'非让我给想个办法。后来实在无法，我就到厨房用碎纸沾了点米饭贴到他鼻尖上，算糊弄过去了。"

"那能糊弄过去？"

"我就说这膏药是海外进口，德国名医发明的新药。印度人被蛇咬了用此膏药也见效极快。只要贴上它保准没问题。"

"可见你从那个时候就有招数糊弄人了。"

"——独仙君,那是个老好人,他当真了,贴上之后,放放心心,呼呼地就睡着了啊。第二天起来一看,膏药底下挂着几根白线头似的东西,简直太滑稽了,原来是他那山羊胡子,沾到纸上了。"

"他比那个时候进步多了。"

"你最近见他啦?"

"一个礼拜前,他来了,说了很长时间。"

"怪不得呢,刚才给我兜售了半天独仙的消极论。"

"当时我的确很受启发,想振作起来修养修养。"

"振作起来那不错。可把别人说得都当真了,那要上当受骗的。你总把人说的话全都信以为真,实在不好。独仙他就是嘴上能说。一到关键时刻,他跟你我没什么两样。你该知道九年前的大地震①吧。那时,从宿舍二楼跳下来摔伤的就他独仙一个人。"

"关于那件事儿他本人好像另有一套说法。"

"那当然了。要让他本人说,那可是碰上好运了。禅机敏锐,所谓石火之机,便是能以惊人的速度应对一切。大家狼狈地光知道喊叫地震来了,而只有他一个人从二楼窗户上迅速跳下来。之后,他一拐一拐地还很得意,说这正是平日修炼的结果。可真是不肯认输的家伙。满嘴禅啦佛啦叫唤得响,照我看,他们比谁都可疑,信不得。"

"是吗?"苦沙弥顿时有些沮丧。

"前几天来的时候,是不是又讲禅宗和尚的梦话啦。"

"嗯。说什么'电光影里斩春风'。"

"你说,那个电光,那是他十年前发明的御箱②,真可笑。说起无觉禅师③的电光,在宿舍那可是无人不知。那老兄有时着急起来就说错,

---

① 又称"明治东京地震"。指发生于明治二十七年(1894)六月二十日波及东京和横滨、川崎的地震。
② 得意之艺,拿手好戏。由歌舞伎十八番中市川家族秘藏的"家艺"而来,意为重要的东西要放在箱子里。如藏在深闺的千金小姐、少爷等说法。
③ 模仿诗句"电光影里斩春风"的作者日本无学派始祖南宋临济宗僧侣无学禅师的名字,无觉是独仙的号。

把'电光影里'倒过来说成'春风影里斩电光',还别有风趣。下次你也试试。他正儿八经说理的时候,你就故意找些理由反驳他,他一急眼颠三倒四,那妙语就出来了。"

"碰上你这样爱捣乱的人,谁也受不了。"

"谁爱捣乱,说得清吗。我最讨厌有些禅师自称悟了道。我家附近有个叫南藏院①的寺院。里边有个八十多岁隐居的老者。几天前,傍晚突下骤雨,寺院里老者屋前一棵松树即被巨雷劈倒。听说那和尚泰然自若。我仔细一打听,原来他是个聋子。你说,那能不泰然自若吗。大概皆如此而已。独仙他自己悟道也就足够了,可他偏偏还要劝诱别人,这就不好了。现在已有两个人受他独仙所害,给疯癫了。"

"谁呀?"

"谁,理野陶然就是一个。受独仙的影响,他一心要学禅跑到镰仓去了,结果搞得神经错乱。镰仓圆觉寺②前有个火车道口,但见他跳进去坐在轨道上打起禅来。且气焰嚣张之极,扬言要把迎面开过来的火车挡住。那火车还真刹车停下来,救了他一命。后来,又称自己是入火不烧,入水不溺,体若金刚。一天跳进寺内的莲花池里,咕噜咕噜在水里直打转。"

"淹死了吧?"

"那也是亏了道场一个和尚,正巧路过,见他在水里扑腾,便把他救上来了。后来他回到东京,得腹膜炎给死了。死因是腹膜炎,可得腹膜炎的原因是他在僧堂每天就只吃麦饭和万年渍③。说实在的,分明就是被他独仙间接杀死的。"

"对什么事儿太痴迷了,未必就是好事情啊。"主人有点害怕了。

"其实,还有一个同学呢,也被独仙害苦了。"

---

① 即真言宗丰山派寺院的天谷山南藏院。现位于东京都新宿区箪笥町。
② 位于神奈川县镰仓市内的临济宗圆觉寺派总寺院。由镰仓时代中期的武将、政治家北条时宗一二八二年创建,中国南宋僧侣无学祖元任初代住持,是镰仓时代末期幕府在镰仓所定的五大高等级寺院之一。明治二十七年(1894)夏目漱石住在圆觉寺中的小寺归源院,于释宗演法师门下参禅。
③ 在禅堂,将用白萝卜的叶子切碎做的腌菜,或陈年的腌菜,称为"万年渍"。

"太可怕了,是谁?"

"立町老梅君呗。他被独仙教唆得整天胡言乱语,说什么鳗鱼要登天。最后真就疯了。"

"真疯了,是怎么回事?"

"鳗鱼登天,野猪成仙呗。"

"到底怎么啦? 他?"

"那个八木是独仙,立町他就是猪仙。没见过像他那么贪吃无厌的家伙,这嘴上的贪吃和禅师的黑心并发起来,便无可救药了。刚开始我们也没太注意,现在一回想,全是些奇言怪语。比如,他到我家来,说:'你看! 有块油炸猪排飞到那棵松树上了。'又说:'我老家,鱼肉糕坐在木板上游来游去。'每每口吐狂言,光嘴说也就罢了。他还拉我到外面的地沟说要挖薯糕,真拿他没办法。两三天后这猪仙终于被收到巢鸭精神病院了。本来那猪根本就没资格患精神病,硬是让独仙给拉下水了。独仙的势力可相当厉害啊。"

"嘿,现在他还在巢鸭吗?"

"当然在啦。狂妄自大,气焰嚣张着呢。最近连自己的名字'立町老梅'也看不上了,自称'天道公平',以替天行道为己任。狂妄之极啊。对了,你也去看望看望他。"

"天道公平? 什么意思?"

"就是天道公平呗。他人是疯了,可名字起得不错。有时候还写成'孔平'。他说世人迷惑于途,无论如何要拯救他们,所以到处给朋友们乱发信。我也收到过四五封,其中有两次信太长了超重,让我还补交邮费了。"

"那么说,寄给我的那封信也是老梅写的。"

"也给你寄了? 那家伙可真行。用的是红信封吧?"

"是的,中间红,左右两边是白色。别具风趣。"

"那信封,听说是他特意从中国买来的呢。说什么'天道为白,地道为白,人具中间为红色。'并以此表现独仙格言。"

"看来这信封还挺有说道呢。"

"正是发狂了,才这么讲究的。真奇怪,他疯到这种程度了,却依旧不改那嘴上的贪吃,每封信必提到食物。给你也写了吧。"

"嗯,写的是海参。"

"老梅他,是爱吃海参,有道理。其他呢?"

"还有河豚,朝鲜人参什么的。"

"这河豚与朝鲜人参的组合真绝了。大概是想说,吃河豚如果中毒了,就煎上点朝鲜人参喝喝。"

"也不像是。"

"不是,那也没关系,反正他是个疯子。没别的啦?"

"还有呢。最后一句说:苦沙弥先生,去吃茶吧。"

"哈哈,去吃茶,说得太狠了。那是人家把你已经看透了。大功告成。天道公平君万岁!"迷亭先生乐得大笑。就在此时,主人陷入极度不安的状态。当他知道那个发信人,居然真是个狂人,而自己,是怀着极为敬仰的心情反复读那信的。最初自己的那股热情和苦心,不全都付诸于流水了吗,实在令人气愤。同时他又感到羞愧不已,自己对疯癫患者的文章竟如此费尽心思玩味了多时。最后他还怀疑自己,怎么对狂人之作就能那么崇拜佩服,是不是自己的神经多少也有点异常呢。这愤怒,这羞愧,这担心,一下全都涌上心头,主人满脸坐立不安的神情。

此时,大门被谁拉开了。只听见有皮鞋脚步声沉甸甸地往里走进来。"主人在吗。有人吗?"主人屁股沉,听见门口有人大声喊叫也不动。反倒是迷亭他极痛快,不等阿三去迎客,他就问:"谁呀?"同时,两步一跨穿过中间房子就跑到门口了。平时他不叫门,大咧咧闯入这家,是有点不像话。不过既然来了,他能主动承担起书童接客的任务,也顶些用了。不过,再怎么说毕竟迷亭是客人,他能跑到门口迎客,而主人却坐在客厅纹丝不动,真没道理。即便如此,一般人的话,随迷亭之后也会起来去迎客的,这就是苦沙弥先生了。他依旧沉住气屁股不肯离开那坐垫。沉住气和稳重,看起来相似,实际大不相同。

迷亭跑到门口,好像跟谁争论起来了。不时,他转过身来大声叫道:"喂,这家主人,劳驾出来给看看,你不来,办不成事儿。"主人不得已,抄着手慢腾腾出来了。一看,迷亭手里拿着一张名片蹲在门口招呼客人,显得没一点威严。只见名片上写着警视厅刑事警察吉田虎藏,与那虎藏并肩立在门口的还有个二十五六岁小伙儿,高挑英俊,全身上下一色的蓝底加红细纹棉织布衣。奇怪的是这年轻人也和主人一样两手抄着,直挺挺站在一旁不说话。我发现此人好像在哪儿见过,又仔细端详,何止见过!不就是那个半夜来访,还把山药给偷走的盗贼嘛。哎呀!这光天化日之下他公然径从大门光临驾到。

"喂,这位是刑事警察,说是把上次行盗的小偷给逮住了。专门来这儿,让你去一趟派出所。"

主人这才明白警察到自家来的理由,他低着头对小偷恭恭敬敬行了个礼。大概主人见这小偷比虎藏更有男儿气,贸然就把他错认作警察了。见此,小偷也着实吃了一惊,可又不便跟他解释自己是小偷,只好立在一旁,佯装不知。那两手依然抄着。其实,他双手戴着手铐,无法把手放下来。若是通常,人一看这情形大抵会明白的。可我家主人与一般世人不同,他有个毛病,对当官的和警察总是心怀敬意。他懂得一旦被官家格外关照上了,那是非常可怕的。其实从理论上他也知道警察这帮人无非就是大家出钱雇来的"看守"。但碰到实际情况,他那腰就软下来,变得服服帖帖了。主人的父亲过去是个保长①,平时见了官家人总点头哈腰的。可怜这个习惯如今遗传到他儿子身上了。

警察看着也觉得很滑稽,笑着问他:"明天,上午九点以前到日本堤②警察分署来……被盗的东西都是什么呐?"

"被盗的,有……"一开口,主人才发现自己忘了被偷的什么。唯一记得的,只有多多良三平送的山药。可山药不足挂齿。那其他的?竟想不起来。真像老好人"与太郎"③,没一点记性。别人被盗了那你说不知,可自己被盗,却回答不上来个所以然,实在丢人现眼。算了,干

---

① 漱石老家,是世代居于江户牛込马场下横町(现东京都新宿区喜久井町)的地方名门。
② 位于东京台东区。
③ 日语单口相声中,总是充当老好人、傻瓜、笨蛋的角色。"与太郎"一开口,就立刻忘记自己发什么牢骚。

脆就说吧:"被盗的有……一盒山药。"一听这话,连小偷也快忍不住笑了,只见他头一低把下巴直往衣领子里缩。迷亭哈哈大笑:"看来你还真心疼那山药呐。"只有警察格外严肃:"山药没见,其他东西基本都找回来了……等你来,一看就知道。还有,退还失物以后你要写一份认领书的,别忘了带章子……必须九点之前到。到日本堤分署……浅草警察署管辖的日本堤分署。……那就这样了。明天见。"警察说完转身就走,那小偷也随后紧跟上。他双手戴着手铐,门也没法关,抬脚便走了。主人依然诚恐诚惶,心中却极为不满,绷着脸把门"砰"地给关上了。

"哈哈……你对警察还很尊敬的嘛。平时跟谁都这么谦虚恭敬的,那才叫个好汉。只是给警察作好脸,实在无聊。"

"人家不是特意来通知我吗?"

"来通知你,是他该干的呀。好歹应付一下就足够。"

"那可不是该不该的事儿。"

"当然啦。干侦探,那见不得人的事儿,实在够下贱了。"

"看你说的,有你吃亏的时候。"

"咳,那算了,不说警察啦。不过,你对警察恭敬点倒也罢了,不至于连那小偷也哈上腰啦。真没见过。"

"谁对小偷恭敬啦?"

"你呀!"

"我,又不结识什么小偷!"

"不认识?那你对小偷低头施礼的,为个什么?"

"什么时候?"

"就是刚才,看你把腰弯得低低的!"

"你瞎说。人家是警察呀。"

"警察有那样的?"

"不正是警察才那个样吗?"

"真顽固。"

"你才顽固。"

"首先,警察到这儿来,他能两手一抄站着就不动吗。"

"谁敢说警察就不抄手啦?"

"你冲着我发这火,没关系。可你没见,你给他鞠躬的时候,那家伙一直立着动也不动一下呀。"

"警察恐怕就那个样吧。"

"你也太自信了,讲什么都听不进去呀。"

"是听不进去。你先一口咬定人家是小偷,是个小偷,可他进我家时,你又没见着。凭空想象,就武断地乱下结论。"

迷亭见他如此顽固,实在不可救药,便闭上那嘴不再说了。主人以为这下终于让迷亭服了自己,非常得意。可在迷亭眼里,主人顽固到这种程度,那身价不知又掉了多少。在主人看来,坚持下来就比迷亭厉害。世上常会有这种荒唐事情。分明是固执己见,却自以为坚持到最后即是胜利。岂不知本人的身价因此早已落了千丈。至死舍不得丢面子,还非要打个肿脸充个胖子,他们做梦也想不到自己会被人瞧不起,会被人唾弃。说来这也是一种幸福,据说被称之为"幸福的蠢猪"。

"明天你要去吗?"

"当然去啦。说是九点以前,我八点就去。"

"学校你怎么办?"

"休息呗。学校,管他呢!"主人根本不在乎,说得真牛气。

"你可真厉害,休息没关系吗?"

"没事儿,我们学校是月薪,不会一天就扣我的钱,没问题。"主人很直率,不加任何遮掩。你要说他滑头,也有点,说他单纯吧,的确够单纯了。

"你去,认识路吗?"

"我哪里知道,不是可以坐车去嘛。"说得气呼呼。

"服你这'东京通'了!跟我那个静冈的伯父有一拼。"

"好好服我吧。"

"哈哈。那个日本堤分署,你知道吗?可不是一般的地方。在吉原①。"

---

① 位于浅草北部,是江户时代公开许可的妓院集中地。元和年间(1615—1624),原设于日本桥葺屋町,一六五七年明历大火后,日本桥一带被烧毁,与创建初期相比周围已经逐渐城市化。幕府命令,迁至浅草北部,即现在的千束日本堤下山谷。故之前的日本桥吉原称原吉原,而把浅草的吉原则称新吉原。现在所说的吉原,一般指后者。

"什么?"

"吉原。"

"是妓院那个吉原吗?"

"当然是,说起吉原,东京不就一个吗?怎么样?不想顺便去逛逛?"迷亭又在挑逗主人了。主人一听说是吉原,顿时,刚犹豫片刻,那心思一转,逞强嘴硬了起来:"吉原也罢,妓院也罢,既然说了要去,那就肯定去。"在这种无关紧要的时候,蠢材总爱耍个威风。迷亭接上话:

"去见识见识。挺有趣呢。"

警察这短风波总算到此告一段落。迷亭继续又搬弄了半天嘴舌,直到傍晚时分才回家,说是怕太晚了惹他伯父生气。

迷亭走后,主人晚饭随便一吃便回到书房,又在桌前抄手沉思:那个八木独仙,让自己敬佩了半天,正打算学学他呢,可听迷亭一讲,并不值得。岂止如此,他所倡导的那套理论似离奇玄乎,如迷亭所说大概也属疯癫一类。何况他还有两个弟子,实际都患上精神病了。太危险了,自己若不躲远点,很可能也被卷入其中。

读了天道公平的文章,便为之惊叹,以至误以为他是个伟人,有大见识。没想到竟纯粹是个狂人,实名为立町老梅,且就住在巢鸭精神病院里。虽说迷亭好戏言爱夸张,可他说那老梅在疯人院里确有盛名,且自称以天道行事之事,恐怕未必失真。

这么一看,自己也有些不太正常。所谓同气相求,同类相聚,既然对狂言妄说如此感叹佩服——至少其文章修辞能赢得我的共感,说明自己与狂人颇有些缘分。即便不是完全同一铸型,若与狂人相邻比屋而居,或许某日自会打通一墙之隔,彼此促膝谈起心来。形势大为不妙。仔细一想,分明是这脑中最近发生变化,出现了这奇上加奇、妙不可言的想法。一勺脑浆经过化学反应,使意志变行动,发声为言辞,不可思议地便常有失去中庸(理性)之处。

虽说舌上无龙泉,腋下无清风,无奈这齿根却已奇臭,身心全不由己。着实令人不安。弄不好,自己早已是不折不扣的精神病患者。所幸未曾伤害他人,未曾引起社会骚乱,故依然作为一东京市民居住在此，不至于被街坊邻居扫地出门。

看来这与消极积极并无关系，应该先号个脉查看一下。可这脉搏似乎并无异常，头脑亦不发热，也没有什么火气。不知为何，依然忧心忡忡。

总把精神病拿来比较，自然会发现自己多有类似之处，且陷入其境无法自拔。看来这种对比方法本身有问题。以疯子作标准，硬把自己往里套，结果不外乎以上所述。若以普通健康人为准，设身处地考虑，或得到相反的结果。还是先拿自己身边的人来比较一下。

先来看今天来访的客人迷亭伯父，如何呢。他身着礼服外套，嘴上叨念"置心于何处"，属于不甚正常。

再看寒月吧。他从早到晚带着盒饭到研究室，只知道磨珠子，也是个另类。

第三个，看看迷亭？那更是以胡说乱道为天职，狂妄之极。

说起第四个，金田夫人。她一肚子黑心，没理可讲，不折不扣的疯子。

最后再看那个金田，虽说还没见过他，可他对夫人那副恭维巴结的劲儿，妇唱夫随的样儿，可见也是个不同寻常的。本来不同寻常说的就是疯子，把他列入同类当是没错。左右一看，还有不少呢。比如落云馆诸君子，尚满嘴呲毛，但在狂躁这一点足已是豪杰。

屈指这么一算，周围几乎全是同类。这倒也让人放心。弄不好，这个社会就是众多狂人相聚之处。狂人聚在一起，不免相互殴打谩骂相互争夺，整个团体就像细胞一样时而崩溃时而聚集分裂，这就叫社会。其中有些多少懂点道理的反而成为眼中障碍。于是建上一座精神病院把那些人塞进去，关起来。这样看来，被关在精神病院里的应是些普通人，在院外为非作歹的倒是群疯子。疯子孤立时，也被称作疯子，但一旦聚众得势，或可变成健全人。你看，那些大疯子滥用财力威福，指使小疯子作恶，就常被人夸作是能人。这真叫人越发糊涂了。

荧荧灯火下，主人沉思细考，以上便是我对其内心变化所做的真实描述。他的头脑之混乱之糊涂在此也是暴露无遗。主人那撮八字胡尽管似是威廉大帝，却是个大凡俗，连狂人与常人之分也搞不清楚。不仅如此,他虽给自己提出了问题,还力求思索,可尚未得出任何结论之前,便中途而止。他这人,根本不具备思考能力。结论终是茫茫然然,如同朝日牌香烟从鼻孔喷出一般,令人不可捉摸。诸位得记住,这就是他讨论问题的唯一特点。

我乃是猫。自然有人要怀疑说:这猫儿怎能如此精细地描述出主人的内心世界。其实诸如此事对猫儿来说全然不在话下。就我这样的也懂一些读心术。至于什么时候学的,大可不必多问。反正是懂。当我趴在人的膝盖上打瞌睡时,便用柔软的皮毛去蹭他们的腹部。只待一股电流通过,那小肚鸡肠便一清二楚全部映入我的心眼。前些日子,主人正抚摸着我的脑袋,突然间起了邪念:若把这猫儿的皮剥下来做个坎肩,那一定会极暖和呀。这一瞬间,即刻令我悚然而立。太可怕了。

说来今日有此良机把夜里主人心中所想一一详告诸位,令我感到极大荣耀。再补充一句,当晚我家主人"越发糊涂"之后,便呼呼酣睡过去了。到第二天他肯定会把头天考虑过的事儿忘个一干二净。倘若今后再探讨疯子事儿,定是又要从头思考了。至于还会不会按照同一思路,最后又来个"越发糊涂",那也没准。总之,不管他怎么反复,走哪条思路,终究是要"越发糊涂"。这个不会有错。

第 十 章

"该起了,已经七点啦。"夫人隔着门在叫主人。不知他是醒了还是睁眼没起来,只见朝里翻了个身就又没动静了。听见人叫也不答应是他一贯的毛病,万不得已哼上一声,轻易绝对不张口。要是人懒到这地步,连个声都不愿应一下,倒也算他是超脱。可这样肯定不讨女人欢喜。如今连夫人都不怎么珍重自己,以此类推,大体可想而知。俗话说,被亲兄弟都嫌弃的人,更别说青楼女子,无亲无故的,没人回头看你的。既然如此,像主人这样,在夫人眼里都毫无魅力,那自然谈不上得到什么淑女垂青了。不过话说回来,此时此刻,何苦非要把我家主人这点不为异性喜欢之短暴露于世呢。其实,是在旁看得实在于心不忍,我想提醒他一句,不要痴迷不悟了,别以为夫人对自己不逊,只是人家年纪小你一轮,是什么八字不合而造成的。

　　说好了到时间来叫他,可主人就是不搭理。既然不吭不声,这就怨不得夫人,该是丈夫的不对。夫人认准了这理儿:是你对不起,晚了不关我事儿。只见她把扫帚和掸子往肩上一扛到书房去了。

　　不时,整个书房啪啪吧吧一阵响,她开始每天例行公事大扫除了。不知这大扫除的目的是运动呢,还是玩游戏。反正与我无关,诚然不必多问,一旁静观足矣。可我不得不说,像夫人每天这样打扫,没有任何意义。换言之,她只是为了打扫而打扫而已。

　　掸子在纸门上敲打一遍,扫帚在席铺上划拉一遍,这就算完成打扫任务了。至于为何要扫除,以及会有什么结果,那是无人过问无须承担责任的。所以,干净的地儿每天都很干净,有垃圾或落灰尘的地儿总是无甚改观。自古倒是就有"告朔饩羊"①的故事,打扫总比不打扫强。

---

① 语出《论语·八佾》,"子贡欲去告朔之饩羊。子曰:'赐也,尔爱其羊,我爱其礼。'"原为古代的一种祭祀仪式。天子每至年终,将来年历书颁给诸侯,诸侯将其藏于祖庙,每月朔日,以活羊告祭于庙,然后听证。后比喻徒有形式,敷衍了事。

虽说这打扫不是为了主人,每天她辛辛苦苦,就干这些可有可无的事儿,很了不起了。夫人总和扫除被绑在一起,这已是长年的习惯,这种联想完全是机械式的,且很牢固。尽管如此,要说到扫除的效果,仍与夫人未降生到人世间之前,与扫帚和掸子未发明之前一样,不见有任何进步。看来,这两者的关系如同所谓形式逻辑①学命题,命名与实体,并无关联,是被任意绑架在一起的。

我和主人不一样,每天起得早,此时肚子早已咕咕作响。按说主人不就餐,我猫儿也不该先动嘴。可我不免幼稚天真,竟幻想也许那香喷喷、热腾腾的汤,已经盛在鲍贝壳里了呢。想到此处一时坐立不安。明知空想白搭,还要硬想时,最好在脑袋里画张饼充饥。但我还是安宁不下来,想试探一下:这心愿与实际究竟是否一致。明知没戏,可不撞那南墙我又怎么能回头呢!

实在太饿了。我到厨房往锅台后边瞅了一眼,那个鲍贝壳昨晚被我舔得干干净净,显然没人动过,它在天窗里斜射进来的初秋阳光照耀之下,悄然奇异地闪闪发亮。阿三把刚煮好的米饭已经倒在饭桶里②了,这会儿又在搅着煤炉上煮的酱汤。煮饭的锅边上,干巴巴沾着许多米汤溢出来的印子,看上去像是特意贴了几条吉野纸。既然饭和汤已经好了,早餐也该开始了吧。这种时候还讲什么客气,真没必要。再说我这个白吃人家闲饭的,可肚子也实在太饿了,干脆直接去催她一下吧。未必如愿以偿,尝试一下也不损失什么。就此决定,遂喵喵叫了几声。那声似撒娇,似哀求,且如泣如怨。可那个阿三竟无动于衷,不加理睬。其实我早就领教过,那张脸天生长得棱角分明,没一点人情。不过这次我得哭出点水平来,唤起她的同情之心。喵喵……我叫得那个

---

① 形式逻辑,就是指传统逻辑,狭义指演绎逻辑,广义还包括归纳逻辑。由于本质上"形式逻辑"是知性逻辑,所以现代数理逻辑没有超出"形式逻辑"即传统逻辑的范畴。亚里士多德的工具论是形式逻辑发展的基础。可以说没有工具论就没有形式逻辑。

② 烧柴或煤炭的时代,日本人习惯用釜(铸铁锅)煮米饭,煮好后,再把米饭盛到木制的饭桶里。饭桶的材质是日本花柏,便于保持适当的温度,吸收米饭里多余的水汽,能长久维持米饭的新鲜度。吃饭时,饭桶放在旁边,可随时添加。现在旅店里早餐餐桌上也常放着饭桶,由客人自己随时添饭。

悲壮凄凉，足以让天涯游子听了也销魂断肠。可阿三偏偏依然冷漠无顾。她也许聋了，按说聋子当不了女仆，或许她只是听不见猫叫。我知道世上有人是色盲，色盲患者以为自己视力完全正常，可叫医生来看那是残疾有缺陷。看来这阿三可能是个声盲，声盲当然就是残疾。她一个残疾却很傲慢。比如半夜里，我小便让她给开个门都不肯。偶尔给开了，却不放我回来。就是在夏天，夜里的露水也伤身体呀，何况秋天下起霜来。你想象不出，蹲在房檐下挨到天亮那个痛苦。最近一次我被她关在门外时，遭遇野狗袭击，万分危机。幸亏我拼着命一气爬到库房屋顶上，战战兢兢躲过一夜。这都怪阿三她不讲一点人情，把我害得好苦。跟这种人，你再叫唤，她也是麻木不仁。不过人说：饿极拜佛脚，穷极起盗心，有了恋人自会写情诗。被逼急了，什么都得试一把，喵喵喵……为了引起她的注意，我又叫起来。这第三次叫得比往常复杂了许多，自以为声音之美妙堪比贝多芬的交响乐了，可阿三她还是没任何反应。只见她突然弯下身子跪着，把地下仓库的木板掀起来，从中抽出来一根硬木炭，足有四寸多长。接着就在炉子角上"哐哐"地敲了几下，这一敲木炭断成三截，扬起许多木炭灰，弄得周围黑乎乎一片，有些好像还飞到酱汤里了。那阿三只当没事儿，随手便把敲碎的三截木炭都塞到火炉里。我的交响乐压根没进她耳朵。没办法，我只好悄悄回起居间。

路过浴室时，见三个孩子正在吵吵嚷嚷洗脸。

说起来，老大老二不过才上幼儿园，老三勉强跟在两个姐姐屁股后边。她们哪里就正儿八经地好好洗脸，更别说梳妆打扮了。只见老三从水桶里揪出来块抹布，湿漉漉地就往脸上抹。用抹布洗脸能好受吗！可这小孩不以为然，她每次地震一来，还直叫唤好玩呢。没准她比那个八木独仙还有悟性。到底老大是个姐姐样，她扔下手里的洗漱杯，一把将那块抹布抢过来：

"小丫头，这是抹布呀。"这老三却蛮有自信，她才不肯听姐姐说的：

"不，巴卜，不要！"她把抹布又抢过去。这"巴卜"是什么意思，源自哪里谁也不知道，不过，老三她一闹起来总这么吵吵。那块湿抹布被姐姐和老三左右一扯一拧,水滴吧嗒吧嗒直往下掉,都滴到老三脚上了。那脚就不说了,不时连膝盖也被溅湿了。老三她穿的可是元禄花样和服。现在大家把带点花图案的都叫元禄和服了。我也不知是谁先开始叫的。

"小丫头,元禄花衣服都湿了,别扯了。好不好啊!"姐姐还挺会说话。可前一向她这个小聪明把元禄和骰子①也给说混了。

说起元禄我还要顺便讲两句。这孩子说错话是常见的事儿,可有时候好像诚心要吓唬大人似的。什么"着火啦,到处飞蘑菇(火星星)。""到御茶豆酱(御茶水)女校去。""财神爷和厨房(大黑财神爷)②并排放着。"有时还说"我不是卖草绳家的孩子"。仔细一问才知道,原来她把后街说成草绳店了。主人每逢此时总是一笑了之。他自己在学校教英语,给学生讲课时,有些谬误远比孩子更可笑滑稽,可讲起来也是一本正经的。

老三她不叫自己是丫头,她说"巴卜"。看见自己的衣服湿了,她大哭叫嚷着"元(禄)③都湿了!"衣服一湿凉了身子可不得了,只见阿三从厨房跑过来,一把扯下她手上那块抹布,给老三擦衣服。

在这场骚动中,老二澄子一直比较安静。她背过身子打开架子上滚下来的粉底瓶,在专心化妆。先把手指头往鼻尖上使劲儿按了一下,然后竖着画了一道,这鼻子就显出来了。接着又往脸颊上抹,只见脸上也是粉白一片。刚打扮好,女仆这边把老三的衣服已经擦干净,她转身顺手把澄子的脸也擦了一把,弄得澄子蛮不高兴。

从旁看了这一番光景,我来到主人的寝室。我想悄悄看他起来了没有,半天却怎么也不见主人的头。倒是被子底下露出来一只大胖脚,足有二十多厘米长。他怕露出头来被叫醒,就像个乌龟缩在被窝里。

---

① 即双六,一种棋盘游戏,棋子的移动以掷骰子的点数决定,首先把所有棋子移离棋盘的玩家可获得胜利。"双六"与"元禄"在日语中发音相似。

② "惠比寿""大黑"的口误。均为"七福神"(日本宗教信仰中被认为会带来福气的七尊神明的统称)之一。一般指惠比寿、大黑天、毗沙门天、辩财天、福禄寿神、寿老人、布袋和尚七神,整体形象类似于中国的八仙。

③ 双色相邻交错的方格花纹布料。

这时，夫人打扫完书房，扛着扫帚和掸子进来。跟大清早一样先在门口叫主人：

"还不起来？"盯了一会儿还不见头露出来。主人依然不吭气。夫人遂从门口向里走了两步，把扫帚和掸子一竖：

"还不起来？你呀！"又叫了几声。主人早就睁开眼了，正因为醒了，为防备夫人的袭击，才把这头缩进被窝里。他以为只要不露头，夫人看不见就能躲开。其实这哪能呢，夫人肯定不会让他一直睡下去。第一次叫是在寝室外边，至少有一间距离，所以他很放心，这会儿"嗵嗵"扫帚敲打声已经追到三尺左右了。不仅如此，夫人叫他"还不起来"那音量比第一次大了一倍。躲在被窝里都听见了，看来没办法了，他只好小声"嗯"了一声。

"不是说九点以前要走嘛，不快起来就来不及了。"

"你不说我也知道，马上就起来。"从睡袍袖口里说这话，也是一大奇观了。夫人平时就怕他这一手。以为他要起来，放心一走开，他就又钻回被窝里。不能轻易放过，接着又催道：

"快起来！"人家要起来了，你还叫唤，真不像话。像主人这号人更是烦她这嘴。"走了吧？"主人把一直缩在被子里的头探出来，那两眼睁得又圆又大。

"嚷嚷什么！我说起来，这不就起来了嘛。"

"光说不动，这不是还没起来吗！"

"是谁光说不动啦？"

"你总这样。"

"瞎扯！"

"是谁在瞎扯，鬼知道！"夫人把扫帚腾的一下竖在主人枕头边上，真够威风的。

这时，后院里突然传来车行家阿八"哇哇"的哭叫声。阿八只要听见主人发怒就会放声大哭，好像车行家老板娘专让他这么哭的。一见主人发怒，老板娘就让阿八哭，因此似可以得到金田一点赏钱。阿八他也算倒霉了，世上真有这样的娘，从早到晚催着儿子哭。主人就看在这个分儿上，也应该少动点肝火，让阿八多活几岁。那车行老板娘被金田君指挥上，竟干这种蠢事儿，真比天道公平君更令人气愤。

主人一生气就叫阿八哭，这也罢了，可金田还雇了几个附近的二流子，只要一听他们叫"今户狐狸来了"，阿八也得哭。不管主人是否发怒，没等弄清楚，就提前预测如此如此，让阿八哭。所以，到底是主人先怒还是阿八先哭也搞不清楚了。他们要攻击主人很简单，把那个阿八训斥一下就等于随随便便抽了主人一巴掌。

据说古代，在西方，要处罚的犯人逃亡在外无法捉拿归案时，就作个假人用火烧，以此顶替处罚本人。看来金田那帮人里也有精通西方故事的军师，策划了如此高明的战术。而主人他手中无寸刃，不管是落云馆学生还是阿八他娘，他都对付不了。除此让他头疼的还真不少，或许说满街的人都让他无奈何。不过当下尚没有直接关联到他，且待我以后慢慢细说。

主人一大早就被阿八哭叫得直上火，他一屁股坐在被褥上了。这会儿修养精神，或学八木独仙，都不可能。他起来，两手乱揪头发，恨不得要把那张头皮给扒下来。只见积了一个多月的头屑哗哗全落在脖子和睡袍领子上。这场面好壮观呢。再看那胡子，更是令人吃惊，全都直挺挺地站立着。好像主人生气了，它们也不敢坐等不动，一根根怒火冲天，向四方勇猛挺进。昨天有镜子的功劳，主人学威廉二世把胡子排列得整整齐齐，可睡了一晚上，这训练就白丢了。它们各自为政，原形毕露。就像主人花了一夜工夫修养精神，第二天消失得干干净净，暴露其本性与野猪一样的莽撞。

主人性格如此粗暴，又长了一把乱胡子，居然当教师还一直没被革职，可知日本人蛮宽宏大量的。也正是这宽宏大量才能把金田君以及金田君的走狗们当个人看待。所以主人很自信，认为只要这世界能容忍他们的存在，学校也就没有理由把自己革职。万一有什么还可以给巢鸭精神病院发张明信片，请教一下那个天道公平君，结果即可知道。

此时主人使劲睁开了那双混沌的眼睛，直勾勾地看着他面前的柜子。这个柜子上下两层，上边有一间之高，中间隔着一块木板，上下都是拉门。柜子就摆放在被褥边上，主人坐起来一睁眼，这柜子自然就会进入他的视线。只见带图案的纸门上已经有好几处破了，露出来里边衬着的破旧废纸。废纸的种类不少,有铅字印刷的,手写的,反贴的,倒贴着的。主人一见里边的废纸,就想看看上边写的内容。刚才那股火气是恨不得抓住车行家老板娘,把她的鼻子往松树上使劲蹭几下。奇怪,突然这会儿却专心看起破旧废纸了。这也是性格暴躁人常见的症状。就像小孩哭时,你随便给个东西一哄,他就会转哭为笑。听说主人以前在某寺院寄宿,跟他房子仅隔一扇纸门,旁边住着五六个尼姑。本来女人心眼就坏,尼姑就更别说了。她们看透了主人性格,敲着饭锅唱什么:"乌鸦一哭又一笑,乌鸦一哭又一笑。"主人从那个时候就特别讨厌尼姑。尼姑的确让人讨厌。可主人一喜一怒,一悲一欢。感情变化之剧烈确实甚于常人,又没个持久性。说得好听一点,是不执着,心机转得快。再翻译得俗一点,叫浅薄,逞能,嘴硬。正因嘴硬,刚才跳起来要跟人家大打出手,这会儿突然情绪一变,要看那废纸上写的什么。他时此时彼,也是理所当然。

他一眼先看到伊藤博文①的相片,那是倒贴着,上面写着明治十一年九月二十八日。看来这韩国总监②从那时就跟着政府屁股后面跑了。这位大将当时在什么位子上?看不出来,再一看,是大藏卿,人物是够大的。再怎么倒立着,大藏卿还是大藏卿。稍往左边一看,大藏卿横躺着睡午觉。那也是,人总倒立着,时间长了也撑不住啊。下边是木板印刷,只能读出"汝将"两个字。想看也看不见,它就露出来这一块,下一行也只有两个字"立即",想往下看,没了。如果主人是警察厅的侦探,那可不管三七二十一,会扒下来看个仔细。

侦探都没受过高等教育,他们为了取证什么事儿都干得出。谁还把他们没办法。真希望他们稍微收敛一点。如果再这么胡来,应禁止他们举证。据说,还发现他们有捏造罪名,诬陷良民之事。原本是良民出钱雇来的,如今却来问罪雇主,简直是一帮名副其实的疯子。

---

① 伊藤博文(1841—1909),日本近代政治家。第一位内阁总理大臣。德川幕府末期长州(今山口县西北部)藩士出身,明治维新的功臣。

② 韩国统监府,是日本与大韩帝国于一九〇五年签订乙巳保护条约,获得韩国之外交权后,于汉城(今首尔)成立的一个官署。日本政府设统监一名,专理外交一项,驻扎汉城。伊藤博文为第一任总监。

不时,主人转眼又向正中间看,那是一张大分县地图,倒贴着。人家伊藤博文都倒立了,大分县倒贴了也算不得什么。主人看到这儿,突然紧握起双拳,并高高举向房顶,他准备打哈欠了。

主人打哈欠就像鲸鱼在大海里呼长气,抑扬顿挫,不同一般。当哈欠告一段落,他这才慢腾腾脱了睡袍换上和服,到浴室洗脸去了。

这边夫人早等得不耐烦了。两下便把被褥卷起来,又将睡袍叠好,开始打扫房间。夫人扫除如同例行公事,主人洗脸也是十年如一日不变。如前所述,他漱口时,口中"嘎嘎—咯咯—"要叫个不停。待梳好头发,把毛巾往肩上一搭,遂来到起居间。他悠然在长火盆①前坐下了。

说到长火盆,诸位或有如此想象:火盆当是榉树古木所制,表面纹理如同鱼鳞,盆内铺垫着一层铜皮。旁边再有一女子单腿跪着,肩上一头黑发方洗未干。她手举一根长烟管,不时在那镶嵌着黑檀木火盆口上"嘭嘭"磕打两下。

虽说眼前我家苦沙弥先生的火盆没有那么讲究,却还古香古色,让一般人也分辨不出是用什么材料制的。火盆本应常常擦拭,使其油光发亮,尚有价值。可苦沙弥家火盆,到底是榉树、樱树还是桐树都已无法辨别。加上他几乎不曾用抹布擦拭,灰头土脸的,放在一旁也不起眼。要问这火盆是主人哪里买来的,他没买过。要说是谁给的?有谁会给他?不可能。要不然是偷来的了?那倒真有点说不清。以前,他亲戚里有个隐居之士,死后曾托他看管房子。后来主人自己成家,就从那老房子搬出来了。大概,搬家时随手便把已经用惯的火盆也带了过来。的确有点不像话。确实不像话。

这种事儿世上见得太多。比如,银行家之类的,他们每天掌管着别人的钱,时间长了,就以为那钱是自己的了。政府官员本来是为人民服务的,为了让他们办事,便把一些权力委托给他们,授权做个代理人。没想他们每天行使手中之权,渐渐昏了头脑。以为这权力本来就是自

---

① 即长火钵,外观形同箱子,是长方形火盆,日本民间生活用具。附带抽屉、铜水壶等。明治、大正时代,许多人家的餐室、起居室里放着这样的火盆。

己的,哪里容得你人民妄加议论。既然世上这种人比比皆是,谁要拿长火盆的事儿来判断主人有盗窃之心,实在说不过去。要说主人生性不端,那天下人皆心存不良。

围着长火盆,主人已经坐在饭桌前了,刚才还用抹布擦脸的老三,说要去御茶豆酱学校的老大,还有往脸上抹粉底的老二,三个女儿已各自就座,吃上饭了。主人看了看三个女儿。老大敦子是个四方形脸,像把南蛮铁质刀鞘。老二澄子跟她姐姐多少有点像,如琉球椭圆漆盘。唯有老三别具一格,是个长圆脸。不过如果是个上下长,那倒也不少见,可她那个长圆形是横长的。你说,流行时髦再怎么千变万化,也不会流行横着的长脸吧。

主人对自己的孩子,考虑得很多。她们要成长。岂止长,是长得极快,像寺院的竹笋迅速长成嫩竹一样。主人眼见女儿日益长大,总觉得自己马上要被她们从身后追赶上来。不管主人多么不务实,他还是挂念着这三个孩子,到底是女儿。他也明白女儿总要想办法让她们出嫁。这个理只是明白而已,至于怎么让她们嫁人,他深知自己没那个本事。虽是自己的亲生女儿,他也感到很为难。既然这么为难可以不去制造。这就是人类。若给他们下定义,无非是:只会制造麻烦,自找痛苦,仅此而已。

毕竟是孩子们了不起,各自开心地吃饭。她们做梦也想不到,父亲为了她们的将来如此发愁。不过总给人惹麻烦的是那个老三。她今年刚到三岁,夫人很细心,吃饭时专门给她准备了适合三岁孩子用的碗筷。可她不乐意。非要把姐姐的饭碗和筷子抢过来,她不会用,却勉强地拿在手里。

综观世界,越是无能的小人,他越是横行跋扈,哪管自己称职与否,非要抢个官位坐坐。这恶习是从小就有了萌芽的,根深蒂固,绝不是教育或熏陶所能治愈的,早早断念为好。

老三把从旁抢来的大饭碗和长筷子占为己有,耍起威风来。不会用却硬来,只好粗暴地乱戳一气。她先把一双筷子握在手中,用力插到碗里。多半碗的米饭里,还盛了不少酱汤。她那双筷子的力量传到碗底时,刚才还保持着平衡状态的碗,受到突然袭击,顿时来了个三十度倾斜。只见酱汤哗哗哗淌出来，流到她胸前。老三不会因此轻易罢休。这个暴君把插到碗里的筷子又使劲儿往上一挑。与此同时把那小嘴接到碗边儿，挑上来的米饭便被这小嘴都收纳进去了。剩下那些没进得去的米粒和黄色酱汤顺着鼻子、脸颊、下巴，一下全都沾上了。至于掉在榻榻米上的就不一一计算了。这饭吃得真没个规矩。

在此我谨向众人皆知的金田君以及天下有权有势的人们忠告如下：

诸公待人做事若像幼儿粗暴使用碗筷一样，进入口中的米粒将极少，且是乱中误入，非顺其必然。敬请诸公三思而行。免得有失当今大腕之盛名。

姐姐被老三抢去碗筷，只好将就用那小碗短筷。因为太小，盛满一碗也是两三口就吃完。接二连三把手伸向饭桶。四碗了，又要盛第五碗。她揭开饭桶盖子举着木勺，看了一会儿。好像在犹豫，是否继续吃。最后下决心，看好一处没有烧焦的地方铲了一大勺，到此没问题，可当她把饭往碗里一倒，装不下的米饭就一堆掉到桌子上边。只见她理所当然地把掉下来的米饭都捡起来了，还没弄清她捡起来干什么，就见她把捡起的饭全都倒回饭桶里了。真不太卫生。

老三兴奋地把筷子挑起来的时候，正好老二把饭盛好了。到底像个姐姐，看见老三一脸乱七八糟沾着饭粒：

"哇，小丫头，真是，瞧你脸上全是米饭。"她一边说，一边就帮着给老三清扫。先把聚集在鼻尖上的擦干净了。我以为抹下来就把米粒扔掉的，没想她竟一张口塞到嘴里了。接着是脸颊。这脸颊上也真不少，数一数，两边加起来足有二十多粒。姐姐仔细地一粒一粒捏下来自己吃了，擦掉又吃，最后终于一粒不剩全吃了。

一直埋头只顾嚼着腌萝卜的敦子，此时从刚盛好的酱汤里捞上来一块红薯，囫囵个儿一下子放到嘴里。诸位也该知道，汤里的红薯块最烫人。连大人不小心都会把嘴烫了，何况像敦子这么小的孩子。这不，她哇的一声，把那嘴里的红薯全喷出来了，掉到桌子上，其中两三块碎的恰巧就落在小女跟前了。本来小女就最喜欢吃红薯，见到眼前竟凭空飞来，她二话不说上手抓起来就送到嘴里了。

孩子们的一举一动,主人始终在静静观察着,他一句话不插,专心吃完自己的饭,喝完自己的汤,拿起牙签剔牙。看来主人对孩子采取一概放任的教育方针。哪怕三人上了女校穿上海老茶式部或鼠式部①褶裙,要跟情夫私奔,他也会稳坐一旁,饭照吃,汤照喝。这事儿他管不住。

　　看看现在世上所谓有能耐的家伙,他们不是诈骗欺人,就是踩着人往上爬,或为非作歹仗势欺人。甚至中学那帮小子们也开始效仿他们,不知廉耻,专干见不得人的事儿。还以为只有这样才能混世,将来才会成为名人绅士。你说,他们哪里有什么能耐,纯粹是群无赖而已。

　　我是个日本猫儿,多少有点爱国心。每见到那些无赖就想上去揍他们。多一个这种人,国家就向衰亡之路迈进一步。有这样的学生是学校的耻辱,有这样的人民是国家的耻辱。真不明白,世上这些家伙为什么如此之多。日本人连猫儿这点骨气都没了。真是可悲可泣。与那些无赖相比,我家主人的品位高多了,是上等。愚钝,无能,耿直,是难得,是可贵,是上等。

　　主人无所作为,吃完早饭,遂换上西服,坐上人力车准备去日本堤警察分局。

　　他拉开格子门,便问车夫:"你知道日本堤那地儿吗?"车夫听了嘿嘿一笑:"不就是吉原附近,有很多妓院嘛。"让车夫确认那地儿,听上去也觉得滑稽。

　　主人很少坐人力车出门。他走了后,夫人这边也把饭吃完了,她照例又催孩子:

　　"该上学了,不快点儿,要迟到的。"可孩子们都没有要走的样子:

　　"哎呀,今天不上学啊。"

　　"怎么会不上学呢! 快点儿啦!"听着夫人训斥,姐姐自有道理说道:

　　"昨天老师说了,说今天休息不上学。"

---

① 明治时期女学生穿的长褶裙因海老茶的颜色为为绛紫色,故将平安时期女作家紫部和海老茶色合起来称海老茶式部。明治时代把女校学生也叫海老茶式部。鼠式部指褪色的海老茶式部褶裙。

夫人这才发现有点不对劲儿,她从壁橱上把日历取下来看了好几遍,今天的确是个休假的红日子①。主人大概也不知道今天是假日,还给学校写信请假。夫人同样不知,就把请假信投进邮筒寄出去了。至于那个迷亭,他是真知道还是装着不知道,说不准。夫人的惊疑一时解开了,说:

"那你们就乖乖地玩儿吧。"她把针线盒拿出来干起自己的活儿。

之后,有三十分钟平安无事,不值得特别叙述了。

这时,一位不速之客,招呼也不打,径从后门进来了。十七八岁的女学生,紫色褶裙,脚上那双鞋的鞋跟是个弧形朝里弯曲的②,头发盘得好高,像一堆算盘珠顶在头上。这姑娘是主人的侄女,名字蛮好听,叫雪江。不过那脸长得却很一般,街上走一圈,准能碰到几个跟她差不多长相的。她常周日来,还总爱跟叔叔吵上一阵嘴才回去。

"婶婶好啊。"她腾腾地走进起居间,一屁股就坐在针线盒旁边。

"哎呀,大清早你就来了。"

"今天是大祭日③,我想趁早来。赶八点半就出了门。"

"有什么事儿吗?"

"没什么事儿,好久没见了,想来看一下。"

"别说看一下,就慢慢多坐一会儿。你叔叔这就回来。"

"叔叔他已经出门到哪儿去了吗? 真少见。"

"是呀。今天呀,他去的那个地方可不一般,是警察署。你说怪不怪吧。"

"哎呀,是怎么啦?"

"说是今年春天到我家盗窃的小偷被逮住了。"

"去当证人吗? 真是给人找麻烦。"

"看你说的,是认领失物。被偷的东西找回来了,昨天警察特意来

---

① 日本的日历将公共假期均用红色印刷体标明。故称红日子。这些假期在明治时代是皇室举办重要祭祀仪式的日子。
② 明治时期,穿海老茶袴,配这种鞋跟的低勒鞋,是时髦女生的打扮。
③ 明治时期,假日分祝日和大祭日两种,皇室举行的元始祭、皇灵祭、神尝祭、新尝祭等。

通知,让去取呢。"

"啊呀,原来如此,要不然,叔叔怎么会那么早就出门呀。平时这个时辰他还睡觉的啊。"

"没有像你叔叔那么能睡懒觉的了。而且,一叫他,还老生气。就说今天早上吧,说好了七点要叫他。我去叫了。可他钻在被窝里连个声都不应。我担心,过了一会儿又去叫,他就在睡袍的袖子里不停地叽咕。真是拿他没办法。"

"他怎么那么爱睡觉啊。是神经衰弱吧。"

"是吗?"

"他还老爱发怒,就那样,居然能在学校干下去。"

"他呀,听说在学校,他可老实呢。"

"那更不像话,就像个吃软怕硬的'蒟蒻阁王'①啊。"

"为什么?"

"不为什么? 就是蒟蒻阁王呗。难道不是吗?"

"他可不只是发怒,人说左他就右,说右他偏要左,专跟人过不去。死倔呀。"

"是个倔鬼吧。叔叔他就爱,专爱那个倔。谁想求他点事儿,得反过来倒着说。最近,我让他买阳伞的时候,就一个劲儿地说'不要,不要'。他呢,就说:'那怎么行。'结果当下就给我买了。"

"哈哈,你还挺机灵的呀。我以后也这么来。"

"你试试。否则什么事儿都干不了,干着急啊。"

"前两天保险公司的人来,劝他加入保险,人家各种好处举了一大堆,足说了有一个多小时。可他就是死活不加入。你想,我们家没一点储蓄,还有这三个孩子,要是加入保险,多少让人也放点心啊。可他才不管呢。"

"是啊,万一有什么事儿了,还不让人担心死啦。"这话说得,纯粹就是个家庭妇女,哪里像十七八岁的姑娘呀。

---

① 当时小石川区(现东京都文京区)初音町附近源觉寺里供奉阎王,这家阎王的供品是蒟蒻,像蒟蒻一样表面很软。

"他们说话时我在后边儿听着,觉得还挺有趣儿呢。你叔叔死脑筋,说:'不是说不需要保险。因为有必要,你们保险公司才得以存在,但只要人不死,不是就没有必要加入吗。'"

"是叔叔说的吗?"

"是啊。于是保险公司的人说:'那是啊,人要是不死,就不需要保险公司。可是,人的生命看着很强,其实又很脆弱,不知不觉那危险会随时降临的。'听了这话,你叔叔说:'没关系,我下了决心,我不死。'你看他说得多幼稚啊。"

"再下决心,人也是要死的呀。我下了决心要考及格,结果不还是留级了嘛。"

"保险公司的人也这么说了:'寿命不由己。如果下了决心就能长命,那谁都不死了。'"

"保险公司说得真是在理。"

"那是有理啊。但你叔叔他不管。他瞪着两眼发誓:'不,我绝对不死。'"

"奇怪。"

"岂止奇怪,是大怪特怪。他最后还说了句:'有那投保险的钱不如去存银行了。'"

"他存钱吗?"

"存什么呀。自己死后的事儿,从来不会考虑的。"

"真让人操心啊。他怎么这样呀。常来你们家的人,也没有一个像他啊。"

"哪里能有。独一无二的。"

"最好让铃木先生劝劝他。铃木比较稳重,说他顶用多了。"

"不过,那铃木在我家,名声可不好啊。"

"他怎么都跟别人反过来了。那,那个人恐怕可以吧。……对了,就是那个凡事不慌……"

"是那个八木?"

"对啊。"

"八木,你叔叔拿他倒是没办法。不过,昨天迷亭来说了他不少坏话,只怕也管不了什么用。"

"不是挺合适嘛。那人天塌下来都不在乎的,很有些风度……最近他还到我们学校来演讲了。"

"是那个八木吗?"

"是呀。"

"八木是你们学校的老师?"

"不是,不是老师,是学校淑德妇女会①邀请来的。"

"演讲得有意思吗?"

"还行吧。没多大意思。但是那先生,长个大长脸,像天神爷②一样胡子也留得老长。大家听得蛮有兴致的。"

"他讲什么了?"夫人正要往下接着问,三个孩子听见雪江来了,啴啴地从房檐走廊那边儿一个个闯进来。刚才还都在外边竹篱笆那块空地上玩儿呢。

"哎呀,雪江姐姐来了。"两个姐姐兴冲冲地大声叫。夫人收拾起手里的针线活儿,说:

"别大声吵嚷。安安静静坐下来。雪江姐姐给你们讲故事,好听的故事。"

"雪江姐姐,讲什么? 我呀,最喜欢听讲故事。"敦子说。澄子问道:

"讲兔子惩罚狐狸③吗?"挤在姐姐中间的老小往前蹭了蹭,插话:"巴卜也,故事。"

她说的意思可不是听故事,她是要自己讲故事。两个姐姐笑她:

"哎呦,巴卜也讲故事呀!"夫人帮小女儿说话:

"巴卜的故事等一会儿再讲,先让雪江姐姐讲完。"可她不肯,大叫

---

① 近似于女子学校的同窗会。"淑德",即温柔善良的妇女美德,当时女子教育以培养"贤妻良母"为方针。
② 天神,是日本平安时代中期公卿、学者和诗人菅原道真的神号。天满宫祭祀的菅原道真像,嘴角两旁垂着长胡子。
③ 即咯叽咯叽山,日本五大传说故事之一,完成于室町时代末期。讲述狸猫杀害老奶奶后,兔子替老爷爷报仇的故事。

起来:

"不要,巴卜!"雪江见此,谦让说:

"好了,好了,巴卜,你先讲吧。讲什么故事呀?"

"那是,孩子呀,孩子,到哪儿去呀?"

"真有意思,然后呢?"

"我去收稻子。"

"哇,真懂事儿啊。"

"你吃(ku)了,就乱啦。"

"不是'吃(ku)',是'来(kuru)'。"敦子订正了一句。只听她大喊一声"巴卜!"即刻把姐姐的话给堵了回去。可就被姐姐中间插了这么一句,她便忘了故事该怎么接下去了。雪江问道:

"小巴卜,故事完了?"

"那,一会儿,臭屁,可不能放啊。噗噗……"

"哎呀,真不像话,从哪儿学来的?"

"阿三。"

"真气人,那个阿三。怎么就教你坏呢。"夫人哭笑不得:

"好啦,好啦,下边该雪江姐姐讲了。巴卜,好好听啦。"这一说,让她暴躁的小嘴也乖乖地闭上,不再乱叫了。

"八木先生的讲演是……"雪江终于又接着讲了。

"从前,有个地藏菩萨的石像①立在马路上。正好是路口,每天人来人往,车马频繁。可那个菩萨石像就横在马路中间,太挡路。于是,街坊周围的人聚在一起,商量如何把这石像搬开挪到一边去。"

"是真事儿?"

"是真是假八木先生他也没说。——大伙正在商量呢,街里一个大力士自告奋勇:那没问题,看我的吧!到了路口,他把上身衣服一脱,光着膀子使劲儿开始推。只见他浑身汗水直流,可石像却纹丝不动。"

"那石像不轻啊。"

---

① 相传死去的孩子在前往冥府途中遇到魔鬼,父母垒石塔,造地藏菩萨现身,孩童得救。在日本的山间路旁,作为幼童的守护神,随处可见立着地藏菩萨慈眉善目的石像。

"那是啊。结果那个大力士累得不行,回家躺下就睡倒了。大伙又开始商量,这时,一个精明小子说:'看我的吧,我来露一手。'只见他端一个食盒,里面全是牡丹饼①。他走到石像前,说:'来,上前来一步。'一边还给石像显示眼前的牡丹饼。他以为那石像肯定爱吃这饼,见了便会动心。可没想那石像就是丝毫不动。精明人又动脑筋了,这次,他提来一瓢酒,一手提着酒,另一只手拿个酒盅,走到石像前说:'喂,你就不想喝一盅吗?来,来!过来一步。'足诱惑了三个小时,可人家菩萨石像还是不动。"

"雪江姐姐,菩萨他肚子不饿吗?"敦子问道。

"我也想吃牡丹饼啊。"澄子说。

"那个精明人失败了两次,这次,在石头像前掏出来几张假钞票,一会儿掏出来,一会儿收起来,想哄人家。可还是没起任何作用。那石头像真够顽固的。"

"是呀,有点像你叔叔呢。"

"太像了。最后那个精明人也甩手不干了。后来,又来了个爱吹牛的。豪言壮语一口承担下来:'我保证给大家解决这事儿。放心吧。'"

"他怎么弄呢?"

"还真能搞笑呢。一开始,是穿身警察制服,嘴上贴了一撮胡子,他走到石头像前吓唬人家:'喂,你可看好了噢,不动的话,有你的。警察可不是好惹的。'耍了一阵威风。你说,如今这社会,装个警察想吓唬人,谁听他的呀!"

"真是的。那个石像动了吗?"

"怎么可能。就跟我叔叔一样。"

"不过,你叔叔在警察面前还很守规矩呢。"

"是吗,他那样儿居然也怕警察?看来,叔叔没什么了不起的,我也不用怕他。不过人家石像没动。还那么镇静。那个吹牛的气极了,

---

① 亦作荻饼。将捣碎的糯米捏成团,外面包上豆馅制成,是日本招待客人时常用的甜点。

他把警察制服一脱,把胡子揪下来一把扔到垃圾筐了。接着又换了套衣服出来,像个极有钱的。按现在来说,就是三菱公司社长岩崎男爵①那派头。真可笑。"

"像岩崎,是个什么样?"

"就是特别傲慢呗。他什么也不干,也不说话,就在石像周围一边走一边抽卷烟。"

"那,是干什么?"

"是要吓唬人家。"

"真像说唱艺人呢。他把菩萨吓住了吗?"

"没有。人家是个石头,压根不吃他那套。听说后来他又装扮成皇太子来了。简直胡来。"

"嘿,那个时代有皇太子吗?"

"有吧。反正八木先生那么说。的确说是扮作皇太子。再说是假扮,那也是犯上呀。——首先,那不是犯了不敬之罪②吗?吹牛吹得也太过分了呀。"

"皇太子,是哪个皇太子?"

"不管是哪位,那都属于不敬啊。"

"是啊。"

"皇太子也不顶事儿。那个吹牛的实在无计可施。宣布退场:'我这水平实在对付不了这菩萨。'"

"自找的,活该。"

"那是。要是以后他不到处吹牛倒也罢了。——不过,街上的人特别发愁,商量了多次,可谁也不肯答应,真愁死了。"

"故事到此就结束了?"

"没呢。最后雇了一大伙二癞子和车夫,围着石像哇哇叫嚷。说

---

① 即岩崎弥之助(1851—1908),一八八五年,其兄岩崎弥太郎去世后,继任三菱公司第二代社长。一八九四年被授男爵。与三井公司,作为日本的大财阀,是漱石憎恶的富豪、金钱势力的代表。

② 一八八〇年后的明治宪法规定,民众议论皇室,有损皇室尊严的言行,属犯罪行为,罪名为"不敬罪"。"不敬罪"于战后昭和二十二年(1947)废止。

只要欺负它,让它在那儿待不下去就行。这不,就不分白天黑夜地轮流去吵嚷。"

"那很辛苦喽。"

"但还是白搭。那个石像也真够较劲的。"

"后来,怎么啦?"敦子问得很认真。

"后来呀,每天骚扰也不见效,有些人不耐烦了,可车夫和二癞子们很乐意继续闹下去,他们每天都能得赏。"

"雪江姐姐,赏是什么?"澄子问道。

"赏呀,就是给钱啊。"

"拿了钱干什么呢?"

"拿了钱干什么,哇,这澄子真不懂事——那就是。婶婶,他们每天白天夜里都闹伙。这时,听说有个叫'笨竹'的人,又呆又傻,街里人没人理他。这笨竹见二癞子他们骚扰菩萨,就说:'你们整日瞎闹什么!再吵吵多少年那菩萨也不会动!真可怜呐,你们。'"

"这笨蛋说得也是啊。"

"这笨竹,不得了。大伙听笨竹这一说,便商量让他来:'试一试,事到如今,干脆让那个笨竹试试看。'于是大伙去求笨竹,他二话没说一口答应。笨竹先把车夫和二癞子们赶到一边去:'别瞎捣乱,安静点!'然后飘然走到石头像前。"

"雪江姐,飘然,他是笨竹的朋友吗?"敦子在这关键时刻发出奇问,惹得夫人和雪江顿时大笑。

"那不是人。"

"那是什么?"

"飘然呀,咳,怎么说呢,没什么意思。"

"飘然,没意思?"

"不是没有意思,飘然说的就是……"

"唉。"

"对啦,你认识多多良三平吧。"

"知道呀,给我们山药的。"

"就像那个多多良。"

"多多良,那个人飘然?"

"对喽。是他那个样。故事接着讲啦。笨竹走到菩萨石像前两手抄着,他说:'菩萨大爷,街上的人希望你给挪一下。你就动一动吧。'只见菩萨石像回答说:'喔,是这么回事儿啊,怎么不早说呢。'随即吭哧吭哧地走开了。"

"这菩萨真奇怪。"

"等这故事讲完了,他的演说才开场。"

"还有呢。"

"当然啦。"八木说:

"今天妇女集会,专门给大家讲了上面的故事,因为这里有我的一个想法,当然也有些失礼之处。

"通常妇女做事儿,她明知前面有近路,却总不爱走,专爱绕弯,绕个远道。当然这不仅是你们妇女的问题了。明治时代,男人受了文明之弊,也变得女里女气。他们花费很多劳力,搞些无用烦琐的东西,误以为这叫'正道',是'绅士应该走的路'。其实这是在文明开化的妖魔束缚之下诞生的怪胎。在此不多赘言。不过希望你们妇女记住刚才我讲的故事。万一碰到什么事情,就像那个笨竹,直来直去最好。各位如果都像笨竹一样,那夫妇之间,婆媳之间的各种烦恼瓜葛一定会减少,能减少个三分之一吧。

"人,你越想算计,反被算计害了。这就是世上不幸之源头。而女人比男人遭到的不幸,往往更多些,究其原因便是算计太多。希望各位学学笨竹。

"他的演说到此结束。"

"嘿,那你要学那个笨竹了?"

"我才不呢。那笨竹,我不干。那天金田家的富子听了就发火,说:简直是辱没人呢。"

"金田家的富子?就是对面街上的吗?"

"嗯,那个时髦的女人。"

"她也上你们学校呢?"

"不是,来妇女会旁听的。她那个时髦,真得另眼相看。"

"听说长得非常漂亮啊。"

"一般般。没大家吹得那样。有那个化妆打扮的,谁看上都漂亮啦。"

"那你雪江像她那样化妆一下,也比金田漂亮一倍啦。"

"您真会说话。那没准儿。不过她打扮得也实在过分了。再说有钱……"

"打扮得过分,那是人家有钱呀,不挺好吗?"

"有钱当然不错。她呀,能学点笨竹就好了。太张扬。听说最近有哪个诗人还给她奉献了一本新体诗集。她到处给人吹嘘呢。"

"是东风写的吧。"

"噢,是他给的呀。真叫吃饱饭,撑了。"

"不过,东风那人很钟情呢。他觉得,写抒情诗是很自然的事情。"

"多情善感,真无聊!——对了,还有一个趣闻呢。最近不知是谁给金田寄情书啦。"

"哎呀,没脸没皮的。是谁呀?干那事儿。"

"说是还没弄清呢。"

"没署名吗?"

"名字倒是有,可谁也没听说过。而且那信写得老长,信纸就有一百八十公分长。听说上面写了许多奇怪的事情。说:我思念你,就像牧师敬仰上帝一般。为了你,我愿作一个羔羊,供献祭坛,流血宰割,是我无上的荣耀。你知道吗,心脏是三角形,那中间有一根爱神之箭,我要是吹箭,一定会射中你的心。"

"这叫真心?"

"说这就叫真心。在我们一圈朋友里就有三个人看了那信。"

"真恶心,这种东西还要给人乱吹。她可是要嫁给寒月的呀。这事儿传开了,多丢人呐。"

"什么丢人?她巴不得呢。下次寒月来了,得把这事儿告诉他。寒月肯定被蒙在鼓里呢。"

"怎么办呢?他到学校整天埋头磨玻璃球,其他事儿大概什么都不知道。"

"寒月真有心要娶她吗？太可惜了。"

"怎么说是可惜？人家有钱，万一有什么，也不用发愁，不是挺好嘛。"

"婶婶，你老说有钱有钱的，太俗气了。比起金钱，不是爱情才最重要吗！没有爱情还叫什么夫妻吗！"

"原来如此。那雪江你想嫁给什么样的人？"

"鬼知道！压根没想。"雪江和婶婶两人就婚姻之事正辩论得火热，敦子在一旁，早就听糊涂了，突然开口说：

"我也想嫁人呀。"没想孩子的嘴里竟冒出来这么天真的愿望，让那充满青春气息，应寄予深切同情的雪江也为之惊得张口无言。可夫人蛮镇静，她一边笑，一边问女儿："你想嫁到哪儿呀？"

"我呀，我想嫁到招魂社①，可我不喜欢过水道桥②。这可怎么好呢。"夫人和雪江听了这段精彩的回答，一时傻了眼，笑作一团，也没劲儿继续问她了。这时，老二澄子跟姐姐商量说：

"姐姐，招魂社，你也喜欢吗？我也喜欢啊。咱们一块嫁到招魂社吧……哎，你不愿带我？那就算了，我一个人坐上车，一会儿就到呀。"

"巴卜也去。"最后连小女也要去招魂社了。这三个女儿若一块儿都嫁到招魂社，主人可就省心了。

此时，只听见人力车哗啦一下停在门口，接着听到高喊一声："您回来啦！"看来是主人从日本堤分局回来了。车夫拿下来一个大包袱交给女仆，主人悠然走进起居间。

"哦，你来啦。"他跟雪江打了个招呼，把手里一个酒瓶"嘭"一下就放在那个长火盆旁边。像个酒瓶，当然很不地道，你说它是花瓶吧，也不像。只好暂时称它是一种异样的陶器吧。

"这酒瓶挺怪呢。是警察还给您的？"雪江把那个躺倒的酒瓶立起来，问叔叔。主人瞅着雪江脸，很得意：

"怎么样？这样式好看吧？"

---

① 位于东京都千代田区九段下的靖国神社。招魂社大祭时，摆摊的、马戏团、耍猴的都会出场，是孩子们的一大乐事。所以敦子想要嫁到此处。

② 经过水道桥才能到靖国神社。

"这叫好看？这，太难看啦。您要这油壶①干什么呢？"

"怎么是油壶！看你说的，连点审美趣味都没。"

"那，你说是什么？"

"花瓶。"

"要是花瓶，瓶口就太小了，还鼓着个大肚子。"

"这才是妙趣所在。看你呀，跟你婶婶差不了多少，也是个不懂什么雅致的。真让人扫兴。"他拿起油壶，朝着纸门亮处欣赏着。

"反正是不懂风流雅致的，不会像你，从警察那儿要回来个油壶。你说呢？婶婶。"这时婶婶已顾不上别的了，她打开包袱，睁大眼睛，仔细检查着被盗的物品。

"哇，真没想到。小偷也进步啦。喂，你过来，你看，和服都给拆开还浆洗②过了。"

"我怎么问警察要油壶啦！那是等得心烦，顺便四处散步走了一圈，这不，就发现了这东西。你们懂什么呀，这可是个珍品呢。"

"珍奇得过头了。叔叔，你到底散步走到哪儿啦？"

"哪儿？就是日本堤周围呗。吉原也去了，还真是热闹地儿。你见过那儿的大铁门吗？没吧。"

"谁稀罕！我可没那兴趣，到吉原卖春妇那种地儿。叔叔，您一个教师，居然还到那儿。让我好吃一惊呢。哎，婶婶，婶婶！"

"唉，那是呀。怎么东西不够呀。就这些吗？"

"没回来的就是山药。通知必须九点去的，结果一直等到十一点，你说有这号的吗？所以，日本这警察太糟糕了。"

"还说人家警察呢，可你到吉原散步那不更糟糕了。这事儿让人知道了，要被开除的。你说呢？婶婶。"

"是呀。是得开除。喂，我的和服宽带子怎么少了半边儿。我就说有点不够呢。"

---

① 装发油的壶，大多为扁平形，底儿大，口小。

② 洗和服多须拆开后，用木板等工具将面料绷平，清洗完了晾干。有贴在木板上的浆洗法，也有使用张布架的。在当时没有可以干洗的情况下，丝绢以及毛质面料的和服，弄脏了只能将其拆开，浆洗以后再缝起来。

"带子,你就算了。我可干等了三个小时,半天宝贵的时间就白给浪费了。"说着,主人换上和服,靠在火盆边,又欣赏起他那个油壶了。夫人没办法只好死了心。

"婶婶,这油壶还是什么珍品呢。你看,这么脏。"

"这是在吉原买的?咳。"

"你'咳'什么。啥也不懂!"

"这样的壶不用到吉原去,哪儿没的卖呀?"

"不会的。这东西可不比一般。"

"叔叔,你可真是个菩萨石像啊。"

"你呀,没大没小。最近的女学生说起话来,都这么没规矩。不行,得好好去看看《女大学》①。"

"叔叔,你不是讨厌保险吗?你说,女学生和保险,你讨厌哪个?"

"保险,我不讨厌。它很有必要。考虑将来,谁都买保险。女学生,那可是多余的,没用。"

"多余也没关系呀。你自己不买保险,还说有必要。"

"我下个月就买。"

"真的?"

"当然啦。"

"算了吧。什么保险。有那份钱,买什么不好哇。你说呢,婶婶。"婶婶苦苦微笑。主人认真起来,说:

"都说得轻巧,你们是想活到一百二百吗?稍微有点理性,自会感到需要保险。下个月,肯定要买。"

"那,没办法啦。不过,如果像前不久,您有给我买阳伞那钱,真不如买保险了。人家说不要,可您非要给买。"

"真的就不要吗?"

"是呀,那阳伞,谁稀罕呐!"

"那你还给我好了。敦子正想要一把呢。拿来给她吧。你今天带伞了吗?"

---

① 江户时代流行的修身书。用假名书写,教育女子修身、齐家的道德伦理。

"哎哟,没见过还有这事儿呐。这不欺负人嘛。给了人家,现在又要。"

"你不是说不稀罕,我才让你还的嘛。这有什么奇怪的。"

"我说不要是不要,可也不能让人家还呀!"

"你真是胡搅蛮缠,说不要才让还的,这有什么不对呀。"

"可人家……"

"怎么啦?"

"太欺负人了。"

"真蠢,翻来覆去都一回事儿。"

"叔叔你不是也来回说得一样。"

"你呀,真让人没办法,你不是说不要吗?"

"是说了。不要是不要。可我不愿还。"

"怪了,你又不懂事又倔,真没办法。你们学校就不教伦理学①吗?"

"管他教什么。反正我是个没教养的,由你说啦。逼着让人家还东西,哪儿有这么无情的。该学学那个笨竹了。"

"你说学谁?"

"是说作什么要坦率淡泊一点。"

"你可太蠢了,还这么倔。所以,才留级嘛。"

"我留级又不让叔叔你给掏学费啊。"

雪江说到这儿,竟百感交集,簌然几滴泪水落在那紫色褶裙上。主人见此一时茫然无措,他盯着低头哭泣的雪江,好像要从那脸上研究出来,她这泪水究竟是什么心理作用引起的。这时,阿三从厨房出来了,她红红的手指并排摁在门槛外,俯首告知:

"有客人来。"

"谁?"主人问道,阿三斜眼瞟了一眼雪江哭丧的脸,答道:

"是学校的学生。"主人到客厅去了。我也为研究他们人类,收集

---

① 即逻辑学,又称"形式逻辑学"。战前,专门学校、高中以上的教育机构都开设《逻辑学》课,女子学校未设。

些话题,便尾随主人身后悄悄绕到房檐下。

研究人你就得挑在风口浪尖上,否则得不出什么结果。平时,大家都是些凡人,任你怎么观察,不过平庸地你好我好而已。然而一旦出现突发事件,凡人也会被一种奇妙的神秘作用激活,呼呼地膨胀起来,其现象之怪,之奇,之妙,之异,难以一言蔽之。总之,在我等猫辈来看,对后学判断事件发展极具参考价值。雪江的泪水恰恰是其表现之一。

雪江这种不可思议、不可预测的心理,在刚才与夫人谈话之时并未显露出来。而主人一回来,在他放下油壶那一刻,雪江突然如僵尸复活一般,骤然生气蓬勃。以往她那深奥不可窥视的丽质,瞬间竟发挥得如此淋漓尽致,如此巧妙、美妙、奇妙、灵妙。

其实天下女性皆具备共同的丽质,只可惜轻易它不被表现出来。不,表现是表现的,且二十四小时不曾间断,但没有这般显著、突出、赤裸裸。

幸运的是,我的主人非凡奇特,他时常倒着抚摸我身上的毛,让我有了机会拜听这类狂言戏语。我只要跟在主人后边,不管走到哪里,即可见到台上有人在自我表演。身边有位风趣的主人,我这猫儿的短暂一生才会如此充实多彩。真是感恩不尽。

且来看看刚来的那客人吧。

是个书生,十七八岁,跟雪江年纪差不多少。他跪坐在客厅角落里。那颗大头剃得像个青头和尚。蒜头鼻子挤在脸的正中央。要说起来,他也没其他明显特征,就是头盖骨特大。如果像主人一样把头发留长了,会更招人眼目。主人一贯认为,这种长相学习都很差劲儿。也许还真是的,不过乍一看,他还颇有拿破仑那副伟人气派①。

他穿的夹袄倒还一般,白底蓝色细格子棉布,大概是萨摩或久留米,伊予一带出的细格子布料。不过那夹袄袖子短了些,里边既没穿衬衫也没衬件长布衫之类的,加上一双赤脚,也是个风流男人的打扮,可让人看上去却很粗鲁,很不得劲儿。尤其是他那双光脚丫,在榻榻米上

---

① 此处指拿破仑身材矮、头大。

一走,整整三步,步步脚印清晰,就像小偷来过一样。他在第四步的脚印上正坐下来,好像很紧张。本应规规矩矩坐的时候,老实地坐下就好,不必这么紧张。可这光头小子他一紧张正坐便显得极不协调。这家伙平时逞能,路上见了老师礼也不行。今天若让他跟常人一般坐上三十分钟,自是痛苦极了。可现在这架势,像生来是个恭俭谦让的君子,德高望重的长者,且不说他本人如何难受,就是从旁我看上去也够滑稽了。平日他在教室里、运动场上只会闹腾,怎么还有这般能力束缚自己,既可怜又好笑。

二人相对而坐。在学生面前,愚钝的主人也显得有了几分威严。

俗话说得好,积土成山。一介学生不足为奇,聚众为团伙,则不可小看。他们能发动抵抗运动,会闹事罢课。这与胆小鬼醉了酒,胆儿就大是一个理。敢聚众闹事,是"醉于众",不可视为正常行为。否则他为何现在如此惶恐不安,岂止不安,竟挤在纸门边上的角落里一动不动。你再说主人老朽,他也算个教师,是老师,你不敢轻蔑,更不敢戏弄。

主人把坐垫推过去让他坐。光头"先生"他一动不敢动,只应个"是"。那个边角已经光溜溜的花布坐垫虽不吭声,好像也在让他坐上去。只见一个活活的大脑袋,孤零零跪在坐垫后面,可谓奇妙。这坐垫本是让人坐的,夫人从百货店买来也不是让人看的。坐垫不坐,有损其声誉。让劝坐的主人脸上也有几分过不去。这秃头把眼睛死盯着坐垫,他并非成心不给主人面子,也绝不是讨厌坐垫本身。说老实话,他自给爷爷守灵以后,几乎没这么正规地坐过。两腿早已麻木,那双脚在诉说,我无法向前移动呀。坐垫放在眼前待人入座,主人劝他,也不动,这秃头小子真不好对付。

这会儿你客气了?难道之前你就不知道吗!聚众时,该谦让点;在学校,该规矩点;在宿舍,该老实点!

不该客气的时候他谦让起来,该客气时他却不知礼节。岂止不知礼节,简直就是犯上作乱(无法无天)。这秃头小子实在可恨。

这时,身后纸门拉开了,只见雪江恭恭敬敬捧着一碗茶进来。若是往常,他会给你扔过来一句:"呵,番茶上来了。"可现在,主人一个人已让他惶恐不安,又见眼前妙龄少女挪步姗姗走来,拿出学校刚学来的小笠原流派式①,双手把茶碗递上来,真让这秃头尴尬得不知如何是好。

雪江刚拉上纸门,后面便传来一阵咯咯的笑声。一看,这同龄人,还是女子老练成熟,比那秃头大气得多。她刚才还委屈得直掉眼泪,这会儿竟然咯咯笑起来了。

雪江退出客厅后,主人学生双方各自无言相对,僵持了一会儿。主人发现如此下去岂不是要打坐修行了,他终于开口问道:

"你叫什么来了?"

"古井……"

"古井?古井什么?名字呢?"

"古井武右卫门。"

"古井武右卫门……名字这么长。不是现代的,要算很古式了。四年级啦?"

"不。"

"三年级?"

"不,是二年级。"

"甲班的?"

"乙班的。"

"乙班的,那该我负责啦。原来如此。"主人感慨万分。其实这大头从刚入学时,就曾引起主人注意,他也决不会忘记。不仅如此,还因这颗大头时常闯入自己的梦中,让主人感叹过呢。不过,主人凡事不在乎,没把这颗头与这古式的名字连在一起,更别说联想到二年级乙班了。眼下一听这梦里曾出现的大头是自己班上的学生,不由心中为之一动。这大头,这古式的名字,自己班里的学生,为何现在跑到我这里来,真是百思不解。

主人在学校向来没人缘儿、没名气,不论是正月新年还是年终岁末,几乎没个学生登门拜访。今天这古井算是头一个了,稀客。至于他

---

① 武家茶道的一个流派,始于镰仓时代。战前日本女子学校多以礼仪课程教授。

来访的理由主人无法猜测,似是有些为难。要说只是来玩,这老师家就太无趣味了。要说来劝他辞职,那架势理应来得更傲慢些。何况,武右卫门是不会找他商谈什么个人家庭私事的。主人怎么想也摸不着个头脑。再看武右卫门那神态,恐怕连他本人也不清楚为何要到此处来。没办法,主人径问:

"你是来玩儿的?"

"不是。"

"那有什么事儿?"

"唉。"

"学校的事情?"

"唉。有点事儿想告诉老师。"

"嗯。什么事?你就说吧。"听主人这么一问,武右卫门低头一言不语。本来武右卫门作为中学二年级学生也算能言善辩。虽说比起那颗大头,脑子稍欠发达,可在乙班里属上乘了。上课时常为难主人,还问哥伦布怎么用日语翻译的,正是此人。这位锵锵先生,从刚才就像个口吃的姑娘磨磨叽叽,他不会单单想客气,肯定有什么话要说的。主人疑惑不解。

"有什么事情,还不快点说。"

"有点难以开口。"

"不好说?"主人边说,边看武右卫门的脸,他依然低头不语。没办法,只好缓言劝说:"没关系,说什么都没关系。也没其他人,我也不会告诉别人。"

"那说了吧?"武右卫门还犹豫不决。

"没事儿。"主人一口断定。

"那我就说了。"他说着,把光头猛地抬起来了。睁着一对三角眼,又不敢正视主人。主人把脸歪到一边,深深吸了一口朝日牌香烟又吐出来。

"这事儿真糟了。"

"什么事儿?"

"就是弄糟了,才来的。"

"到底是什么事儿?"

"我没想干。滨田老说要借一下,就借一下。"

"滨田就是滨田平助啦?"

"是。"

"给滨田借房租了?"

"不。"

"借给他东西啦?借什么了?"

"借了个名字。"

"滨田借你的名字干什么呢?"

"写情书。"

"写什么?"

"我说别借了,我帮着投信。"

"说的啥,简直不得要领。到底谁干什么啦?"

"写情书了。"

"写情书?给谁?"

"说不出口。"

"是说,你给哪个女子情书了?"

"不,不是我。"

"是滨田寄的?"

"也不是滨田。"

"到底是谁寄的?"

"是谁,我也不知道。"

"真是一点不得要领。那是谁也没寄了?"

"只有名字是我的。"

"名字是你的?真弄不明白。你把前后理清了再说。那,收情书的人是谁?"

"说是叫金田,对面街上的女子。"

"是那个叫金田的实业家吗?"

"是的。"

"那,你借名字是干什么呢?"

"那个姑娘特别时髦,又目中无人很傲慢,所以要给她写情书。不过,滨田说:得有个名字,我说:就写你的名字嘛。他说:我的名字没意思,古井武右卫门好听点。就把我的名字借给他了。"

"那,你知道那个姑娘吗?你们有交往吗?"

"交往,什么都没有。见也没见过。"

"真是胡来。人都没见过一面,写什么情书。出于什么理由,想起干这事儿的?"

"只听大家都说她太张扬,想逗逗她。"

"越发胡闹啦。那,就用你的名字寄出去了。"

"是。信是滨田写的,借的是我的名字,晚上,是远藤跑到她家把信投进去了。"

"那就是说,是三个人合伙干的。"

"是。不过,到后来,我害怕了。万一被人知道,被学校开除可就完了。我一担心,这两三天睡也睡不着,脑子全涨了。"

"那你真叫干了件大傻事儿。你写'文明中学二年级学生古井武右卫门'啦?"

"没写,学校名哪儿会写啊。"

"没写学校名还算不错。你想想学校的名字要是被知道了,那才要影响文明中学的声誉啊。"

"怎么办呀?我会被开除吗?"

"没准儿。"

"老师,我的父亲非常严厉,而且母亲是继母,如果被开除了,我可真完了。真要开除吗?"

"平时就让你们不要学坏嘛。"

"我本来不想,结果还是……可以让学校不开除我吗?"武右卫门苦苦哀求,眼看要哭出声了。纸门后面夫人和雪江一直偷着咯咯笑个不停。主人翻来覆去就一句话:"没准儿。"

这几个人还真好笑。

我一说好笑,就有人要问了,值得吗。问得有理。

这世界上不管人或动物,所谓"自知之明"乃是一生最重要的大事。只要人能做到"自知之明"了,猫儿也会把他们当人来尊敬。彼时,我这猫儿也会当下搁笔,不再为这些乏味无聊之事儿消磨时间。然而,人类终究难以做到自知之明,他们根本看不到自己的鼻子有多高。看起来傲慢自大,其实愚蠢之极。他们自以为是万物之灵,走到哪里也不肯放下那架子,结果连这点道理都不明白,还要问起我来了。平时你们总瞧不起我这猫儿,这会儿却来找我,岂不是天大的笑话!你们自称为万物之灵,却总吵嚷着:我的鼻子在哪里?让我看呀,早该把那个万物之灵的招牌扔掉了,可他们人,是说死也不肯的。他们能坦然面对重重矛盾,也是有其可爱之处。不过,同时也得甘当个蠢货啦。

我之所以觉得武右卫门和主人,以及夫人、雪江好笑,不单是因为表面上彼此相撞,以及相撞引起一系列的波动。重要的是在相撞之时,每个人所显现出的种种心态变化。

首先,主人对这一事件态度极为冷淡。武右卫门他爹如何严厉,怎么被后娘欺负,这不值得大惊小怪。不值得。开除武右卫门与自己被革职完全是两码事。若有千把个学生被开除了,那将直接关系到教师的饭碗问题。可古井一个人,不管他的命运如何,与主人的生活毫无关联。与自己无甚关联的事情,自然,同情心也淡薄一些。为了一个陌生人,你皱起眉头,捏把鼻子,或唉声叹气,决非朴素自然。要说人情深义重,是有怜悯之心的动物,未免难以接受(太勉强了)。不过生于此世上,便有赋税的责任。为了人情交往,你得滴几滴泪水,或做出个同情怜悯的样子。也就是做的表演。说老实话,这也相当劳神的,且是一种艺术。可以说善于做作表演的人,具有很强的艺术性良心,他会得到世人器重。因此,这种被器重的人最不可信任。你看一下周围便会明白。就这一点来说,主人当列入笨拙之类。笨拙的人不会被器重。没人器重,他也没有必要掩饰自己内心的冷漠。从他对武右卫门反复说的"没准儿"这话便可知他的内心活动。不过,诸位读者,决不可见主人态度冷漠,这种善人,你们就讨厌了。冷漠是人类的本性,不去掩盖其本性的人是正直的人。如果你们要在这种时候期待他不冷漠,那才叫把人看得过高了。如今的世界连正直的人都是稀物了,你们若还想期待什么,就把马琴小说①里的志乃和小文吾②给请来,让八犬传一家人搬到你家对面得了!显然要求过高,痴想而已!

主人就说到此处吧。接着来看在起居间的女人们,她们咯咯笑个不停,要比主人的冷漠更甚一步,已跃入滑稽一类,专以取笑为乐。情书事件搞得武右卫门焦头烂额,可对这两位女人来说,如同佛陀的福音③降临,是喜事儿。不用多解释,就是喜事儿而已。进一步分析的话,是武右卫门的困境让她们欢喜。

诸位可问问那些女人:"看到别人困窘,你会高兴吗?"被问的人定回答说:这个问题太愚蠢了,简直是侮辱人格。的确是侮辱了她们。可是见他人有难她们乐得笑也是事实。

最后把武右卫门的心思给大家讲讲。他被吓蒙了。就像拿破仑满脑子都是功名利禄一样,此时,他那硕大的脑瓜充满了恐惧之感。蒜头鼻子一抽一搐,因内心情绪失去控制传至面部神经,是条件反射下的无意识运动。他像咽下一颗子弹,压在腹内却无奈处置。为此,这两三天以来他一直痛苦不堪,又不知所以然。方才他晕头转向竟闯进这个名曰班主任的老师家里,以为老师总该帮他一把,便把自己硕大的脑袋也低了下来,向这个令他十分讨厌的人求援求助。平日里在学校如何嘲弄主人,如何煽动同学难为主人的事儿,此时此刻他早已忘得一干二净。他坚信,不管之前曾干过什么,这老师既然叫个班主任,总该替自己想点办法。

这小子也太单纯了。

当班主任不是主人自愿,纯粹是校长一声命令不得已而为之。就跟迷亭伯父头上顶的那个礼帽,仅仅是个虚名而已。这虚名丝毫无用。

---

① 指曲亭马琴(江户时期著名作家)的代表作品《南总里见八犬传》,讲述室町时代末期武将里见义实家的兴衰,故事中八名武士皆冠有"犬"姓,各代表仁、义、礼、智、忠、信、孝、悌八德。

② 《南总里见八犬传》八名犬士中的志乃,即犬塚信乃(持有"孝"字宝珠)与小文吾,即犬田小文吾(持有"悌"字宝珠)。

③ 本义为基督教中新约圣书所指的神的教义。一八九四年(明治二十七年)佛学大师铃木大拙将 Dr. Paul Carus(保罗·卡户斯)的 Gospel of Buddha 译成《佛陀的福音》在日本出版,在当时的佛教界引起关注。

你想,若虚名也能管点用,雪江就凭她那名字便可去相亲谈嫁了。当下这个武右卫门不光自己任性,他还天真地想当然,以为别人得替自己着想。至于被人耻笑,那是万万想不到的。

武右卫门到了班主任家,定会发现一个真理,即关于做人的真理。发现了这个真理,他才能真正长大成人。见人忧虑,他会冷眼相对;见人有难,他会放声大笑。如此循环,未来,武右卫门式的人物当是满天随见,金田及金田夫人式的人物更是满地行走。

我真切地期望,武右卫门早日觉醒,早日长大成人。否则,你再怎么担忧,再怎么后悔,再怎么求善,都徒费精神,且不会像金田那样取得成功。不,岂止是成功,不久你将被社会所抛弃,将被驱逐到绝无人烟的世界之外。被文明中学开除,实在不足以烦恼,算不上什么!如此想来,越发有趣。只听格子门哗啦啦被拉开了,大门后面探出半个脸:

"老师。"

主人正跟武右卫门在反复说着"没准儿"。这会儿是谁在叫他呢?我上前一看,原来是寒月来了。

"哦,进来!"主人只打了个招呼,并未起身相迎。

"有客人吗?"寒月又问了一声,还是露个半边脸。

"没关系,进来,到这屋来。"

"我,我想邀先生出去走走。"

"到哪儿去?又是到赤坂?我可不去那儿了。上次硬跟着你,走得我两腿都发直了。"

"今天不走那么远,你不是久未出门了吗?"

"上哪儿去?你,先进来再说。"

"到上野想听听老虎吼叫。"

"真无聊,还是先进来吧。"寒月一看好像不进去也无法商谈,便脱了鞋,腾腾地进屋了。他还是穿着那条灰色裤子,屁股上打着补丁。据他本人的解释,那不是因裤子穿得时间久了,也不是屁股给磨破了。他说最近开始练习骑自行车,增加了裤子局部摩擦,故特意打上补丁的。进屋后跟那个武右卫门略点了个头,就在靠近走廊那边坐了下来。他做梦也没想到眼前这位竟是给自己未来夫人写情书的人。

"听什么虎啸,多无聊啊?"

"不是马上直接去。我们先在其他地方转转,到了晚上十一点左右再去上野。"

"哼。"

"晚上公园里,古树下格外阴森,听着虎啸,当是别有趣味的。"

"未必吧。夜里比白天可要冷清许多呢。"

"那没关系,尽量就到树木繁茂,白天也无人行走的地方。走着走着会感到自己由那红尘弥漫的大都市脱身而出,有了深山迷路的感觉。"

"有了那感觉,又能怎样?"

"进到那个心境,你可伫立静听,那动物园内的老虎便会吼叫起来。"

"人家老虎能那么听你的话吼叫吗?"

"没问题,会的。老虎的吼声我白天在理学系也听得见。当夜深人静,四周鬼气袭人,魑魅冲鼻之时。"

"魑魅冲鼻是怎么回事?"

"不是有这种说法吗?恐惧害怕时。"

"有吗?没听说过。那之后呢?"

"于是老虎大声吼叫,上野的千年古杉为之震动,树叶纷纷落地!"

"那的确令人震撼。"

"怎么样?去冒把险吧。定让你感到愉快的。我实在是想听听老虎夜里的吼声。否则,就不用担心有人问你虎啸是什么感觉了。"

"未必吧。"主人像待武右卫门的哀求一样,他对寒月的探险也漠不关心。

至此,武右卫门一直不声不响地听着,对他们二人讲的老虎之事儿,还挺羡慕似的。此刻,老师一句"未必",让他又想到自身的困境,遂问道:

"老师,我实在担心,该如何是好啊?"

寒月听了这话,转眼望着大头,一时摸不着前后。我,心中另有打算,失陪绕到起居间。

起居间这边,夫人咪咪笑着,那个京都产的廉价茶碗里,沏了满满一杯番茶。她将茶碗放到铝质茶托上。

"雪江,劳你把这茶端上去。"

"我,我不去。"

"怎么啦?"夫人吃了一惊,也不笑了。

"反正我不去。"雪江把脸绷得紧紧的,坐在那里,眼睛一直盯着身边的《读卖新闻》报①。夫人决定再次跟她商量一下:

"哎呀,你可真怪,那是寒月,不用在意。"

"我,就是不想去。"她还是两眼盯着报纸。其实她一个字也看不下去,如果这个时候被谁捅穿了,那一定会把她惹得泪水汪汪。

"没什么害羞的。"夫人一边笑,一边故意把茶放到报纸上了。雪江见此就又去拿报纸,从下面这一抽,不巧碰翻了茶碗,那番茶顺着报纸径流到榻榻米上了。

"哎呀,真对不起。"雪江见夫人这么一说,这才慌了手脚,赶紧跑到厨房去。大概是去拿抹布。我在一旁看了这段狂言小丑剧②,别有趣味。寒月对隔壁房间发生的事情全然不知,依然坐在客厅里,妙语频发:

"老师,你这门上的纸换上新的了。是谁贴的?"

"女人们干的。蛮可以的吧。"

"唉。相当不错。也有常来你家的那个姑娘吧?"

"是啊。她也帮了忙。她还放了话,说能把纸门贴成这样,嫁人也有本钱了。"

"呵,那倒是。"寒月两眼细看。

"这一块儿贴得很平展,不过,那右边角上的纸没弄平,皱得起波浪了呦。"

"那是最开始贴的,经验还不足。"

---

① 一八七四年在东京创刊的一家全国性报纸。
② 歌舞伎中间休场时,常有小丑上台说一段小故事,称为狂言小丑剧。此处指眼前夫人和雪江的对话场面。

"原来如此。手艺是差了一点。不过,这纸的表面为'超绝曲线'①,可不是一般的函数所能计算出来呀。"这个理学家,说得太玄乎,让主人勉强应付了一句。

武右卫门一看这情形,终于明白再求主人也没指望,他二话没说,突然把自己硕大的头盖骨往榻榻米上一磕,以示告辞。主人遂问道:

"你要回去啦?"武右卫门悄然一声不吭,拖着那双萨摩木屐②走了。一副可怜相。

弄不好,他会留下一笔岩头吟,从华岩瀑布③一头跳下去。要是追究其原因,自然是那个金田家小姐太时髦,太傲气所至。如果武右卫门死了,那死鬼可去跟金田小姐索条命。世界上这种女人少上一两个,男人也不会遗憾什么。寒月呢,或可找个名副其实的大家闺秀。

"先生,他是你的学生?"

"嗯。"

"那头可够大的。学习怎么样?"

"比起那颗大头,差得甚远。平时专找来些怪问题为难人,最近他就问过,'哥伦布'怎么翻译。"

"那头太大了,便无聊瞎找事儿。先生,那你怎么翻的?"

"咳,随便对付过去了。"

"不过,那也是翻译了嘛。真了不起。"

"跟年轻人,你不给他翻,他们就不信任你。"

"老师也会随机敷衍,像个政治家了。不过看他今天这没精没神,蔫蔫的样儿,不像是为难老师啊。"

---

① transcendental curve 的中文翻译。
② 近似于低齿木屐的杉木做的木屐。
③ 著名游览地,位于枥木县日光市内。此处暗指明治三十六年(1903)五月,一位名叫藤村操的十六岁少年在树上留下遗言,跳入华岩瀑布自杀。藤村曾是漱石的学生,东京帝国大学预科的天才人物。他的死不仅引起了全国轰动,此后华岩瀑布也成了自杀名地。

"今天,他可乖了。那个大笨蛋。"

"怎么啦？一副可怜相,到底是怎么回事儿？"

"咳,干蠢事了呗。他给那金田家小姐送了封情书。"

"嘿,就那个大头。最近的书生还真够厉害的。不敢小看。"

"你也担心吧？"

"担心？我不担心。反倒觉得很有意思。给她的情书,再多也无妨。"

"你要不担心,那就好。"

"好不好,我反正没事儿。不过,那个大头还写情书,倒是让人另眼看了。"

"你不知道啊,简直让人笑死了。他们嫌那小姐时髦傲气,就想捉弄人家。于是三人合伙……"

"三人合伙给金田小姐写一封信？真奇了。那不就是一份西餐三个人吃嘛。"

"人家三个还分了工的。一个人写信,一个人投信,还有一个是把自己的名字给借出去了。这不,刚才来的那小子,就是借名字的。再蠢不过了。他说金田小姐他见都没见过。你看,怎么就能干出这种荒唐事儿来。"

"这可是近来一大新闻。绝了！那个大头竟给女人写情书,真是太可笑了。"

"阴差阳错,胡来。"

"倒没什么关系,反正是给金田的。"

"也许你要娶的那人。"

"不过是也许而已,没什么,金田家小姐。"

"你觉得无所谓……"

"那个金田也无所谓。没关系。"

"本来这也没什么关系。本人事后突然受良心责备,害怕了,吓得跑到我这里来商量对策。"

"哦,怪不得那么战战兢兢,胆小怕事的样子。老师,你多少安慰他了吧。"

"他本人最担心被学校开除。"

"怎么会开除呢。"

"干了这种败坏学校声誉、没道德的事儿。"

"什么？算不上败坏名声吧。没事儿,金田还会以此为荣,四处宣扬呢。"

"不至于吧。"

"反正是太可怜了。他是不像话,可你把他搞得那么紧张,简直要把人给毁了。那头虽是过大,可长相还不坏。鼻子一抽一搐,真可怜啊。"

"你也跟迷亭一样,说话好轻巧。"

"这是时代潮流。你们老师太守旧,总把事情说得过分。"

"可你说那不是太愚蠢了吗？给个毫不知情的人送情书,岂不是太没教养了？"

"爱闹事捣乱的大都是不太懂社会常识,你就助他一把,积个德。我看他那样子,弄不好要去跳华岩瀑布的。"

"未必吧。"

"你就帮他一把。这世上有的是比他年纪大、更懂事的聪明人,他们行了恶也摆得一脸正经相。所以与其让他这种孩子退学,我看,首先该把那些大人都一一驱逐,否则这世界太不公平了。"

"那也是。"

"怎么样,还是去上野听听虎啸吧。"

"老虎？"

"是啊。去吧。说实话,这两三天,我有事儿得回一趟老家。今后一段时间不能陪你。所以今天极想一起出去走走。"

"原来如此,要回老家？有什么事情吗？"

"唉,有点事儿……还是出去吧。"

"那好,走吧。"

"那就走吧。今天晚饭我请客了。……转一转,然后去上野,时间正好。"见他不停地催促,主人觉得有点什么,一起出了门。

两人走后,夫人和雪江放肆地哈哈大笑起来。

第十一章

佛龛前,迷亭、独仙相对而坐,中间摆着围棋盘。

"光下棋没意思,谁输了谁请客。怎么样?"独仙听了迷亭这话,摸着他那撮山羊胡子,回道:

"一台雅戏,这岂不是要往俗里唱?你总惦记着胜负该多没劲。将成败置之度外,只待那'白云自然而出岫①',悠悠然然。你我以此心态对上一局,方可品出个中的趣味。"

"又来那套了。跟你这仙风道骨下棋,实在折神费心。分明就是《列仙传》仙人下凡!"

"我,是抚无弦之素琴②。"

"还要发电报吧。"

"不管怎么说,开局!"

"你执白?"

"无所谓。"

"到底是个仙人,要大显身手啦。你执白,自然我就是黑啦。来吧。谁先?"

"按规矩,黑子儿先。"

"那,不客气了,我就先来步定式③。"

"定式没你这走法。"

"没也无妨,那就算我新发明的吧!"

说起围棋,我这猫儿未免见识浅薄,直到最近才算有了机会目睹

---

① 语出陶渊明《归去来兮辞》,"云无心以出岫,鸟倦飞而知还。"
② 语出李白《戏赠郑溧阳》,"陶令日日醉,不知五柳春。素琴本无弦,漉酒用葛巾。"
③ 又称定石。双方都会依循的固定下法。通常出现在水准较高的对弈布局阶段,双方各不吃亏。

它。不过越看越发现这游戏还真有些妙处。一块四方木板,不大点儿,最多一尺见方,上面画着一块块四方格子,且摆满黑白石子,令人眼花缭乱。见双方为个胜负,拼死拼活,争得各自满头大汗。若让我这猫爪儿上去拨拉几下,还不给它搅得全都乱套吗。不过有话在先,"结绳为草庵,解绳归荒野。无须自找烦恼。"干脆我还是袖手旁观,图个快活吧。

看人下围棋,其实最初落的三四十个子儿没什么碍眼的,可一旦要分天下,决胜败,哇,那可是一片惨状。黑子白子拥来挤去,都恨不得把对方挤到局外。可谁也不能说,太挤了,你到一边去。更没权利嫌人家挡路,让人家退回去。棋子们唯有一条路,自认天命,忍耐着,缩在原地不动。

发明围棋的是他们人类,自然其中便显出他们人的某些嗜好。棋子的忍屈求生,其命运正是代表了人之本性,即心胸狭窄,眼光短浅。照围棋的生存法可知,世界天之高地之阔,而他们人类却情愿自己束手缚脚。但凡有了立足之地,便绝不向外迈出一步。他们喜好各自扎营,封闭自锁。故,可断言,他们人类,不过是群自寻烦恼的动物而已。

迷亭逍遥自在,独仙他自有禅机,这俩不知抽了哪根筋儿,今天,特意从壁橱里把个旧棋盘翻腾出来,要热血决战一场。毕竟二位不比一般,下起棋来各行其是,好不自在。只见棋盘上黑子白子自由交错,横飞直闯。可遗憾的是,那棋盘范围终究有限,一步一子,前后左右一一被逐渐占满,迷亭他再怎么逍遥,独仙再怎么有禅机,最后总得直面决一死战。

"迷亭,你这可是胡来啦。没这棋法。"

"你禅家和尚也许没,可本因坊[①]派有这棋术。人家有,那你没辙。"

"这可是死路一条啊。"

"臣,且死不辞,况馘肩矣[②],落子儿!就这棋了。"

---

① 自安土、桃山时代开始至昭和十三年的围棋世家。日本围棋的一个流派。
② 语出《史记·项羽本纪》,"死且不辞,岂特卮酒乎。"

"哦,你走了。那好。'熏风自南来,殿阁生微凉。'①对了,我给你接上一子儿。"

"呵,还真接上了,到底是老将。还以为你没注意到这一手呢。八幡钟②撞上来了。你看着,我来这一着。"

"不管你怎么来。我'一剑倚天寒③',……咳,这下不好办,干脆不管。不管它了。"

"哎呀,不好,砸了。这可被堵死了。喂,不开玩笑,且慢。"

"你看看。刚才不是提醒你啦。不该往这儿落呀。"

"落到这儿,实在委屈了,你是不是把这个子给挪开。"

"又要悔棋?"

"顺便把旁边那个也拿开。"

"哪有这般无赖的。"

"Do you see the boy?④ ……咳,不就是你我嘛。别见怪,你就拿开呗。这是关系到你死我活的。'且慢,且慢,此刻,走在花道上了。'⑤"

"这关我什么事儿呀。"

"行,那也行,反正你给让开。"

"你,你这悔棋可是第六次啦。"

"你老兄记性真好。后面,我成倍地让你。你还是先让开点。太顽固,你禅家人,该多少知些理路的。"

"可你这个子儿不走开,我可要输了。"

"开始你不是说了吗,不在乎输赢嘛。"

"我输了倒无所谓,可也不想让你赢啊。"

---

① 语出《旧唐书·柳公权传》。唐文宗夏日与众学士联句作诗。文宗的首联是:"人皆苦炎热,我爱夏日长。"柳公权续作:"熏风自南来,殿阁生微凉。"

② 作为江户时代的时钟,设于深川(今东京都江东区门前仲町)富冈八幡宫。江户民俗的小调《八幡钟》中有这样的歌词:"撞吧,八幡钟,把我的恋人叫醒。"

③ 语出南宋临济宗僧侣、日本无学派(佛光派)始祖无学祖元的名言。镰仓幕府的执政者北条时宗遭蒙古大军来袭,生死攸关之际求助于无学祖元。无学祖元答曰:"两头俱截断,一剑倚天寒。"

④ 当时英语课本里常出现的句子,与"无赖"发音接近。

⑤ 歌舞伎主人公由观众坐席中间出场,吆喝着要惩罚恶人的长套场面。

"你看,这也叫出道人。还是那'春风影里闪电光'①。"

"不是春风影里,是电光影里。你弄反了。"

"哈哈,满以为什么都可以颠倒过来的,看来还有不敢随便来的啰。没办法,认了。"

"生死事大,无常迅速②。死了这心。"

"阿一门。"迷亭先生啪地下了一子儿,这次落在远离纷争之地。

这边迷亭与独仙你死我活要争个胜负。客厅门口那里,寒月与东风并坐,边上摆着主人一张黄脸。只见寒月面前有三块干熏鱼,整整齐齐地赤条条并排躺在榻榻米上。可谓奇观也。

这干熏鱼刚从寒月怀里掏出来,还有些温乎乎的感觉。寒月见主人与东风眼盯着熏鱼,一脸茫然不解的神气,遂说:

"其实,四天前我就从老家回来了。一大堆事儿,四处忙得未能前来拜访。"主人是个甚不会领人情义的,冷冰冰回道:

"到我这儿?大可不必着急。"

"我本人不来倒也罢了,可担心带的这家乡特产,得尽快奉送。"

"是这干熏鱼吗?"

"嗯,这是我们家乡的特产。"

"是特产?东京不是也有卖的嘛。"主人拿起一块最大的,凑到鼻子跟前闻了闻。

"闻它,又闻不出它的好坏来。"

"大个儿的,才叫特产吧。"

"没错,您先尝一尝。"

"自然。你看,这头儿上是不是缺了一块儿啊?"

"所以我说要早点拿过来。"

"为什么?"

"什么?那是老鼠啃的。"

---

① 原句为"电光影里斩春风"。无学禅师面对蜂拥而至的元军时,临危不惧,坦然咏颂:"乾坤无地卓孤筇,喜得人空法亦空;珍重大元三尺剑,电光影里斩春风。"

② 语出《六祖坛经》,"永嘉玄觉禅师曰:生死事大,无常迅速。"

"那可危险。不小心,吃了要染上鼠疫的。"

"看您说到哪儿去了。没关系。啃这点儿,无关紧要。"

"在哪儿被啃了?"

"船上。"

"船上?怎么就……"

"上京时船上没地儿放,我就和小提琴一起装到袋子里了。结果,当天晚上就被啃了。光是干熏鱼倒也罢了,连我那宝贝小提琴,也被错当干熏鱼给啃了一块。"

"那老鼠也笨头笨脑。船上住久了,嗅觉分辨能力也失灵啦。"主人仔细观察着那条干熏鱼,说话没边儿没沿儿。

"什么?老鼠,在哪儿都一样。我把干熏鱼带回住处,也被啃了。实在放心不下,晚上睡觉我干脆就塞到被子里了。"

"那多脏啊。"

"那,吃的时候您洗一下。"

"光洗怕是洗不干净呀。"

"那就用石灰水泡泡,再搓一搓。"

"把小提琴也抱上睡了?"

"小提琴太大,抱着睡不成……"这话还没完,迷亭便从边上大声插了一嘴:

"说什么来着?抱着小提琴睡觉。雅性十足!'春将逝兮,独抱琵琶,琴惜春兮,压我心头。'如今时代不同了,明治的精英,你不抱上小提琴睡一觉,怎能超越古人?'身裹棉袍,守长夜,怀抱小提琴。'怎么样?东风,我这新体诗可以吧?"

"新体诗和俳句不同,不是拈毫起草,一笔挥就的。不过,作得成功,也能表现微妙感情,触到人的心灵深处。"

"是吗?我以为神灵要焚烧麻秆儿奉迎的,照你这一说,念首新体诗它也能降临了?"主人见迷亭嘲讽着东风,把下围棋的事儿抛在一边了,遂提醒他:

"你就别操那份闲心啦!那棋又要输喽。"迷亭不在乎。

"不管他怎么想赢,这盘棋早已是釜中章鱼,手脚它动不得了。这不,太无聊了,我才跟小提琴这伙人搭个腔。"迷亭这话惹得独仙来了气。

"早该你了。我一直等着呢。"

"嘿,你已经走了?"

"走了。早走了。"

"在哪儿?"

"把白子斜放,走了。"

"倒是一招。这一斜,我不是就完了吗?既然如此,我到,到这儿?到哪儿?到哪儿都是乌黑一片。看来没招儿了。你,我让你再走一步,随你走一步。"

"围棋哪儿有这种走法!"

"能有吗?所以你就给走走试试。——就放到这块儿拐角吧。——寒月,你那把小提琴是个便宜货,连老鼠都欺负它,啃上一口。下狠心买个好点的,我帮你订一把,有意大利三百年前的老古董①。"

"那就托你啦。顺便,钱也给垫上喽!"

"古董怎么用?"主人对琴一窍不通,喝声问道。

"你该不是把老朽的人和古老的琴混为一谈吧。就是人老朽了,像金田那号人,人家现在不是还很吃香嘛。那小提琴,更是年代越老东西越好……喂,独仙,你那子儿快走啊。我不照搬庆政的道白②,那也是'秋天日头早落哇'。"

"跟你这急性子下棋真痛苦,连个考虑的时间都没。算了,就走这步了。"

"哎呀呀,你还真活过来了。可惜可惜。没想你会落到那儿了。你看看,我费尽口舌,倾心尽力,竟落个一场空!"

"自然啦。你根本不是下棋,纯属瞎胡闹。"

"这属于本因坊流派,金田流派还是当代绅士流派……噢,苦沙弥

---

① 此处指十六世纪至十八世纪 Amati、Guaneri、Stradivari 这三大意大利手工工匠制作的小提琴。
② 歌舞伎《恋女房染分手纲》中登场主人公的台词。

先生,到底是独仙,在镰仓吃了几天'万年腌萝卜'①,人家就坐得稳。敬佩,敬佩。棋下得一团糟,可肚量是有的。"

"所以,你这小气眼的,该稍微学着点。"主人背对着他,没等说完,迷亭把他那红舌头伸得老长,亮了一下。独仙只当什么也没听见,又催道:

"哎,该你走啦。"

"你是什么时候开始学琴的?我也想学学,听说特别难。"东风问寒月。

"嗯。拉琴,谁都学得会。"

"音乐也是艺术,我心想对诗歌感兴趣的人,乐器也该学得快点吧。对吧?"

"可能吧。你一定会学好。"

"你是什么时候开始的?"

"上高中时……先生,好像跟您说过我学琴的经过。"

"没,我没听过。"

"你跟高中老师学的吗?"

"什么?哪里跟什么老师,我是自学的。"

"那真是天才。"

"自学未必就是天才。"寒月很不买账。被人称为天才居然不愿承认的,也就只有寒月了。

"那倒无所谓。怎么自学的,你给讲讲吧。让我受点启发。"

"讲了也好。先生,我就讲了。"

"唉,你就说吧。"

"现在,你路上不是常见到年轻人拎着小提琴盒吗,可当时,高中几乎没人搞西洋乐。特别是像我们那儿的学校,比乡下还乡下的地儿,很淳朴,连麻线底儿的草鞋都没有。更别说学校,哪儿有人拉小提琴呐!"

"哦,他们俩说得好像还挺有趣呢。独仙,咱这棋就算了吧。"

---

① 指去镰仓的禅堂参禅时,吃麦饭和万年腌萝卜之事。见第九章。

"还没完呢,剩两三步了。"

"剩就剩了,给你了。"

"看你说的,我可不随便要。"

"你可真较真,哪儿像个禅学家。咱们来个一气呵成……寒月,你的故事还挺好玩儿呢——那儿的高中,学生都光脚上学……"

"不。"

"听说练军事体操时都打光脚。老向右转,练得人脚底板都长厚茧子了。"

"真的?听谁说的?"

"谁说的,那没关系。哎,上学时把饭盒吊在腰上,就挂一个大饭团儿,像树上挂着个柚子似的。吃饭团,倒不如说叫啃。这一啃,里边会露出个腌梅子。要想吃到腌梅子,就得一口一口先把外面包着的那些米饭都啃了,米饭没什么味道,就只管一个劲儿啃呗。学生们正年轻,食欲旺盛着呢。独仙,这种事儿蛮合你的口味吧。"

"朴实健康,且朝气蓬勃。"

"还有更气盛的故事呢。听说那乡下没有烟灰筒①。我的一个朋友被派到那边做事,去买烟灰筒,他想要个吐月峰牌的。可那乡下别说吐月峰牌什么的,就连烟灰筒那东西都没有。他觉得不可思议,一问才知道。人家不打一点马虎眼回答说:到后面的野竹丛里砍上一节,谁不会呀。哪儿要专门去买。喂,独仙,你看,这故事也很能表现质朴刚健之民风吧。"

"嗯,那的确也是。不过,我还得填进去一个子儿。"

"行。补上了,再补。这就了了——听了你的事儿,真的很吃惊啊。在那乡下地儿,你一个人学小提琴,真了不起。楚辞有'茕独而不群',你寒月分明就是明治的屈原啊。"

"我可不愿当屈原。"

"那就是二十世纪的少年维特②啦——说什么,把子儿都数数,要

---

① 带有打火罐和烟灰缸的小筒,多为竹制。
② 德国著名作家、诗人歌德的小说《少年维特的烦恼》里的主人公。

决胜负？你这人太执拗。不用数,是我输了,这不明摆着的嘛。"

"还说不准。"

"那你数吧。这会儿不是数子儿的时候。一代才子,少年维特始学小提琴之事,我怎能不听。否则对不住老祖先了,失陪。"迷亭挪到寒月跟前坐下来。只见独仙一一把白子儿放到白格子里,把黑子儿放到黑格子里,嘴里叽叽咕咕计算着。寒月继续在讲:

"虽说各地风俗习惯不同,可我们老家人特别顽固守旧。看你性格略显得懦弱,他们就说,在外地人面前没面子,于是肆意找碴儿加以制裁①,实在令人恼火。"

"你们那儿的书生,不说别的了。怎么裙裤都是一色的深蓝布?以为那是赶时髦吧。还有,是不是被海风吹的缘故,皮肤好黑呀。男的倒也罢了,女的也那么黑,真不好办呐。"迷亭一加上来,那话题便被扯得不着边际了。

"女的也都那么黑。"

"那有人要吗?"

"咳,到处一片黑,也就没得挑选啦。"

"造孽了。唉,你说呢,苦沙弥?"

"黑点也挺好。有些生白的脸,一照镜子就忘乎所以,自以为特美,那才讨人厌。女人就是难养。"主人蔚然叹口大气。

"不过,彼此都黑了,不也就有人自以为美了吗?"东风说了一句大实话。

"反正女人是完全不需要的。"主人说。

"你说这话,夫人一会儿可要跟你过不去的。"迷亭边笑边提醒主人。

"没什么大不了的。"

"她不在吗?"

"带孩子出去了。"

---

① 明治到大正年间中学或男校经常实行的称为"铁拳制裁"的体罚行为。低年级学生若对高年级学生态度傲慢或表现出性格懦弱,即会挨打。

"怪不得静悄悄的。去哪儿啦?"

"不知道。没个准,想起来了说走就走。"

"那要回来也没准,说回就回啦。"

"那是呀。你个独身,多自在。"东风听了这话有些不高兴,寒月一旁嘻嘻笑。迷亭说:

"有老婆的人都这样。喂,独仙,你不也娶了老婆嘛,头疼的事儿不少吧。"

"哎?你等一等。四六二十四,二十五,二十六,二十七。我就想,怎么挤成这样,居然有四十六个呀。满以为赢了不少呢,这一数,不过才少十八个。——你说什么来着?"

"说你为老婆头疼吧。"

"哈哈,我可没呀。我家那口子一直很爱我。"

"那,我要赔不是了。真不愧是我们的独仙。"

"他说话没个理。人家独仙的独到之处正是在此。"

"其实并不止独仙一个,这种人见得多啦。"寒月在此想为天下的人妻伸张大义了。

"我也同意寒月的说法。我认为,人要进入最理想的境界,只有两条道路,其一是艺术,其二便是恋爱。夫妻之爱代表了其中一个。所以,人必须结婚,不去体验这种幸福感,就违背了天意。——如何?先生你看?"东风头头是道讲了一番,转过身问迷亭。

"此论有理之极。像我这样的,自然是无法进入那个理想世界了。"

"娶了老婆,我就更没有指望啦。"主人看上去有苦难言。

"总之,我们这些未婚的年轻人应感受艺术之灵气,开拓进取向上的道路,否则便不能理解这人生意义。为此我认为首先要学习小提琴,所以,刚才一直在听寒月的经验之谈。"

"对喽,我们还是来拜听少年维特学小提琴的故事吧。说吧。我不打岔了。"迷亭终于收起锋芒把话题转回来了。

"进取向上不是凭个小提琴能开拓的。整天弹琴说唱,若能探得宇宙的真理,那才是天下奇事。要想探得其中奥妙,当有'悬崖撒手,然后再苏'①的气魄,否则绝无可能。"独仙说得煞有其事,把东风倒是好好教训了一番。只可惜那东风,不要说对禅宗他一窍不通,就连"禅"字是个什么意思都弄不明白。

"噢,那倒也许。然而艺术毕竟是表现人们渴望敬仰的极致,所以终究难以舍弃。"

"既然舍弃不了,还是给你接着讲讲我学小提琴的故事吧。刚才说了,在开始学琴的时候我就曾费过一番苦心。先生,首先,光买提琴就不容易啊。"

"那是啊。连麻绳底儿的草鞋都没的地方,哪能有小提琴。"

"那倒不是,有是有的。且买琴的钱我也早攒够了。可就是不好买。"

"为什么?"

"小地方,买什么都被人看见。见你买琴会说你爱显摆什么,就要合伙制裁你。"

"自古以来,这天才都要受迫害的。"对此,东风表示极大同情。

"什么天才不天才的,你可千万别胡叫了。且说,我每天散步都要绕到乐器店,心里想,如果能买就好了,幻想手里抱着提琴的感觉,咳,每天都在想,没有一天不想的。"

迷亭以为:"情所至,自然是。"可主人丝毫不解:"怎么会痴迷到这个地步。""到底是天才一个。"东风十分佩服。唯有独仙,他捏着胡子,也不言语,超然如仙。

"那小地方居然还有小提琴?诸位也许会觉得奇怪。其实不然。地方上也有女校,课程里包括音乐,必须要练习小提琴的,所以有卖琴的。当然不是什么好琴,只是叫个琴而已。乐器店也没把那些琴当个贵重东西,常见在店门口吊着两三把。我呢,散步路过,看着琴有时被风一吹来回摆动,或有店里的小伙计触摸了它,偶尔发出音响,那琴声就像要撕破我的心,令人心神恍惚。"

---

① 语出《碧岩录》第四十一则:"直须悬崖撒手,自肯承当。绝后再苏,欺君不得。"

"这可危险啊,有的人见了水癫痫①,还有见了人癫痫的,这癫痫各种各样,看来你是见了小提琴发癫啦。"迷亭带笑带戏把寒月讥刺了一下。

"不,没有那种敏感,还算不上真正的艺术家呢。毕竟有天才的气质。"东风佩服得赞不绝口。

"嗯,也许真是有癫痫。可是那音色太奇了。以后,我小提琴也拉得久了,可就再没有出现过那么美的音色。那,该怎么形容才好呢,简直无法形容。"

"当是'琳琅锵锵作响'。"可怜独仙的古涩形容,不见有人搭理。

"我每天散步到店门口,其间听到三次那种灵异之音。到了第三次,我终于下决心,这琴是无论如何要买了。不管老乡同学怎么谴责我,外乡人怎么蔑视我——哪怕,被铁拳制裁打死也罢——犯纪被学校开除也罢——这琴肯定要买了。"

"这才叫天才呀。不是天才,哪里会这么敏感。让人羡慕死了。这一年来我一直寻思,想亲身体验一次那种激烈灼热的情感。徒劳而已。去音乐会我也是全神贯注地听,但那种兴奋就是没有被激起来。"东风一再表示自己的羡慕之情。

"其实别那么激动最好。我现在给你们说得很平静,可当时的痛苦岂是你们所能想象的。——后来,先生,我终于发奋买了。"

"哦,是怎么回事?"

"那是十一月天长节②的前夜。老乡同学都去温泉,要住一晚上,宿舍里一个人也没有。当天我就请了一天病假,白天也没去学校。躺在被窝里一直想,今晚要去把向往已久的琴买到手。"

"装病没去上学?"

"正是。"

"那还真有点天才样。竟装起病了。"迷亭暗吃一惊。

---

① 见水就引起发作的、近似癫痫症状的一种病。癫痫发作时导致痉挛等知觉障碍。
② 一八六八年(明治元年)制定明治天皇的生日十一月三日为天长节。战后改称天皇诞生日。

"从被窝里把头伸出来,看着那日头总不落下去,只好又把头钻进被窝,闭上眼睛继续等,再次伸出头一看,秋日烈焰,六尺宽的纸门,照得一片光灿灿。我这癫痫便发了。只见纸门上有条细长的影子,时而随着秋风摇晃几下。"

"那细长的影子是什么?"

"削了皮的涩柿子,吊在屋檐下晒着呢。"

"哦,那后来呢?"

"没办法,我起来把纸门打开,到屋檐下,揪下来个柿子饼,把它吃了。"

"好吃吗?"主人问这话,简直就像个小孩。

"好吃啊。那一带的柿子。反正在东京,那是没有的。"

"柿子,知道了,你继续说吧。"这回东风催上了。

"又钻进被窝闭上眼睛,默默向神佛祈拜,盼望着日头早点下去。约莫着约过了三四个小时,想是该差不多了吧。伸出头这一看,哎呀,那秋天的烈日依然不见落,光灿灿地照在六尺宽的纸门上。上边那细长影子一动不动。"

"这话已经听过了。"

"来回反复,有好几次呀。起来,打开纸门,吃个柿子饼,又钻回被窝。默默祈祷神佛,早点天黑吧。"

"这不是又转回来了嘛!"

"哎,先生,您别着急,慢慢听。我又在被子里忍耐了大约三四个小时,想着这会儿天该黑了吧。头伸出来一看,秋天的烈日依然未落,光灿灿照在六尺纸门上,上边儿细长的影子轻轻地来回浮动。"

"怎么老是一个样?"

"起来,打开纸门,到走廊,揪柿子饼,吃。你就没个完啦?"

"这不完,我也别扭啊。"

"比起你,我们听的人更着急。"

"先生,您性子太急,这该怎么办?愁死我啦。"

"听的人更愁呀。"东风也露出不满的意思。

"既然让诸位都为难,算了,大概讲讲告一段落。总之,我吃个柿子饼,然后去睡,起来,又吃,最后屋檐下晒的那些柿子饼,全都让我给吃光了。"

"都吃了,那天也该黑了吧。"

"什么事情都没那么顺心的。我吃完最后一个,心想这该天黑了吧。可当我伸出来头一看,照样未变。那秋天的烈日,依然照得光灿灿,映在六尺宽纸门上——"

"咳,早听腻了。你还有完没完?"

"我讲也讲腻了。"

"不过他有这韧性,干事业大多会成功的。如此讲下去,讲到明天,那秋日也不落呢。你说,究竟到什么时候才买小提琴呢?"这迷亭好像也有点儿耐不住了。只有独仙,不动声色,泰然自若,哪怕谁讲到明天早上,后天早上,说那秋日怎么照射。到此,寒月也沉不住气了:

"我说了是要买的,天一黑,我马上就出门。可让人恼火的是,伸出头一看,那秋日总照得当头。……不说了,要说我当时那痛苦劲儿,岂能与你们眼前这点焦躁相提并论。当我吃完最后一个柿子饼,望着那总不落下的太阳,禁不住放声哭泣。东风,我真没出息,竟痛哭起来了。"

"原来如此。艺术家本来就多愁善感,你这哭,我是极同情的。可你赶快继续往下讲啊。"东风这人,心善,待人厚道,安慰寒月也挺滑稽。

"我也想快点讲,可那日头就是不给你落下去。真是无奈。"

"那,天不黑,我们也不听了,到此结束吧。"看来主人彻底不耐烦了。

"到此,不讲了,可惜啊,恰是渐入佳境呀。"

"继续讲吧。你早点就让那天黑了吧。"

"那好。这要求,虽有点过分,但既是先生提的,我也将就了,权当天已黑了吧。"

"这就对了。"独仙说得不紧不慢,让在座的听了,顿时大笑起来。

"天色渐渐昏暗。我这心总算放下了,舒了口气,便出了鞍悬村的住所。我这人平素不喜吵嚷,虽说市区方便,也要刻意避开,遂在那人烟稀少的寒村僻乡,找了一家农户,暂且蜗居下来。"

"哪里人烟稀少,你太夸张。"迷亭见主人提出抗议,跟着也发了一句牢骚。

"什么蜗居,那也过头了。你说,一间不带壁笼的房子,仅四叠半大,这样倒还有点写实感,更显趣味。"

"不管实际情况如何,他说得还蛮有诗意,感觉不错。"东风夸他说。此时,独仙问了一句:

"你住得那么偏远,每日上学怕不便。有几里路?"

"到学校不过四五百米。我们学校本身就在寒村僻乡里。"

"那学生也都在附近借宿了?"独仙继续追问。

"嗯。村里农户家大都住着一两个学生。"

"那能叫个人烟稀少?"他从正面击将寒月。

"如果没有学校,那的确是人烟稀少。……说我当晚的一身服装打扮吧。手织的棉布袄子,上面穿着带黄铜纽扣的制服,外加一件外套。因怕被人发现,我特意将外套的帽子罩在头上。那季节柿子树都落了叶,我出了住所径直往南乡大道走,一路上落叶满地。每走一步,便会沙沙作响,让人觉得身后有谁在跟着你。回过头去,只见东岭寺的林子一团漆黑,比周围更显黑暗。东岭寺原是松平家的菩提寺,这古刹幽邃,坐落在庚申山山脚下,距离我的住所也不过百米之远。茫茫夜空,星月闪烁,那银河便横挂在长濑川上,眼望尽处,对了,银河的那尽头,一直流向夏威夷方向去了。"

"夏威夷,这来得太唐突啦。"迷亭说。

"上了南乡大道,又走了二百米远,从鹰台町进入市内,穿过古城町绕过仙石町,食代町,顺着通町第一条街,第二条,第三条,然后是尾长町,名古屋町,虎町,蒲町——"

主人听得实在不耐烦:

"别走那么多街了。关键你是把小提琴买了还是没买。"

"乐器店叫金善,就是金子善兵卫开的,到那店还有段距离呢。"

"不管离那儿远近,你赶快说,买了没呀。"

"遵命。我到了金善乐器店,那里边灯火灿灿。"

"'灿灿'又上来了,你形容词用上一遍两遍还嫌不够,这用多了实在杀风景哩。"迷亭当即挡了一把。

"不,这回,灿灿就用一次,不必担心。只见那把小提琴在秋夜灯火照耀下微微光亮,琴身凹下去的圆弧形底部寒光瑟瑟,琴弦绷得很紧,那银丝白光闪闪,有些刺眼。"

"这番描述真是太优美了。"东风又是赞不绝口。

"怎么说呢,这把我日思夜想的提琴……我的心脏突然激烈跳动,两腿直抖……"

"哼。"独仙从鼻子里笑了一下。

"我冲上前,从内口袋里掏出钱包,钱包里掏出两张五元票子……"

"终于买了。"主人说。

"正要买,又一想,且不能慌张,这关键时刻,万一出点差错可谓前功尽弃。咳,还是再等等吧。此时此刻,我一旦止步停了下来。"

"怎么,还是没买?一把提琴你把人吊得放也放不下去。"

"不是我要吊你们。那就是买不成,你也没办法呀。"

"为什么?"

"什么,天刚黑,来往的人太多啦。"

"那怕什么?就算一二百人又有何妨。你简直是个奇人。"主人来火了。

"一般人的话,那就是一两千也没事儿哩。可那是学生,他们挽着袖子,手持拐杖晃来晃去,我怎么敢随便出手去买呢。其中一帮人自称'垫底'的,乐意学习一直就垫在班里最底层。可偏偏只有柔道,要数他们最厉害。这会儿不能轻易去买。谁知道会碰上什么倒霉事儿。我当然极想买提琴,可这条命更要紧。为了拉个小提琴被打死的话,那不如不去,我还是活着好,首先要活着。"

"那么说,你就不买了。"主人追问道。

"不,买了。"

"你真够腻歪的,要买就快买,不买就拉倒,干脆点儿!"

"嘿嘿,世上这事儿可不像你我所想的,总那么顺当。"寒月说着,又把朝日烟点上,坦然淡淡地抽起来了。

主人起身回书房去了,以为他不耐烦走了呢。可转了一圈,又见他拿着本破旧的外文书进来,噼啪一倒身趴在榻榻米上就看起那书了。独仙不知什么时候已退到佛龛前,一个人摆着围棋子儿自寻乐趣。这故事也讲得太长了,听的人一个接一个退场,就剩下俩儿了,一个东风,忠实于艺术的,再就是向来不怕长谈的迷亭先生。寒月毫不客气地向空中,忽地吐了一口长烟,等了一会儿,便又跟刚才一样,不紧不慢地继续开始讲他的故事。

"东风,我当时一想,天刚黑还是不行,可半夜来人家金善要睡觉,那更不行。要等着学生都散步回去,而且金善还没睡的那个时候,否则一切计划都泡汤。不过等这个机会还挺难。"

"那是不容易。"

"当时,我估计了一下,大概是得十点。要等到十点,先得找个什么地儿消磨时间。回趟家再出来太麻烦,到哪个同学家去聊天吧,也心神不定。还是在街上溜达溜达。平时逛街走,觉得不一会儿两三个小时就过去了。可那天晚上,时间走得特别慢。所谓一日三秋,我深有体验了。"身临其境的表情还转过身给迷亭展示了一番。

"古人不是也说吗?待何时?火燫缩在墙角,无人问津。这等待远比被等难熬得多呀。设身处地一想,那把小提琴挂在店头,该有多痛苦啊。就像侦探没个线索瞎碰,转来转去,的确痛苦。如累累丧家之犬。所以最可怜的就是无家可归的狗了。"

"把我当狗了,真没点人情味。我可从来没被拿来和狗相提并论过。"

"我听你讲故事,就仿佛阅读古代艺术家的传记,同情之心悠然而起。比作狗,那是先生开玩笑,别在乎,你继续往下讲。"东风安慰了几句。其实不管他安慰不安慰,寒月都准备接着讲下去的。

"然后,我从徒町走过百骑町,从两替(换钱)町走到鹰匠町,在县厅前,数了数有几棵枯柳,在病院旁边计算窗户有几处还亮着,又在绀屋(染坊)桥上吸了两根烟。这才看了看手表。……"

"到十点了?"

"可惜,还没到。……过了绀屋町,沿着河边一直往东走,听见三个按摩的①在大声吆喝着招徕客人,远处不时传来狗叫声。先生……"

"秋天夜长熬,河边吠犬声。这场面也太做作了。那你就是战败的武士,要避人眼目远逃他乡了。"

"你是干了什么见不得人的事儿啦?"

"这不是正准备嘛。"

"真可怜,买个提琴也叫行恶。照这么说,音乐学校的学生都是罪人啦。"

"你要干的事若没有被世人认可,那不管什么事儿都属于犯罪喽。所以万不可相信什么审判罪人,这世上没有比判罪更荒唐更没谱的了。耶稣不是也生在了那个时代,才被当罪人的嘛。寒月你这么个好男子,在那种地方买提琴,当然是罪人了。"

"就算我是犯罪吧。当个罪人也没关系,可十点不到,这可把我快煎熬死了。"

"那就再数一遍街道的名字呗。如果还不够,让那秋日当头来个光灿灿。实在不行,再吃上三打晒干的柿子饼。我听你一直讲,讲到底,等到十点那一刻。"寒月嬉笑。

"让你都说到这份儿上,我只好投降了。来飞跃一步,就从十点开始吧。话说到十点了,我走进金善乐器店前一看,夜深人静,热闹的两替町上也不见人影,偶尔有木屐声传来,冷冷清清。金善家把门板已经上了,只留个小门可弯腰进去。我就像后面被狗追着一样,低着头哈着腰,胆胆怯怯,把门打开了……"

话到此处,只见主人抬起头,眼睛一斜,问道:

"哦,你终于把琴买了?"

"正准备买呢。"主人一听,自言自语:

"还没买呐?太遥远啦。"说着就又看起他的书了。独仙依旧默默无言,独自下棋,看那棋盘,一半已被黑白子儿摆满了。

"我横下心,冲进去,也没把帽子揭开,只说:'要那把琴。'当时店

---

① 过去的按摩,多是夜晚在街道沿途吆喝。按摩师边走边喊"三百文按摩上下身"。

里有四五个小伙计,正围着火炉聊天。听我要买琴,他们吃惊得一齐转过身来,一个个眼盯着我。我无意识地用右手把帽子往前揪了一下。又说了一遍:'我要买小提琴。'最前面的小伙计使劲儿瞅了我几眼,应诺着站了起来。他把店门口上吊着的那三四把琴一气儿都取下来。我问多少钱,说是五块二十分……"

"噢,哪儿有那么便宜的小提琴?该不是玩具吧?"

"我又问价钱一样不,伙计说,'唉,都一个价。精心制作的,结实着呢。'我听了便从钱包里掏出一张五元的票子加二十分硬币给他,又用准备好的一块大包袱把琴包起来。店里的伙计谁也不作声,一直怔怔地盯着我。虽说我这脸用帽子遮住,他们也看不出来是谁,但还是心里不踏实,憋着一股劲儿,想尽快跑出店门。好不容易把包袱塞到外套下边,这脚刚迈出店门。只听见店里的掌柜伙计齐声大喊:'多谢!多谢!'真把人吓了一跳。走到大路上,环视周围,幸好没人。可对面百米多远之处有两三个学生,口中吟诗,震得满街都听得见。这下不好,我赶紧从金善店门口往西一转,沿着护城河边上了药王师大道。穿过木村来到庚申山脚下,终于回到住所了。那已是深夜差十分两点了。"

"走了个彻夜呀。"东风觉得很可怜。"大功告成。哎哟,哎哟,这一路东海道五十三站的双六①,路途遥远。终于到达目的地,走完全程。"迷亭叹了口气。

"好戏还在后边儿呢。刚才仅仅是拉开序幕而已。"

"还有呐?干什么都不容易。凡事论到你头上,得先服了这耐性。"

"耐性不耐性,不管它。若到此结束,那才叫画龙未点睛,无趣无味。我接着讲啦。"

"讲,当然随你了。听也是要听的。"

"怎么样?苦沙弥先生,您也听啦?小提琴已经买了呦。喂,

---

① 东海道五十三站,指江户时代以江户为起点的五条陆上交通要道之一东海道终点为京都,一路设有五十三处古驿站。双六,即双陆棋,一种传统棋盘游戏。棋子的移动以掷骰子的点数决定,先把所有棋子移开的人获胜。在江户后期旅行热潮的背景下,发行了多种有东海道五十三站名胜画的双六棋盘。

先生！"

"接着该卖琴了吧？卖琴的话，不用听了。"

"哪里就能卖呀。"

"那，更用不着听了。"

"这多让人扫兴。东风，就你一个，热心听我讲。虽说不给力，但也无奈，我就大概讲下去。"

"不用大概，你慢慢讲，多有趣啊。"

"这小提琴终于如愿以偿到手了。可最大的问题是放在哪里。我的住所常有人来玩儿，若随便挂在哪儿，或竖在哪儿都会被发现。可要挖个坑埋起来，那往外拿多费劲儿啊。"

"那是，可以藏到房顶上的阁楼里。"东风说得倒很轻巧。

"哪有阁楼，农家的房子。"

"那可麻烦了。往哪儿放呢？"

"你说我放到哪儿啦？"

"不知道。放防雨窗板的地儿？"

"不是。"

"用被子裹起来，放到柜子里？"

"不是。"

东风和寒月这俩就藏小提琴的事儿如此一问一答。此间，主人和迷亭在不停地说什么。只听主人问道：

"这怎么念？"

"哪儿？"

"就这两行。"

"什么？Quid aliud est mulier nisi amiticiæinimica① 这，喂，这不是拉丁语吗？"

"我知道是拉丁语，怎么读？"

"你平时不是说你会拉丁语吗？"迷亭也发现这是个难题，转个话题拔腿想避开。

---

① "妻子若不是友情的敌人，又是什么"的拉丁语。语出英国讽刺作家托马斯·纳什。

"我当然会,会是会,这怎么念呀。"

"会是会,又不知怎么念,你这话说到哪儿去了。"

"那不管,你给用英语翻译一下。"

"让我翻译,你说得痛快,就像命令你的警卫兵似的。"

"警卫兵又怕什么,这什么意思?"

"算了,这拉丁语以后再说,还是先敬听寒月的风流趣事吧。这会儿正是关键地方,快被发现了吧,没? 千钧一发之际,已经逼到安宅之关口了①。哦,寒月,那后来呢?"迷亭突然精神来了,又加入到小提琴一伙里。可怜主人孤零零被冷落在一旁。寒月见此振作精神,又继续讲了。

"我终于藏在旧藤箱里了。那藤箱是当年离开家时祖母送给我作纪念的。听说是祖母出嫁时从娘家带过来的。"

"可是陈旧老货了。怕是跟小提琴不太协调吧。东风,你说?"

"唉,的确不太协调。"

"那放在房上就协调了?"寒月顶了东风一句。

"虽不协调,可颇有诗意。你尽管放心。'秋色渐凄凉,藤箱深藏小提琴'。怎么样,我的俳句。二位?"

"迷亭先生今天作了好几首俳句呢,诗兴大发。"

"可不只是今天啊。这腹中藏的俳句还多着呢。论起我俳句之造诣,已故的子规②都是赞赏不绝。"

"先生,你跟子规有交往吗?"东风是直率人,马上当真直问他。

"有没交往,那无妨,彼此有无线电通信,肝胆相照。"见迷亭又胡说乱诌起来,东风无言以对。寒月笑着继续他的故事。

"把琴放在哪里的问题解决了,接着是拿出来,如果避开人眼目拿出来光看看倒好办。可光看着它又有什么用。琴不拉,什么也不是。可一拉它就出声,声响即露馅。我的邻居就是班里成绩垫底的头目,在屋子的南面仅隔一排木兰花围墙,实在危险。"

"那可让人为难了。"东风跟着他做出一副可怜相。

---

① 安宅关,位于石川县小松市安宅町的关口,现已被海水淹没。
② 正冈子规(1867—1902),明治时期著名的俳句诗人、和歌诗人。

"真不好办呐。论道理,出了声自是证据所在,当年高仓天皇的宠姬小督局①被清盛发现就是因为听到她的琴声了。人偷吃东西,或制造假币都能悄悄干,做到销毁证据,可这音声,你无法掩盖。"

"不出音声就好,可是怎么都……"

"且慢,是说只要不出声就可以吗?其实不出声也有掩盖不住的。以前,我们住在小石川的寺院,自己做饭。有个叫铃木藤的,他特别喜欢烧酒,常用啤酒瓶买一瓶自饮自乐。某天,铃木出去散步,被苦沙弥偷喝了一点……"

"我怎么就偷喝铃木的烧酒了?是你!"主人突然大叫一声。

"哦,以为你正看着书,说啥没关系呢,谁想你还真听着呢。对你这人,真不敢轻易放松警惕。'耳听八方,眼观四路'说的就是你这号人了。一提醒,我也想起来了,的确我也喝了。可被发现的是你……你们俩听着,苦沙弥原来是不喝酒的,可见是别人的酒,他就没命地喝起来。结果呀,那是满脸通红,咳,那张脸,让人看都不敢看一眼……"

"闭上你那嘴。拉丁语都不懂的人。"

"哈哈,接着说了。这铃木回来,把那瓶子一晃,见酒剩下不到一半,就说准是被谁偷着喝了。环视屋内,只见咱这位大将,僵立在墙脚,整个人活像个朱泥②捏出来的。"

三人顿时哄堂大笑。主人看着书,也在咻咻发笑。只有独仙已触机领悟③,略显疲劳,靠在棋盘上不知何时竟呼呼睡了。

"还有个不发声被败露的事情。早先,我曾去箱根的姥子温泉④,和一老者同住个房间。老人好像是东京某家和服丝绸店的,现已退居养老。不管这些了,同住一间房也罢,开和服丝绸店、贩卖旧服装的也罢。是我碰到麻烦了。住进姥子温泉,烟第三天就抽完了。诸位也知道,那姥子山上极不方便,只有一家温泉,除了泡澡吃饭没别的。断了烟,把我难住了。人的物欲就是如此,越是没事,欲望反倒越强。没了

---

① 权中纳言藤原成范之女,入宫为高仓天皇的宠妃,姿容美丽,善于奏琴。
② 低温烧制无釉陶器的原料。红褐色,产于中国江苏省。
③ 机,禅机。指独仙已参透禅机。
④ 箱根八大温泉之一。对眼科疾病、神经科疾病有疗效。

烟,我却比平时还更想抽。可那老头,人家上山时就早早准备了一大包烟草。只见他不时拿出来根烟,盘着腿,故意在我面前噗噗地抽。光抽也罢了,他还不时吐个烟圈,一会儿立着,或侧身躺在榻榻米上,一手撑着肘子,像做邯郸梦似的,头上飘一缕青烟,几圈烟。又从鼻孔里接连吹出几个烟圈,像杂技里钻钢丝圈似的,反过来倒过去,各种抽烟高招,全都显出来了……"

"这叫炫耀抽烟?"

"服装道具的,人爱炫耀,看来这抽烟,也能炫耀。"

"咳。既然你那么痛苦,干脆问他要上一根呗。"

"我男子汉,跟人讨烟抽,不行。"

"嘿,还不要?"

"要也行,可我不愿意。"

"那后来呢?"

"没要,我偷了。"

"哎呀呀!"

"这天那老头提溜着一条浴巾去洗温泉,见他不在,我想要抽烟,这可是个机会。于是,全神贯注就抽起来了。嗨,觉得真过瘾!没想就在此时,身后哗啦一声,纸门被拉开了,一回头,正是这烟的主人。"

"他不是去泡温泉了吗?"

他说,"正要进池子,发现忘带钱袋子,所以又折回来了。你说,为个钱袋子怎么就又回来呢。首先,这也太信不过我了嘛。"

"要信你,也难说。你不也顺手牵羊抽着人家的烟嘛……"

"咳,的确,那老头是厉害。先不说那钱袋子的事儿,他拉开纸门,见那满屋子烟雾缭绕,完全被这两天没抽的烟,都笼罩起来啦!人常说,恶事行千里,眼前这事儿,败露得也太快了。"

"老头说什么啦?"

"到底是年高有德,他二话没说,用半纸①包了五六十卷烟给我:'莫见怪,这不是什么好烟,若不嫌弃,你就拿去抽吧。'说完就去泡他

---

① 指日本书法中使用的和纸的一种规格纸。

的温泉了。"

"还真有点江户情趣嘛。"

"谁晓得那叫江户情趣,还是和服店情趣。反正打那以后,我和老头肝胆相照,一起快快活活,在温泉逗留了两周。"

"那两周,烟,就一直抽人家老头的啦。"

"嘛,应该是吧。"

"小提琴也该收摊了吧。"主人把书合上,起身要离开。

"还没呢,好戏这才要开始。你听听吧。对了,那位先生趴在棋盘上午睡——他叫什么来着?哦,独仙先生——让独仙也听听。你们说呢?他那么睡可伤身体呢,叫起来吧。"

"喂,独仙,醒醒,有好听的故事呢。快起来。这么睡下去,会感冒呀。你老婆也担心呢。"

独仙哼了一声,抬起头来,只见一缕长长的口水顺着他那山羊胡子滴落下来,宛如蜗牛爬过留下的痕迹,栗然发光。

"呵,睡好了。山上白云冉冉,犹如这身懒样吧。呵,这一觉睡得真香。"

"大家公认你睡了一觉。起来吧,如何。"

"可以起来啦。你们有什么好玩儿的故事吗?"

"就要开始了,把小提琴,怎么了?苦沙弥?"

"讲到哪儿?鬼知道呀。"

"就要开始拉琴了。"

"要开始拉了,到这儿来听。"

"那小提琴还没完呐?真无聊。"

"你老兄弹无弦素琴,好说话,寒月他叽叽吱吱,一拉隔壁就听见,惹大麻烦。"

"原来如此。有没有个办法让周围人听不见拉琴声,谁知道?"

"那不知道。要是有,要拜听了。"

"不用,看看'露地白牛'①便可知。"独仙说得太玄乎。寒月装糊

---

① 禅语。无丝毫烦恼之地为露地,干净无污垢的牛为白牛。

涂,判定是独仙又拿出一套禅语来逗趣,故意不去搭理他,继续他的故事。

"我终于谋了一计。第二天天长节,我从早上就一直没出门,一会把藤箱子掀开盖儿看看,一会儿又扣上,搞得我心神不定。直到日暮将临,听那藤箱子底下蚂蚱开始叫了,这才横下心取出小提琴和弓弦。"

"要拉琴了。"东风一说,迷亭马上提醒他:"猛一下拉,很危险呀。"

"我先取出琴弓,从刀尖到把柄细细检查了一遍。"

"又不是路边铁匠给打的,担心什么?"

"这琴既是我的灵魂,当时的感觉,就像长夜灯影之下,武士将传世宝刀猛地拔出刀鞘,那一瞬间,眼前的利刃锃亮发光。我,手握琴弓,禁不住瑟瑟发抖。"

"真个天才!"见东风说,迷亭也加了一句:"是发癫痫了。"主人接着说:"那琴,你就赶快拉呗。"唯有独仙一脸的无奈。

"谢天谢地,这弓没任何问题。接下来,我把琴拿到灯前,翻过来翻过去,细细检查了一遍。约五分钟,你们想,这期间那藤箱子底下,蚂蚱始终在叫,没停一刻。"

"知道了,放心拉你的琴吧。"

"还拉不成呢。……看这琴完好无瑕。我猛地站起来……"

"到哪儿去吗?"

"你就悄悄听着!我说一句,你就打个岔,这让人能讲下去吗!"

"喂,诸位,听见了?不许多插嘴啦!"

"就你在乱咋呼呢。"

"哦,那好,那好。我当倾耳恭听,倾耳恭听。"

"我把琴夹在腋下,蹬上草屐,几步跨出了草房,慢着……"

"哼,又不走啦。定是哪儿又出毛病停电了。"

"这你往回转也没得柿饼吃喽!"

"诸位你一嘴我一舌的,实在令人遗憾。我只好就给东风一人继续讲下去了。……好不好?东风!这不,我走了两三步又返回来了嘛。

这次在头上蒙了块红毯子①。那毯子是离开老家时,用三元二十分买的。可油灯一吹,那眼前一团漆黑,草屦又找不到了。"

"你要上哪儿去呢?"

"你就好好听着。半天算找到草屦,出了门。'星月夜,柿子树叶落满地,蒙红毯,腋下怀抱小提琴。'一直往右,上慢坡,快到庚申山顶了。此时'咚……咚……'那东岭寺的钟声,透过毯子,穿过两耳,震荡着我的脑海。你说,该是几点钟了? 东风。"

"那谁知道呀。"

"九点啦! 我继续往前走。秋天长夜漫漫,就我一个人,在这山路上走了八九百米,一直上到叫大平的地方。要是往常,我这人胆小,哪儿敢呀,吓死人的。可今天,当我专心致志,一个愿望只想着拉琴时,什么可怕不可怕,全无。真奇,这心上没有涌动起丝毫恐怖之念。你们说,世上竟有此等神奇之事!

再说大平那地儿,可是眺高望远的最佳之选,它在庚申山南面,天气好的日子,若登山远望,赤松林下边的市街景色可尽收眼底。……对了,说到其面积,大不过百坪多,平地中间有块岩石板,约八叠多大。石板的北面连着一片水池,是鸳沼池。池子周围全是樟树,皆有三人环抱之粗。在这山上,只有一间小屋子,是采樟②人住的。即便在白天正午时间,这池子周围也是树荫遮盖,阴暗凄凉。多亏有工兵为演习之用开了一条山路,不用太费劲儿就上来了。我将红毯子铺在那块石板上,遂坐上去。说实话,这么冷,又是夜晚,我还头一次登上这山。石板上静坐了一会儿,心渐渐平了下来。四周的凄凉感,一点一点渗入全身。这种时候,乱人心绪的只有恐怖。一旦恐怖感消失,则感到满山的灵气。月色皎白,寒气凛冽,我茫然凝坐了二十分钟,觉得孤身一人宛如住在水晶宫殿里。同时全身,不仅仅是身体,连整个心脏,整个灵魂,犹如寒天③所造,奇怪地全变得透明了。我竟不知自己置身于水晶宫殿

---

① 过去刚从乡下来到大城市的人,为了防寒常随身带着红色的毛毯。自此,"红毯子"就成了乡下人的代名词。
② 指由樟树树干提取樟脑原料。
③ 是将一种叫石花菜的海草经过冻结后干燥而成的食品。

之中,还是自己这身体里有座水晶宫殿。全然不知了。"

"越发神乎玄虚。"迷亭一阵讥讽之后,独仙还好像很是敬佩:"入了神妙之境地。"

"这个状态若持续下去,我可能直到天亮都坐在石板上,恍恍惚惚,不去拉那把琴了……"

"你是被狐狸精缠上了吧。"东风说。

"大概是的。正当我与外界浑然一体不分彼此,既辨不清自己是生是死,又失去了辨别方向之时,突然身后古池那里传来一声尖叫。"

"狐狸精出来了。"

"那声音回荡在山谷之间,漫山遍野的树枝落叶,哗啦哗啦作响。我顿时神志清醒了。"

"真让人担心死啦。"迷亭抚摸着胸膛故意做出放下心的样子。

"这叫大死一番,乾坤一新。"独仙会意了,那寒月却懵得不知所以然。

"我定下神来,环视周围,庚申山已萧然悄静下来,哪怕落一滴雨也听得见了。到底刚才是什么响声?若是人的呼叫声,不该那么尖利,若是鸟的啼鸣,又显过大。是猴子啼叫?……这一带怎么会有猴子出没?到底是什么?是什么?这个问题困扰着我,要想解释清楚,须沉下心来思索。可这脑子一片纷然,杂然,糅然。脑海里只有当年迎接康诺特公爵[①]来日之时,京城人涌上街头狂欢的情景。同时全身上下,毛孔突然张开,像把烧酒撒到小腿上一样,那些号称什么勇气,胆量,思辨,沉着的客人们,呼呼呼,全部蒸发了。我这心脏在肋骨下开始跳起揿鼻子舞[②]。双脚像空中飞舞的风筝一样震动起来。真是无法再忍受。我把毯子蒙在头上,琴夹在腋下,腾的一下从岩石上跳下来,径向山脚下飞奔而去。回到住所,便钻进被子蒙头大睡了。至今回想起来,真是从未经历过的事情啊。东风!"

---

① 康诺特公爵(The Prince Arthur of Connaught,1883—1938),英国皇族。明治二十三年(1890)来日本观光。明治三十九年(1906)再次访日,赠予明治天皇英国最高勋章嘉德勋章。访日期间,备受欢迎。

② 明治十三年(1880)左右流行的用手捏着鼻子像要扔掉似的舞蹈。

"之后呢?"

"到此结束。"

"琴还没拉嘛?"

"想拉,也拉不成。那刺耳的声音,让你肯定也拉不成。"

"你的故事,听了总觉得缺点什么。"

"这我也承认。怎么样?诸位先生?"寒月环视一圈,自以为得意。

"哈……相当不错。能走到那个境界也是煞费了一番惨淡苦心。我还以为是桑德拉①到咱们这东方君子之邦来了。自始至终我可是一直听得兴致勃勃。"迷亭见他提起的桑德拉,无人问津,便接着继续介绍说:

"女主人公桑德拉在林间月下弹竖琴,她唱的是意大利歌。这和你夹着小提琴上庚申山,可谓'异曲同工'。只可惜你没能惊动那月宫中的嫦娥,反倒被古池里的狐狸精给惊吓了一场。关键之处被拉开距离,便有了滑稽与崇高这天壤之别。呜呼!遗憾!"

"遗憾且谈不上。"寒月倒很理智。

"想得出到山上拉小提琴,你也太超前,结果便闹了这场虚惊。"主人的评价一针见血,很是尖锐。

"'好汉一个却对着鬼窟里营生'②。太可惜。"独仙一声叹息。对独仙说的话,寒月一向糊里糊涂,其实岂止寒月一个,恐怕其他人也都不甚理解。稍许,迷亭转了个话题:

"哦,说你寒月,最近还到学校磨玻璃球吧。"

"没去,前一向回了趟老家,就没再磨了。那玻璃球我也腻了,正想就此不干了。"

"噫,你要是不磨了,当不上博士啦。"主人皱起眉头,可寒月本人并不在意:

"博士?咳,不当那个博士也没事儿。"

---

① 桑德拉·贝洛妮(Sandra Belloini),英国小说家、诗人乔治·梅瑞狄斯(George Meredith,1828—1909)一八六四年发表的同名小说中的女主人公。出版时该作品名为《艾米丽亚在英国》,一八八六年改名为《桑德拉·贝洛妮》重版。

② 禅语,出自《碧岩录》第一则,"道什么,向鬼窟里作活计。"

"那推迟了婚事,两家不都很麻烦嘛。"

"婚事儿?是谁结婚?"

"当然是你喽。"

"我?我和谁结婚?"

"金田家女儿呀。"

"嘿。"

"你嘿什么呀?不早就定好了吗?"

"定什么啦?我可没定。那是他们自己传开的,一厢情愿。"

"你这话未免有点过头。唉,迷亭,你也知道这件事儿吧。"

"那个鼻子事件?要说那事儿,岂止你我知道,那可是一件公开的秘密,天下谁不知!光那家《万朝》①的就到我这里打听过好几次呢,问到底什么时候结婚,说要以新郎新妇为标题,等着刊登你们二位的相片。再说,东风的《鸳鸯歌》早在三个月前就完成了,一直等着呢。这会儿不光担心你寒月当不当博士,更让人担心的是东风,他辛辛苦苦作的诗,不是无的放矢,白瞎了嘛。对不对,东风?"

"我不担心。但的的确确是想把这满腹的衷情公之于众的。"

"你听见了吗?你不当博士,影响要涉及方方面面。你还是考虑考虑,好好去磨你那玻璃球。"

"呵,让各位费心,实在有愧。不过的确是可以不当博士了。"

"为什么?"

"什么?我已堂堂正正娶了个媳妇。"

"哎呀!这可不得了。什么时候竟偷偷摸摸地结了婚?这事情不敢疏忽大意。苦沙弥。你听见了吧,人家寒月已经有'妻子'了。"

"'妻'是有了,可'子'还没呢。这结婚不到一个月,就生孩子,那还得了?"

"你这到底是什么时候,是在哪里结的婚?"主人一副预审裁判官的架势在质问他。

"什么时候?就是这次回老家,一到家,人家就等着呢。今天给先

---

① 万朝报的通称。明治二十五年(1892)十一月一日于东京创刊的日刊时事新闻报纸。

生这儿拿来的这干熏鱼,就是祝贺结婚时亲戚给送的。"

"贺礼就三块干熏鱼?真叫个小气。"

"不是的,好多呢。我只拿来了三块。"

"那媳妇是你们老家人啦。皮肤也黑啦。"

"诶,是个黝黑,跟我差不多。"

"那金田那边怎么处理?"

"没什么要处理的。"

"那不是有点欠了情义吗?喂,迷亭?"

"没欠什么。嫁给谁还不都一样。这夫妻本来就是暗中邂逅而已,也就是说没有邂逅也无妨大事,你若偏偏要让他邂逅,便是多此一举。既是多余没有必要,那谁与谁邂逅也就无所谓啦。只有作了《鸳鸯歌》的东风怪可怜的。"

"没什么,根据情况我改一下,另改成祝贺金田家结婚嘛。"

"不愧是诗人,自由变更。"

"你通知金田家了嘛?"主人还惦记着金田家。

"没。不须告诉他。我既没说过要结婚,又没说过想娶他家的女儿。我不吭气就不错了。不吭气就足矣了。那一二十个密探,这会儿早就一五一十全都通告了。"一提到密探,主人突然来气变了脸色:

"哼,那就别说啦。"仅此似乎还不够,紧接着对密探发了一通大意论。

"要说趁人不提防掏人腰包的,那是扒手;窥探他人心绪的是密探;趁人不觉撬开防雨窗板入户行窃的,叫窃贼。趁人不经意口吐真言时,攫取其心底秘密所藏的,叫密探。将刀插在榻榻米上逼人钱财的叫强盗。以危言耸听之能,强人所难的是密探。故,密探与扒手,窃贼,强盗乃一丘之貉,实卑鄙无耻。听了那些家伙的事儿,让人就来气。寒月,你可要挺住。"

"没问题。他一千、两千的列队冲上来袭击我也不怕。我水岛寒月,磨玻璃球,久经磨炼,一理学学士,大名鼎鼎。"

"呵!敬服!不愧学士新婚燕尔,可谓锐气正盛。不过,苦沙弥,你说密探与扒手窃贼和强盗是一丘之貉,那金田他雇用侦探,当与谁是同类?"

"熊坂长范①喽。"

"熊坂,有一拼!人说长范一条身子被劈开两段方才咽气。对面街上那个长范式人物,他靠着乌金②起家,行恶有余且贪得无厌,怕是劈开几段,他也不会断气罢休。被他缠上了,这辈子不得安宁。寒月,你可得多加小心喽。"

"哪里,没事儿。'哎哟哟,这天下一大盗!方才我那本事还没领教够?不知好歹的,还要上来?给你个厉害瞧瞧!'"寒月泰然自若,唱的这段宝生流③能乐,可谓气焰盖世。

"说起这密探,二十世纪的人似乎都有此类倾向。你们说是为什么?"独仙毕竟不是个凡人,问起什么自是超脱如仙,与当下时局甚无关联。

寒月答:"是物价高了吧。"

东风答:"不懂艺术之趣味吧。"

迷亭答:"人们头上生了文明犄角,遂像金米糖④满身疙里疙瘩,消停不下来。"

众人说了一圈,轮到主人。他清清嗓子,发了话:

"这是我一直思考的问题。依我之见,现代人的密探心理完全出于自我意识过剩所致。我说的自我意识与独仙那套不同,不属于悟道,即'见性成佛'或人与天地合为一体等。"

"哎呀,怎么越说越复杂了。苦沙弥,连你都嚼舌搬弄着大发议论了,我怎能坐等不动,还是步你的后尘,让我也对现代文明之弊说上两句。"

"请便。可你讲得出什么道理吗?"

---

① 平安时代末期的大盗贼。
② 按日计算利息的高利贷。原意指借的第二天,乌鸦啼叫之时就必须还的钱。
③ 日本能乐流派之一。
④ 日本传统糖果之一,在炒芥子的外面包糖,外形如星星,糖体表面为凸起的疙瘩。此处形容人说话带刺儿,缺少从容的态度。

"当然。多着呢。前些天见你还把刑警当个神供奉着,现在又把密探比作扒手盗贼,分明是自相矛盾。而我,自始至终,从父母未生之时直到现在,我从未改变过自己的想法。"

"刑警是刑警,密探是密探,以前是以前,今天是今天。不改变自己,证明你不知进步,'下愚不可移',说的就是你这号人。"

"这你太苛刻了。密探你只要老老实实干,也有其可爱之处。"

"说我是密探?"

"没说你,我说你只要坦直便好。算了,不跟你争了。继续你的长篇大论吧。"

"如今,说到人的自我意识,是因为过于强调自己,是与他人之间存在一种利害关系,有一道截然对立的鸿沟。而且随着文明的进步,这种自我意识日趋敏感,甚至一举手一投足都不是自然而起。英国诗人亨利①在评史蒂文森②时说,史蒂文森一进挂着镜子的房子,总要走到镜子前看自己的身影,否则他会心神不安。就是说,他每时每刻哪怕一瞬间都忘不了自己的存在。其实这正是说明今天现代文明社会的一个趋势。人们无论闭上眼睛,还是睁开眼睛,时刻离不开自己,把自己捆住。因此其语言行动都不是自然而然,而是人为的。自己变得越发拘束,这世界也越来越郁闷,令人窒息。每天的生活,就像年轻男女相亲之时的心情,从早到晚处于极度紧张的状态。什么悠悠然然,闲雅从容,仅剩下个空空的字样,而不知其实际意义。

就这一点来说,现代人很具有密探性、盗窃性。比如,密探是掩人耳目,专找些对自己有利可图的事儿,自然地,他们的自我意识很强烈。又比如,强盗随时随地担心自己被发现逮捕,自然地,他们的自我意识也很强烈。如今的现代人,每天睁眼闭眼无时无刻不在考虑,自己怎样获得利益,怎样不受损失。所以自然地就跟密探强盗一样,不得不加强

---

① 威廉·欧内斯特·亨利(William Ernest Henley,1849—1903),英格兰诗人、文学评论家、剧作家。史蒂文森的小说《金银岛》中的独腿海盗西尔弗,据说以亨利为原型创作。
② 罗伯特·路易斯·史蒂文森,十九世纪后半叶英国伟大的小说家。代表作品有长篇小说《金银岛》《化身博士》《绑架》《卡特丽娜》等。

自我意识。一天二十四小时疑神疑鬼,不到踏进坟墓那一刻,是绝不放松自己的。这就是时下现代人的心态,是对现代文明的诅咒。愚蠢之极!"

"你这见解颇有趣味。"独仙开始说话了,凡碰到这类话题,他这人不会沉默不语:"苦沙弥一番卓见甚合我心意。古人教导我们:要'忘我',可今人却恰恰相反,让人'莫忘我'。整天离不开自我意识。所以,二十四小时也不得太平。处于焦热地狱①。若天下有什么良药,唯有'忘我'最为见效。'三更月下入无我'便是咏诵人已进入最高境界。如今,即便见个热情人,其举止行为依旧显得不太自然。英吉利人引以为自豪的所谓绅士风度,其举止行为,不过是自我意识极度高涨的一种表露。

"传说,英国皇太子②出游印度。一日与印度的王族同席共餐。这个印度王族在英国皇太子面前一不经意,竟按着本国印度人的习惯伸手去抓盘子里的土豆。当他有所意识了,已是羞愧得满脸通红。而英国皇太子在此时,俨然一副并没看见的样子,也用两个手指去抓盘子里的土豆。"

"这就叫英国情趣啦?"寒月问道。

"我听过这样一个故事。"主人接上话题:"也是英国的事儿。在某个军营里,部队军官宴请一个下士。餐后,只见洗手钵③端上来了,这水本供餐后洗手之用,可那个下士尚未习惯这类宴会,他竟把嘴对着水盆,一口气喝了下去。营长一看,突然也举起水盆,高声道贺:祝下士身体健康! 遂将洗手水一饮而尽。这时,在座的士官们也纷纷举起水盆,争先恐后饮水为下士祝福哩。"

"我也有个故事。"这迷亭向来不肯安安静静坐在一旁:"说的是卡莱尔④第一次谒见女皇,这人本来就不知宫廷仪礼,且性格古怪。突然

---

① 八大地狱之一,又作炎热地狱、烧热地狱,以火烧炙罪人,故得此名。
② 爱德华七世(1901—1910在位),英国国王,维多利亚女王的长子。
③ finger bowl,指吃甜点时,供人洗手的小盆。
④ 托马斯·卡莱尔(Thomas Carlyle,1795—1881),苏格兰哲学家、评论家、讽刺作家、历史学家,作品在维多利亚时代甚具影响力。

说了句：可以坐吧。说着，一屁股便坐在椅子上了。女皇身后站立着一群侍从及宫女，他们哧哧出声一笑……不，不是出声笑，而是正要笑出声的时候，只见女皇向身后侍从宫女示意了一下，他们便一个个也坐下了。听说因此没让卡莱尔当场尴尬丢人。如此关怀不至可谓用心良苦。"

"在卡莱尔看来，众人即便站在一旁，怕是压根也不会在意。"寒月试着加了一句评语。

"关切的一方很有自我意识啊。"独仙接着说道："就是因为有了自我意识才去折费心思表示关切。这也是可怜可悲之事。随着文明的进步，人不再那么粗暴莽撞，显得温和平静。一般认为，这是人与人的关系趋向平稳和谐，实乃大错特错。自我意识这么强烈，怎么可能变得和谐！表面看上去很平静，实际上内心极为痛苦。就像相扑二人上了土表①，一旦互相抓住对方，僵持不下，从旁看来平稳至极，但当事者心却如波浪四起，时刻伺机扭转局势。"

"那打架也是，以前用暴力压倒对方，并不算犯罪。可现在打起架来，就不那么简单了，自我意识也更强了。"又轮到迷亭上阵。

"培根②说了，只有顺从自然，才能战胜自然。如今的打架正验证了培根的格言，真是不可思议。就像柔道一样，彼此都在考虑如何利用对方的力量击败对方。"

"这又很像水力发电。只要顺着水往低处走的道理，反倒可使之变为电力，为人造福。"寒月刚说完，迷亭又紧接上来：

"所以，贫为贫所缚，富为富所缚，忧时为忧所纠结，喜时为喜所困扰。才子毙于其才，智者败于其智。像苦沙弥这样爱发癫痫的人，只要他肝火一上来，冲出去，便会中了敌人的圈套……"

"太好了。"迷亭拍手称快，苦沙弥嘻嘻笑着说：

"我也不是那么容易上钩的。"这话让在座的都哈哈大笑了。

"那金田那号人怎么个倒下去？"

---

① 为相扑比赛特制的土台。
② 弗朗西斯·培根（Francis Bacon, 1561—1626），英国文艺复兴时期著名哲学家、散文作家、政治家。近代科学方法论与经验论的先驱者。

"他老婆是那鼻子,金田是自己的罪孽,那些跳梁小丑是密探了,反正是各有各的报应。"

"他那女儿呢?"

"他女儿?……我没见过,说不来。……大概是为穿,为吃,或是醉酒之类的吧。但绝不会是为恋而送命。弄不好像卒塔婆小町①流落街头最终倒在路边。"

"那太可怜了。"给她奉献新体诗的东风提出异议。

"所以说,'应无所住而生其心'②,是极重要的。不进入到这种境界,便免不了痛苦。"独仙说什么,总要显示一番自己早已悟道了。

"你不要那么显能,也许你呀,会一头栽倒在电光影里。"

"总之,按照这个趋势,文明不断进步,我活也不想活了。"

"不用客气,不想活,就死呗。"迷亭一语道破主人的真意。

"死,我更不愿意。"主人倔强地说起胡话。

"生下来的时候,什么也没考虑就出世了。可死的时候,谁都是痛苦之极。"寒月口出格言,不疼不痒。

"借钱时,不用多想随便就借了。可还钱的时候大家都很伤脑子。一个道理。"这种时候,只有迷亭能转过来脑子,对答如流。

"不考虑去还借款,那叫幸福,如同不为死去自寻痛苦,那也叫幸福。"还是独仙超脱不凡。

"你说的,岂不是不知廉耻嘛。"

"这就对了。禅语里有句话,说:铁牛面,铁牛心,牛铁面,牛铁心③。"

"那你该是其榜样了。"

"那还不是。其实人怕死是发现神经衰弱病以后的事儿。"

"原来如此,那看来,你这种人属于神经衰弱症发现以前的了。"这边迷亭与独仙妙语连珠;那边主人跟寒月东风评论文明社会的弊病。

"问题在于,为什么借钱可以不还。"

"那不是个问题。借钱当然要还的。"

---

① 日本古典能剧之一。小町指美女。
② 佛教用语,语出《金刚经》(全称《金刚般若波罗蜜经》)。又称无住心,非心。
③ 铁打的牛脸,是不可能感受到痛痒的,其心亦然。指如铁打的牛一般,坚决不动摇。

"咳,这是讨论,你就好好听着。正像借了钱怎样可以不还,人怎样可以不死,这个问题。其实,这是悖论。比如炼金术。炼金术全都失败,没有成功的。人肯定要死的,已被证明。"

"人要死,那在炼金术发明之前就明白。"

"就算吧。这是辩论,你就别打岔听着点儿。好不好? 当明白了人总是要死的时候,才出现第二个问题。"

"嘿。"

"人总要死的,那怎么去死才好呢? 这就是第二个问题。自杀俱乐部①就是与第二个问题有着共同的命运。"

"有道理。"

"死是极痛苦的,死不了,更痛苦。神经衰弱的国民知道活着远比死更加痛苦。所以苦于死。死,不算苦,他们的困扰是如何去死。当然,大多数人因智慧不足,只好听其自然,不知不觉中,他受社会的欺辱致死。但是,有点怪脾气的人,不甘心,不满足被社会这样欺辱死去。他们去研究各种死的方法,其结果,当然会不断出现各种新式的自杀方案。今后世界发展的趋势必然是自杀者越来越多,同时他们创造离开人世的方式也会更加独特。"

"那太可怕了。"

"会的,肯对会。有个叫阿瑟②的人写了个剧本,那里面讲到就是一个不断主张自杀的哲学家……"

"他自杀了吗?"

"遗憾,他没自杀。不过一千年之后,大家都会自杀的。万年以后,只要说到死,除了自杀你还想不出有其他办法。"

"真不得了。"

---

① 以自杀为目的的俱乐部。语出十九世纪英国著名作家罗伯特·路易斯·史蒂文森的小说集《新天方夜谭》(*The New Arabian Nights*, 1882) 中一篇名为《自杀俱乐部》的作品。想死的人成为该俱乐部的会员,用扑克牌决定死者和杀人的人,在外观上则伴装自杀。

② 亨利·阿瑟·琼斯(Henry Arthur Jones, 1851—1929),英国戏剧家,尤为擅长创作滑稽剧、社会问题剧,代表作有《圣人和罪人》《十字军》《说谎者》等。

"一定会。肯定。到了那个时候,经过不断积累,研究自杀成为一门真正的科学。像落云馆那样的中学,自杀学将设为正式的课程,以取代伦理学。"

"奇了。那我也想去旁听呢。迷亭先生,你也去听吗?听听苦沙弥先生的名师讲座。"

"听见了。那个时候,落云馆伦理课老师讲课该这么说了:各位同学,你们不能墨守所谓的公德,即野蛮的古风旧俗。年轻人要放眼世界,首先要注意,你们有自杀的义务。不过,己所不欲可施于他人,自杀可进一步发展到他杀。特别是学校门前,像那个赤贫的珍野苦沙弥,他是活着,但看上去活得极痛苦。你们有义务尽早把他杀掉。当然,如今时代不同,文明已开化,不可挥舞刀棍,再使用长矛木刀或弓箭等卑鄙的手段。要用挖苦讥讽一类的高尚技术,令他羞死,这样一是为他本人积德,二是为各位同学的荣誉。……"

"这堂课讲得真好。"

"还有呢。现在,警察把保护人民生命财产作为首要任务。到了那个时候,巡警会手持棍棒像打狗一样捕杀天下公民……"

"那是为什么?"

"问为什么?现在的人把生命看得重,所以让警察来保护。到了那个时候,国民活着也痛苦,这巡警呢,便要慈悲行善将你打死。当然少数明智一点儿的人大都会自杀。那些被巡警打死的,无非是优柔寡断,没骨气,或无自杀能力,或白痴或残疾者而已。想被杀的人在门口挂块牌子,很简单,注明是男是女,贴上去。剩下的就只待巡警适时巡回,到了,便迅速按你的要求来处理喽。尸体怎么办?尸体也是巡警开车拉走啦。还有更有趣的……"

"先生的玩笑真多呀,无穷无尽。"东风非常佩服。只见独仙照例揪着他那把山羊胡子,慢腾腾地加入辩论。

"你说他讲的是玩笑,也的确。不过要说是预言,或许就是预言。不彻底追求真理,易被眼前的现实世界所束缚,将泡沫似的虚幻现象信以为真,认作永恒不变的事实。所以你说点稍微超前离奇的事儿,就会当作玩笑话。"

"燕雀焉知鸿鹄之志。"寒月恭维了一句。独仙表示同感,继续讲道:

"从前西班牙有个叫科尔多瓦①的地方。"

"现在不也还在嘛!"

"也许吧。且不管它如今如何啦。那里有个习惯,日落后教堂就敲钟,于是家家户户的女人便到河边游泳。……"

"冬天也游?"

"那就不太清楚了,总之,不管穷富,不问老少,都往河里跳。里边没一个男人,男人都离得远远地只是眺望。远看河边,水上暮色苍然,模模糊糊只见白色的裸体一晃一动。……"

"很有诗意啊。可作新体诗。那叫什么地方来着?"东风一听裸体顿时凑上前问道。

"科尔多瓦呗。那地方的年轻人觉得太遗憾,既不能和女子一起游泳,又不允许从远处看看是谁的艳姿,就想了个恶作剧。"

"嘿,有什么新意?"一听说恶作剧,迷亭特别兴奋。

"他们把敲钟的人给收买了,让那日落的钟声提前一个小时就敲了。于是乎,咳,女人就是太浅薄,一听钟响,便纷纷到河边去了。眼见一个个脱得只剩下裤衩,内衣,扑通扑通都跳到水里了。跳进去以后,她们才发现怎么和往日不同,那太阳怎么总不见落下去。"

"该不是秋天的烈日光灿灿吧。"

"再往桥上一瞅,许多男人站在那里眼睁睁地看着她们。这可羞死人了,但你又无奈,真叫把丑丢尽了。"

"后来呢?"

"这说的是,人易被眼前的习惯所迷惑,而忘记事物的原本。干什么一定要注意到这点啊。"

"你这说教还很有意义。要说被眼前的习惯迷惑,我也给诸位讲一个故事。最近,我看了一本杂志,其中有篇小说是讲诈骗师的。比方,我,开了家书画古董店,门面摆上名人书画及名人文房道具。当然

---

① Cordova,西班牙南部城市,科尔多瓦省首府。

不是假货,都是真品,上等货不带任何虚假,价钱自然不菲。只见来了位客人,好奇地问道:'元信的这幅画儿多少钱?'我说:'你六百元买了,就六百元。'那客人说:'买是想买,可手头没那么多钱。可惜了,这次就算了。'"

"说这话那不很正常吗?"主人依然净说些老实话。迷亭得意地讲道:

"咳,不是在讲故事嘛。就算人家这么说了,我就说,没什么,不在乎钱,您只要喜欢,就拿去吧。那人说那不行,见他犹豫,我就说,就每月慢慢支付吧,细水长流,今后还指望多光临嘛——不用客气。怎么样每月十元,嫌多了,五元也行。我说得很痛快。一问一答,两三个来回,结果,这买卖,法眼①狩野元信②的一幅画儿,六百元,月付十元,就成了。"

"跟泰晤士报社卖《大英百科全书》一样③。"

"泰晤士报社人家的确是月付,我可说不准。这诈骗极为巧妙的喽。你们听好啦。月支十元,六百元,全部支付完要几年?寒月!"

"当然是五年啦。"

"五年,没错。那这五年是长呢还是短?独仙!"

"一念即万年,万年即一念。说短就短,说长就长。"

"唱的什么呀。太离谱了。这五年之间,每月付十元,也就是对方要付六十次。话说,这习惯很可怕。六十次,同样的每月反复,到了六十一次,你还想去付。六十二次,还想去付十元。六十二,六十三,随着回数增加你到了期限不去付那十元,还觉得不对劲儿。人很聪明,但有个极大的弱点,就是易被习惯所迷惑而忘了根本。我利用人的这个弱点,不知多少次每月都得到十元钱。"

"哈哈,居然真有此事儿?忘性不至于到那个程度吧。"寒月一笑,主人认真了。

"完全有可能。我每个月还学校的贷款④,也不看。最后弄得人家

---

① 僧侣的等级之一。
② 狩野元信(1476—1559):日本室町时代后期的画家,狩野派第二世。
③ 《大英百科全书》(*Encyclopedia Britannica*),是当今世界上最具权威和知名度的百科全书。一九〇一年,《泰晤士报》收购了其版权,且在全球范围内以按月分期付款的方式展开了火爆销售。
④ 夏目漱石上大学时用的是分期付款式的贷款。他毕业后,按每月七元五十分,一丝不苟还清了大学期间所借的学费。

拒绝收款。"他把自己的丑事儿就当别人干的一样公之于众。

"你们看,这种人的确是有,这不就在跟前吗。刚才你们听我讲文明的未来记,以为不过是谈笑而已。就是这种人觉得六十次月付挺美,可这一付就停不下来了,结果吃一辈子亏。特别是像寒月啦东风,你们年轻且缺少人生经验,还是用点心听我讲!"

"遵听教诲。月付决不超过六十次。"

"听来像笑话,寒月,其实很有价值、耐人寻味。"独仙对寒月说,"比如,苦沙弥和迷亭认为你这结婚,独断行事,尚有欠妥之处。他们如果让你跟叫金田什么的赔礼道歉,你,将如何? 应诺吗?"

"那怎么会。不过对方,他要向我赔礼道歉,我也接受啦。至于我本人,没那奢求。"

"如果警察命令你呢?"

"那更不干。"

"大臣或华族呢?"

"绝对不!"

"你们看,当今与昔日,这人就大不一样。旧时,衙门官府有权有势,为所欲为。今后,你若靠那权势,怕是行不通了。如今,不管是将军还是大臣,在人格上都不可能绝对凌驾于他人之上。再说得直白一点,你越是有权势,被强迫的一方会越发感到不快,且要进行反抗。故,今非昔比。旧时的人万没想到,有了衙门官府这层关系,事情也许反倒难办。这世态人情,冷暖变迁,着实令人不可思议。迷亭他讲的未来记,你说那是笑谈也不为过,要说是说明未来将要发生的事情,不也是很有听头嘛。"

"遇上你这么个知音,我的未来记更得讲下去喽。正如独仙所说:如今,有人打着官府的旗号,还举着竹矛木枪,两三百的,欲强行逼人,那简直就是坐轿子要跟火车较劲儿竞争,纯属死顽固,落后于时代。——咳,对那个放高利贷的,长范先生之类,不必多虑,只待他自灭自亡。

"我这未来记可不是为解决眼前的小问题,要说的是关系到整个人类命运的社会现象。综观当下文明的趋向以推断未来。比如,不能结婚这个问题。不能结婚!且勿大惊小怪!其原因如刚才说的,今后的世界,提倡个性,是以个人为中心。以前,家长是一家之主,代官①是一郡一县的代表,领主那就是一国一藩之主。除此以外的人皆不具什么人格,即使有也决不予以承认。现在全然一变。所有的人,凡生在这世上的人都开始主张自我。彼此皆要分个你我,你是你,我是我。两人路上见了,也不买账,心想:你小子是个人,敢说我就不是吗!

"的确,个人的意识提高了。当个人的意识地位都提高了,同时也意味着每个人的力量相对减弱。也就是说,他人不得随便伤害自己,在这一点上,的确,个人的权利有所保障提高。但由于自己也轻易不得出手加害于人,在这一点上,你显然比以前要软弱了。强大了谁都高兴,削弱了却不乐意。坚守强调个人的权利地位,决不让人伤害一分一毫。与此同时,你却还想侵犯他人,哪怕是半分半毫,于是要强化自己被削弱的一面。这样一来,人与人之间,没了回旋的余地,活着就很窝屈。于是尽量壮大自己,以致膨胀到近乎破裂的状态。因为活着很痛苦,便要寻找各种方法,在个人与个人之间,找到自己的一点空间。人就是这样,爱自作自受。最后痛苦难忍,便想出来一个方案,来个父子分居。

"你到日本的山里看一看,一家一户,每个房檐下都是几代人挤在一处。那里没什么值得主张的个性,有了不去伸张也都照样活过来了。可现在的文明人,即使父母子女之间也要互相争个什么,否则自己就会吃亏。为了保持双方安全,势必要分居。欧洲文明发达,早早实行了这个制度。偶尔有父子同居,还得像他人一样交房租,借点钱也要带上利息。正是由于父母承认子女的个性并尊重他的个性,这才成为一种美德。这股风迟早要进口到日本的。亲戚不住在一起,父子之间也离得远了。被压制的个性得以发展,而且随着发展,还要互相尊重。于是待在一起便有诸多不适。如今,父母兄弟早已相离分居,能分开的都分了。最后分离的便只剩下夫妻了。现在的人有个极大的误解,以为男

---

① 江户幕府时期幕府直辖地的地方官。

女同居就是夫妇。其实要同居一处，彼此的个性必须相配方有可能。以前没有这么多麻烦事啦。所谓的'异体同心'，看上去夫妇二人，实际上是一人。唱着'偕老同穴'，死了还要变作一穴之狐。真是野蛮未开化。今天不行了。丈夫是丈夫，妻子是妻子。这妻子上女校，穿宽裤裙，其个性练就得坚定不移。她头上顶着洋式发型上门嫁过来。怎么可能倚着丈夫呢。只听丈夫摆布的女人那不叫妻子，叫玩偶。越是贤妻，其个性越发达。越发达越跟丈夫不合。不合自然发生冲突。她要是个贤妻，那就得从早到晚跟丈夫吵闹。这倒也罢了。可迎了贤妻入门，双方的痛苦却不断增加。夫妇之间如同水与油一般，分明有道障碍。时间久了，这道障碍若能让双方维持平衡也好。若是水与油相互发生作用，那这个家就像大地震，上下震荡。所以，人会逐渐懂得，夫妇同居，对双方有害却无益。"

"那夫妻都要分居吗？真让人担心。"寒月说。

"要分居的。肯定。天下的夫妻都要分居。以往是夫妇同居，今后同居了，也未必能被大家承认是夫妻。"

"那，像我这样的人就编不到夫妻里了？"寒月在关键时刻说胡话。

"本人有幸生在这明治时代。因编写未来记，这头脑便要比世人往前走了一两步，所以现在我依然坚持独身一个。有人瞎说这是我失恋的结果，真是近视眼，见识浅薄得可怜。且不说这了，还是继续我的未来记吧。彼时，有一哲学家从天而降，倡导破天荒的一大真理。曰：人是个性的动物。摧毁人的个性就等于灭绝人类。为了实现人生意义，不惜付出任何代价要保持个性，并使之发展。被陋习所束缚，去勉强成婚，属于野蛮风气，是违反人的自然规律的。在个性未得到发展的蒙昧时代，倒情有可原。但在文明发展的今天，依然为此弊病不得自拔，实在是恬不知耻，荒谬之极。今天的社会开化程度如此之高，两个个性不同的人，不必以特别亲密而作他们要结合的理由。尽管道理如此简单，可有些没接受过教育的青年男女，他们总是被一时的情欲所驱，逆伦悖道，大举什么合卺之礼。为了人道，为了文明，为了保护他们年轻男女的个性，我将竭尽全力抵抗这一野蛮之风。……"

"先生，对此我表示坚决反对。"只见东风啪一声双手往膝盖上一拍,振振有词。

"要说世界上何为珍贵?我认为除了爱与美,没有任何可以取而代之。正是有了爱,有了美,我们彼此慰藉,取长补短,感受幸福。正是有了爱,有了美,我们方具备优美的情操,高尚的品格,朴素的同情心。因此不管生在什么时代,生在什么地方,我们皆不可忘记这个爱与美。在现实世界中,夫妻关系是爱的体现,诗歌与音乐是美的两种表现形式。因此,只要爱与美存在于人类的地球上,夫妇与艺术亦将永存不亡。"

"不灭亡就好。可现实将如哲学家所说,是要灭亡的,你得承认没有办法。你说什么艺术?艺术也会遭到与夫妇同样的命运。个性的发展意味着个性的自由。个性的自由,就是说我是我,他人是他人。哪里有艺术存在的理由。艺术繁荣昌盛的时代,是因为艺术家与享受艺术的人个性一致。你你这个新体诗大家再怎么努力,没见一个人喜欢你的诗岂不是太可怜嘛。除了你自己,读你诗的人会全部消失的。鸳鸯歌作多少篇也不顶用。幸亏你生于明治时代,天下众人都还爱读你的诗作。"

"那是没有的。"

"今天都不怎么样,到了人文发展的未来之时,刚才那个哲学家主张的结不了婚的那个时候,可是谁也不会读你的诗。并非因为是你写的而不读,而是因为人人都有自己特别的个性,会觉得别人作的诗文没有一点意思。英国现在就已经出现这种倾向。你看看,英国小说家里最具个性的梅瑞狄斯①和詹姆斯②吧。他们的读者不是很少吗?当然少啦。那么有个性的作品,没有那么有个性的人,他读起来当然没有意思喽,没办法。这种倾向慢慢发展,婚姻不道德的时候,艺术也就彻底灭亡。你写的东西我读不懂,我写的你看不懂。那个时候,对你我来说,艺术连一堆臭屎都不如。"

---

① 乔治·梅瑞狄斯(George Meredith,1828—1909),英国诗人、作家。其小说为漱石留学英国期间仔细阅读过,且于多数藏书中作了注。
② 亨利·詹姆斯(1843—1916),美国小说家、文学评论家。二十世纪小说意识流写作技巧的先驱者。

"那倒是。可我的直感,总觉得不会那样。"

"你直觉地感到不会,我呢,'曲觉'地感到会。"

"也许有曲觉。"这会儿,独仙发话了,"越是容许人有个性的自由,相互之间会感到越窘迫,这是没错。尼采被认为是超人,也是因为他憋屈得没处发泄,才弄出那套哲学。看上去那是他的理想,实际上也算不上是什么理想。不过是他的愤慨不平而已。委屈活到十九世纪,对邻人你不敢随便乱说人家,所以这个大将火气上来,就乱发了一通。你要是读了尼采的东西,不但没有爽快的感觉,甚至会觉得很可怜。那声音不是勇猛向前冲的呼唤,而是怨恨愤怒的吼叫。的确有其道理。以前出现个伟人,天下自然便聚在其周围大旗之下。真要有这么快活的事儿,哪里用得着像尼采那样,付诸笔墨以著书来表达自己的感情。所以,无论是古代荷马,还是《彻维山追猎》①,虽都是描写超人的性格,读着感觉完全不同。写得那么阳光,那么快活。真有那么快活的事情,你把它写在纸上,自然没有那苦涩的味道。尼采的时代却不可能了。一个英雄人物也出不来了,出来了也没人承认。古时孔子也是一个人,他便很有威望。今天孔子多了。弄不好,到处都有孔子。你号称是个孔子,可谁也不信,也没人听,于是心中愤愤不平。故,以著书表现你的超人。

"人们渴望自由,得到自由。有了自由的结果,是感到不自由,感到困惑。所以,西方文明你看着不错,实际并非如此。反之,东洋自古讲究个人修身养性,很有用。你们看,个性发展了,却让人都神经衰弱得不可医治。最后发现,王者之民荡荡这话的真正价值。醒悟过来,这无为也不敢小看。可是当你醒悟了,为时已晚。这与一旦酒精中毒,才后悔不该喝是一个道理。"

"几位先生说得似乎未免过于悲观。我却奇怪,怎么听也没那个感觉。这是为什么?"听寒月问,迷亭马上解释说:

"这是你刚成了家。"主人突然说:

"娶了老婆,以为女人好,那可是要上大当吃大亏。我给你讲一本

---

① Chevy Chase,英国最古老的民谣。

有趣的书,作个参考。好好听着呦。"主人从前面的书房里拿来一本旧书,说:"这是本古书,从那个时代开始女人的恶性就被看透了。"寒月问:

"有点吃惊。到底是什么时代的?"

"叫托马斯①,是十六世纪的。"

"越发吃惊了。那个时候就有人说自己妻子坏话的啦?"

"女人的坏话,种类多啦,你家老婆定属其中一类。好好听。"

"遵命悉听。难得受教。"

"这书介绍的是古代圣贤们论女子的观点。听见了?我这就开始念了。"

"都在听呢,连独身的我都听呢。"

"亚里士多德说:女人皆是祸水。要娶妻,小比大好,小,灾难亦少。"

"寒月的妻子是大还是小?"

"属于大一类的。"

"哈哈,这书真有意思。往下念。"

"有人问道:世上最大的奇事?智者答曰:出贞女。"

"智者叫什么?"

"没写名字。"

"那肯定被女人甩过的。"

"接着是哲人第欧根尼②,人问,何时当娶妻?答曰:青年尚早,老年已晚。"

"这是他老兄钻在酒桶里想出来的吧。"

"毕达哥拉斯③曰:天下有三大恐怖,一曰火,二曰水,三曰女人。"

---

① 托马斯·纳什(Thomas Nashe,1567—1601),英国讽刺作家。代表作为《不幸的旅客》《夏天的遗嘱》《春》。

② 第欧根尼(Diogenes,前412—前323),又名戴奥真尼斯,古希腊哲学家,犬儒学派代表人物。生于锡诺帕(今土耳其)。据说住在一个大木桶内,过着布衣蔬食的"自然"纯朴生活。

③ 毕达哥拉斯(Pythagoras,前582—前500),古希腊哲学家、数学家、音乐理论家。在西方被认为是毕达哥拉斯定理(中国称勾股定理)的最先发现者。

"希腊的哲学家,竟发些迂阔之论,依我看,天下无任何令人畏惧之物。入火不燃,入水不溺……"迷亭见独仙一时卡住了,马上助他一把:

"不为女人所迷惑。"主人继续念:

"苏格拉底说,驾驭女人是世上最难的大事。迪摩西尼①说:要想折磨对方,最有效办法,便是送个女人给他。不分昼夜的家庭纠纷,让他终日疲惫不堪。塞内加②则把女人与无知归为世界两大厄难。马可·奥勒留③认为,驾驭女人之难近于操纵海船之艰。普劳图斯④说,女人好修饰打扮,不过是想遮盖其天生之丑,要说那点心计也实在笨拙。瓦勒里乌斯⑤曾托人给朋友寄本书,他说:天下任何事情须背着女人干。但愿皇天垂怜,勿陷其圈套。他还说:何为女人?岂不是友爱之敌!无法逃脱的痛苦!岂不是天降之灾难!自然的诱惑!甜蜜的毒药!若抛弃女人是不道德,那么不抛弃呢,将备受良心之责。"

"足够了。先生。听了这许多愚妻的坏话,足矣。"

"还有四五页呢,你就接下去听吧。"

"到此打住吧。你夫人也该回来了。"迷亭这一打趣,就听见那边起居间夫人呼唤女仆:"阿三,阿三!"

"这下糟了,夫人一直在家呢。喂,苦沙弥!"

主人嘿嘿一笑:"那怕什么!"

"夫人,您回来啦?"起居间那边静悄悄,并无人答话。

"夫人,听见啦? 刚才讲什么。"仍不见个回音。

"刚才讲的,那不是你家主人想的呀。是十六世纪学者纳什写的,你别担心。"

---

① 迪摩西尼(Demosthenes,前383—前322),古希腊政治家、雄辩家,希腊联军统帅。
② 塞内加(Seneca,前4—65),古罗马时代著名斯多葛派哲学家、政治家、悲剧作家。
③ 马可·奥勒留(Marcus Aurelius Antonius,121—180),罗马帝国皇帝。罗马帝国五贤帝之一,斯多葛派哲学家。
④ 普劳图斯(前254—前184),古罗马喜剧作家。
⑤ 瓦勒里乌斯·马克西姆斯(Valerius Maximus),约公元一世纪初的古罗马历史学家。

"我才不管是谁呢。"夫人远远地,没个好气回了一句。寒月嘻嘻笑了。

"我也不管,真不好意思哟。"迷亭放声笑起来。这时,外面哗啦啦大门被拉开了。没等进门打个招呼和请客声,就听见有人大步踏进屋了。随之便是客厅的纸门嘭一下拉开,露出张脸,是多多良三平。

三平今天,一身崭新的礼服,一领雪白的衬衣,与往日截然不同。只见他右手沉甸甸地提着一捆啤酒,有四瓶,用绳子绑在一起的。他随手把啤酒往干熏鱼旁边一放,也没句客气话,就扑通一下坐在榻榻米上。那副盘腿坐的架势活像个神气十足的武士。

"先生您胃病最近怎么样?总这么在家里待着,不得好咧。"

"不坏也不好。"

"不是我说咧,您的脸色欠佳,发黄咧。最近,钓鱼不错咧。"

"钓上什么了?"

"什么也没钓上。"

"什么也钓不上来,那多没劲呀?"

"是要养这浩然之气咧。你们?谁钓过鱼?特别有趣咧,这钓鱼。乘上一艘小船在大海里自由地荡漾。"正不知三平在跟谁说呢,遂见迷亭接了他的话题。

"我呀,想坐个大船在海上漂荡,那海不须大海,小小的一块儿便足矣。"

"要钓鱼,那得钓上来个鲸鱼、人鱼之类的,否则没意思。"寒月说。

"那,哪儿是能钓上来的!搞文科的这点常识都没。"

"我不是文科的。"

"不是文?那你是搞什么的?像我们当公司职员的,这常识是最重要了。先生,最近我积了不少常识。在那种地方待着,就在边上,你也自然慢慢地会了。"

"会什么了?"

"这烟就是个例子。你抽个朝日,敷岛烟,那没人搭理你。"说着边掏出来根埃及香烟①，是带着金丝烟嘴的，啪啪地抽起来。

"这么奢侈，你有那么多钱吗？"

"钱，以前没，现在还凑合。抽上这烟，你的信用度大不一样。"

"这信用可比寒月磨玻璃球来得快，又省事，轻而易得，叫'随便信用'啦。"见迷亭对着寒月说这话，三平马上问道：

"你就是寒月？博士学位，你不要了？你不当博士，这不我就要了。"

"你要博士学位？"

"不是，我要的是金田家小姐。其实我也觉得有些难为情，不过对方硬要我娶，最后就这么定了。先生，我还是担心欠了寒月的人情。"

"不用那么客气。"寒月说。

"你想娶，就娶了，也没错。"主人这话有点暧昧。

"这可是大喜事儿。我不说了吗，谁家的姑娘都不必操心，总有人要，嫁得出去。你们看，这个风雅的绅士不就成了人家的女婿吗！东风，写新体诗这素材有了，赶紧来一首吧。"迷亭又大侃开了。三平说：

"你就是东风啊？结婚时你给作首诗吧？我马上能印了散发出去。还让《太阳》②给你登出来。"

"好啊，我写写试试。什么时候要？"

"什么时候都行。以前写好的也没关系。你要是写，我就请你参加婚礼。请你喝香槟酒。你喝过香槟吗？那可是极好喝的。——先生，我准备婚礼时请个乐队，让他们把东风作的诗给配上音乐演奏一下，怎么样？"

"随你便了。"

"先生，你能给谱个曲吗？"

"别胡扯。"

"你们哪位会乐器？"

"落选的候补女婿，这寒月是拉小提琴的高手，你就好好请他吧。

---

① 指用埃及产的烟叶做的进口卷烟。相比"朝日""敷岛"等国产卷烟品牌，埃及香烟在当时属于高价的奢侈品。

② 当时日本最大出版社博文馆发行的月刊综合杂志。于明治二十八年（1895）一月创刊，昭和三年（1928）二月终刊，共五百三十一卷。

不过他可不是拿香槟就能打发的。"

"香槟,一瓶四五元的,那不行。我请客不会拿那种便宜货,你能给谱个曲子吗?"

"行,肯定谱。一瓶二十分也干,其实给你白干也行。"

"哪能就让你白干,肯定要酬谢的。不要香槟的话,看看这个怎么样?"说着他从上衣内口袋里掏出七八张照片,一把全撒到榻榻米上。半身,全身,坐着,站着,穿宽裤裙的,正装的,还有梳高岛田发饰的,都是些妙龄女子。

"先生,光候选的就这么多。给寒月和东风介绍几个就算酬谢了。这个怎么样?"说着他把一张塞给寒月。

"不错,你给介绍介绍。"

"这个怎么样?"又给他一张。

"这个也不错,你就给介绍一下吧。"

"哪个?"

"哪个都行。"

"你还是个情种呢。先生,这是博士的侄女。"

"喔?"

"这人性格柔顺,年纪也轻。刚十七。——这个,光嫁妆就有一千元——这是县知事的女儿。"三平自己在兜售着。

"不能全都要吗?"

"全要?那你就太贪了。你是一夫多妻制吗?"

"不是多妻,是专食肉的。"

"不管什么,你快把这些东西给收起来吧。"听见主人似在训斥,三平说:

"那就都不要了。"确认后,这才把照片一张张收起来装进口袋。

"这啤酒是怎么回事?"

"我带来的。为了先祝贺一下,就在边上的酒店买了几瓶,请喝吧。"

主人拍了下手掌,唤女仆打开酒瓶。主人、迷亭、独仙、寒月、东风,这五位君子把酒杯高高举起,共祝三平天降艳福。三平很是得意:

"婚礼我要招待在座的诸位,都能列席吗？给赏脸的吧。"主人立即回道：

"我不去。"

"为什么？那可是我一生最大的庆典,您不能出席吗？不给点情面吗？"

"倒不是情面什么的,反正我是不去。"

"您没有正式的和服吗？平日的外套和宽腿裤也都行,先生,偶尔到人多的地方露个面好。我给您介绍几个名人。"

"一概都免了。"

"是胃病没好吗？"

"与病无关。"

"您要一味执意不愿意,也没办法。你呢？能赏脸来吗？"

"我呀,肯定去呦! 有幸的话还想当证婚人呢。'举杯饮香槟,三三九巡度春宵①。'——哦,原来证婚人是那个铃木藤？我想也是那一帮人。遗憾遗憾! 总不能要两个证婚的喽。那就只当个普通来宾正式出席啦。"

"你呢？"

"我？'一竿风月闲生计,人钓白苹红蓼间'。"

"这是什么？唐诗选？"

"鬼知道。"

"不知道？这让人怎么说呢。寒月,你是出席的吧。到底有些关系嘛。"

"那也是。东风,你呢？"

"嗯,我是想在这对新郎新妇面前,给他们朗读一下新体诗。"

"今天真是太高兴了。先生,我自生下来从没有遇到这么高兴的事。来,再来一杯!"三平拿起自己买的啤酒,咕嘟咕嘟,喝了个满脸通红。

---

① 日本传统婚礼神前式特有的仪式之一。新郎新娘用大、中、小三种杯子三巡饮"神酒",宣誓相守终身。

秋日昼短,天也渐渐黑下来了。那火盆里烟头乱七八糟扔了一堆,火早就灭了。这伙闲人今天闹得尽了兴。只见独仙起身告辞:"天晚了,该走了。"接着其他人也一个个跟着出门各自散去。这客厅就像个谢了幕的说书场,客走人散,顿时冷清了。

主人吃过晚饭进了书房。夫人在缝着拆洗过的衣服,冷得还不时把棉袄的领子往上揪一揪。

孩子们已入睡。女仆去澡堂了。

这些人看来悠闲自在,其实叩问他们的心底,便可发现其中的凄凉之感。

独仙他虽早已看破人间尘世,但依然是步步脚踏实地。迷亭也许很乐观,但他懂得世界并不是那般如画的美景。寒月不磨玻璃球了,他从老家带回来个媳妇,算是走上正路了。可时间一久,他定会感到无聊的。东风再过十年,他会觉悟的,知道不可随便给谁奉献什么新体诗了。至于三平,他伸缩变化,尚一时鉴定不了。一辈子请人喝香槟,能心满意足,那倒也不错。铃木藤那人,他总会随着潮流滚滚爬爬。滚爬免不了粘上泥巴,即使浑身泥巴,也比不会滚爬的人要混得好。

我生为猫,与人相处共事,转眼两年已过。自以为见识之广,族中无人相比。但没想,近来有个同族叫摩尔①的突然横飞眼前,其来势汹汹,让我暗自吃惊。细细打听方知,原来百年之前他已过世,如今只为一时的好奇心,不顾冥界路途遥远,特意化作幽灵再现于世,要给吾辈一个惊吓。当然,那摩尔也不是什么孝顺儿,据说某天,他特意嘴上衔了条鱼儿要去见母亲,可不想走到途中,一时忍耐不住,自己就给先吃了。不过,就这么个不孝之子,竟有些超人的才华,偶尔作诗还能让主人惊诧一番。遂想,既然百年前就出现过如此豪杰,我等不才岂不应知趣即退,趁早回我的无何有乡②去歇着吗!

主人早晚会死于胃病。金田那老头将死于贪婪。

---

① 德国作家霍夫曼(Ernst Theodor Amadeus Hoffmann,1776—1822,简称 E. T. A 霍夫曼)小说《公猫摩尔的生活观》里的主人公。
② 语出战国庄周《庄子·逍遥游》,"今子有大树,患其无用,何不树之于无何有之乡,广莫之野。"

秋天树叶大都落了。世间万物最终都要死去。若活着也没有什么用处，其实早点死了也许更明智。依着诸位先生所说的，今后人都会去自杀。弄不好，世界这么郁闷，猫也一样，活不下去了。真可怕。感觉好不悲惨凄凉啊。干脆我也喝点三平的啤酒，提提精神。

我绕到厨房。秋风刮得窗户咯咯作响，透过门缝钻进来的风，不知何时把那油灯也吹灭了。月光从窗户射进屋内，只见托盘里放着三个杯子，其中两个杯子里都剩了半杯水，是茶色的。玻璃杯里的东西，就是倒进去热水，也给人一种冰冷的感觉。何况秋天的月夜寒光下，那杯子与消火的水壶静静地并排放着，嘴还没沾边呢，就觉得浑身发冷，没有一点喝那液体的欲望。不过话说回来，什么事情都需要尝试一下。三平喝了那东西满脸变得通红，一呼一吸都直冒热气。我猫儿如果喝了，也会来点精神吧。这条命反正总有一天要死。什么都趁活着的时候尝试一番，否则死了，你在坟堆里说后悔话，岂不为时过晚！

我横下心走上前，把舌头一伸，在杯子里吧嗒吧嗒舔了几口，哇！怎么舌尖就像被针扎了似的，疼得发麻。不知他们人，图个什么竟要喝这玩意儿，一股腐烂发臭的味道。反正猫儿是喝不下去的。看来啤酒是与猫儿无缘分。太难喝了，我把伸出去的舌头正要往回缩的时候，突然又改变了主意。他们人总爱说，"苦口良药"，一感冒，愁眉苦脸地也要喝点什么。是喝了可治好病，还是为了治病去喝？至今不解其意。正好这是个机会，现在喝了这啤酒，来解开我心中的疑惑。进了肚子它要是还苦，那倒也罢，如果像三平那样忘乎所以兴奋起来，那就算赚了便宜，以后可将此经验传授给周围的猫儿呢。

怎么办？听天由命，我终于下了决心把舌头伸出去。睁着眼喝不下去，于是紧闭双眼吧嗒吧嗒舔起来。舔舔，喝喝。终于把一杯啤酒喝干了。此时遂出现了一个奇妙的现象。刚开始的时候，舌头发麻，刺痛，有一种受到外部压迫的感觉，挺难受。但喝着喝着，便没事儿了。一杯酒没费多大工夫就都喝了。趁着这股劲儿很快又把第二杯喝了个干净。最后还顺便用舌头把撒在托盘上的啤酒残液舔了舔，全都装进腹内。

为了观察一下自己有什么变化，我缩着身子等了一会儿。身上渐暖,眼眶发沉,耳朵发烫。想唱歌,想跳舞。想说,你苦沙弥,迷亭,独仙,狗屁不是。想把金田老头挠上它几把,把他老婆的鼻子咬上一口。想得天花乱坠。想站起来,却摇摇晃晃,站起来了又想走走,踉踉跄跄。这感觉还挺有意思,还是到外面看看吧,出去给月亮道一声:"晚上好哇。"啊,好愉快啊。

所谓的"陶然"该是这种感觉吧。我没有目的地,在周围散步,又好像不是。这脚也不由自己,只是在移动。突然感到瞌睡了。是睡着啦,还是走着呢,自己也不清楚。想睁开眼睛,却沉得抬不起来。光有这感觉也罢了。可不知什么缘故,眼前碰到什么也不为之大惊小怪,哪怕是大海或者是高山。只把前脚向前迈了一步,顿时感到脚下松软,遂听见扑腾一声,我哇地想叫——已经晚了。我这是怎么啦?连考虑的时间都没有。我只知道一切都晚了。脚底踩空,不着地。完了。

当我清醒过来的时候,身子已在水里了。我痛苦得忙用爪子乱扒了几下,什么也没扒上,都是水。越扒越往下沉。没办法,又用后脚支撑着想往上跳,前脚一扒拉,哗啦哗啦有水响声,好像还有点儿效果。但逐渐地只剩下个头在水上浮着,环视四周,原来我掉进一个大水缸里了。这水缸夏天时水葵长得茂盛,后来乌鸦来把水葵全吃了,就用它洗澡了。洗了澡,水慢慢少了,水少了,乌鸦也不来了。前些日子我还在琢磨,最近怎么乌鸦来得少了。没想到人家乌鸦不来这地儿,换上我来洗了。

水面距水缸的边缘有五寸多,把脚全伸上去也够不到那水缸上。跳也跳不出去。你要不动只待着,那身子就一直往下沉。一抓,那爪子碰到水缸瓷壁只是嘎嘎响。抓到瓷壁时还觉得身子向上浮了一点,可是马上又呼地掉进水里。在水里憋得要死,又嘎嘎乱抓一阵。渐渐抓累了,这一着急,爪子也不像开始那么管用了。终于自己也昏了头,我这是为了往下沉乱抓一气呢,还是仅仅为了抓几下沉到水里呢。

痛苦之中,我在想:受这煎熬,不过是希望能爬出水缸而已。爬上去了当然再好不过,可爬不上去也是当初明明白白的事情。我这脚不足三寸,就算身子全浮在水面,从浮着的地方把脚一直伸上去,也够不到五寸多的缸沿。这脚够不到缸沿,就是再抓再着急,哪怕粉身碎骨,你折腾上百年也爬不出去。既然知道爬不出去,却非要爬,那就只有折磨自己了。无任何意义。自找痛苦,自己上刑拷打自己,愚蠢至极。"拉倒吧。它愿咋就咋。我不动,到此结束了。"前脚,后脚,这头,那尾巴,都任凭自然,不作任何抵抗。

倒也轻松了。是痛苦?还是造化?不知自己是淹在水里,还是躺在客厅里。嗨,管它是哪里,实在也无所谓。彻底轻松了。不,现在连轻松也感觉不到了。

我摘日揽月,翻天覆地,就要进入一个不可思议的太平世界。我要死。得死后方能进到这太平世界。

南无阿弥陀佛!南无阿弥陀佛!

谢天谢地!

后　记

　　终于完成了这本译稿。我向来手慢，一年不过写一两篇短小的论文而已，用日语写起来不但慢，且文字方面最后还要经日本朋友给看一遍才敢交稿。用中文翻译书就更慢了，名著一旦翻译起来，往往又会不经意陷进去，查资料看论文，折腾半天也翻不出几页。当然比起写论文，还是有点儿成就感的。论文写到一半突然会有推翻自己预设的可能，也有半路做不下去，干脆一把扔到纸篓里的冲动。可翻译，你一点点儿来，再慢也是往前走，目标明摆在那里，起码完稿就可以给自己打个及格。何况书名之下，不起眼的译者名字印在角落里，多少还能满足点个人的虚荣心。

　　译这本书花了两年多时间，是我至今翻译速度最快的一本。平时在松本上课，周末回东京，单程三个小时，往返两地之间，零零碎碎的时间，只能收集阅读相关的论文，做点准备工作。还好大学有寒暑假和春假，我可以抛开其他杂务琐事，全力投入翻译。特别是暑假，整整两个月躲在山上的小屋里，专心译稿，甚是快活。

　　说起这部名著的中文译本，其版本之多，在夏目漱石翻译史上实为奇观，国内主要出版社几乎各自都独占一山。译者如老前辈刘振瀛先生，他二十世纪前期在日本留过学，与漱石的时代最近，又是研究日本近代文学的大家，译文错误较少；又如于雷先生，东北师范大学中文系毕业，作家、编辑，文采飞扬，幽默感十足；年轻一代还有八〇后的曹曼，北大日语系毕业，有翻译当代剧本的经验，语言生动活泼。仅看这几位各有专长的译者，也让我当初几番踌躇，不敢马上接下这项工作。

　　来日三十三年，主要学习和研究江户文学，特别是中国明清白话小说对江户小说的影响问题。近几年，又转到唐代传奇及《剪灯新话》中的幽灵志怪上了。其间也翻译介绍过几本日本名著，如江户怪谈小说

《雨月物语·春雨物语》、诗文并茂的游记《奥州小道》,除此之外还有心理学方面的《日本人的心理结构》,美术史方面的《东洋的理想》。这两本虽不是自己的专业,但翻译心理学和美术史的名著,对我写论文颇有启发。二〇〇一年写的论文《才子佳人小说的类型化——双娇齐获中的女性自我定位——》(日本《中国小说研究》第六期)便是直接涉及古代中国女性同性恋的问题。因为读了心理学专家分析夏目漱石的小说《心》,方知同性恋意识远比自己想象中的行为更细微,更具普遍意义。而有了这种认识上的变化,再重读中国的才子佳人小说,才会发现书中许多描写同性恋的细节至今竟被我们都忽视了。

十多年前翻译《日本人的心理结构》时,又把《心》读了几遍,那时还觉得夏目漱石的作品太阴暗,易让人跟他一起犯忧郁。为此,在教室里我问过日本学生,日本政府为什么把漱石给印在千元钞票上?一个不愿为国献身,且拒绝接受国家颁奖的人,一个把书中人物皆要引向不归之路的作家、狂人、癫疯,你们喜欢他吗?把一个最厌恶金钱统治世界的文人印在钞票上,政府是不是在咒他,让他在地下不得安生?学生们大眼瞪小眼,一问才知,他们大多只看过《心》,那是中学教科书里必不可少的,且是描写年轻人恋爱心理的小说。而真正读过《我是猫》这样的长篇没几个人。

同样,翻译《东洋的理想》也是如此。一九〇三年英文版《东洋的理想》比夏目漱石的《我是猫》仅早两年,著者冈仓天心尊崇天皇,为构建日本近代国家的美术史执着而献身,他的《东洋的理想》使我对明治初期日本国家主义的膨胀有了具体的认识。在翻译过程中时常有被书中的豪言壮语所振奋的感觉。而读了《我是猫》则让人不由得直面自我,眼观现实。同时感受到被遗弃的猫身上,始终刻印着漱石幼时那段被寄养、被改名换姓的痛苦经历。

在翻译时,我还会常常陷入漱石制造的一种"写实幻觉""诗趣幻觉"的艺术世界,为之"目瞪口呆"。《我是猫》从运动到服装,从历史起源到传说故事,再到现实生活,从动物到人类之区别,等等一切,皆为漱石文学创作的素材。读者随着他的视点焦距看周围,听他讲述着许多无甚关联的杂乱故事,情绪便会有所波动,随之眼前便出现幻觉。例如，我们跟着猫的好奇心踏进澡堂，通过猫眼观察浴池内外，在众多裸体姿态百出、各显风骚之时，我们会感到"滑稽"，伴随着这种情绪的产生，猫又把服装的历史即是人类进化史这一概念作了一番介绍，于是，社会学的理性知识与心理上的情绪自然而然融为一体。而浴池在蒸汽朦胧之中，当赤条条一大汉昂首挺立，出现在嘈杂拥挤的人群中时，这一奇观又让我们切切实实体会到尼采超人哲学之存在的理由。又如：理学学士寒月在乡下读高中时，突然被小提琴的乐声所吸引，但要自己购买一把小提琴，却必须避开周围同学的眼目。因当时只有女校的学生才学小提琴，男生皆以习武为荣，男生学琴会受歧视，并视为不阳刚，甚至遭殴打。寒月为买一把琴执着地等待着时机到来。夏目漱石用了"一日三秋"（日语说成"一日千秋"），即渴望见到意中人这一我们平时常用的成语，来表现寒月顶着世俗的压抑去实现个人欲望的全过程。通过寒月本人从头至尾反反复复的详尽叙述，使读者对心理学"执着"的概念有了具体的认识。有些事情对某个人来说至关重要，而在旁人眼中也许它可有可无，甚至荒诞可笑。个人所望一旦遭到他人阻挠，哪怕是微不足道的所求，也会极感艰难。当他的追求成为执念，在旁观者眼中，便是一种"病态"了。用现代心理学的知识诠释人的欲望受到压抑，理所当然要去反抗的这种个人情绪，同时也赋予古老成语或谚语以新的生命力。书中如此诸多的个人经历，其实无不带有现实意义，细细思索，又与我们自身面临的困境或忧虑多有重叠。

去年，正值漱石逝世百年之际，《朝日新闻》重新连载《我是猫》，出版社相继再版或新出版各种纪念夏目漱石的读物，举办演讲讨论会等，上演的新编电视剧亦颇得人气。在这种气氛下，边翻译，边读评论，听讲演，看电视剧，感觉自己慢慢也投入到那个时代。尽管如此，日本喜爱漱石的读者还是中年以上的人占绝大多数。我没想到，书中描写猫吃年糕跳舞的那个场面居然还能吸引中国的儿童，被当作小学语文教科书的补充读物了。

翻译时参考了很多资料文献，在此仅举一本小册子《重审漱石》（日本学者小森阳一著《漱石を読み直す》1995年初版，2016年岩波书店增补版）。此外还有一些不是单靠查辞典就能解决的语言问题以及风俗习惯等,便依靠了平时读书会上的老师和学友。注释部分还得到信州大学兼课讲师陈喜的协助。

最后要感谢人民文学出版社的老编辑文洁若先生,当年翻译《雨月物语·春雨物语》是她担任的编辑,三十年后有缘为人民文学出版社再次尽力,感到非常荣幸。在现任编辑陈旻先生不断的鼓励鞭策下终于按时完成了译稿,今后只待读者的批评指正了。

阎小妹
二〇一七年六月于东京神乐坂

"名著名译丛书"书目

（按著者生年排序）

第 一 辑

书 名	著 者	译 者
荷马史诗·伊利亚特	[古希腊]荷马	罗念生 王焕生
荷马史诗·奥德赛	[古希腊]荷马	王焕生
伊索寓言	[古希腊]伊索	王焕生
一千零一夜		纳 训
源氏物语	[日]紫式部	丰子恺
十日谈	[意大利]薄伽丘	王永年
堂吉诃德	[西班牙]塞万提斯	杨 绛
培根随笔集	[英]培根	曹明伦
罗密欧与朱丽叶	[英]莎士比亚	朱生豪
鲁滨孙飘流记	[英]笛福	徐霞村
格列佛游记	[英]斯威夫特	张 健
浮士德	[德]歌德	绿 原
少年维特的烦恼	[德]歌德	杨武能
傲慢与偏见	[英]简·奥斯丁	张 玲 张 扬
红与黑	[法]司汤达	张冠尧
格林童话全集	[德]格林兄弟	魏以新
希腊神话和传说	[德]施瓦布	楚图南

高老头 欧也妮·葛朗台	[法]巴尔扎克	张冠尧
普希金诗选	[俄]普希金	高 莽 等
巴黎圣母院	[法]雨果	陈敬容
悲惨世界	[法]雨果	李 丹 方 于
基度山伯爵	[法]大仲马	蒋学模
三个火枪手	[法]大仲马	李玉民
安徒生童话故事集	[丹麦]安徒生	叶君健
爱伦·坡短篇小说集	[美]爱伦·坡	陈良廷 等
汤姆叔叔的小屋	[美]斯陀夫人	王家湘
大卫·科波菲尔	[英]查尔斯·狄更斯	庄绎传
双城记	[英]查尔斯·狄更斯	石永礼 赵文娟
雾都孤儿	[英]查尔斯·狄更斯	黄雨石
简·爱	[英]夏洛蒂·勃朗特	吴钧燮
瓦尔登湖	[美]亨利·戴维·梭罗	苏福忠
呼啸山庄	[英]爱米丽·勃朗特	张 玲 张 扬
猎人笔记	[俄]屠格涅夫	丰子恺
包法利夫人	[法]福楼拜	李健吾
昆虫记	[法]亨利·法布尔	陈筱卿
茶花女	[法]小仲马	王振孙
安娜·卡列宁娜	[俄]列夫·托尔斯泰	周 扬 谢素台
复活	[俄]列夫·托尔斯泰	汝 龙
战争与和平	[俄]列夫·托尔斯泰	刘辽逸
海底两万里	[法]儒勒·凡尔纳	赵克非
八十天环游地球	[法]儒勒·凡尔纳	赵克非
马克·吐温中短篇小说选	[美]马克·吐温	叶冬心
汤姆·索亚历险记	[美]马克·吐温	张友松
爱的教育	[意大利]埃·德·阿米琪斯	王干卿
莫泊桑短篇小说选	[法]莫泊桑	张英伦
契诃夫短篇小说选	[俄]契诃夫	汝 龙
泰戈尔诗选	[印度]泰戈尔	冰 心 等
欧·亨利短篇小说选	[美]欧·亨利	王永年

名人传	[法]罗曼·罗兰	张冠尧 艾珉
童年 在人间 我的大学	[苏联]高尔基	刘辽逸 等
绿山墙的安妮	[加拿大]露西·蒙哥马利	马爱农
杰克·伦敦小说选	[美]杰克·伦敦	万 紫 等
卡夫卡中短篇小说全集	[奥地利]卡夫卡	叶廷芳 等
罗生门	[日]芥川龙之介	文洁若 等
了不起的盖茨比	[美]菲茨杰拉德	姚乃强
老人与海	[美]海明威	陈良廷 等
飘	[美]米切尔	戴 侃 等
小王子	[法]圣埃克苏佩里	马振骋
钢铁是怎样炼成的	[苏联]尼·奥斯特洛夫斯基	梅 益
静静的顿河	[苏联]肖洛霍夫	金 人

第 二 辑

威尼斯商人	[英]莎士比亚	朱生豪
忏悔录	[法]卢梭	范希衡 等
罪与罚	[俄]陀思妥耶夫斯基	朱海观 王汶
哈克贝利·费恩历险记	[美]马克·吐温	张友松
漂亮朋友	[法]莫泊桑	张冠尧
斯·茨威格中短篇小说选	[奥地利]斯·茨威格	张玉书
海浪 达洛维太太	[英]弗吉尼亚·吴尔夫	吴钧燮 谷启楠
日瓦戈医生	[苏联]帕斯捷尔纳克	张秉衡
大师和玛格丽特	[苏联]布尔加科夫	钱 诚
太阳照常升起	[美]海明威	周 莉

第 三 辑

神曲	[意大利]但丁	田德望
吉尔·布拉斯	[法]勒萨日	杨 绛
都兰趣话	[法]巴尔扎克	施康强

叶甫盖尼·奥涅金	[俄]普希金	智 量
笑面人	[法]雨果	郑永慧
红字 七个尖角顶的宅第	[美]纳撒尼尔·霍桑	胡允桓
死魂灵	[俄]果戈理	满 涛 许庆道
南方与北方	[英]盖斯凯尔夫人	主 万
莱蒙托夫诗选 当代英雄	[俄]莱蒙托夫	余 振 等
前夜 父与子	[俄]屠格涅夫	丽 尼 巴 金
白鲸	[美]赫尔曼·梅尔维尔	成 时
米德尔马契	[英]乔治·爱略特	项星耀
小妇人	[美]路易莎·梅·奥尔科特	贾辉丰
娜娜	[法]左拉	郑永慧
一位女士的画像	[美]亨利·詹姆斯	项星耀
十字军骑士	[波兰]亨利克·显克维奇	林洪亮
樱桃园	[俄]契诃夫	汝 龙
约翰-克利斯朵夫	[法]罗曼·罗兰	傅 雷
我是猫	[日]夏目漱石	阎小妹
嘉莉妹妹	[美]德莱塞	潘庆舲
月亮与六便士	[英]威廉·萨默塞特·毛姆	谷启楠
人性的枷锁	[英]威廉·萨默塞特·毛姆	叶 尊
人类群星闪耀时	[奥地利]斯·茨威格	张玉书
尤利西斯	[爱尔兰]詹姆斯·乔伊斯	金 隄
好兵帅克历险记	[捷克]雅·哈谢克	星 灿
城堡	[奥地利]卡夫卡	高年生
喧哗与骚动	[美]威廉·福克纳	李文俊
老妇还乡	[瑞士]迪伦马特	叶廷芳 韩瑞祥
金阁寺	[日]三岛由纪夫	陈德文
万延元年的 Football	[日]大江健三郎	邱雅芬

扫码免费领取听书券

七十余部外国文学名著经典
0元订阅,无限畅听